中公文庫

華の碑文

世阿弥元清

杉本苑子

中央公論新社

目次

華の碑文

世阿弥元清

一

庇《ひさし》が深く梁《はり》の低い、まんぞくな調度ひとつ無いせいか、しょっちゅう湿った、冷んやりした風が吹きぬけている古家《ふるいえ》で私たちは生まれ、兄の藤若は十二、私は八歳までここに育った。

職掌がらこの家は、中ノ間《ま》とよばれるだだッ広い稽古場《けいこば》が間どりの中心を占めており、中ノ間の裏手に、父と母と私たち兄弟の住むふた間つづきの小部屋があった。

さすがにここだけは杉戸が立てられ、棚、納戸もしつらえられていたが、中ノ間の東の出居《でい》にはしきりもなにもなく、ひしゃげた衣裳葛籠《つづら》や垢《あか》じみた積み夜具をさかいにして、座員とその家族たちの寝起き姿がひと目で見わたせた。

出居のすぐ下は厨土間《くりやどま》だった。納屋《なや》を兼ねているので、乱雑は出居に輪をかけていた。煮炊きの道具はもとより臼《うす》、杵《きね》、箕《み》、鋤鍬《すきくわ》……、荒壁には蜘蛛《くも》の巣まみれの大笊《おおざる》だの蓑笠のたぐいがさがり、根ッ株をたち割った沓《くつ》ぬぎにはちぎれ草履《ぞうり》が散乱して、まッ昼間、へっついの廻りをねずみが走りかわす盛況であった。

中ノ間の北側をかこっている薄暗い板敷きは、客人のための寝泊り部屋——。いつ覗《のぞ》いても鉢たたきとか星占い、歩き巫女《みこ》、白拍子、曲舞々《くせまいまい》など、漂泊の旅芸人がごろごろしていた。

彼らから、父はビタ銭一枚、泊まり賃を取るわけではなかったし、逆に稗粥《ひえがゆ》の一杯もふるまってやったから、長雨にたたられる五、六月ごろなど、この部屋は旅籠《はたご》さながらな混みようをみせた。うっかり踏み込もうものなら、子づれの瞽女《ごぜ》が干し散らした襁褓《むつき》に、顔をさか撫《な》でされるおそれさえあった。

中ノ間を突っきって西の破《や》れ縁に立つと、雑草だらけの空地がひらけ、低い、くずれかかった土塀越しに、こくめいに耕やされた奈良盆地の風光と生駒《いこま》、葛城《かつらぎ》の山脈《やまなみ》をながめることができた。

大和《やまと》、結崎《ゆうざき》村――。

私たち兄弟の父、結崎三郎清次《きよつぐ》は、この村に生活の本拠を置く猿楽《さるがく》一座の座頭《ざがしら》なのである。

南部興福寺の支配をうけ、春日神社の神事に奉仕するのが父に課せられた表向きの仕事だが、もとよりわずかばかりの禄米《ろくまい》で、居候までかかえた大家族の日常をまかない切れるものではない。

組立て舞台をかついで一座はひまさえあれば、近在近郷の祭礼目あてに巡業して廻った。伊賀、伊勢、河内、和泉、紀伊……。ときには遠く山陽道まで足をのばして、二カ月三カ月、結崎村の古家を留守にすることすらめずらしくなかった。

しかも、それでもなお、くらしは苦しかった。母をはじめ座の女房どもは、寸暇を惜しんで苧《お》績《う》みの内職に精出していたし、兄の藤若は子方として家業の舞台に立つかたわら、月のうち十日は、給仕勤めという名目で興福寺大乗院の支院の一つ、浄禅院の別当坊へ泊まりにやらされていた。

僧兵あがりの別当は、五十がらみの獰猛《どうもう》な巨漢で、猿楽の座の者など、日ごろ、寺に飼われている奴僕《ぬぼく》以下に見ている。村長《むらおさ》や地頭どのにもました恐怖の対象として幼時、私の印象につよく刻みこまれていたのは、この浄禅院の悪《あく》別当であった。

犠牲《いけにえ》のいたいたしさを私は兄に感じ、坊へ出かけて行く夕ぐれは、そのうしろ姿を、畏敬の思いで見送るのがつねだったが、つとめの内容については、

(ひどく辛いものらしい)

とだけしか、子供ごころに想像つかなかった。聞きほじるのは、なぜかはばかられた。

報酬として、浄禅院から兄がたずさえてくる玄米《くろごめ》、古小袖、小豆《あずき》などは、しかしたしかに、一ッ時《とき》、わが家の不足がちな家計をうるおした。

青ざめ汚《よご》れ、精も根も使いはたしたような疲れきった表情で帰宅する兄を、母の玉苗《たまなえ》がおろおろ出迎え、人が起き出す時刻というのに、ひと間だけ格子《こうし》をおろした小暗《おぐら》い部屋に、こわれもののように横にならせる……。日ごろ口やかましい父も、浄禅院からの朝ばかり

は、黙って兄の昼寝を見すごすのが例になっていた。

兄の守人《もりびと》である狂言師の大槌《おおつち》が、厨の土間で涙をこぼしながら、みやげの米を精《しら》げている姿も、私はときおり見かけたものだ。

一種、陰湿な疑いと不安を、家族たちのこうしたそぶりのはしはしから、幼い私は敏感に感じ取ったが、さて、自分の疑問を、父や母や大槌に、どう切り出してよいかとなると言葉を知らなかった。まして兄の全身からは、浄禅院のつとめに関してはいっさい、何を問われても答えまいとする拒否の炎が、冷たく、かたくなに、燃えゆらいでいたように思う。

兄は美しい少年だった。気性もつよく、怜悧《れいり》であった。しかしその美貌には、つねに暗《あん》鬱《うつ》な翳《かげ》りがつきまとっていた。性格のつよさも、屈辱への反抗に根ざしていたようである。激発することを許されない反抗心は、表面、忍従というかたちをとりながら兄のなかで内攻し、その性格を、一見、細くはあるが鋼《はがね》の糸に似た、強靭なものに仕あげたにちがいない。

貪婪《どんらん》、粗暴な僧兵相手の稚児《ちご》づとめ——。

十や十一の少年の柔かな肉体に、心に、それがどれほど無残な傷痕をのこすものであるか、今でこそ私も察することができる。悪別当が、飽きるまで弄《もてあそ》んだあと、こんどは待ちかまえていた僧兵どもが、かわるがわるその抑圧しきった獣欲を、一人の兄によって満たす仕組みであったらしい。浄禅院とはかぎらない。大寺の院坊にはそうした用を弁じる寺稚児が、きまって五人十人、養われていたが、僧兵どもの数にくらべると、圧倒的に彼らは少なく、また兄ほどの容姿と歌舞の素養を持つ少童はまれであったのだ。

僧兵どもは兄を飽食したあとも、明けきるまでその華奢《きゃしゃ》な身体をさいなみ遊んだ。ひとことも、兄は受けた恥辱と苦痛を家族に洩らしはしなかったし、そうした変態的なさいなみも、稚児づとめには附きものの責め苦なのだとあきらめて、家の者は目をつぶっていたようである。

ただ一度、兄が腕の骨を折り、首すじと手足に縄目の痕《あと》をつけたまま、ほとんど片息《かたいき》で、それも半裸に近い姿で寺僕におぶわれて帰宅したときには、

「殺す気か、こ、この、かよわい者を……」

父は怒った。泣いてとめる母や大槌の手を振り切り、父は浄禅院へ掛け合いに行ったが、結局、その父も半死半生のめにあわされ、戸板に乗せられて、もどってくるほかない日常であった。

どのような苛酷なあしらいをも、私たちは甘んじて受けねばならなかったのである。僧たちはまた、いくらわれわれを鞭打っても、一片の自責すら感じる必要はないのだ。五カ所十座の唱門師《しょうもんし》の配下に属し、ひとからげに、七道の者と呼ばれていた芸人集団――。どれほどすぐれた才能があり容姿を持っていたところで、私たちはしょせん、大寺大社の

こぼれ扶持《ぶち》にすがって生きる猿楽の徒にすぎないのだから……。

　興福寺の威令下に置かれ、村方づき合いとも切り離されて生活していたため、やむをえぬ用事で百姓衆の家へ行くときでも、母など寺の意向をはばかり、こっそり水屋口から出入りして、そそくさもどるのがつねだった。

　食うや食わずの苦しみに加えて、こうしたうっとうしい重圧が、絶えず頭上にのしかかっていた結崎村での毎日……。

　当然、無気力な、希望を忘れた顔ばかりの寄り集まりと思うだろうが、ふしぎにそのころ、結崎の古家には、暗くはあるが激しい熱情――充実感といったものが、すみずみにまでみなぎっていた。日常、子供の皮膚にさえ、家の中の暗鬱な緊張は感じ取れたほどである。

（猿楽能の沈滞をうちやぶり、新工夫をこらした上で、何とか結崎座を都へ進出させたい。石にかじりついても今の惨めな生活から抜け出したい）

　との、座がしら清次の悲願を軸にして、燐火《りんか》さながら燃え固まっている座員一人一人の〝執念〟が、その充実感の正体であった。

　……目を閉じると私のまなうらには、ひと刷毛《はけ》の雪景色が泛《うか》んでくる。生まれ故郷ですごした最後の冬だ。村の子、座の子、十四、五人もが入りみだれて、組んずほぐれつ喧嘩をしている中に、チビの私もまじっていた。

仲間に入れてもらうことは貰えるが、座の子らはきまって不当なあしらいを受けた。侮言には慣れ切っているものの、三度に一度は喧嘩になった。

この日の原因は、雪合戦の泥玉である。於寿々《おすず》という村方の女の児の一人に、泥入りの雪玉が当ったことから、

「卑怯な真似《まね》をするな座のやつら……。舞々《まいまい》稼ぎなどしている者は、やることまできたないんだな」

村童側のガキ大将蜂丸と、

「もう一度言ってみろ。おれ達だという証拠があるのか」

兄とのあいだに口論がはじまり、ふたことみこと言い合ったとみるまに、いきなり兄のほうから蜂丸になぐりかかったのだ。——たちまち乱闘になった。ところへ、誰が注進したのか、

「やめろ、やめろ」

蘭亭のおばばが駆けつけて来た。於寿々の祖母である。

「泥玉作りの下手人は、ばばが見つけ出してやるわい」

子供らを一列に並ばせ、指先きをいちいちあらためたあげく、

「竹若、お前じゃな」

黄ばんだ白眼で、おばばは私を睨みつけた。

「手を見やい。お前の爪だけが泥だらけじゃ」

烱眼《けいがん》に、私はふるえ上り、的がそれたのだとしどろもどろ弁解しかけた。言いわけなどに、だが耳をかすおばばではない。泣きじゃくっている孫を抱き上げると、

「おふくろに言うておけ。後刻かならず、小袖の掛け合いに行くから、とな」

吐きすてざま、帰りかけた。

蘭亭は奈良いちばんの富商と噂される筆屋で、店は猿沢ノ池のほとりにある。ここ、大和の結崎村には田畑と別宅を持っているが、末むすめの於寿々が病弱なため、祖母が附きそって、保養に来ているさなかなのであった。もみじの繍《ぬい》をほどこした高価な於寿々の小袖が、衿の合せめから胸へかけて、べっとり雪泥によごれているのを見て、

(どうしよう、償いをさせられる！)

私は泣き出した。

「藤《ふう》ちゃん、竹ちゃん」

と、連れ去られながらも、於寿々は祖母の腕の中から半身を乗り出し、一心不乱な片ことで私たち兄弟へ呼びかけていた。

「心配しないでいいのよ。べべはまだ、うんとおうちにあるんですもの。ほんとよ」

かえろ、かえろとおばばの背について、蜂丸たちも立ち去ってしまい、夕近い雪の野ッ

原には座の子供らだけがとり残された。

「竹若のばかッ」

するどい、そのくせひそめた声で、兄は私をきめつけた。同時に右手がひらめき、私の頬ははげしく鳴った。あわてて、

「およしよぶつのは……。竹ちゃんはまだ小さいんだもの」

とめに入ったのは、大槌の子の小槌《こづち》であった。

「小さかない。七ツだ」

小槌の手を払いのけ、唇を慄《ふる》わせて兄は私を難詰した。

「七ツなら、していいことと、けっしてしてはならないことのけじめぐらいつくはずなのに、竹はいつもずるをして座のものみんなに恥をかかすんだ。栗の籠を持たせればくすねるし、村の子のものときまっている毘沙門《びしゃもん》堂の柿を、黙ってとるのも竹若じゃないか」

上眼使いに、私は相手の口許をぬすみ見た。兄の平手打ちには、骨組みの細さに似ぬ酷薄な力と、凄味が籠ってい、父の折檻《せっかん》にもました怖れを私に与えるのがつねだったが、恐怖と同量の奇妙な恍惚をも、責められているあいだじゅう私はきまって味わわされた。なぜかわからない。とにかく幼時の私は、いつでも、どんなかたちでもいい、この兄にかまってもらいたかった。そして、そのひそかな願望に抗し切れず、わざと兄を怒らせることまでしてのけたのである。

「藤若ア、竹若ア」

と、どこか遠くで、呼びかける声がこのとき聞こえた。座の子らはいっせいに振り返った。くるぶしを埋める雪野原に業《ごう》を煮やしたものか、グイと裾をたくしあげ、いちめんの、その雪と競《きそ》うばかりな脛《はぎ》をあらわに、歩み寄ってくる女がある。

「お帰り、ごはんだよ」

……四、五日前から家に泊まり込んでいる曲舞々の乙鶴《おとづる》であった。

二

陽が落ちきるより早く、下のほうからじわじわと闇に呑まれてしまう古屋敷——。逆光の中をあとになり先になり、その軒目ざして駆けもどって行く私たちの姿は、小さな蝙蝠《こうもり》の群れそっくりだったにちがいない。

井戸端には、狂言師の大槌が待ちうけてい、

「押すな押すな、順にじゃ」

釣瓶縄《つるべなわ》をきしませながら、洗足《すすぎ》の水を汲んでくれる……。雪の反射か、夕映えの影か、たらいの水は深紫に澄みきって見え、足を漬けると湯みたいに温かかった。

母は座員の女房たちにまじって炉鍋のまわりで立ち働いてい、灯《ひ》を節約した家の中は、

薪の煙でむせ返るほどだった。

床板に、じかに置かれている箸、めし椀……。他の子供たちとは別に、私たち兄弟は夕餉《ゆうげ》を中ノ間の裏の小部屋でとるのである。

目の前は杉戸だが、その戸をへだてて今宵も中ノ間からは、父の苛らだたしげな怒声が聞こえていた。

「ちッ、また間《ま》がはずれた。どうしてこの、曲舞《くせまい》ぶしの調子がのみこめんのだ十二次郎」

「むりなんですよ。じたい……」

高弟の十二次郎もうるみ声で言い返している。

「小歌ぶしを基調にしている能音曲に、曲舞の調子を取り入れるなんて試みが、そもそも出来ない相談なんだ。水と油をまぜ合せるようなものですからね」

「黙れッ、工夫はおれがする。手附け通りに、貴様は鼓を入れればいいんだ」

「まあさ棟梁《とうりょう》、……十二次郎も激さずに、いま一度さらってみようじゃござりませぬか。短気は禁物じゃ」

辛抱づよく取りなしているのは、長老の牛太夫《うしだゆう》の声である。

干菜《ほしな》の煮びたしを、私はあじきない思いでつついた。
二、三年来、父がものに憑《つ》かれたように新音曲の工夫に没頭していることは、家中が知っていた。そして、その父に力を協《あわ》せて、座員たちも刻苦している毎日なのだが……。中ノ間からは、弾んだ掛け声がひびく日よりも、父の叱咤《しった》か、絶望的な呻《うめ》きが洩れる日のほうがはるかに多かった。

棟梁の才能を信じ、その工夫の成就を、生きる目標でもあるかのように待ち望みながら、貧苦の朝夕に耐えている女子供の耳は、いきおい、中ノ間の気配に敏感になった。

（ああ、まだ駄目なのか。新工夫とやらの目鼻は、まだつかないのか）

大家族の夕飯どきだというのに、出居《でい》も厨もが、今宵もしんと鳴りをしずめて、歯の音もはばかるように、固い稗めしを嚙み合っている……。そんな中で、強《し》いてのように屈託なげにふるまっているのは、ひとり、客人の乙鶴であった。

「どう？　汁の代りがあるけど飲むかい？」

声をかけながら彼女は小部屋へ入って来、そのまま勢いよく私たち兄弟の片わきへ坐り込んだ。給仕してくれるつもりらしい。

『加賀女《かがめ》座』と呼ぶ女ばかりの曲舞一座の、彼女は座長なのである。

住居は洛中ということだが、父とは仕事の上の友達だし、母の玉苗や座の宿老《おとな》どもとも家族づきあいの気やすさで、日ごろしげしげ出入りしていた。

年はそのころ、三十をひとつ二つ越していたろうか。ぬけるほど色じろな、むっちりした身体つき……、上背《うわぜい》もあり、当人はゆたかな髪と、張りのある眼を自慢しているが、むしろやや厚い、受け口ぎみの唇のへんに、濃艶な色気を感じさせる女なのであった。

「気をつけて聞いてごらん藤、今宵の清次どのの謡《うたい》を……」

と、中ノ間へ目くばせし、乙鶴は口ぜわしく兄にささやいた。

「やっと『嵯峨物狂《さがものぐるい》』のキリにかかったらしいよ」

「キリだって？」

兄は箸を置き、緊張したおももちで杉戸へ向き直った。

『嵯峨物狂』とは、父がその新らしい着眼を盛り込み、工夫の粋を集めて試作しつつある新作能の題名であり、キリとは一曲の演出の、最終段階をさすことばであった。

「うんざりするほど長い生みの苦しみだったが、どうやらあとひと息で『嵯峨物狂』はできあがるらしいね。一作吹っ切れれば、二作め三作めはたやすいもの……」

おさえかねたような、乙鶴の気息のはずみに、思わず私までが箸を投げ出して、

「お金持になれるの⁉」

声をつつぬかせた。

「大槌が言ってたよ。父さんの工夫さえ成就すれば、こんなボロ家ともお別れだって」

乙鶴は笑った。

「そうさ。いっそく飛びにはいかないまでも、新らしい能を幾つか薬籠中のものにした上で巡業に出れば、かならず結崎座の人気はあがるよ。清次どのの腕前なら、田楽の牙城に

斬り込むことだってまんざら夢じゃないと私は思う。賭けてもいいね」

「ほんとう？　乙鶴さん」

半信半疑ながらも、そう聞かされると胸がおどった。

田楽に勝つ！

それはじつに、過去、半世紀もの長年月、猿楽仲間の口に、子供らのあいだにすら、悲痛なひびきを籠めて呼びかわされてきた合言葉だったのである。

当時、大和には、父のひきいる結崎座のほかに円満井《えまい》、外山《とび》、坂戸《さかど》——三つの猿楽座があり、いずれも興福寺の庇護をうけて、春日神社の祭礼に奉仕していた。

このほか、近江《おうみ》に六座、宇治に四座、伊勢に三座、丹波摂津にもそれぞれ猿楽の座があるにはあったが、いずれも小さな地方劇団にすぎず、京洛の貴族や武家たちからは、田舎《いなか》芸とひと口に卑しまれ、二流三流の名に甘んじていなければならない不遇な存在だった。

では同じころ、猿楽をおさえて、中央に覇《は》をとなえていた芸能はなにかというと……。

それは、田楽であった。

足利氏が天下をにぎる以前、——鎌倉に、北条氏による幕府が経営されていたころから、田楽の能は貴顕紳士のひいきをうけ、彼らの心をしっかり摑みつづけてきた。

北条末代の執権高時が、魔魅《まみ》にみいられたほどにも田楽に淫《いん》し、ついに社稷《しゃしょく》をうしなった事実は、歴史の語りぐさだし、あとをうけた足利氏も、初代尊氏《たかうじ》、二代義詮《よしあきら》、そしていま、三代義満公の御代《みよ》にいたるまで、田楽能を愛好すること北条氏におとらず、したがって公家《くげ》、諸大名まで、きそって田楽を後援し、猿楽の存在には一顧もくれぬ現状だったのである。

いっぽうは田植えのはげまし、いっぽうは寺社の法楽《ほうらく》——。そもそもの発生こそちがえ、やがては入りまじり、ともにこの国の風土のなかに、根を張り葉を茂らせてきた二つの芸能……。

ことにも猿楽、田楽の徒が、刃投げ、火渡り、高足、玉廻し——そうした幻術的、曲芸的な昔ながらの在り方からぬけ出して、『能』とよぶ歌舞演劇を、主な演目とするようになってからは、両者のけじめはまったく取れ、たがいに影響し合いみがき合いつつ、こんにちに至っているといえるのだ。

それなのに、なぜげんざい、猿楽は田楽に圧倒され、識者の批判から遠ざかって、田舎廻りを余儀なくされているかといえば、ここ五、六十年、田楽の役者に、本座の一忠《いっちゅう》・新座の喜阿弥《きあみ》・桃憐《とうれん》・紅憐《こうれん》・花夜叉《はなやしゃ》など、あいついで名人上手が輩出しているのに反して、猿楽者の中からは、わずかに大和結崎座の清次、近江比叡《ひえ》座の犬王しか見るべきものが出ず、その二人とてまだ三十代、四十代そこそこ、近年ようやく人気の出はじめた新進にすぎないからなのであった。

人材が少なく、しかも芸の上では匂いと美を失って、泥くさいまま枯渇しかけている猿楽の能……。

（これではならぬ！）

と、奮起したのが父である。

生まれつき、おのれにも他人《ひと》にも厳しい人で、男性的なその風貌がしめす通り、苦しい戦いであればあるほど、意欲を燃やしてぶつかってゆく努力家なのだ。

『大衆の愛敬《あいけい》を以って、一座長久の寿福とする』

とは、つねづね父の言葉だし、なるほど芸人の足場というものは、見物の大多数を占める地方大衆の、愛と讃仰のうちにこそ築かれてしかるべきものかもしれないけれど、しかしそれだけではもの足りない、満足できない思いが、父をはじめ心ある猿楽者のあいだには、当時、烈々と燃えたぎっていたのではあるまいか。

大衆の人気をつかみ、これを支えとすることはもちろんだが、さらにその上に、少数識者の洗練された批評眼に身をさらし、真価をみとめられてはじめて、第一級の芸能たりうるのだ、と父は信じた。そして、

（何としても都へ打って出たい！　田楽を追い落とし、その地位に取って代りたい！）

と熱望したが……。

そのためにはまず、猿楽能の短所欠点をたたき直し、新鮮な魅力を吹き込んだ上で、武

家貴族らのかたくなな眼を、いやおうなくこちらへ、ねじ向けさせねばならなかった。彼らの興味、関心を、呼びさまさねばならなかった。

……一座をあげての血のにじむような努力はこうして始まり、今なお執《しゅう》ねくつづいている。いや、乙鶴の言葉によれば、すでにその苦しみも、峠を越しつつあるというのだ。

(ほんとだろうか。ほんとにこんなくらしから、やがては抜け出せるのだろうか？)

柱によりかかって、食後のくせに満ち足りたことのない痩せ腹を、私は脛《すね》ごと抱えこんだ。七歳の童子には、出世にともなう富のほうが切実な関心事だった。小袖の償いなどにびくびくしないですむ生活、盗まなくても腹いっぱい、栗にしろ柿にしろが食えるくらしとはどういうことか。

――あわただしい足音がして、この時、小槌のつぶらな眼が敷居ぎわから覗いた。

「たいへんだよ竹ちゃん、蘭亭のおばばが掛け合いに来たぜッ」

私はとびあがった。その裾をひっとらえて、

「何のことだい？　竹、お言い」

乙鶴が追及してきた。やむをえない。逃げ腰のもったて尻で、私は泥玉の一件を白状した。

「ふん、そんなことか」

乙鶴は宙を睨んだ。そのまま一、二瞬、おもくるしく黙りこんでいたが、いきなりこわ

い眼を、幼い三人の面上へ据えると、

「聞いてみろ、ほら、お前たち、あの清次どのの新工夫を……」

境いの杉戸へ顎をしゃくった。

父と十二次郎の言い争いはいつのまにかやみ、中ノ間からは謡いと囃子《はやし》の、白熱した音律が、家中の鬱気を押しのける勢いで、力づよく流れ出していた。新作『嵯峨物狂』全曲のうち、聞かせどころに据えられているクセの部分である。

「いままでの家の芸とはまるっきりちがうだろう？　子供の耳にだって変りようはわかるはずだ、どうだい？」

その通りであった。これまで朝夕、聞き馴れてきた大和猿楽の音曲を〝眠り〟にたとえれば、『嵯峨物狂』のそれはあざやかな〝眼醒め〟だった。単調、退屈な灰色から、ふくざつ華麗な光彩の譜に、このところ一歩一歩、たしかに結崎座の音曲は変身をとげつつあった。

「お前たちも知っての通り、今までの大和猿楽の音曲は煮すぎた餅だった」

と、いどみかかる口つきで乙鶴はつづけた。

「旋律の美しさばかりを大事がって、まのびした歯切れのわるさに気づかなかった。清次どのはこの欠点を叩きなおすために、能音曲の中に曲舞ぶしをとり入れたんだ。猿楽仲間はもちろん、田楽の座の者さえ思いもつかなかった音曲の立て直しに手を染めたんだよ。

わかるか？　え？」

　卑俗で単純なくぐつ女の手踊りではあったが、曲舞ぶしの軽快さは、当時、巷《ちまた》の人気をさらっていた。能音曲とはまったくちがって、曲舞のふし附けにはこころよい刻みがあった。弾みがあった。調子もキビキビと早かった。

「お前たちの父さんはここに目をつけた。そして、まったく質の違う二つの音曲を溶け合そうと考えた。考えただけじゃない。こころみたんだ。あとひと息のところまで漕ぎつけたんだよ」

「わかってるッ、信じてるさ乙鶴さんッ」

　にじりつけるように兄が応じた。

「父さんはいまにきっと出世する。そう、かたく、おれは信じてるよ」

「芸人というものは、芽が出ないうちは惨めだけど、いったん認められれば公方《くぼう》さまのお側にだってあがれるのだ」

　と乙鶴の口ぶりにも、女とは思えぬ気迫があった。

「肚《はら》の中はどうあれ、そうなれば村のやつらは、もはや口に出して、座の者を卑しめることなど出来なくなる。……お前たち、海老名《えびな》ノ南阿弥《なあみ》という人を知っているだろ」

「乙鶴さんの情人《いいひと》だ」

　と、きまじめに兄がうけた。

「座員たちが噂していたことがあるよ。曲舞のふし作りでは、日本一の名人だって……」

「その通りさ」

乙鶴はわるびれず、

「南阿弥どのはこの才ひとつで同朋衆《どうぼうしゅう》に召し出され、京洛三条の将軍家御所につかえている。お前たちの父さんだって、近く、きっとそうなる人だ。小袖なんぞにびくつくことはないんだよ」

「よしッ」

小槌は突ッ立った。

「おれ、蘭亭のおばばに言ってやるッ。一年待ってろって。『うちの座がしらは新工夫を編み出した。もうすぐ公方さまからお召しがくる。小袖の五枚や十枚、一年たったら上《じょう》﨟《ろう》の召し料と同じやつを返してやる』って」

「そうとも！　その時になって目を回すなって、隠居のばあ様とやらに念を押しておやり」

けしかけられて小槌は駆け去った。その背について、私もこわごわ厨口へ出てみた。

——案の定、於寿々の祖母は腹をかかえていた。

「あはは、あははは、一年待てば小袖を十枚返すと？　こ、この小槌めは、ま、まむしの頭でも喰らいおったか、ら、らちくちもない広言をほざきおるわ」

あいだに立って、母の玉苗は困惑しきっていた。盛りのころは美しい人だったにちがいない。しかし今はくらしに窶《やつ》れて、肌など繭《まゆ》ごもりの蚕さながら、青白く透きとおってしまっている。幼時、あやまって炉に落ちたとかで、左のこめかみに薄い火傷《やけど》の痕があり、そのためにもいっそう気弱く、陰にばかりいたがる母なのであった。

三

「一作ふっ切ればあとはたやすい。もうひと踏んばり！」

と乙鶴は言っていたが、『嵯峨物狂』がまったくの完成をみたのは、さらにそれから二カ月余の、生みの苦しみを経てのちだった。

つづいて、同じ意図のもとに『自然居士《じねんこじ》』『四位ノ少将』『葛《くず》の袴《はかま》』など、十種あまりの新作がつくられ、座をあげての稽古がくり返された。あげく、

（戦える！　これならば……）

　確信をつかむと同時に、父はほとんど、疾風といってよい行動を起こした。一座を結集し、新猿楽の成果を問うべく地方巡業に出かけたのである。

　母とともに、私は結崎村の家で留守をしていた。以下しばらくは成人ののち、牛太夫や十二次郎から聞かされた話の、引き写しであることをことわっておく。

地方の見物は当時、結崎座の能をそうと正しく呼ばずに、父の幼名観世丸《かんぜまる》にちなんで、

「かんぜの能、かんぜの座」

と愛称していたよしだが、ともあれ予想以上に、新らしい〝観世の能〟は人々を魅了したらしい。人気は沸騰し、爆発的と評しても褒《ほ》めすぎではないとまで取り沙汰された。

曲舞を加味した新音曲は、わけて珍らしがられ口ずさまれて、はやくも国々に、流行のきざしさえ見せはじめたが、なぜかそれにもかかわらず、都人士《とじんし》のあいだに反響は起こらなかった。洛中の大寺、大社から、「興行せよ」との呼びかけもいっこうに来なかった。

……むなしく年が明け、春がすぎた。

いたずらにただ、京の周辺を巡っているうちには、評判を妬《ねた》んだ田楽法師らの手で妨害が企まれるかもしれず、都入りの機会は失われる危険があった。

座員たちはあせったが、おそらく彼ら以上に、父はじりじりしていたことであろう。はげしい、きいっぽんな性格だし、誠心誠意やりはするが、それだけに自負もつよく、答えを求めるのに性急なところのある人なのである。

そんなさなか――。

伊賀の上野で興行していた結崎座の楽屋口に、見知らぬ老人が刺《し》を通じて来た。痩せぎすで血色のよい、湯上り羅漢そっくりな僧形である。

「海老名ノ南阿弥という者だ。清次どのに御意《ぎょい》得たいが……」

むぞうさな名乗りに、若い笛方の市菊が仰天して、

「あの、お、乙鶴ノ御《ご》の⁉」

そのまま奥へすっとんだ。たちまち大さわぎになった。装束替えさいちゅうの、素裸《すはだか》に近いかっこうで父は楽屋口へ走り出て来た。

「棟梁どのか」

きびしく、しかし爽《さわ》やかな眉で、南阿弥は呼びかけた。

「乙鶴から一度ぜひ、かんぜの能とやらを見てやってくれとせがまれていたのでな。竹生《ちくぶ》島《しま》詣でを思い立ったついでに、廻り道覚悟で立ち寄ったのだ」

「恐縮です。過分に存じます」

父は緊張し、

「取り散らしておりますが、奥へぜひ……」

面箱《めんばこ》、作り物の散乱する楽屋へ相手を招じ入れた。

「見たよ、おぬしらの能……。なかなかいい」

と、円座をひきよせながら南阿弥は微笑した。楽屋をおとずれる前に銭を払って見所《けんしょ》の隅へもぐり込み、二番ほどじっくり観賞したのだそうだ。

「よいと、お感じになりましたかッ」

膝《ひざ》をつかまんばかり、父は乗り出した。はじめて耳にする都目《みやこめ》ききの批評であった。

「いいよ。――ただし、そう言い切れるのは音曲の面でだ。曲舞ぶしを小歌がかりにやわらげて能の音曲に取り入れるなどという創意は、なまなかな天稟《てんぴん》では思いつかないし、思いついてもやりこなせまい。文句なしに、わしは讃辞を呈するな」

父はうつむいた。感激に、顔は紅潮していた。

「乙鶴ノ御の力添えのおかげです」

と、くぐもり声で父は言った。

「私の着眼に、曲舞ぶしの手練《てだれ》である乙鶴ノ御は、長年月、側面から惜しみない助言と助力を与えてくれました」

その乙鶴の愛人ではあり、足利将軍に昵近《じっきん》する同朋衆南阿弥――。諸芸能に対する鑑識眼が高く、彼の推挙によって世に出た名人上手は数かぎりないとも聞いている。

「ただし」

と静かに、南阿はつづけた。

「演出の改革には、まだまだ一考の余地がある」

「……」

「失礼だがわしはこれまで、大和猿楽の筋書き本位な、写実味の勝った芸風を、田舎味《あじ》と感じて卑しめてきた。猿楽の仲間うちでは近江比叡座の犬王太夫あたりが、筋だてよりは舞を主眼としている点、まだましだと思っていたのだ。鑑賞眼の高い者なら、誰もが同じことを考えていたろうよ」

「比叡座の犬王！」

「田楽が都の貴顕にもてはやされてきた原因は歌舞にある。おぬしも知ってであろうが、田楽能の行きかたは比叡座のそれよりなお極端だ。ほとんど筋らしい筋もない。歌をきかせ舞を見せる……それだけに主力をそそいでいる。ただ、こういう演じ方が、近ごろ少々、都びとに飽きられてきていることも事実だ」

「私はそこに着眼しました」

気負って、父は応じた。口ぶりには錐《きり》を揉み込むような一途《いちず》さがあった。

「仰せの通り、従来の大和猿楽の演出では、目ききの興味をひくことはできません。しかし歌舞一辺倒の田楽のやり方も、いつかはかならず鼻につくときがくる！　私はそう信じ、両者の特色を……つまり大和猿楽の演劇性と田楽における歌舞の美とを、一つの能の中に共存させようと決意したわけでした。田舎辺土の目きかずも都の目ききもが、しんそこ待ちのぞんでいる〝新らしい能〟は、この結合の中でこそ生れるのではないか……そう、信じたからなのです」

「その通りだ。筋立てのおもしろさと歌舞の優婉は、ひとつ能の中で融け合わなければ嘘《うそ》だよ。おぬしの着眼は新らしい、正しい。ただ、その着眼が、現在の段階ではまだ充分に生きっていない。今後、この点に意を用いれば、間然するところがなくなるだろう」

「練り直してみましょう。さっそくにも！」

その、父の、思いつめた眼の色へ、

「幾つだな？ 清次どのは……」

南阿は軽く問いかけた。

「四十歳になります」

「なるほど。役者としても一座の棟梁としても、脂の乗り切ったさかりだな。……乙鶴にも、くれぐれも頼まれていた件ではあるし、洛中での興行が許されるよう、しかるべく幕閣の要路へ、わしからも働きかけてみよう」

「お力を、お貸し下さいますかッ」

「だが、それにはちと策がいる。一足飛びにはいかぬだろうな」

「策？ ……と仰せられますと？」

「おぬしら、ちかぢかに近江へはいるか？」

「ここでの興行はあと三日——。打ちあげたら、次は近江での巡業を予定しております」

「かの地は犬王を領袖《りょうしゅう》とする近江猿楽の本拠。しかも犬王の保護者は大名中したたかをもって鳴る佐々木道誉《どうよ》入道だ。……おぬし、近江へ入ったら、さっそく犬王に立合いを申し込め」

「立合いを？」

父の面上から、ぬぐったように血のけがひいた。

立合いとは、他座とのしのぎをけずる競演を言う。侍ならば戦場での、真槍を取っての渡り合いにひとしい。勝てば名誉だが、負けた場合は痛手をこうむる。だからどの座も、あたうかぎりぶつかり合いを避けようとしたし、よんどころなく立合うさいは、先き籤《くじ》を引いた相手が能をはじめてから、その演目を見て、急遽、こちらの演目を変更するというようなきわどい戦法をとってまで、勝とうとあせるのが常だった。

「猿楽の徒の宿敵は田楽だ。しかしこの敵に勝つためには、まず味方に勝たねばならぬ。……それとも清次どの、おぬしにはまだ今のところ、犬王と渡り合う自信はないか？」

こういう問われ方をして、おとなしく引きさがる父ではない。

「お言葉ですが、近江猿楽の能は田楽の亜流に堕《お》ちて、私などの耳目《じもく》にはただただ退屈、冗漫なだけです。曲趣はうつくしく舞いの手ぶりも優しいが、律動がなく、訴えかけてくる力にとぼしい。犬王の力量だけで、かろうじて保たれている屋台骨ではありますまいか」

「ハハ、その意気だよ清次どの」

煽《あお》るように、南阿は骨ばった掌を振りうごかした。

「比叡座の犬王に立合いを申し込み、みごとこれを打ち負かしたと噂が立てば、かならず都からの招きはくるし、わしの助力もしやすくなる。……万一やぶれたらそれまで。旗を捲いて大和へ帰り、工夫の仕直しをするしかあるまい」

柔和そうに見える笑い皺《じわ》のかげから、容赦なく飛び出すきびしい言葉に、父も、

「やってみましょう」

手に唾《つば》せんばかりなうなずきを返した。負けん気が、むらむら語気に燃えていた。

「ではわしは、ひと足先きに竹生島へ行く。——健闘を祈るよ」

と、それなりに、南阿弥は発《た》ってしまったが……。

あとを追って四日目。

近江入りした父たちのもとへ、待ちうけてでもいたように、守護の佐々木道誉邸から、

「能つかまつれ」

との使いがとどいた。

（すわこそ！）

結崎の座員たちはふるい立って、父を中に、立合いのための作戦を練った。

ところが案に相違して、敵手犬王は不在だったのである。館《やかた》へ伺候してみて、はじめて道誉入道自身の口から、

「犬王は足の腫れものをこじらせて飛騨の温泉《いでゆ》へ行った」

と、父たちは聞かされたのだ。

「在国していたならば、立合いなどさせようものを……」

とも、入道はいかにも惜しそうに言う。

足利幕府草創以前から近江に蟠居《ばんきょ》し、戦場を馳駆《ちく》して功ありながら、尊氏将軍とも対等にやり合った傲岸《ごうがん》さをはばかられ、内々、閣僚たちに憎まれて来た荒大名中での生きのこりである。中央の貴顕たちの、田楽偏重にひとり背を向けて、比叡座の猿楽をひいきしている態度にも、かたくなな性格はうかがえるようだ。

「まこと、生憎《あいにく》な仕儀でございました。立合いは、当方も望むところと存じましたに……」

負けず劣らずの不遜な応酬をしたあげく、父は楽屋へ引きとって出の支度にかかった。

……さすがに、比叡座の大庇護者の居館だけあって、邸内にはりっぱな庭舞台がもうけられ、正面は六間《むま》の客殿、左右にのびたコの字なりの廊も、能のある日は、そのまま侍や女房たちの見物席に使えるよう設計されている。

十二次郎がまず『嵯峨物狂』のクセを舞い、牛太夫と子方の兄、ワキの岩松らで『自然居士』、父と豊菊が『四位ノ少将』を演じているあいだ、老入道は身じろぎもせず舞台に見入っていたが、終るやいなや太息《ふといき》をついて、

「みごと！」

と、ひとこと……。

絹二百匹を引出物にくれ、不機嫌なおももちで退座した。賜酒《ししゅ》の沙汰はなかった。

（勝った！）

と、座員たちはうなずき合った。入道の不興は比叡座の敗北をみとめた証《あか》しといえる。

扮装のまま舞台に平伏して、その領主のうしろ背《ぜ》を見送っていた父は、何を思ったか、入道の姿がまったく消え、陪席していた家臣たちも退去しようと立ちあがりかけた瞬間、水鳥が湖面を翔けるすばやさで舞台をおり、庭を横切って廻廊の一カ所に立つと、目かくしの簾《みす》を一枚、力まかせに刎《は》ね上げた。

（……⁉）

たちまち広間じゅうのざわめきがやんだ。女房の溜まりと見えたその簾の内には、比叡座の犬王と、犬王の片腕とはやされているワキ師の岩童《いわどう》が端坐していたのであった。

四

「やはりここに居たのか。——飛騨の温泉《ゆ》はいつわりだったのだな犬王どの」

と、突っ立ったまま父は浴びせた。火を吹くような語気である。

「はい」

犬王は頭をさげた。動じた気《け》ぶりはみじんもなかった。

「わたくしは、脚を痛めてなどおりません」

「ではなぜ逃げたのだ？　おれの挑みから……」

「ご一行よりひと足先きに、海老名ノ南阿弥どのが当お館へまいられ、『結崎座の新工夫、わしも一見したが、げんざいの犬王の力では勝負になりがたい。なまじ立合って恥をみるより、かわすが悧口《りこう》と思う』と進言したため、用心ぶかい老公は私の逸《はや》りを叱りつけて、立合いをかわさせたのでした」

返答の内容は、かならずしも穏やかなものではなかったが、犬王の表情はあたたかく、声《こわ》つきも平静だった。三十四という年のわりには老成しており、年上の父のほうが、かえってむき出しな闘志をおさえかねているかに見えた。

「そうだったのか」

わざとのように肩をゆすって、父は笑った。

「おぬしとしてはくち惜しかろう。簾《す》を透《すか》して射かけてくる殺気に、始めから終りまで、悩まされつづけたわれらなのだからな」

「殺気？　……そのお言葉は心外です。私と岩童はただひたすら、学ぶべきところは学ぼうとの真剣な気構えだけで、結崎座の能を観ていたのですから」

「殺気と言ってわるければ、謡《うたい》の出ばな、舞の出ばなを抑えてくる無声の気合いとでも言い直そう。それを感じたからこそこの簾のかげに、なみならぬ見巧者《みごうしゃ》がいることをおれは察知したのだ。……比叡座は立合うべきだったよ犬王どの。あの気合いは勝者のものだ」

「いや、それは買いかぶりというものでしょう」

　犬王はかぶりを振った。

「立合えば、やはりわれわれは敗れにちがいありません。あなたの創意はすばらしい。時のたつのを忘れて、私は『自然居士』に見惚れました。――ただ……」

　一語一語、犬王は慎重な口ぶりでつづけた。

「私は私なりに、いま、自分の能を模索し、苦しんでいるさなかなのです。あなたの考え方からすれば平板《へいばん》退屈な、舞ひとすじの世界の中で……。永遠に匂い失せぬ花、散らぬ花は、けっきょく能の場合、舞の美を追究するという純一、単純な、そのくせ踏み入れば踏み入るほど複雑困難な作業の中でこそ求めうるのではないか……、こう、考えるからなのですが、もし摑めたら、そのときこそ私は、はじめてあなたと、一つの舞台で勝負できる気がします」

　申しあげます棟梁ッと、犬王の言葉を断ち切るいきおいで、この時、控えの間からワキ師の岩松が駆け出して来た。

「たった今、宿所の者が注進してまいりました。伏見の醍醐寺から『清滝宮の神事能に奉仕せしむる』との口上を持って、使僧が二名、到着したとのことでござります」

「なに、醍醐寺よりの招きだと？」

「はいッ」

「清滝の社頭で能が舞えるのかッ」

父のまわりに寄り集まって来ていた結崎の座員らの口から、思わず、無遠慮な歓声がはじけた。

伏見まで肉迫すれば、もはや都は目の先……。興行の成果いかんによっては、洛中進出の可能性もにわかに強くなるわけである。

「よし、近江での巡業は即刻中止し、この場からただちに醍醐寺へ向かおう。荷まとめその他、出立の用意にかかってくれ」

てきぱきと周囲へ命じ、さて、おもむろに片ひざを突いて、

「聞く通りだ犬王どの。われわれは伏見へ出立する」

勝ち誇ったように、父は若い競争者の手を取った。

「おぬしの精進が花ひらく日……。一日も早くその日の来ることを願っているし、また私も、私の世界で油断なくはげむつもりだ。比叡座との勝負もだが、まずその前に私には、おたがいの宿敵、田楽の本拠にくい込むという大目的があるからね」

風がつよく、葉洩れ日の揺れにうながされて、勾欄《こうらん》ぎわに植えられている松の花粉がし

きりに散った。廊の板敷きに、犬王は手をつかえた。

「醍醐寺でのご成功を、心から祈念します清次どの」

……牛太夫が、のちに聞かせてくれた話だが、この日、兄の藤若は始めから終りまで、またたきを忘れ、息をすることすら忘れたまなざしで、吸い寄せられるように父の片脇から、犬王の口許をみつめつづけていたという。

伏見へ来てみて父たちはおどろいた。界隈《かいわい》の住民は一行の到着より先に、近江の犬王が結崎清次の挑《いど》みをかわした事実を知っており、負けん気の道誉入道をして尾を巻かしめた〝かんぜの能〟に、つよい好奇心を寄せていたのである。

「かわしたという噂は嘘だ。立ち合って、犬王が負けたのだわ」

とも、まことしやかに噂する者さえあった。海老名ノ南阿弥が、あらかじめばらまいた流言にちがいない。策士ぶりに、父たちはひそかに舌を巻いた。

『見所《けんしょ》の機を看よ』

つまり、

「演能開始に先立って、見物の気がまえ、受け入れ態勢の熟、不熟を、いち早く看取せよ」

とは、つねづね父の口ぐせだったが、まさしくこのとき伏見一帯には、結崎の能を迎える〝機〟が、熟していたといってよい。

醍醐寺清滝宮に直行して、定めの手つづきをすますとすぐ、父たちは舞殿につづく楽屋へはいり、祭礼がはじまると同時に第一日目から、連日、秘術をつくして法楽の能を演じた。

結果は上々だった。新味横溢《おういつ》した結崎の能に参詣《さんけい》人は熱狂し、境内はくる日くる日、針を立てるすきもないほどの活況をみせた。

ところが最後の七日目——。

最終回の演能が終り、楽屋へ引きあげて来た父たちを、とんでもない不幸が待ちかまえていた。

ひいきから送られた大ぶりの髭籠《ひげこ》——。茶うけの粽《ちまき》ということなので、さっそく、

「ありがたい、頂戴しようか」

喰い意地の張った市菊が、抑えの竹輪をはずしてみて、

「わッ」

腰をぬかした。中身は硬直しかけた犬の死骸だったのである。

「静まれッ、このこと、他言無用だぞ」

老巧な牛太夫が、楽屋中の騒ぎへすばやい大喝をあびせた。

「神慮をすずしめるため、法楽の能を仰せつけられたわれらなのだ。こんな穢《けが》れを、醍醐

寺の役僧が耳にしたらただではすまぬ。おくびにも出すな一同」

それにしても、何者のいやがらせか。

髭籠を受け取った留守番の下ッ端弟子を糺明《きゅうめい》してみても、ぼろ水干《すいかん》をきた下臈《げろう》ふうの男が、

「ひいきに頼まれた」

そう言って置いて行ったと答えるだけで、埒《らち》があかない。

父はにがり切り、顔色まで悪くしていた。剛腹な日ごろに似ずささいな世間の風当たりにも、神経をとがらせきっているやさきだからだろう。

「やっぱりそうだ」

と、灯を近づけて、髭籠の中をのぞき込んでいた太鼓打ちの与次郎という若者が、この時、とんきょうな声をあげた。

「この犬は、千波《せんば》もち屋のホシですぜ。毛並みといい形といい、まちがいありませんよ棟梁」

「見おぼえのある犬なのか与次郎」

吠えるように牛太夫がただした。

「下手人の見当もこれでつきました。新座の田楽法師どもですよ」

千波もち屋は奈良街道に面した井手の里にある。善楽《ぜんらく》という能面の修理師がこの里に住

んでいるので、座の若い者は、使いに行くたびによく千波もち屋へ立ち寄るのだ。げんに与次郎も、二日前に角《つの》先きの欠けた鬼女の面を持って善楽へ行き、もち屋の床几《しょうぎ》で茶を飲んだ。

「新座の田楽法師が七、八人、同じ軒先きで飼犬のホシをからかいながら餅を食っていましたが、やがて何やらヒソヒソ話をはじめ、うちの一人が『この犬、売らんか』とおやじに声をかけました」

物代《ものしろ》によっては売らんこともないが、何になさる？　とおやじが訊《き》くと、座がしらの喜《き》阿弥《あみ》が笑って、『煮て食うのだ』と答えたという……。

「まてまて」

牛太夫は顔をしかめた。

「人ちがいだろう。まさか座長の喜阿みずからが、こんな卑劣な相談に加担しているわけはない」

「喜阿弥ですよ」

ムキになって、与次郎は言い張った。

「商売がたきの面《つら》だ。見まちがえっこありませんや。やつらに気づかれないように、私は隅っこの暗がりで背を向けていましたが、喜阿の声がしたときには、振り返ってはっきり見ましたよ。皺《しわ》は深いが色じろの、尉《じょう》の面《めん》を地でいったような品のよい老人でしょ？」

「まちがいなさそうだ」

父と目を見合せて、

「と、すれば、こりゃ、油断なりませぬなあ」

牛太夫が唸った。

「人間は、わからんものだからな」

吐き捨てるように父も言った。

「芸風の枯淡、人づてに聞く噂などから、われわれは田楽の喜阿弥を、温厚円満な君子人《くんしじん》みたいに想像し、敵ながらひそかに畏敬さえしていた。しかしあんがい、ひと皮下の本性は与次郎が目撃した通りかもしれないな」

ちきしょう、仕返しをしてやるぞと、座員たちはいきり立った。新座の田楽たちが奈良の法雲院で、明日あたりから装束賜《そうぞくたば》りの能を張行《ちょうぎょう》するという取り沙汰は、結崎座の者たちも耳にしていた。彼らが与次郎と井手の街道すじで逢ったのも、南都への下向途上にちがいない。

「こっちも贈ってやろう法雲院の楽屋へ……。やつらが震えあがるようなものを！」

たけり立つ座員どもの頭上へ、このとき不意に、

「よせ、くだらん」

どこからか、するどい叱声がとんだ。いつ来たのか、海老名ノ南阿弥の長身が、楽屋口

に立っていたのである。

思わず誰もが呼吸をとめたほど、南阿弥の、その夜の眉はきびしかった。

「！」

はッと、ある予感に突きあげられたらしい。父はすばやく身を退《しさ》って、南阿のために座をしつらえた。その父へ南阿もうなずき、

「今日は、使者として来たのだ清次どの」

と、ひくく言った。

「公儀政所《まんどころ》よりの内命ゆえ、つつしんで、うけたまわるように」

「公儀よりの？」

「洛中、今熊野《いまくまの》権現社《ごんげんしゃ》における明年五月の神事能は、大和結崎座の猿楽能をもって奉仕せしむるとの御意である。祭礼は三日間——。評判をきこしめされ、初日には将軍家をはじめ御連枝《ごれんし》、諸門跡《もんぜき》、公家、諸大名、幕閣のれきれきも臨場あそばすが、向こう二カ月のうちに演ずべき曲目、ならびに役者名を書き出し、お請け書とともに提出せよとの仰せであった」

父は無言だった。楽屋内も静まり返った。だれ一人、とっさには声が出なかったのだ。

猿楽者として初の洛中興行！　それだけでも夢の思いなのに、将軍家さえ、初日の能を台

覧あそばすという……。

敗退か栄光か、運命を賭けて戦う日が、いよいよめぐって来たわけだが、いざとなってみると、待ちに待っていたこの吉報が、すぐには信じられない座員たちでもあった。

緊張に血走った父の眸《め》へ、南阿も強い視線を射返しながら、

「豪毅な政治力をお持ちの半面、義満公というおかたは、演劇はもちろん絵画、書道、和歌、工芸……何ごとによらず芸術にはひとかどの識見を有し、その保護と奨励にかけてはなみなみならず意をもちいておられる風流将軍だ。したがって批判はきびしく、寸毫《すんごう》もまやかしは許されない。よいな清次どの」

ぎりッと、圧《お》しつけるような語気で言った。

「つまらぬ、取るに足らぬと思し召せば、初番の能の半ばでも席を立って、さっさと帰館あそばすだろう。終演まで、将軍家を桟敷《さじき》に釘づけできるか否かで結崎座の運命はきまる……。そう、覚悟してやることだぞ」

「はいッ」

「新座の田楽に、仕返しをするとか騒いでいたようだが、犬を贈られた腹いせに何を贈り返したとて、そんな返報はたかが知れていよう。男の仕返しなら仕事でするがいい。今熊野の舞台で、みんごと、田楽の肝を取りひしいでやるがいい」

五

醍醐寺での能を打ちあげるとする、一座は荷をまとめて結崎村へ馳《は》せもどった。

噂を聞きつたえて、外山《とび》座の宝生《ほうしょう》太夫、円満井《えまい》座の金春権《こんぱるごん》ノ守《かみ》、坂戸《さかど》座の金剛《こんごう》太夫など、大和猿楽の座がしらたちも、さっそく祝いにやって来た。

「めでたい」

口々に彼らは言い、

「首尾ようやれよ、観世太夫どの」

と父をはげましたが、かならずしも言葉と肚《はら》は同じものとはいえなかった。

結崎座の擡頭は猿楽者全般に、多かれ少なかれ利をもたらすことであり、わけて大和猿楽の各座にとっては〝一人《いちにん》出家して九族天に入る〟と同義語の結果を、恵むことにもなりかねない。重々、それは承知しながらも、父の飛躍をすなおに喜べないなにかが、座がしらたちの感情の底にはわだかまっているようだった。

嫉妬か、わが能力をかえりみての寂寥《せきりょう》か。それとも日ごろ、とかく圭角《けいかく》の多い父の性格が、仲間同士の胸にすら反感の種をかもしていたのだろうか。

宝生太夫は父にとって、腹ちがいの兄にあたる。同業ではあり兄弟《はらから》ではあり、誰よりも親しくして当然なのに、両家のあいだがらは仕事づきあいのそれを、これまで一歩も出たことがなかった。かえって親戚である故のわがままや打算、あらのあばき合いがこうじて、不満の溝をおたがいに深くしていたといえるようだ。

金剛太夫は、この宝生太夫と仲がよい。

三人のうち、いちばん隔意なく父とつきあっていたのは円満井座の金春権ノ守だが、内心、権ノ守の訪問を父は迷惑がっていたらしい。年は十以上父より若く、胴間声《どうまごえ》の猪首《いくび》おとこ……。粗野な立ち居を、本人は豪快と慢じているのだから始末がわるかった。酒がはいると、なおいけない。見さかいもなくからむし、狂い出すと腕力があるので、一人二人の手には負えないのである。

「舞の舞えない猿楽師など、どこの世界にいるものか。あんなやつが座長格で通っているから、大和猿楽は都の目ききから田舎芸とあなどられるのだ」

と、つねづねかげで、父は権ノ守を罵倒していた。能をやる者には珍らしいことなのだが、じじつ、

「わしゃ頭がわるくて、舞の手みたいな面倒なものは、よう覚えられん」

と放言し、権ノ守は勝手に舞の個所をはぶいてしまう。ワキ師に扇を叩かせて、

〽鳴るは滝の水……

と謡い出すから、いよいよ舞うわと見ているうちに、平気で、

〽わが子の小次郎が……

などと会話に移るていたらくだった。鑑識眼の高い都びとの目には、けしからぬ田舎猿楽と写るのも無理からぬことかもしれないが、ともあれこれで一座の重鎮でいられたほど、大和というところは演劇重視の伝統が根づよい土地なのである。

――この日も来るやいなや父をつかまえて、苦心の新工夫にあれこれ泥くさい注文をつけたり、大仰な、そのくせ見当ちがいな褒め方をして周囲を苦笑させていた権ノ守は、やがてささいなことから宝生太夫と口論をはじめた。今熊野での初日、初番に演じられる『翁』を、宝生太夫は、

「古来からのしきたり通り、一座の最年長者に演《や》らせるべきだ」

と主張し、金春権ノ守は、

「座がしらであり、実力者である清次どのが勤めるのが本当だ」

と言い張って争いとなったのだ。

「翁は祝儀ものだ。能に似て能ではない。言ってみれば一種の呪術《じゅじゅつ》、天下泰平のご祈禱なのだ。長老が舞ってこそ嘉例といえるのではないか」

この、宝生太夫の言葉を鼻でうけて、

「古来からのしきたりとおぬしは言うが、ぜんたい、そんなしきたりを誰がきめたんだ？公方《くぼう》の法度《はっと》か、帝《みかど》の綸言《りんげん》か？」

髭の酒を、権ノ守はさかさにこすった。

「誰でもあるまい。猿楽の仲間うちで、いつとはなく作られた習慣じゃないか。このさい破ったとて、どこからも、文句など出ようはずはないのだ」

けっきょくこの件は、『翁』の適格者である牛太夫の辞退で、父自身シテをつとめることに落着したが、宝生太夫はあきらかに気色を損じた顔つきであった。振舞いの酒をふたつ三つ重ねたあげく、それでも父へは、

「面、装束など、足らぬものがあったら申しつけてくれ。いつでも貸そうほどに」

金剛太夫ともども愛想を言い置いて、早々に帰ってしまった。そのうしろ姿を、

「ちッ」

権ノ守は見送りながら、

「田楽は蹴落したし、清次どのにあまり目ざましい出世はされたくなし……あいつら、心の中ではもやもやしとるのよ」

と、手酌で呷《あお》りつけた。

「追いたてるようですまぬが」

無遠慮に、父はそんな権ノ守をうながした。

「五月までおれは忙しい。一日とて無駄にはできんのだ。おぬしもこの辺で切りあげてくれぬか」

「帰れというのか？」

「祝い酒は、今熊野の成功がはっきりしてからでたくさんだ。そうだろう？」

「邪魔だというなら帰るよ」

立ちあがりざま、熟柿臭い唇をつき出して、

「おい、結崎の……」

権ノ守は毒づいた。

「ちっとばかりな才能を恃《たの》んでいい気になるなよ。たとえお見出しにあずかったからって、高慢が鼻先きにぶらさがっていては長つづきしないぜ」

のちに考え合せれば、権ノ守のこの罵詈《ばり》も、まるきりの見当はずれではなかったわけだが、この日の父は、もはや酔っぱらいのたわごとなどにかまっていなかった。座員たちの、活気にあふれた足拍子が入り乱れて聞こえてくる中ノ間へ、振り向きもせず去ってしまったのである。


まったくそれからの結崎座は、来る日くる日が死物狂いの真剣さだった。新作の数を父はさらに増加し、座の者たちはシテ方、ワキ方、囃子、狂言が一体となって、その習得に汗をしぼり切った。

私もはじめて小舞を習わされた。父が創始した小歌がかりの曲舞ぶし——。能での聞か

せどころを独立させ、舞の手を添えた小曲である。坐りかた、立ちかた、進み方、しりぞき方……基本からはじめるきびしい訓練に、私はベソをかきながらも、どうやら『李夫人』のひとさしをおぼえ込むことができた。

……と言っても、今熊野での台覧能に、私などを出演させるわけではない。私以外にも七、八歳に達した座の子供たちは、いっせいに稽古に入らされたが、すべてこれらは予備軍であった。子方役者の、万一の事故にそなえて養成された後詰めである。なんといっても子方の中での花形は、シテ方では兄の藤若であり、狂言方では小槌であった。

今熊野での能組みにも、ほとんど連日、兄の出番は予定されていた。父はじめ一座の宿老たちが、兄に課す訓練もしたがってきびしかったし、稽古にかける時間も、他の子供たちとは比較にならぬほど多かったが、浄禅院の給仕づとめなどとちがって、家業の習得は、兄自身、

「好きだ！」

と、口に出しても言い、打たれ、時に足蹴にあってさえ跳ね立ち、むしゃぶりついてゆく意気ごみを示した。

汗にまみれた額ぎわに、おくれ毛がねばりつくのもかまわず、たった一つの拍子を、

「よし」

と声がかかるまで、踏んで踏んで踏みぬいていた兄……。わずかながら、修業というも

のの辛さをなめてみて、兄のこれまでの辛抱がどれほどのものか、私はさとったわけなのだが、それというのも父も宿老たちもが、ともすると稽古中、相手の年少を失念して、一個のおとなに対すると同様の期待なり苛ら立ちなりを、兄には抱いてしまうかららしい。そんな錯覚をふと起こさせるだけの才能の伸びと気稟《きひん》とを、生まれながらに持っている兄であり、今熊野の演能が確定してからは、ことにも努力して、父たちのいささか無理な注文にさえ、けなげに応えようとしていた兄なのである。

　あれ以来、結崎の古家へも、海老名ノ南阿弥はおりおりやって来ては、父に忠言を与えてくれた。新らしく、面、装束、楽器類などをあつらえるための資金までを、百方駆け廻っては算段してもくれたし、また乙鶴にいたっては、ほとんど泊まりきりで装束の裁ち縫いやら小道具の手入れやら、母はじめ一座の女どもにまじって、何くれと世話を焼いていたが……。

　このまにも、またたくまに年はくれ、年は明けて、陣容は日ましにととのい、前評判も高くなった。

　そしてついに、ある一日――。

　結崎座の一行は少童の私までを加えて六十七人、都をさして発《た》って行った。猿楽者としてはじめて、将軍貴顕の前で能を演じるために……。田楽を打倒し、その王座にとってかわるために……。

応安七年、初夏四月の晦日《つごもり》であった。

六

千万の雑木が芽を吹き出し、やがて嫩葉《わかば》がほどけて新緑に変ると、山の姿は、背のびでもしたようにひと嵩《かさ》大きくなってくる。

いまがちょうど、その季節だ。

今熊野権現の社頭をめぐって、眼下にひろがる洛中の町々。また、背には、月輪山《がちりんさん》をはじめとする東山三十六の峰々――。目の行くところすべて、陽光と樹林のいぶきでない場所はない。けたたましく頭上を縫う声はほととぎす……。

台覧能の舞台は境内の南寄りに建てられ、檜皮葺《ひわだぶ》きの屋根の反りを、朝風にくっきり光らせている。

東西に仮屋を打って役者、役人の控え所とし、楽屋をつなぐ橋がかりには、赤地金襴の幕が掛け渡してある。

舞台をめぐる玉じゃりの白州――。谿流《けいりゅう》の潺湲《せんかん》を思わせる清らかな一線をへだてて入り混みの平土間《ひらどま》がつづき、初日早朝というのに、もうここは期待にみちた庶民たちの顔で、びっしり埋まっていた。素蓆《すむしろ》にあぐらをかいて、早くも竹筒の酒を舐めはじめる男、子に乳をふくませる女房……。下《げ》法師、神官、青侍等々……。

千人を越す喧騒をかこうように屏風なりにそそり建っているのは、将軍、貴顕の桟敷《さじき》である。

経営奉行をうけたまわったのは播磨の守護、赤松総州禅門だが、そろい九寸の角材を組みあげ、二百五十間、三層にしつらえた大桟敷に、虎豹の皮や緋もうせんをすきまもなく敷きつめた美々しさは、今までのわびしい旅興行とは雲泥のちがいだし、それだけにむしようにそらおそろしく、楽屋の出はいりにも、私たち幼い座の子らは胴ぶるいの止めようがなかった。

青蓮院、聖護院など、大寺の門跡・座主《ざす》たちがまず、まっさきに入場して来、つづいて公卿・殿上人の誰れかれも桟敷のうちに姿を見せた。

「そら、こんどは大名衆のお越しだよ」

と橋がかりの隅にかがまって、乙鶴が口せわしく教えてくれる……。楽屋は出の用意に忙殺されているが、舞台にかかわりない幼童たちは、乙鶴を中に寄りかたまって、見所《けんしょ》の絢爛《けんらん》に目をみはっていたのであった。

このまにも、裾を曳きつつ入場してくる局々《つぼねつぼね》の美姫《びき》たち、侍たち……。左桟敷に席を占めた黒衣の一団は、一芸をもって幕府につかえる同朋衆《どうぼうしゅう》にちがいない。中に海老名ノ南阿弥の、はげましを籠めた笑顔を見つけ出して、

「あ、来ているよ乙鶴さん、南阿弥陀仏だよッ」

座の子供たちは私はじめ、百万の味方を得たように袖ひき合った。

将軍が来場したのはこの直後であった。怖《こわ》らしい中老の武将とばかり思い込んでいた私は、二階桟敷の正面上座、金屏風を背に着坐した小直衣《このうし》姿のひとが、十七、八の、瀟洒《しょうしゃ》な貴公子であるのに肝をつぶした。

「あのかたが公方さまなの？」

「義満公だよ」

漆黒《しっこく》と雪白《せっぱく》――。巨大な二匹の犬を将軍は従えて来たが、主人が座につくと、犬どもも茵《しとね》の左右に、陶《すえ》もののように腹ばいになった。黒毛のほうを『有性《うしょう》』、白毛は『無性』といい、戌《いぬ》年生まれの将軍がとくに命じて、学問の師である義堂周信《ぎどうしゅうしん》という禅僧にえらばせた名なのだそうだ。

「さ、まもなく始まる。こんなところにいては邪魔になるよ」

子供たちをひきつれて、乙鶴はそそくさワキ正面の平土間へもぐり込んだ。舞台と、将軍の御座所とが半々に眺められる究竟《くっきょう》の場所だった。

笛の音取《ねと》りが聞こえ、見所のざわめきは潮がひくように静まって、やがてお能はじめの、あの独特な緊迫感が広い場内いっぱいにみなぎり渡った。『翁』の開幕である。橋がかりを、まず兄の藤若があゆみ出る……。露払い役で、手には面箱をささげている。

感歎のどよめきが見所に揺れた。きらびやかな直垂《ひたたれ》に小ぶりの折り烏帽子《えぼし》をつけ、小刀をたばさんだ兄の姿は、そのまま名工の手になる生人形《いきにんぎょう》に見えた。

つづいて父が登場した。翁烏帽子、翁狩衣《かりぎぬ》、白練《しろねり》の小袖に紫の指貫《さしぬき》という気品たかいいで立ちだが、緊張のためか父の顔色はすさまじく青ざめ、ほとんど別人と言っていい固い表情をしていた。

七歩ほど遅れて大槌があらわれた。狂言方の重鎮である大槌は、今日の『翁』の、三番《さんば》叟《そう》役にえらばれていた。

「お父《と》う」

と、私の片わきで、小槌がうわごとのように、かすかに呼びかけた。哀れなほど、小槌の全身は慄《ふる》えている……。思わず私も目をつぶった。気に入らなければ、能がはじまってすぐにでも、将軍は座を立って帰館してしまうだろうと、海老名ノ南阿弥は予告していた。

(一刻でも長く、一番でも多く、見ていて下さいますように……。桟敷にいて下さいますように……)

子供ごころにも、そう必死に祈らずにいられなかった。座員ことごとくがこの一点に祈念を集中し、将軍の、わずかな身じろぎにさえなま唾《つば》をのむ思いで、舞台から、楽屋から、見所のあちこちから、眸《ひとみ》をこらしていた初日なのである。

囃子方、地謡《じうたい》方も座につき、『翁』ははじまったが、ほとんど上の空で、私は正面桟敷ばかりを見上げていた。

将軍は鼻すじ涼しく、眼の大きな、やや癇癖の強そうな青年であった。そのくせ奇妙に、挙措動作はゆったりしており、顔立ちから受ける印象の鋭さを救っている。酒肴がはこばれ、『翁』の中途あたりから将軍は盃を手に取った。側妾《そばめ》であろう、多くの侍女たちにぬきんでて容姿も衣装もうつくしい一女性が右脇から酌をした。

彼女の胸もとへ、小盃を持った将軍の右手がゆるやかに差し向けられる。酒がつがれ、盃は緩慢に唇へ運ばれる。しかし、次の瞬間、クッと一ッ気に、流し込むような速さで盃は傾く。そしてゆっくりと、ふたたび膝へおりる。朱唇が濡れ、若い将軍の眉間《みけん》にはかすかな縦じわが寄る……。この、くり返しだった。

ひと言も口はきかない。無言が冷たい威となって、痩せぎすな将軍の坐り背を、実際よりひとまわり大きく見せていた。

ごくたまに盃は、左どなりに侍坐する五十がらみの、褐《かちん》の直垂を着た武将に与えられた。管領細川武蔵守どのである。この人も寡黙なたちらしく、正面上座には遊楽気分とはかけ離れた清澄、厳格な、一種の雰囲気がただよっていた。

(お気に召したのか? 召さぬのか?)

不安のうちに『翁』が終り、脇能《わきのう》の『淡路《あわじ》』に移った。

さらに『松風村雨《まつかぜむらさめ》』『自然居士《じねんこじ》』と進んだが、将軍が座を立つ気配はない。

満場はあきらかに陶酔していた。公家、大名、諸門跡の桟敷からも一番ごとに惜しみない拍手が送られた。とりたてて反応をしめさないのは、将軍の御座所をめぐるひと構えだけであった。

気が気でないらしく、乙鶴は楽屋と見所のあいだを立ったり坐ったり、せわしなく往復していた。焦燥しているのは彼女一人ではなかった。

（とにかく将軍は見ていてくれる。それだけでも、成功といえるのではないか。――もはやあと一番……、切能《きりのう》の『融《とおる》』が残っているにすぎない。最後まで将軍家を引き留めなくては……。ぜがひでも最後まで……）

舞台は白熱し、楽屋には悽愴ともいえる気迫が満ちた。

一度だけ、私も乙鶴の袖につかまって楽屋へ行き、混雑のすきまから兄を見た。『自然居士』がはじまる前で、兄は宿老たちから少女の扮装をつけてもらっていた。人買いの手で東国へ売られる寸前、青年説経者自然居士に救われる役である。面はつけない。子方用の小さな鬘《かずら》を着、胡蝶の唐織を壺折った姿は、正真正銘、可憐な一個の女の子であった。

「兄さん」

遠くから、私はおずおず呼びかけた。兄は振り返り、ニッと唇《くち》もとだけで微笑してみせた。なぜかわからない。兄のこの、ほとんど懸命といってよい微笑に接したとき、こらえにこらえていたものを支え切れなくなって、私は危うく泣き出しかけた。兄と父、結崎村で留守をしている母、そして、自分自身をもひっくるめて、いま、ながい苦しみの果てに、乗るか反《そ》るか、絶壁のぎりぎりを歩いているような一家の姿が、哀れでたまらなくなったのである。

「安心おし、竹若」

と寄って来て、兄はそんな私の肩に手を置いた。

「きっとうまくゆくよ、見ておいで。あとひと息だよ」

用のない者は出た出た、と、このまにも何度か、右往左往する座員たちに、私はこづかれたり怒鳴られたりしていた。しゃくり上げながら私も見所へもどった。肩に残った兄の手のやわらかな温感が、それからの私を勇気づけた。

こうして最後の『融』も終った。しばらく拍手が鳴りやまなかったが、場内の熱狂に背を向けて将軍は帰ってしまった。二匹の巨犬がつづき側近の臣、同朋衆があとにしたがった。一言の褒め言葉すら、ついに無かったのである。

……私は楽屋へ駆け込んだ。父たちは自失していた。

(どういうことなのか?)

誰もが理解にくるしむ顔つきだった。日いっぱい、とにかく将軍は桟敷にいた。舞台からほとんど視線を離さなかった。しかし、これでいいのか? 成功といえるのか?

「南阿弥どのに訊いてみてくれ乙鶴ノ御《ご》。同朋の溜まりへ人をやって、公方のみ気色《けしき》をうかがわせてみてくれ！」

父にうながされるまでもなく、乙鶴は加賀女座の女童《めのわらわ》を御所へ走らせた。ところが入れちがいに、その南阿弥から使いがとどき、前後して経営奉行の赤松総州からも達しがあった。

『初日一日かぎりとの仰せ出《い》だしであったが、明日もいま一度、将軍家には結崎の猿楽をごらんあそばすとの御意である。怠りなくつとめるように……』

翌日の能は四番だった。将軍は盃をふくみながら、前日同様、黙って終りまで見つづけ、やはりひとことのねぎらいも言わずに帰った。

そして三日目――。最終日にも、若い将軍の姿は黒白二匹の犬とともに二階桟敷の正面にあった。京中の評判はうなぎのぼりに騰《あが》った。

「三日の興行で三日とも、公方を魅《ひ》きつけた結崎の能とは、そも、どのようなものなのか」

言いかわし、聞きつたえて、蜜にたかる蟻さながら、人々は今熊野へ蝟集《いしゅう》した。

父たちはやっと眉をひらいた。終り切ってみるまで楽観はゆるされないが、ともあれ一応、台覧能は成功したとみてよさそうだった。乙鶴は三日目の朝、その日の能がはじまる前に、私たちの母玉苗に宛てて、いち早く上首尾をしらせる書状をしたためた。気ばやな話だが、結果はこの乙鶴の予測を裏切らなかった。最終回の能が終るとただちに、父と兄、座の宿老七人ほどが将軍の桟敷に招《よ》ばれ、例のお側妾《そばめ》の酌取りで、盃を賜わったのである。

（すわ、お召し出しだわ）

立ちかけていた観衆も鳴りをひそめて、いっせいに二階正面へ視線を集めた。

「おもしろかったぞ清次とやら」

と、将軍ははじめて微笑を見せた。やや嗄《か》れた、きびきびした声《こわ》つきであった。

「筋だての新らしさ……、わけて音曲が珍らしい。すべてその方の考案になると南阿弥陀仏から聞いたが、あっぱれなものだ。――同朋の一人に加え、郷里、大和の結崎村に食《しょく》邑《ゆう》千石を与えよう。名に望みはあるか？」

父は直答した。さすがに声がわなないていた。

「上様のおよろしき名を……」

「そちの幼名観世丸にちなんで、世間では結崎一座を〝かんぜの座〟と呼ぶそうな。今日より観阿弥と名乗り、屋敷も洛中に持つがよい」

歓声と喝采に、場内は湧きかえった。

（ついにお見出しにあずかった！　猿楽の座としてはじめて、洛中へ進出できたのだ！）

楽屋にひかえていた座員たちも、いつのまにか一人のこらず平土間へあふれ出て来ていた。彼らは抱き合い、肩を叩き合って、耳を聾《ろう》する祝福のるつぼの中に、言葉もなく泣き沈んでいた。

二階正面でも、父はじめ宿老ぜんぶが、平伏したきり顔をあげなかった。おそらく男泣きに父たちも泣いているのであろう。このまに、ゆらりと若い将軍は茵《しとね》を立つと、

「藤若とか申したな」

兄へ、片頰でほほえんでみせた。場内はふたたび静まり返った。その静寂の中を、

「予といっしょに屋形へ来ぬか」

問いかける将軍の声が、低く流れた。

「はいッ」

兄は立った。有性と無性が底光る四ツの眸を射向けていたが、兄はいささかのためらいもなく将軍のそばへ寄り、ふと、なよやかな、縋りつくような気息《きそく》になった。直衣《のうし》の袖が大きく動き、その兄の全身を、将軍の右手がしっかりと片脇にかかえ込んだ。

兄は十二、将軍はこのとき十七――。

兄弟と見るには艶めかしすぎ、強烈にすぎる炎光が、せつな、二人を包んで衆目から遠ざけた。そして、ふたたび満場が我れに返ったとき、二人はもう、車寄せへ向かって歩み出していた。のしのしと犬どもがつづいた。

私は目をみはった。混乱し、

「兄さん！」

去って行くうしろ背へ、喘《あえ》ぎながら呼びかけた。

「兄さん……」

幼い胸いっぱいに、妬《ねた》みが溢れあがるのを私は感じた。父の成功は私を狂喜させた。が、そのよろこびの代償として兄を奪われようとは、正直、いまの今まで思ってもいなかったのである。

私は兄が好きだった。ものごころつくとすぐ、私が意識し、慕ったのは、父よりも母よりも、じつは兄の藤若であったかもしれない。血を分けた彼の弟であることに、せつないまでの喜びと誇りを、絶えずひそかに私は感じていたものだ。

肉親兄弟の情とはまったく別な、官能の疼《うず》きをともなった愛……。離れていても不断に、私の意識は兄にまとわりつき、自身の気持を相手に知らせ切ろう、同時に、相手の心をも、ひとり占めにし抜こうと焦った。

そして私は満たされたか？

ある時は、兄にののしられ責められ、殴られるというかたちの中で、私は四肢のすみずみまで充実した。

しかし多くの場合、私の愛はむなしくから回りしていたようだ。私と兄のあいだには、薄い、強靭な、目に見えぬ膜のごときものが存在し、それがつねに、二人の密着をこばんだ。しかもこの膜を鎧《よろ》っているのは兄の側であった。幼時すでに、それを直覚して私は苛ら立ち、苛ら立ちのあまり時に兄を憎みさえした。

だが、膜どころか、突如いま、運命は私と兄を、厚い大きな壁でへだててしまった。もはや兄は、私のものではなかった。今までも、けっして私一人のものではなかったけれど、これからはもう、まったく別の世界の存在になってしまったのだ。

「兄さん」

声をあげて私は泣いた。小槌も泣いていた。与次郎も市も豊菊も、ぜんぶが顔をぐしゃぐしゃによごしていたが、彼らの涙と私のそれとは、突き詰めたところ、ちぐはぐであったはずである。

――桟敷の内外は退場する見物でごった返している。私の耳はその騒音を、細く単調な、一匹の虻《あぶ》の唸りとしか聞かなかった。将軍を私は憎んだ。生まれながら……いや、前の世から、こうあるべきだったと言いたげな自然な寄り添い方で、見向きもせず将軍と共に去って行った兄をも、心の底から私は呪った。

七

三条堀河に敷地をたまわり、屋敷を新築して、秋のはじめに一家は京へ移った。番匠の手配、棟あげ家《や》うつりの祝宴、地券の譲渡にからまる手つづきのいっさいは、海老名ノ南阿弥が取りしきってやってくれた。

堀河も三条へんは公家、武家の邸宅が多く、商店はあっても構えの大きい、高級な顧客の需要をみたす富商ばかりであった。掃除のゆきとどいた往来に立つと、見わたすかぎり家々の築地がつづき、植え込みの松や楓の、つややかな緑が眺められた。

人通りもすくなく、みやびた糸毛の女車、騎馬の侍などがたまに往き来するくらいで、一日じゅう四囲はしんかんと静まり返っている。

はじめての町住みに加えて、この環境は、なんともこそばゆい落ちつきのなさを、家族ひとりひとりの胸にいだかせたものだ。わけて気の毒なのは母の玉苗であった。生活の激変に彼女は動顚《どうてん》し、不安をさえ感じていたのではあるまいか。

「父さまのお仕事を、私は心から敬まっているし、こんどのお見出しを、どんなにか有難いとも思っているけれど、これからのくらしを思うとそら恐ろしい。別の苦労が待ちかまえている気がしてねえ」

引越しの前日、結崎の家ですごした最後の夜にも、私を掻きいだきながら、こう、おののき通していた母なのである。

座員のうち、おもだった者はそれぞれ洛中に一戸をかまえて住みつき、朝ごとに、堀河の座長の邸へ出勤してくるという仕組みにかわったため、養成中の弟子ッ子のほか、わが家にふえたおびただしい顔ぶれは、すべて家事だけを弁ずる目的から、新らしく傭《やと》われて来た奉公人たちなのであった。

身分へのひけめは、こうした召使の男女にすら気弱な母を竦《すく》ませるらしい。用は山ほどありながら、その処理をてきぱき命じることができず、いっそそれよりは、みずから厨《くりや》へも井戸端へもおりてしまうので、かえってかげではすれた渡りものの奉公人どもに、母は嘲笑されていた。

不慣れのために演じるどきまぎは、だが母だけではない。順風満帆、得意の絶頂にあった父ですら、御所への出仕というはじめての経験には、緊張しきっていた毎日であった。

さいわい海老名ノ南阿弥がいて、何くれと父を引きまわし、御殿内でのしきたりや人づきあいに助言を与えてくれるからよいようなものの、さもなければどんなしくじりを、父とて、しでかしたか知れたものではなかった。

もっとも南阿弥陀仏のほかにも、新参の父に好意を示し、すすんで面倒をみてくれた同朋仲間は二、三あった。うちの一人は新座田楽の喜阿弥である。

「狐につままれているようだ」

と牛太夫や十二次郎に、父は喜阿弥の人物を語った。

「永年の宿敵ではあり髭籠《ひげこ》の一件もあるから、こっちはのっけから肩ひじ怒らす思いで立ち向かったのだが、やはり舞台からうける印象通り、喜阿は温厚な、気品愛すべき有徳《うとく》の長老らしいよ。幕閣の諸侯や公卿衆などにも、折りをとらえては紹介の労をとってくれている。……千波もち屋での与次郎の目撃は、人ちがいではなかったのかなあ」

「さ、そこが、喜阿弥という老人の、老獪《ろうかい》なところではありますまいかな。油断はまだまだ禁物と思いますが……」

　牛太夫は危ぶんで言うが、向こう気の強さに似ず芯《しん》のもろい、単純なところのある父は、喜阿弥の親切に感じ入って、田楽への敵意を、やや、やわらげた様子であった。

　宿願通り都へ進出し、相手の優位に立ちえたことで、さしもの父の機鋒も、にぶったのかもしれない。当初は一騎打ちのこころぐみで乗り込んだ都だが、将軍家の睨みか、棟梁喜阿の説得か、田楽法師の側は意外なほど平静に結崎座の擡頭を傍観していた。気負い立っていた父のほうが、むしろひょうし抜けのおももちであった。同時に父の側にも、将軍家のいったんの御意にかなったからといって、それだけで都を席捲《せっけん》できるものではないことが、次第にわかってきていた。

　田楽が半世紀にわたってつちかった地盤は、一朝一夕にゆらぐものではなく、その人気、支持者の層も固い。めざましい結崎猿楽の進出ぶりに、田楽側は圧倒されて沈黙し、父は父で、都へ出てみてあらためて、田楽の実態を認識しなおしたのだろう。両者はさぐり合い、表向き妥協して、今のところおたがいに激突を避け合っている。そして、その緩衝地帯の役を買って出ているのが、新座の長老喜阿弥なのであった。

ところで、父よりも母よりも、環境の激変にとまどったのは、じつは幼い私であった。新居に移転して来た当座、誰も見ているわけではないのに、私は一人コチコチに固くなり、食事ごとに並べられる惣菜さえ、その、あまりな美味と皿かずゆえに、かえって咽喉《のど》を通りかねるありさまであった。仕立おろしの童水干《わらわすいかん》や小袖も、よごしはしないかとの気づかいから、むしろ着せられるのが苦になった。

木の香すがやかな部屋部屋、渡廊……。秋草の坪庭におり立っても、ひとの邸に仮泊しているようなぎごちなさがつきまとって、思いきり遊ぶ気になれず、召使たちに「若さま」と呼ばれるたびに、顔のほてるのをとめようがなかった。

もっとも、こうしたはにかみの裏で、私はじゅうぶん、生活の変化に陶酔していたし、一日も早く新らしい環境に慣れようとあせってもいたのである。

子供ごころに、私がどれほど富貴をよろこび、それを失うことを怖れたかは、当時しばしば、せっかくの新居を追われる夢を見たことからも推しはかれる。情けなさに、私は身もだえて泣き出し、その自分の呻《うめ》きで目を醒ますのだが、花鳥を描いた絵ぶすま、軽い、あたたかな絹夜具を確認し、

（夢だった！　ここは堀河の家だ）

気づくとこの名状しがたい安堵、小さな胸の動悸を、いま思い返すといじらしくなる。

ただ、こうして目がさめた暁は、安堵のあとで甘がなしい、別の淋しさに襲われるのが

つねだった。広い部屋に私は一人きりなのである。結崎時代は親子四人が足を重ね合い、おたがいの体温をいとしみ合いつつ寝たのに、堀河に移ってからは父母の居室と、私たち兄弟の寝間とは廊をへだてて分かれてしまった。しかもほとんど毎夜、兄は家へ帰ってこない。今熊野の桟敷から将軍の御所へつれ去られたきり、普請、移転のさいちゅうさえ二、三度顔を見せたにすぎなかった。家じゅうが京へ落ちついてからは、近くもあり、さすがにしげしげ帰宅したが、それも昼間、家業の稽古にもどるだけで、夜は吸い寄せられでもするように、そそくさ御所へ行ってしまう。たまに風邪けなどで出仕を休むと、かならず、

「まいれ、すぐに……」

将軍からの、叱責に近い使いが飛んで来たし、言われぬ先きから兄のほうで、熱を押してでも出かけて行くのがきまりであった。

浄禅院のときと同様、そんな兄の出はいりに、母の玉苗はのべつ気をつかっているが、昔とちがって、すすんでこの、家業のほかの勤めに、兄は打ち込んでいたようだ。帰邸してくる朝の顔いろは、いきいきと血のいろを刷《は》いてい、ふとするとその姿態には、成熟した女に見るようななまめきさえ、ねっとりとからまり残っていることすらあった。

妬ましさに、私の胸は灼けた。兄の肌に残っている若い将軍の薫物《たきもの》の香にさえ腹が立ってならなかったが、やがて日かずを経るうちに、兄の勤めに対するやみくもな嫉妬が、私の内部で、少しずつ薄らぎはじめた。兄の毎日には、恋より先きに〝戦い〟があるのだと

いう事実を、すこしずつ私も、幼い頭に認識せざるをえなくなったのである。

将軍のそば近く召し使われている侍童は、兄ひとりではない。御賀丸《おがまる》どの、勝尊丸《しょうそんまる》どの、万千代丸《まんちよまる》どの……。八、九人にもおよぶ容姿うつくしい少年たちを押しのけて、新参の兄が寵遇を得るためには、なみなみならぬ心づかい、悧発さを持たねばならぬはずなのだ。

こまごまと御前での心得を教える父、その父に努力を誓う兄……。二人の語気のきびしさから、あたらしく兄が身を置いた世界——華やかな外見とは似もつかない白眼の渦を想像すると、私の、兄への憎しみは次第に萎《な》えた。将軍への嫉妬などいわれのないものに思われて来、

(兄さんは戦っている!)

出仕して行く兄の姿に、むしろ浄禅院のむかし以上な畏敬をすら抱くようになった。すごろく、独楽《こまつぶり》、鞠《まり》、張り鼓……。贅《ぜい》をつくした玩具類など、日ごと兄が御所からたずさえてくる贈り物も、そうした目から見れば、競争場裡《じょうり》に打ち勝ってゆく兄の、戦勝の証《あか》しとも感じられないことはなかった。

御所からの下賜ばかりではない。

「藤若どのへ」

とことわって、大名、諸卿、諸寺の僧たちから、堀河の自邸へ届けられる贈り物は、そのころ日ましに増えて来ていた。手遊びの品どころか、やがてはみごとな白馬に、青貝摺《あおがいず》

りの鞍を置いて曳かせてくる人や、なかには賄賂《まいない》めいて、鋳《い》つぶしたら金目《かねめ》になりそうな銀製の大鈴、華麗な飾り太刀、船載の香木、織物のたぐいまで運びつけてくる大名もあらわれた。

「どうしてまあ、年歯《としは》もゆかぬ者にこのような……」

いぶかり、恐怖さえしている母にくらべると、

「かまわん。くれるものは貰っておけ」

父はむとんじゃくだった。

「将を射んとせば馬を射よの故智だ。観世の稚児に物を贈ると、公方の御意にかなうからだよ」

しかし一方、こうした風潮に眉をしかめる硬骨漢もすぐあらわれた。内大臣押小路公忠《きんただ》卿などは、

「乞食《こつじき》の仲間とすらおとしめられている散楽の少童を、そば近くはべらせ、盃を共にするなど、顕位にある者のふるまいとも思えぬ」

聞こえよがしに誹謗を放ったという。

若い将軍は、だが動じるけぶりもなかった。譏《そし》られると、かえって意地になって兄に肩入れした。

義満将軍が生まれたのは、南北朝争乱の余燼《よじん》がまださめきっていない延文三年の秋であ

る。将軍自身も春王とよばれていた幼少のころは、大挙、京へ進攻してきた南軍に追われ、侍臣に守られて、一時、赤松氏の居城、播州白旗城へ身をかくすというような困難な事態にも直面したらしい。気宇はしかし、あくまで大きく、はやくから鳳凰児《ほうおうじ》とも獅子児とも嘱目されていた。

政局が安定したため、播州から洛中へもどる道々、摂津の琵琶塚の風光がいたく気に入って、家臣どもに、

「お前ら、この地をそっくり舁《か》きかついで都へ持って行け」

と命じ、その剛胆ぶりを讃歎された逸話が残っているし、幼少から大器の風格があった。十二歳で三代将軍位を継いでからは、ことにも気鋭をうたわれたが、若い将軍のこの自尊心助長に、補佐役である管領細川頼之《よりゆき》どのが、ひと役もふた役も買ったであろうことは否めない。幕府の基盤をかため、将軍の権威を伸ばすことに、細川どのは全力を集注した。そうした管領の意図のもとに、十代の義満将軍は自由闊達な、機鋒するどい性格の持ち主として育っていったわけなのである。

押小路卿の非難など、したがって歯牙にもかける将軍ではなかったが、まだしかし、これなどはまともなだけよいほうで、しばらくすると今度は、

「観阿弥の芸に惚れたのではない。公方が今熊野にかよいつめたのは、藤若への恋のためだ。子のおかげで、観阿は浮かびあがれたのだ」

という悪罵さえ、いつとはなく世間に流れ出した。

――例の気性である。

「ば、ばかなッ」

血相変えて父は怒った。

「おれはまだしも、こんな卑しい想像は将軍家を辱かしめるものだ。稚児狂いと芸能の批判を混同するほど、あの大樹《たいじゅ》はおっとりしたかたではないわ」

以来、なんびとからの贈り物であれ、父はツケツケことわりはじめ、稽古がおろそかになるとの理由で、兄の御所泊まりにも渋顔を見せはじめた。

「おぬしらしくもないぞ観阿」

将軍はあざ笑った。

「やっかみ半分の風説などにいちいち気を立てるのは、おのれの芸に自信がないからだ。そうだろう？」

これには父も、一言もなかったらしい。そのかわり、もともと厳しかった家業の訓練が、いっそう峻烈をきわめることとなった。牛太夫のほかは岩松であろうと十二次郎であろうと容赦なく殴られた。兄といえども例外ではなかった。子供の私や小槌ですらが肩さきに青痣《あざ》をつくって、ワアワア泣き叫ぶ毎日だった。

結崎村時代から『大酒、博奕《ばくえき》、好色』の三カ条を、座員の厳守すべき戒めとして口やか

ましく守らせて来た父は、堀河の住まいに移ってからも、新らしい稽古舞台の羽目板に三禁戒を自書して貼り出し、

「そむいたやつは即刻、破門する」

と宣言していた。なめし革で包んだ細い竹鞭を手から離さず、拍子をとるにもその鞭で、床を叩いて廻るしまつなので〝観世の稽古〟といえば、はげしいものとの定評さえ、そのころ蒙《こうむ》っていたほどである。

身分や生活が向上したからといって、さすがに一ッ時《とき》たりとも、気をゆるめる父ではなかった。義満将軍の鑑識眼によって、さいわいに日の目をみた大和猿楽である以上、保護者であり批評家であるその人の心を、つなぎとめるだけの魅力を失ったあかつきは……、あるいは結崎能の上を越す新工夫があらわれたあかつきは、たちまち失脚の憂きめをみるであろうことぐらい、心魂に徹して心得ていた。

ひたぶるに目的を追っていた結崎村のころは、暗鬱な朝夕の中にも底光る捨て身の希望があった。しかし今はちがう。追われる場に立ちながら抜かせまいとする現在の努力には、表面の華やぎからは想像もしがたい匕首《ひしゅ》の怖さと、酷薄さが火花を散らしていた。中央の競争場裡に立ちまじってみて、はじめて結崎の座員たちも、つかんだ栄誉を維持するためには、どれほどの覚悟で戦わねばならぬかを痛感したにちがいない。父の鞭にも叱咤にも、だから毫末《ごうまつ》も、不平顔などする者はなかったし、結束は以前に増して固くなっ

た。

「催能は、たとえ定刻前でも、公方の出御をきっかけにはじまる。出御が早すぎ、見所がザワついて湿らないと見たら、その日の初番の能は、わざと普通よりも色どり美しい装束に着かざり、声も足拍子も強々《つよづよ》と張ってするがいい。こうして一刻も早く見所を鎮め、見所の心を能見物に誘い込むわけだが、夜のお座敷も同様だ。昼は陽気、夜は陰気……。最初の猿楽をしめっぽく始めてしまうと、しめっぽいままで終りまで能の気分はなおらない。できるだけ夜はイキのよい能をきびきびとやれ」

とか、

「眼のつけどころは、つねに公方のお顔のへんに置け。ただし、けっしてお目をみつめるな」

とか、

「珍らしさこそ『花』の真髄だ。そして、珍らしさの価値は秘すところにある。作能の場合も演技のさいも、秘すことによる『花』の効果を念頭から放さずにいろ」

というような、微細にわたる御前での演能心得を、父はしきりに口にしだした半面、

「大衆の愛顧をおろそかにしてはならぬ。幅ひろく強大な〝衆〟の人気に基盤を据えていれば、中央での情勢がどう変ろうと、そうそうたやすく、足場が崩れ去るものではない」

との見地から、春日神社の神事奉仕はもちろん、地方巡業にも、ふたたび頻繁に出かけ

はじめた。

どうやらもうそのころは、本舞台での子方を、私も勤められるようになってきていた。

ただ、私が兄とちがう点は、家業が好きでないことだった。修業はつらく旅廻りはくるしい。すきさえあれば私は稽古を怠けようとした。遊びたいさかりの童子である。考えてみればそれが当然なのだ。どうひいき目にみても私は、凡才雑駁《ざっぱく》な並《なみ》の童《わっぱ》にすぎなかった。

得た当座は夢とも思え、また、借りもののようにも感じて落ちつけなかった〝若さまぐらし〟であったが、そこが凡児だ。半年たち一年たつうちには豊かさに慣れ、それを当り前として、けっこう私はわがままをつのらせはじめた。父の鞭の下ではちぢまらざるをえないので、稽古から解放されると反動のように、目のとどかないところで悪戯《わるさ》をしたり、召使をいじめて面白がった。

私のこの小さな驕慢《きょうまん》を、さらに煽ったのは蜂丸の出現である。永和元年の年の暮れ——。

あと四、五日で正月という霙《みぞれ》の宵だった。下婢たちに居間の火桶で餅を焼かせて食べているところへ、

「おいしそうな匂いね」

打掛けの裾を曳きながら母の玉苗が入って来た。私は眼をみはった。母の背にかくれるように、結崎村のガキ大将が従っていたのであった。

「なつかしいでしょ、竹ちゃん」

と母は微笑した。

「今日から蜂丸さんはこの家で、竹ちゃんの遊び相手をしてくれるのよ」

「へええ」

わざとぎょうさんに私は驚いてみせ、

「つまり奉公にあがったわけなんだね」

いじわるく念を押した。

「おっかあが死んじゃったんだよ」

蜂丸は媚びた目つきで説明した。

「おやじは呑んだくれだし、弟や妹が多いだろ。おれ、働かなきゃならなくなったんだよ」

蜂ちゃんにもご馳走してあげなさいと母が言ったが、私は返事をせず、下婢が焼きあげていく餅を、片はしから口へほうり込んだ。雪合戦の泥玉さわぎは、まだはっきりと私の記憶にある。舞々《まいまい》稼ぎなどしてるやつは、やることまで卑《いや》しいと、あの時ののしった蜂丸！　何でもいい。そばにあるものを手当りしだい投げつけてやりたいような、狂暴な勝利感に私は突きあげられた。

「藤若さまのお帰り」

と、このとき、車寄せのあたりに声がおこり、二人の下婢と母は、あわてて迎えに立った。私に対してはけっして負けていない召使どもが、兄には父と同等の畏れを見せる。少童時代から持っていた気位というか、あるいはある種の〝威〟のごときものが、近ごろはっきりと、兄の表面には洗い出されて来た感じであった。

なにげなく入ってきたが、蜂丸の姿に兄も驚いたのだろう、

「やあ」

と不審げに相手を見、私を見た。

「奉公に来たんだよ」

いきおい込んで私は告げた。

「おっ母さんが死んだんだって。働かなきゃいけなくなったんだってさ」

兄の表情がみるみる白けた。

「どうしてこの家にきめたの蜂ちゃん。この家でなきゃいけなかったのかい？」

「いけないってこともないけどね」

蜂丸はのんきに受けた。

「たいそうなご出世だと聞いたし、どうせなら、以前よしみのあったお邸がいいだろうって村長《むらおさ》もすすめるもんだから……」

そして、寒いのか、鼻先を真ッ赤にし、洟水《はなみず》をすすりながら、

「藤ちゃん、よかったね立派になって。村のやつら、みんなおッたまげてるよ。蘭亭のお

ばばなんか、なかなか本気にしなかったほどだよ。……そうそう於寿々《おすず》がね、よろしくってさ。おれが藤ちゃんちへ奉公に行くといったら、うらやましがってたっけ。京へ移るとき藤ちゃんちのお袋さまは、いつかの小袖の償いを、すっかりすませて来たんだってね」

と、とめどなく一人でしゃべった。

その、蜂丸の口を、

「着替えしてくる」

と封じて、兄は逃がれるように次の間へ去った。もうふたたびこの部屋へ顔を見せないであろうことは、不快げな眉の寄せ方で察せられた。

兄は蜂丸が哀れだったのだ。かつての喧嘩相手であるだけに、いっそうその思いはつよかったのだろう。逆境に落ちれば、舞々風情《ふぜい》と嘲笑《あざわら》った家の子の草履まで揃えなければならない世の中の仕組みというもの……。平気でそれを強いるおとなたちの非情さと、当の本人でいながらその事実に鈍感な蜂丸の口ぶりが、兄の神経にさわったにちがいない。

「おい、ぼんやりするなよ蜂」

そんな兄にかわって、だが、私はかまわず決《き》めつけた。

「餅網や皿を片づけたらどうだい？　お客に来たわけじゃないだろうお前……」

そのくせチビのかなしさ……。半年もするうちに蜂丸にまるめこまれ、私はまんまともと通り、彼に牛耳られてしまったのだから世話はない。

京住みに慣れるにしたがって外出の味をおぼえ、小遣いの大半を、蜂丸との買い喰いに私はついやすようになった。

公家邸、武家邸の多い上京《かみぎょう》にくらべると、下京は猥雑な庶民の町である。たとえば六条左女牛《さめうし》八幡の神人《じにん》どもがひしめき合って住んでいる楊梅《やまもも》、猪熊《いのくま》、油小路へん……。酒屋、質屋、色紙屋などが軒をならべる四条富小路あたりは、いったん足を踏み入れたら、子供など、たちまち心の臓をひっつかまれるような刺激的な魅力に満ちていた。日がな一日、辻には猿廻しの破《や》れ鼓が鳴り、人だかりをのぞけば、かならず賭け軍鶏《しゃも》の蹴合いにぶつかる。

ささらを摺《す》って唄う放下《ほうか》芸人、勧進山伏の法螺貝《ほらがい》行列——。なんの肉やら、じゅうじゅう煙をあげているそばで、粕汁の鍋をかきまわしている老婆がいるかと思うと、そのとなりでは半裸のおやじが、おこし米を飴であえて、こうばしい匂いをさせていたりした。ひと土器《かわらけ》二文の真盛豆《しんせいまめ》をかじりながら小路小路をほっつき廻り、あげく共同厠《がわや》の便壺へ巾着《きんちゃく》を落とすなど、他愛《たあい》ない街歩きだったが、この正月、やっと十歳になったばかりの私には、いっぱしの冒険といえただろう。

稽古の時間さえ神妙につとめれば、あとはどこで何をして遊んでいようと、家の者はそれほど気にとめない日常なのであった。十四という実際の年より蜂丸ははるかに図体が大

きく、腕力もあったから、私の護衛としては打ってつけなわけで、

（よいお守りが来てくれた）

と、母など、安心していたらしい。私と同じく京ははじめてのはずなのに、蜂丸はたちまち下京の地理、風物に精通してしまい、

「今日は四条大宮の湯女《ゆな》風呂をのぞいてみないか竹ちゃん。そして帰りに、壬生《みぶ》の兜屋《かぶとや》で芋田楽を食おうよ」

などと、主人の子をそそのかす始末だった。

――ともあれこうして、父や兄たちとは別な世界で、私はたっぷり童心の放縦を満喫しつつ成長していったわけなのだが、十歳が終り、十一歳の春を迎えるとまもなく、生活の上で、ひとつの制約を受けることとなった。管領細川武蔵守さまの宿直《とのい》部屋へ、夜伽《よとぎ》にやらされることになったのである。

八

もうそのころ、私はすっかり舞台に慣れて、将軍御所での演能にも出勤し、兄や他の稚児、小姓たちにまじって酒席を取りもったり、余興の小舞を舞いなどしていたが、いつ、お目にとまったものか、

「竹若を所望している大名がある。差し出さぬか？」

と、ある日、じきじきに将軍家から父へご沙汰がくだった。

「お相手は？」

父は反問した。

「管領だ」

「細川さまですか」

「いやか」

ちょっと考えたあとで父は言った。

「いいでしょう。子のおかげで成り上るには、武州さまあたり、打ってつけの権勢でおられましょうからな」

「観阿め、居直ったな」

将軍は笑った。

細川武蔵守頼之という人は、もともと足利氏の血族、先代義詮《よしあきら》公の遺託をうけて幼少の義満将軍を補導し、こんにちにまで育てあげたいわば幕府の柱石であった。

年はこのとき、分別ざかりの四十九——。今熊野の桟敷《さじき》で、黙々と将軍の盃をうけていたあの、褐《かちん》の直垂《ひたたれ》の武将である。

私利私欲を排し、政治の曲直をあきらかにし、学識篤行ある者は卑賤をとわず重用するという、良宰相の典型みたいな人物なのだが、それだけに融通がきかず、対人関係にも弾力を欠いているのか、むやみと敵が多かった。

細川侯にしてみれば、

「かえりみて、わしには毛すじのやましさもない。将軍を輔佐し、幕政を切って回しているのも、亡き先代にたのまれたためで、権勢への望みからではないのだ。佞人《ねいじん》の巣窟にひとしいいまの幕閣……。じゃまだというならすぐにでも、わしは四国の領所へ帰るぞ」

という肚だから、敵方と折れ合う気など毛頭ない。

前にも触れたように、武州が管領に就任して第一に努力したのは、将軍の権威を高めることであった。

むずかしい政治のゆくたては私などにはわからないが、清和源氏の流れをくむ名族とはいえ、足利氏はながいあいだ、鎌倉の北条幕府の権力下に逼塞《ひっそく》していた家柄と聞いている。

それが、後醍醐帝の『北条氏覆滅』の檄《げき》に応じて兵をあげ、当時の武家勢力を結集して鎌倉を倒したのだ。

足利氏の号令下、二ツ引両《びきりょう》の旗のもとに馳《は》せさんじた将たちは、だからすべて、北条幕府の治政《ちせい》にあきたらぬ人々であった。

いわんや次にうちたてられた建武中興政府——天皇親政を標榜し、時代錯誤な復古政治を強行しようとする公家政権などを、彼らが容認するはずはない。後醍醐帝はたちまち吉野へ逐《お》われ、ここに足利氏による新らしい幕府が樹立したのである。

つまり足利氏をもりたて、こんにちに至らしめた諸豪族たちは、自分らがもりたてた新政権に拠って、それぞれの勢力をも伸張しようとたくらんだ野心家ども……。ひとすじ縄ではゆかぬ群雄ぞろいなのであった。

足利氏の幕下に移ってすら、彼ら同士のつのづきあいは絶えなかったし、将軍家の足場も、したがってけっして不動のものとは言えないのである。

それと、問題は、南朝の存在だった。

生えぬきの南朝側武族の反抗にも、むろん幕府は悩まされたが、麾下《きか》の幕将までがややもすると、不満があるたびに南朝方に走って、将軍家へいやがらせをやってのけるのだ。しんそこからの帰投でないことは百も承知でいながら、南朝側もたくみにそうした機会を利用して中央攪乱に乗り出してくる。小ぜりあいを、小ぜりあいのまま終らせず、なんとか大乱に持ってゆきたいというのが南朝側の肚だったし、じじつ、この南朝の策動と諸豪族の不満が結びついて、せっかく見えはじめた泰平への曙光《しょこう》が、ふたたび閉ざされかける危機も、これまで幾度か招来した。

幼将軍義満公を佐《たす》け、管領の重職についた細川武州は、初代尊氏、二代義詮の両将軍に甘やかされ、武功に誇り、放恣《ほうし》に慣れた諸大名どもをおさえつけて、足利幕府の基礎をしっかりかためてしまおうと決意したにちがいない。

さいわいに三代目の大統をついだ幼将軍は英明勇武な生まれつきである。将軍の権威をたかめ、幕権をつよめると同時に、ずるずるべったりこんにちに至った南朝対策にも、はっきりしたきりをつけるときだと武州は考えたのだろう。

南朝の存在を、

『恒久平和達成への癌腫《がんしゅ》』

と見ていた武州は、あたうかぎり武力を動かさずして、この癌を消滅させる方法——いわゆる〝南北両朝の合体〟を、終生の念願とし、その大目的に向かって強硬な施政をすすめたのであった。

理想は正しく、武州その人の赤誠にも異論をさしはさむ余地はまったくない。にもかかわらず、同じ足利宗家から分かれた親戚同士の諸将の中にすら、武州の独裁をよろこばぬ声はたちまちあがった。嫉妬である。まして抑圧の対象にされている群雄どもにいたってはなおさらだった。

反感はひろがり、それをまた、武州が持ち前の気性でかまわず押し切るので、そのころ閣内は武州派と、反武州派の二つに割れ、若い将軍はあいだに立って、人知れぬ苦慮を払いつつあったやさきであった。

もちろん子供の私に、そうした暗流が、御所内に渦まいていた事実など、理解できようはずはない。一芸人にすぎぬ父にも、

「細川さまという方は、威勢もなみなみでないが、同時に敵の多いお人らしいな」

その程度の観察がせいぜいだったし、まして武州が両朝合体策の手がかりとして、南朝の遺臣楠氏と気脈を通じていること、諸将はこの提携をよろこばず、楠氏を疑い、しいてはそれも、武州への反感の一因となっていること、さらに不運なことに、楠氏とわが観世の家とは血つづきにあたり、その血がわざわいして、やがては父の身の上にまで、思いもかけぬ悲運がみまって来ようなどと、当時、だれが予想したろうか。

細川武州といえば私たち子供の目には、色あさぐろく、ひき緊《しま》った皮膚の持ちぬしで、つややかな鼻下《びか》の髭とするどい眼光が、いたずらにただ気づまりなだけとしか写らなかったのである。

「……あの年になるまで少童の味を知らぬと言うゆえ、ちと尾ひれをつけてよさを聞かせてやったところ、興をそそられたものか、竹を所望すると申すのでな」

とその夜、語ったところをみると、この堅物《かたぶつ》を稚児遊びに誘ったのは、どうやら将軍家であったらしい。

父は頭をさげた。

「わかりました」

「さっそく立ち帰って申しつけましょう。管領のお屋敷へ推参いたさせますか」

「今宵、武州は殿中に泊まるという。宿直《とのい》部屋へつれて行けば、夜寒むの慰みになるだろう」

その足で父は堀河のわが家へもどり、母に言いつけて私を湯浴みさせ、まあたらしい紅の童水干《わらわすいかん》に着かえさせて、

「竹、おれの居間へ来い」

いつになく優しく呼びかけた。母もつき添って来たが、おびえきったその表情から私はいやな予感を受け、

「どこへ行くの？」

と質問した。

「御所だ」

父は微笑した。

「今宵から竹は、さるお歴々のお相手にあがる。そのお方が何を命じ、どうされても、抗《あらが》ったりしてはならぬ。心をすなおに、身体を楽《らく》にして、なさるままにして居ればよいのだ。わかったな」

「お相手は、どなたさまでございますか」

と、母がたずねた。とたんに父は微笑を消し、

「だれでもよい。お前がそれを聞いて、どうなることでもないのだ」

叱った。

「でも……」

　母はむせびあげた。

「竹が哀れでございます。藤のころは、背に腹はかえられぬ思いで耐えてもらいました。それに藤は、気性のしっかりした子でございましたし、自分から進んで、別当坊の求めにも応じてくれたのでございますが……いまになればもう、子を勤めに出す要など……」

「生活《くらし》に詰まっていようといまいと稚児づとめは芸人の子の慣いだ。幼少のころはおれもやらされた。田楽役者の子息たちも――喜阿弥の孫の増満寿丸《ぞうますまる》すら、斯波《しば》さまという歴々の伽《とぎ》にあがっている。十一歳にもなりながら、今まで家で放図《ほうず》なく遊びくらせた竹若など倖せ者ではないか」

　そして私の手をつかんで、父はわが家の式台を出た。将軍御所はそのころ三条坊門にあった。夜ふけの道を、太鼓打ちの与次郎と小者の蜂丸が、のめるように供について来たが、それも小侍所《こさむらいどころ》の落縁《おちえん》までで止められてしまった。

　父に手を曳かれたまま、御所の廊を幾まがりもしつつ私は奥殿の一室につれてゆかれた。局々は寝しずまって、昼見れば広大な庭も、ところどころ浮きあがって見える満開の桜をのぞいては、ひと色のなまぬくい闇に沈んでいた。

「公方のお申しつけにより、息男竹若を召しつれました」

　やがて、とある格子そとに膝をついて父は中へ呼びかけた。

「観阿弥か、はいれ」

響きのふかい低声が応じた。細川武州であった。

専用の宿直部屋であろう。武家ごのみの、質素な調度が二つ三つ置かれ、燭は暗かった。武州は酒を飲んでい、局女中らしい女が、うしろにまわって肩を揉んでいた。

「甘えッ子の、泣き虫でござります。これまで勤めに出た経験もございません。なにとぞおいたわり下さいませ」

と父は言った。

「はじめてはお互いだ。どう扱ってよいか手かげんはわからぬが、ま、どうにかなるだろう。置いてゆけ」

気乗りのしない口ぶりで武州は命じ、そのくせ眼はゆっくりと、私の全身を撫でまわしている。

「竹」

さすがに親らしい気づかいを籠めて、父は念を押した。

「よいな。なさるままにしておればよいのだぞ。わかっているな」

そして、では、わたくしはこれで、と会釈して廊へ出て行った。

「見る通りだ。小篠《こしの》も今夜はさがれ」

武州は局女中を追い立てた。

「まあ、かなしいこと」

と、ちっとも悲しくなさそうな口調で女は言い、手ばしこく燈芯のぐあいを直して、これも部屋の外へ去ってしまった。

「寄って酌をしろ」

と、こんどは私に向かって、武州は顎をしゃくった。薄ぐらい部屋に二人きりで残されて、はじめて私は、切実な恐怖にとりつかれた。提子《ひさげ》の酒を銚子にうつそうとし、手がふるえて畳にこぼした。

「よし、酒はもうよい」

じっと眼のすみから、武州はその私の動作をみつめていたが、盃を伏せると、立って、私の肩をつかみ、隣室へ押し入れた。

九

そこは小さな寝部屋であった。屏風が立て回され、中央に床がひと組みのべてあった。

「着かえろ」

と武州は言った。母が着せてくれた水干上下を長いことかかって私は脱ぎ、枕上《まくらがみ》に置かれている白練《しろねり》の小袖に着かえた。いつのまにか、武州も白い寝間着すがたにかわっていた。

「床にはいれ」

と武州が命じた。私は言われる通りにした。武州も片脇きへはいって来、私の小袖の紐を解いた。

そして、あのことがおこったのである。思いもよらぬところに、焼きごてでも当てられたような激痛を感じて、私はとびあがり、身をよじって叫んだ。

「いやだッ、離して」

そして渾身《こんしん》の力で、武州の骨ばった痩軀《そうく》をはねのけた。油断をつかれて武州は仰向きざまに転倒し、我がぶざまに逆上したか、いきなり私を蹴った。相手の幼少を、この時まったく武州は失念したのだろう。私を蹴り、踏みにじり、つかみあげて殴った。私は泣きわめき、武州もきれぎれに、何か意味のない呻《うめ》き声をあげた。

「どうなさいました、との」

と、あの侍女が駆けつけて来た。彼女の目は好奇に光って、はれぼったい瞼には力がこもっていた。

「わっぱめ！」

さすがに苦笑して、細川武州は私の襟がみを離した。私は跳ね立ち、抱きとめようとする女の腕をかいくぐって逃げ出した。方角はわからなかった。まっ暗な御殿の透廊《すきろう》を、小袖の前をはだけたまま、糸の切れたいかのぼりさながら私は走った。

ひとところだけ格子があげてあり、灯の洩れている局があった。壁代《かべしろ》の内側へ、私はやみくもに駆け込んだ。

「ま、誰？　どこの子？」

中にいた二、三人の女房が身をすさらせて咎《とが》めた。私は訴えた。

「お願いです。兄さんの部屋をおしえてください」

「ああ、あなたは藤若どのの弟ね。待っていらっしゃい。呼んできてあげるから」

女房の一人が立って行き、待つまもなくその背について兄が来た。寝間着すがたのまま泣きじゃくっている私を見て、兄は頰をあからめ、

「ご挨拶してお立ち。兄さんの部屋へ行こう」

不機嫌な口ぶりでうながした。

兄の居室は将軍の御寝所まぢかにあった。御所へあがっても、ふだん私は、父たちのいる同朋溜まりを控え所にしていたし、兄の部屋へはめったに来たことがない。梨地蒔絵《なしじまきえ》の美々しい調度……。すべて、義満将軍の好みに統一されている明《みん》渡りの高価な床かざり……。

しかしその夜、私の目にはそれらの何もうつらなかった。

「兄さんッ」

相手の胸にとびついて私ははげしく泣き出した。兄の胸にはいつもの梅の香——将軍の肌の移り香が匂っていた。

「静かにしろ、坐るんだ竹若」

と、そんな私を、兄は叱りつけた。

「お前が今宵、細川さまのお伽《とぎ》にやられることを、ついさっき、公方から聞かされて私は知った。できればその前に会って、いろいろ話してやりたかったが、ご用繁多でひまが作れなかった。でもお前ももう十一歳だし、私が何を言わなくても父さまの教えを守って、すなおに勤めるだろうと安心していたのだ。それなのに……お前はしくじった。おそらく泣き足掻《あが》いて細川さまに辱しめを与え、泊まり部屋から逃げ出したのだろう」

「痛かったんだ」

私は弁解した。痛かった、が、痛みよりも感触のぶきみさに、私は耐えられなかったのである。

「そんなはずはない」

兄はきめつけた。

「竹はわがままだし、大げさだ。少しぐらいの痛みははじめ誰にもあるものだけれど、辛抱できないほどのことではない。細川さまが勝手をのみ込めず、性急に竹を扱ったにしても、二、三度がまんしていればすぐ慣れる。もし、どうしても痛むようなら方法がある。薬もあるのだ。肝心なのは、辛抱しぬこうという気構えなのに、竹にはそれがない」

「兄さん」

しがみついたまま、両腕に力をこめて私はささやいた。稚児づとめ……。兄の上に思い描いていた陰湿な疑いの全貌が、霧でもはれるようにはっきりと、今こそ私にも納得がいったのである。

「浄禅院の別当坊へお伽に上ったとき」

と、口ごもりながら私はつづけた。

「兄さんは七つだったね。こわくなかったの？　痛くもなかったの？」

兄ははげしく眉をしかめ、瞼をとじて、

「こわかったさ」

と、引き息に言った。

「こわかったし、苦しかった。でも、がまんしなければならなかったのだ。家が貧しく、それに私たちは卑しい遊芸人だった。富んだ今も、遊芸人であることに変りはない。そうだろう？　竹若」

「遊芸人……」

私はふるえた。

「将軍さまも、では、兄さんを卑しんでいるんだね？　卑しみながら兄さんをなぐさみ、くるしい勤めを強いているんだね？」

兄は黙った。しかめていた眉が開き、微妙な陶酔が、ゆっくりその両頰にひろがった。

「ちがう。上さまは私を愛している。私のなにもかもを、だ」

「！」

「私も上さまが好きだ。稚児づとめというものはね竹。抱かれる側の稚児が抱く相手をしんそこ好けば、もはや〝勤め〟ではなくなるのだよ」

「でも……、でも」

忘れかけていた嫉妬が猛然とよみがえって来た。懸命にその思いと戦いながら私は反問した。

「くるしいことはくるしいんだろ？　好きということと、痛みは別だろ？」

「痛みにはすぐ慣れると言ったはずだ。慣れるだけではない。愛せる相手となら、からだの苦痛はよろこびにかわるものだよ」

身もだえて、私は泣いた。

「嘘だッ」

泣きながら、憎しみをこめて私は叫んだ。

「兄さんは公方を愛してなんかいない。愛したふりをしているんだ。むりやりに、そういうふりをして公方をあざむき、自分までをごまかしながら、競争相手の侍童たちに立ち向かっているんだ」

「竹！」

兄の眸が、刺すように光った。私はひるまなかった。

「兄さんは誰も愛しはしない。人にいくら愛されても、愛し返すことをしないひとだよ。兄さんの心は膜で鎧《よろ》われているんだ。おれはちゃんと知っている。たとえ公方だって、兄さんの心の内へ踏み込むことはできない。そうだろ？」

兄は笑った。むりやりとしか思えない不自然な笑顔だった。

「竹は今夜どうかしている。武州とのことで気が立っているんだろう。——私は私を愛してくれる人に、いつでも心から応えているよ。不満なのはお前が欲ばりだからさ」

「とにかくおれはいやだ」

しゃくりあげしゃくりあげ私はこばんだ。

「武州がきらいなんだ。武州もおれを好いてない。それでも行かなきゃいけないの？」

「いけないだろうね」

と優しい、そのくせ冷ややかな口調で兄は結論した。

「稚児が相手をきらい、身体のまじわりを厭《いと》うのは普通だよ。でも、それでも勤めだと思って耐えるところに、稚児の美しさと哀れさがあるのだ。そんな自分を、外側から眺めるゆとりができたとき、たとえ武州を嫌っていても、竹の身体は、勤めそのものを厭わなくなるよ」

管領の不興を買うということが、どれほど恐ろしい結果をわが家にもたらすものであるかを、私とて知らないわけではなかった。父の激怒、その打擲《ちょうちゃく》のこわさをも、私は今さらのように思い起こした。

(卑しい遊芸人！——どう、くらしぶりが変っても、舞々は舞々……)

私は自分を、檻に追い込まれた小さな獣《けもの》だと思った。逃げることはできない。檻の中へ私を追い入れたのは父であり、父のうしろにあって、父さえもあらがうことのできぬ〝力〟である。そして檻の中の仲間だと思った兄は外にいて、無情に私をみつめている。

——よろめきながら私は立ちあがった。

「行くのか？」

兄が訊いた。

「うん」

うなずくひょうしに、乾きかけていた涙がまた、寝間着の胸にこぼれた。兄も立って来、

「いっしょに行ってお詫びしてやる」

と、私の肩を抱いた。

「好くことのできない相手にぶつかったのは竹の不運だ。でも、幾度も言う通り、痛みな

どはすぐ慣れる。わずかのま、こらえていれば勤めはすむ。あとは気ままに、寝てしまっていいのだよ」

廊のうすくらがりへ、肩を抱かれたまま私はふたたび歩み出た。武州の宿直部屋は意外な近さにあった。

小篠という、あの局女中に酌をさせながら、武州は酒の飲みなおしをしていたが、私たち兄弟がはいって行くと、

「もうよい。懲りた。やはりしつけぬことは避けたほうがいいらしい」

にがり切りながらも、思いがけず淡泊な口調で手を振った。

「よく申しふくめました。こののち粗相はいたさぬと竹めも悔いております。お許しを……」

兄が詫びたが、

「いや、たくさんだ。稚児遊びはむごくていかん」

武州は拒否し、

「ただしわしにも外聞はある。表向き、竹はあくまで細川の寵童だ。よいか」

じろと私を見て、と念を押した。

「では、上様へも父へもそのように？」

「もちろんだ。わしが殿中へ泊まる夜は、竹も泊まる。酒宴の席ではわしのかたわらにい

て用を弁ずる。……わかったな」

「はい」

「小篠も口外無用だぞ」

そして、

「行け、行って寝《やす》め」

と、もはやうるさげに私をうながした。先刻の寝部屋とは反対側に、これは純粋に眠蔵《めんぞう》と呼べそうな、細長い六畳間が附いており、子供一人のための夜具が敷かれていた。兄も退出して行き、

（助かった！）

安堵と怖れの入りまじった気持で、私はその夜具に身を横たえた。しんじつ、虎の口をのがれた思いであった。

隣室では、それからもしばらく武州が酒を飲んでいた。酒器の触れ合うかすかな音のほかは、女との話声も聞えない。うとうとと、いつのまにか私は眠り、醒めたとき、隣室の灯りは消えていた。闇の底で、私は耳をすませた。どこからか人の唸りに似たものが、ゆるく、たえだえに波打ってくる……。

床の上に私は起きあがった。武州が急病にかかったのだと思い、そばへ行って介護をするか、医師《くすし》を呼ぶかしなくては叱られると、とっさに思案した。

隣室との境いの襖《ふすま》を、私は音がしないようにあけた。酒の香が鼻をつき、座敷に人影はなかった。唸り声は先きの寝部屋から洩れていた。押し殺したような咽喉《のど》声であるが、

（ちがう。武州じゃない）

と、私は気づいた。

（小篠だ。……あの侍女だ！）

襖ぎわに私は居《い》竦《すく》んだ。十一歳の少年にも、その声が病気と無関係であることは直感された。ついさっき、刹那ではあるが体験した武州とのまじわりによって、私は小篠が、私の身がわりにされているのだと想像した。

（あの呻きは、苦痛をこらえているためにちがいない）

私はすさり、床に逃げ込んで耳をふさいだ。声は遠のき、やがてやんだ。それでも長いこと夜気のなかで、私はふるえながら息を凝らしつづけた。

——いつのまに寝入ったのか、ふたたび眼醒めたとき、あたりはすっかり明るくなっていた。蔀《しとみ》、格子は開け放たれ、次の間、その次の間の掃除も終って、さみどりの簾《す》がすがすがと朝風に揺れていた。あわてて私は着かえ、廊へ出てみた。小鳥の囀《さえず》りのほか近くに人影はなかった。妻戸のはしに、私のためらしい洗面道具がぽつんとそろえてある。手《ちょう》水《ず》をつかい、さて用もないまま、廻廊づたいに私は歩き出した。対ノ屋とおぼしい向かい

の棟に、人の動きが小さく見える。

行きついてみるとはたしてそこは、見おぼえのある同朋衆の控え部屋であった。父はすでに出仕してい、

「竹か」

強い凝視を、私の全身へすばやく走らせた。思わず私はうつむいた。父の眼がまともに見返せなかった。父のほか部屋には田楽の喜阿弥と連歌師の琳阿弥が居あわせて朝茶を喫していたが、

「ほ、竹若どの」

尉面《じょうめん》そっくりな顔を、品よくほころばせながら喜阿弥が声をかけてきた。

「昨夜は殿中にお泊まりだったのか？」

「細川どののお召しでな」

と、ひきとって父が答えた。喜阿弥の顔色がかすかに変った。

「なに、管領の伽に竹若どのが？」

「野そだちの上に稚児づとめは初めての童《わっぱ》。御意にかなうかどうか、昨夜は夜っぴて案じていたのだが……」

「ハハ、心配無用。ケロと、涼しげなお顔つきじゃわ。のう竹どの」

横から琳阿弥も、

「ためしに水を飲んでみろよ、坊……」

と口をはさんだ。

「どこか、洩れるかもしれないぞ」

父が笑い、喜阿弥が笑った。言葉の意味はわからなかったが、からかわれていると私は感じ、走ってその場を離れた。むしょうに父が憎らしく、琳阿にも喜阿にも、私は燃えるように腹が立った。笑声はしばらく追って来た。

橋廊下を渡ると北庭に的場がひらけ、さわやかな弓鳴《ゆんな》りが聞こえてきた。私は眸をこらした。陽光の下、片肌ぬぎになって弓をかまえているのは、二十歳の義満将軍であった。足もとに兄が侍坐し、矢を渡している。水あさぎの兄の水干と将軍の銀摺《す》り箔《はく》の小袖が、やわらかな朝の日ざしを吸って、そこだけぼうと、光の暈《かさ》に包まれでもしたように煙って見えた。

彼らから二間ほどさがった露の芝地に、細川武州が佇《た》っていた。両腕をガキと背にまわした姿勢で将軍の弓勢《ゆんぜい》を見守っている横顔には、荒磯《ありそ》の巌《いわお》さながらな威厳と静謐《せいひつ》がにじみ出ている。

昨夜のいっさいを、一瞬、夢かとも私は疑った。わけがわからなかった。大人のふしぎさ……。四つちがいでしかない兄も、この朝の私の眼には、まぎれもなく一個のおとなに見えた。

十

永和四年三月に将軍家の新御所、北小路室町第《だい》が、寝殿をのこしてほぼ完成した。

この地はもと、仙洞の御領であったが、火災のため御所が焼失したあと、将軍家に賜ったものなのである。

今出川氏の菊亭跡まで併せた広大な地域で、庭中には賀茂川の流れをひき、一町にもおよぶ池をつくって、その池畔を透渡殿《すきわたどの》がめぐっている。家々より献上の名木珍樹が、四季絶えまなく花をつけているところから『花の御所』とも異称された豪壮な第宅であった。

この、新築をことほいで、おなじ年の夏、祇園祭りの鉾《ほこ》渡りに先き立って田楽の新座と、わが結崎座による稚児能の立合いが企画された。子方同士の競演である。

新座にはそのころ喜阿弥の孫で、増満《ぞうま》寿丸《すまる》と呼ばれる花形子役がい、結崎座の藤若と人気をきそっていた。

この年、兄は十六歳、私は十二歳……。増満寿丸は十五歳の子方ざかりのうえ、細川武州とは犬猿の仲と噂されている幕閣の宿将、斯波《しば》右衛門督《うえもんのかみ》義将《よしまさ》どのをうしろ楯に持つ稚児だった。

近江の京極高秀どの、尾張の守護土岐頼康どの、因幡の守護山名師義どの、また僧侶では天竜寺法主春屋妙葩《しゅんおくみょうは》ら、利害、感情の上の齟齬《そご》から、細川武州に深刻な反感をいだくにいたった人々は多いが、わけて斯波どのと武州の不和は、お二人の身分が身分だけに、近ごろ閣内に、どす黒い危機感をすらかもしはじめていた。

斯波氏も細川一門とおなじく足利の血族──。細川家と交替に、管領職につく重責の家柄である。

義将どのはそのころ二十八、九……。父子《おやこ》ほど、年のひらきがあるにもかかわらず、衆望を負って、立派に武州と対抗しうるほどの器量人と目《もく》されていた。

おもて向き、武州の愛童と見なされている私と、反細川派の領袖斯波どのをうしろ楯に持つ増満寿丸とが、したがって日ごろ殿中で、仲むつまじいはずはない。それでなくてさえむかしから、宿意を含み合っている田楽と猿楽である。棟梁の喜阿と観阿が、つきあいの上でどう融和していたからといって、仕事の意地はおたがい、まったく別だった。

稚児能の演目は各座とも能が一番、小舞が三番ずつという簡単なものだが、父はシテ役の兄のために新規に能を書きおろし、じゅうぶん、その力量が発揮できるよう随処に工夫をこらした。

稚児能というのは、おとなのやる能の雛型みたいなもので、装束が小ぶりになるのと、若い女に扮する場合、面をつけず、素顔で演じるほかは、すべて本式の能と同じなのである。

もともと今度の立合いは、斯波右衛門督の口から言い出されたものだけに、増満寿丸への、斯波どのの力こぶの入れかたは尋常でなかった。

土岐、山名、京極ら、斯波方の諸大名もこぞって増満寿丸をひいきしたため、いきおい将軍家も藤若の後援にやっきになるし、ふだん、殿中には節約令を布告し、自身も質素を旨としている細川武州でさえが、豪華な紗《しゃ》や精好《せいごう》を、

「藤と竹の装束料に……」

と、こっそり堀河の家へ届けて寄こすありさまで、幕僚たちの日ごろの暗闘は、こんなささいな遊びごとにも、敏感に反映していた。

（負けてたまるか、田楽の童《わっぱ》などに！）

子供ごころにも私たちはふるい立った。

結崎座の新作能は『静』といい、前後二場にわかれている。義経主従と袂別した佐藤忠信と静御前が、吉野山勝手明神の社前で舞を舞い、計略を用いて、衆徒《しゅと》らの義経追撃の矛さきをにぶらせるという、演劇的興味と歌舞のおもしろさを両立させた、いかにも父の作らしい一曲だった。

ワキ役の忠信は、岩松の子の松富——。兄と同じ十六歳だが、最近めきめき腕をあげてきた結崎座随一のワキ方子役である。

吉野衆徒には小槌をはじめとする狂言方の少年たち。シテの静御前は言うまでもなく兄……。

小舞をつとめる私のためにも、父はあたらしく『太子』という作を書きおろし、節づけを海老名ノ南阿弥に依頼してくれた。

稽古は春早々からはじまった。

新作能の『静』はもちろん、小舞でさえ内容は伏せられ、極秘のうちに訓練がほどこされていた。

「珍らしさこそ、芸道の勝負に勝つ原則だ」

との、いつもの父の信念によるのである。たんに演目を公開する、しないだけの問題ではなく、この、

「秘してこそ、芸能の花」

なる原則は、父に言わせれば、謡《うたい》にも舞にも演技面にも、すべてに当てはめて考えてよい真理であるらしかった。

「花は心の工夫。その花を咲かす種は芸力の練磨」

とも父はよく私たちに言い聞かせていたが、たとえば謡ひとつにしろ、音譜通り、まちがえずに謡うのがせいいっぱいの段階では、花などけっして咲きっこない。練習を積み、

謡をすっかり手の内に入れてはじめて、曲の綾《あや》が生まれてくる。この綾こそは節の上の花であり、珍らしさの〝うま味〟であるというわけだ。

演技もその通り……。女にしろ鬼にしろ、似せよう似せようと努力しているうちは問題外だ。稽古を徹底的にやっていくと、やがて、似せようとも思わなくなる段階に達する。しんそこそのものになり切ってしまい、似せようなどという無駄な努力から解放されてはじめて、面白く見せるための工夫——花を咲かせる工夫に、力をそそぐゆとりが生れてくる道理なのである。

「はげしく身体を動かす舞ばたらき……。わざとそんなときは、身体とは逆な、柔軟な心を持て」

とも父は言う。身体と相反する心を保てば、どんなにはげしく動いても、その人の舞は荒くならない。

もっともっとこまかく言えば、上半身を強く動かす場合は足踏みを加減し、足を強く踏むときは上半身のうごきを静かに保つというような微細な心づかいにも、すべてこれ、相反するところに生ずる珍らしさ——〝花〟の原則が当てはまるというわけである。

「兵法をみてみろ、敵の意表をつければ、寡兵よく大敵にも勝つではないか」

ただし、ここで、考えておかねばならぬ一条は、そうした秘策を持つことさえも、敵方に知られてはならないという注意である。

策そのものを知らなくても、策がありそうだと勘づけば相手は用心し、油断しなくなる。楽勝し、完勝するためには敵方の虚をつくことだ等々、父の指導は、すべて父自身の体験にもとづいて周到だった。

田楽の側も、増満寿丸のために新作を用意したらしいが、喜阿弥といえども作能技術の点では、はるかに父に劣っていた。曲の新らしさ、狙いのおもしろさ、すじ立ての多様性が迎えられて、第一線にのしあがった結崎座なのであり、能の質で勝負するとなれば、まず、父の右に出る者はない現状だったのである。

――ところが、祇園祭りもあと四、五日というまぎわになって、結崎座にひとつの椿事が持ちあがった。ワキ役の松富が大怪我をし、医師から出場不可能を宣告されたのだ。

新造の室町御所には寝殿をはじめ、釣殿、釜屋など、まだ棟上げの式もすまぬ半つくりの建物がところどころ残ってい、番匠どもが連日大ぜいはいり込んでいる。兄と松富は御所からの退出途上、お馬場裏の材木置場を通り、どうしたはずみか、倒れかかって来た角材の下敷きになったのである。

並んで歩いていたことと、松富がとっさに兄をかばって、その身体の上に覆いかぶさったことで、左腕に、兄は軽い負傷をしただけですんだが、松富は肩の骨をつよく打ち、腰にもひどい打撲を負った。医師は、

「案じることはない。かならずもと通り舞台に立てる」

と断言したし、父も松富の治療には万全の手をつくす心組みでいるが、それでも床あげまでにたっぷり二カ月はかかるという。

風聞はたちまちひろがり、

「田楽側のしわざだ」

と、ささやく者も出た。

「目的は藤若だったにちがいない。番匠どもが、たしかに結んで帰ったと言い張っている置場の縄が、いつのまにかほどけていたというのも面妖なはなしではないか」

座員たちはもちろん、結崎座ひいきの人々は激昂し、過失か故意か、糺明しろと逸《はや》ったが、何よりは目前に迫まった立合いをどうするか、父たちははたと困惑した。万一にそなえて、松富の弟の松王にも、親の岩松は、忠信役を仕込んでおいたのだが、十六歳のシテにくらべて松王は年端《としは》も背丈も足らず、それに格段に芸力が不足していた。

「だめだ。これでは使えない」

松王の舞台を見て、父は眉をしかめた。

「それでもまだ、まったく『静』を習わない他の子方たちにくらべれば、松王はましではありますまいか」

牛太夫の進言にしたがい、ともかく残された日数をぶっ通して、十二歳の松王は猛稽古を受けることになった。辛抱づよく兄はつき合い、岩松も付ききって泊まり込みの仕上げをしたあげく、当日を迎えたわけなのだが……。

やはり結果は思わしくなかった。生まれてはじめての晴れ舞台に松王はあがってしまい、謡の受け渡しをまちがえたり、まをはずしたり、さんざんだった。兄が懸命にとりつくろったことと、新作のめずらしさ、女装の兄の、素面《ひためん》の花やかさに幻惑されて、見所はけっこう熱狂したが、

「シテにも狂言方にもすまぬ」

と、親の岩松は楽屋で頭をかかえていた。増満寿丸の出しものは、やはり新作であった。容姿も舞ぶりも、兄にくらべると花やぎに欠け、匂いの点でおとっているが、それだけにこの少年の芸風には手堅さが目立った。ただ、予想にたがわず能そのものが平板《へいばん》、退屈で、増満寿丸の長所を充分生かし切っていなかった。

兄は力闘し、増満寿丸もがんばったが、勝負は結局のところ、引き分けと見るのが至当のようだった。

「松富さえ出ていたら、圧勝できたろうに……」

口々にひいきは無念がり、あと味のわるさはだれの胸にもよどんで、能のあと、とうとう喧嘩にまで発展――。人ひとり、都を追放されるさわぎが持ちあがった。

稚児能が終ると、次の呼びものは神輿《みこし》迎えの鉾《ほこ》渡りである。群衆は祇園社の境内から、

われがちに町通りへくり出し、将軍、諸侯も騎馬、乗り物をつらねて四条東ノ洞院の桟敷《さじき》に移動した。桟敷の経営奉行は、加賀の守護富樫ノ介昌家どのであった。

盃がまわされ、将軍家の酌取りには愛妾高橋ノ局と兄、細川武州のとりもちは私、斯波義将どのの相手には増満寿丸——、諸大名、ご一門の座主、門跡がたもそれぞれ片わきに寵童をはべらせて、鉾の渡御《とぎょ》を見物したが、長刀鉾《なぎなたぼこ》を先頭に、あるいは新月をきらめかせ或いは州浜《すはま》を飾り、囃子おもしろく行進する山鉾、山車《だし》のかずかず……。

見物の熱鬧《ねっとう》は大路小路をゆれ返し、祭りの興奮も高潮に達したと思われるころ、とつぜん、階下の桟敷で絶叫がはじけ、人の揉み合う気配がおこった。

「何のさわぎだ？」

興を削《そ》がれたおももちで、将軍は左右を見返った。近習の侍が立って行き、すぐもどって、

「同朋同士の喧嘩でござります」

と告げた。

「連歌師の琳阿弥が酒に酔いくるって、新座の喜阿弥をなぐったとやら申しております」

「つれて来い、ここへ」

「琳阿をでございますか？」

「喜阿もだ」

このまにも階下の騒動はますますひどくなり、器物のこわれる音、怒声がひびき、道通りの群集も鉾見物をやめて、桟敷下へむれたかって来た。近習はふたたび走りおりて行き、琳阿弥を二階へ曳っぱりあげた。歩行も危ういほど琳阿は泥酔してい、御座所に近く、べタと坐ったひょうしに、蒸菓子の折敷《おしき》を蹴倒したが、それさえ気づかぬていたらくだった。

喜阿には海老名ノ南阿弥が附き添ってきた。よほど重いものででも殴られたのか喜阿の額は割れ、抑えている懐紙から血が噴きこぼれて、薄地の夏の素袍《すおう》にまで点々と飛び散っていた。

これほどの暴行とは思わなかったのだろう、将軍はじめ座中の人々は盃の手をとめ、いっせいに眸を澄ませて喜阿を見た。孫の増満寿丸などはおどろきのあまり、何か叫んだようであった。

南阿弥にささえられながら喜阿は平伏した。老休のせいか、その姿は痛々しく見えた。

「琳阿め、狂気したか」

声をはげまして将軍は叱った。

「いや、正気でござる」

琳阿はうそぶいた。

「正気だからこそ喜阿めの悪口、腹にすえかねたのじゃ」

「喜阿が何を申した？」

「山車が通るたびに、玉リン見や、あの地獄めぐりの亡者の面《つら》はおぬしによう似ているの、玉リンのてては西院の土手の紺掻《こんか》きと聞いたがほんとうかのと、いやもう口汚いことをぬかして、私めを愚弄《ぐろう》するのでござる」

同朋衆にはいま一人、林阿弥と称する者がおり、まぎらわしいので人々は琳阿のことを、かげで玉リン玉リンと呼んでいたが、どうしたわけかそれが耳に入ると、琳阿は血相かえて怒るので、面と向かって口に出す者はなかった。

「おそれながら」

喜阿がすすみ出て陳弁した。

「琳阿どのを揶揄《やゆ》した覚えなど私にはござりませぬ。むしろ琳阿どのこそ酒宴のはじめから、何やら納得ゆかぬことを申してくどくど私にからみ、取りあわずにいるといきなりとびかかって、提手《ひさげ》で私を殴りつけたのでござります」

「どちらの言い分が正しい？　南阿」

将軍はたずねた。

「さあ」

困惑をあらわに、南阿は膝へ眼を落とした。

「なにぶんにも、鉾に気をとられておりましたので……」

「わかっている。嘲弄されたというのは言いがかりだ。何ぞ腹中の鬱憤を酒にかこつけてはらしたのだろう。そうだな琳阿」

「日ごろからわしゃ、喜阿めのとりすました君子づらが癇にさわってならなんだ。うわべと中身があべこべなやつ……。肚ぐろい、企らみぶかい狐男とは、この喜阿のことでござるわ」

「そう言い切れる確証でもあるのか」

琳阿は頭を垂れ、グニャグニャと上半身を揺《ゆ》りうごかした。

「確証があるならば、酒にかこつけて殴りなどするものか」

ひとりごちるように彼はつぶやいた。

「とっくに出るところへ出て訴えるわ。ヘッ」

「いさましいな琳阿」

将軍は睨んだ。

「その意気でこれからも大いに嚙みつけ。……ただし、予の身近ではうるさい。東《あずま》とやら武蔵野とやら、人の居ぬ野山で心ゆくまで吠えろ」

おそれながら、ご追放はちと……と南阿がにじり出て取りなそうとしたが、

「こういうたわけを甘やかしておくと、この先きどんな他《はた》めいわくを惹き起こすかわからん。追放は琳阿自身のためでもある」

と将軍はきかなかった。侍どもに引っ立てられて琳阿弥は去り、喜阿も医師の手当てを

受けるべく南阿につき添われて退った。酒宴はもと通りつづけられたが、感興は中断してふたたび盛りあがらなかった。

「肚ぐろい狐おとこ……」

この琳阿の言葉は、あきらかに兄と松富の負傷事件を田楽側のしわざと見、糸をひいた蔭の人物に喜阿を擬して、そのやり口の陋劣《ろうれつ》さを非難したものである。しかし、琳阿の推論を糺明してゆけば、問題は田楽者、猿楽者のしのぎの削り合いから逸脱して、とんでもない高所へ、いま、すぐにも飛び火するおそれがあった。

増満寿丸に酌をさせながら、そしらぬ顔で鉾を見つづけている斯波右衛門督、同じく私を片わきに、黙々と盃をかさねている細川武州——。対立の中間に坐して、これもさりげなく、琳阿ひとりを追放してのけた若い将軍の苦慮と腹中の憤懣《ふんまん》は、うわべ以上に烈しいものであったろう。

かしこく中立を持してはいるが、将軍の、ひと皮下の感情は、当然、武州にかたむいている。育ての恩人なのだ。直情一徹にすぎるその性格を、ときに煙たく思いつつも、武州への信義を将軍は捨てきることができない。

ただ、だからといって、斯波どのはじめ反細川派の諸大名を向こうにまわし、彼らの憎しみを承知で、武州への肩入れをあきらかにするほど、この青年公方は単純無策な生まれつきでもなかったのである。

日ざしはまだ強く、人の出汐もこれからと見えたが、将軍はやがて、

「帰館する」

と言い出し、不快げなその一言につれて、諸将、諸卿もほとんど桟敷を立った。

細川どのは頭痛がするとかでその場から屋形へもどり、私は解放されていそいそ家路についた。蜂丸が見つけて供溜まりからとび出して来、いつのまにか小槌や松王も合流した。

――この年の祇園祭りは、造り替えのためながいあいだ渡御のなかった神輿が出来《しゅったい》し、ひさしぶりに拝めるというので、例年にない賑わいだった。

町々では、町人たちが、それぞれの頭《とう》ノ屋《や》へ集まって早くから山車《だし》の工夫に趣向をこらし、何町では五条の橋の牛若丸、何町では作り物の山から白絹を落として鯉の滝のぼり、そのまた隣り町ではぐっと奇抜に、賽《さい》の河原の鬼ぞろえなどと、下馬評もさかんだったが、いよいよ当日となった昨日今日は、京中が釜の中の豆さながら揉み合い煮えくり返って、囃子の聞こえない辻はないほどであった。

この日の夕空がまた、地上の浮き立ちにおとらずうつくしかった。朝のうちは小雨などぱらつき、雲も低かったが、時がたつにつれて気持よく晴れあがり、あの、夏に特有の明るい華やかな夕景になった。頭上いっぱいに燃えひろがる緋いろの鯖雲……。

稚児能の不出来などケロと忘れて、家への道々、私たちははしゃぎぬき、当の松王さえ

が、

「晩めしをすませたら、また繰り出そうや。ね、みんな」

　いきおい込んで提案する始末であった。

「竹、——おい、結崎座の竹若ッ」

　と呼びとめられたのは、煮売り屋台の前である。旅姿の青年武士が三人、人混みのあいだから陽灼け顔をほころばせてい、私が振り向くと、寄って来てまわりを取り囲んだ。烏《え》帽《ぼ》子《し》の塗りははげ、麻の狩衣はほこりと汗によごれて、干し草と馬皮を併せたような、若者くささを発散させている。

「だれ？」

　恐れて、私はすさった。

「おれたちだよ。忘れたのか？」

「そうだッ、思い出したよ」

　私も笑った。

「楠家の兄ちゃんたちだろ」

　その、私の大声に、三人はギクと狼狽をみせ、すばやい視線をあたりへ投げたが、すぐもとの微笑にもどると、

「そうだよ」

小さく言った。

「おれは長兄の右馬頭《うまのかみ》正勝」

「おれは次郎正秀」

「おれは末の弟の弥三郎正元だ。藤と竹が大きくなったのにはおどろいたよ」

父の従兄の、息子たちだったのである。

「ついさっき祇園の境内で稚児能を見たんだが『静』のシテが藤若だとは、はじめどうしても信じられなかった」

「ずいぶん長いこと、来なかったものね」

「四年になるな。お前たち一家が京へ移る直前に、結崎の、あの古家に顔を出したきりだから……」

「何していたの？　四年のあいだ」

正元が長身をかがめ、私の耳に口を寄せてささやいた。

「合戦さ」

父方の縁者というだけで、それまで私は彼らについて、ほとんどなにも知らなかった。

もっとも楠家は、河内に本拠を置くれきとした武族――。私の家は猿楽者である。乞食と等《ひと》しなみに扱われている者の家系に、どうして武士の血がまじり込んだのか、当時、まだ幼なかった私におしえてくれる者はなかったし、知ろうとする熱意もなかった。

一座が河内へ巡業に出たおり、一度つれられて、私は楠の館に寄ったことがあり、正元兄弟の父、中務大輔正儀《なかつかさだゆうまさのり》に抱かれて、邸内の大橡《おおとち》を見たおぼえがある。鼻のわきに目に立つほどの黒子《ほくろ》を持つ、武人にしては小がらな楠家の当主は、片腕で私を抱き、片手に弓の折れをにぎって、熟れた橡の実を落としてくれた。

正元兄弟も旅の途上など、ときおり一人で、あるいは三人ぞろッとつながって我が家へあらわれた。そのころ、彼らは尊大だったし、少年のくせにさむらい風を吹かして、洗足《すすぎ》の水ひとつにしろぬるいの熱いのと座員たちに文句を言った。

口に出して、まさか卑しめはしなかったけれど、猿楽風情を親戚に持つことを、あきらかに恥じているふうがあり、それなら泊まらなければよいものを嚢中《のうちゅう》がさびしいのか、十日も二十日もただめしを食ってゆく。父が太ッ腹で、そんな彼らを、

「いい骨柄《こつがら》だ」

などとほめるものだから、長兄の正勝など図に乗って、母に下着の洗濯までさせていたものだ。

――しかし今日はちがう。卑屈にみえるほど、楠兄弟は私にまで下手《したで》に出ている。誇らかな気持で私は誘った。

「ともかく家へおいでよ。どうせしばらく泊まるんだろ?」

「いや、兄たちはすぐおいとまする」

と末弟の正元が言った。

「厄介になるのはおれ一人だ。よろしくたのむよ竹ちゃん」

「三条堀河だよ。こんどの家は……」

「清次どのも達者そうだね。後見座に控えているのを見たが、ひところより肥えたようだ」

「清次じゃない。父さんはいま観阿弥っていうんだ。藤兄さんも世間から、公方の小太夫って呼ばれてるんだぜ」

十一

私たちより先に、父と兄は帰宅してい、海老名ノ南阿弥も来合せて、奥の父の居間でなにやら話込んでいた。

楠兄弟が内客ノ間に案内され、母と挨拶をかわしているまに、私は父の部屋へ行った。兄弟の来邸を告げるためである。父はだが、私などには目をくれず、しきりに話に熱中していた。

話題は松富の負傷事件、玉リンの追放をめぐる田楽新座への疑惑であった。

細川派、斯波派の対立の激化を奇貨として、勢力の挽回を策している田楽……。材木を倒すなどという見えすいた妨害をたくらんだのも、疑われるのを承知で、わざとしてのけた挑発ではないかというのが父の推論であった。

「肚の知れぬ狐男……。あの喜阿めに対抗する必要から、じつはひとつ、こちらも手を打とうと考えたのですよ南阿どの」

　あげく、父は膝を乗り出した。

「手？　とは、どのような？」

「比叡座の犬王太夫を将軍家に推挙し、同朋衆の一員に加えたいと思うのですがいかがでしょうか」

「犬王？」

　南阿は口をあけた。

「あの、近江猿楽の犬王をか？」

「競争相手という意味では、犬王はおそるべき私の敵ですが、また、田楽を敵と見た場合は同じ猿楽仲間……。たのもしい味方でもあるわけです。彼を陣営にひき入れ、結束して田楽を牽制するという策を、前々から私は考えていたのですがね」

　犬王といえば、結崎座の成功にひきかえて、彼はいま逆境にあった。保護者の佐々木道誉入道が病歿したのである。入道の子の京極高秀どのが、ひきつづき援助をしているらしいが、反細川派の一人である高秀どのは、斯波右衛門督の意を迎えるため田楽にも興味をしめし、比叡座へのあしらいは入道在世のころほどではなくなったと風聞されていた。

「なるほど、犬王をなあ」

南阿弥は腕を組んだ。

「良案かもしれぬが、喜阿とは別な意味で、わしは犬王が、将来おぬしの障害になることをおそれるな」

「芸力の上で、私が彼の下位にくだると予見しておられるわけですか」

「いや、そうではない」

沈鬱に、南阿弥は否定した。

「そうではないが、わしには犬王の芸の大きさが解しがたく、ぶきみなのだ。今はまだ固い蕾《つぼみ》だが、あの男の力量、いったん雨露《うろ》を受ければ、どれほどのみごとさで花ひらくか、予想できぬ気がしてな」

「それならばなおのこと、近江一国に埋れさせておくのは不都合ではありますまいか」

せき込んで父は言った。心中の不安と不快を、無理におさえつけている眉の色だった。

「私とて、研鑽をおこたっているわけではありませんし、身近に競い合う相手がいれば、いっそうの闘志も湧こうというものです」

「考えてみよう」

南阿弥は腕組みをほどいた。

「熟慮してみて、よしと思えば、わしも口を添えて将軍家に犬王を推挙するが、ま、この件、よくよく検討してかかることだな」

「竹」

この時やっと、父は私を見返って、

「さっきから物言いたげにもじもじしているが、なにか用か？」

と問いかけてきた。

「楠家の兄ちゃんたちが来たんです」

私は報告した。

「帰りに町で逢ったんです。正元兄ちゃんはしばらく家に泊まるって言ってました」

「楠？　めずらしい姓だが……」

聞きとがめて、南阿弥はするどく父を見た。

「元弘・建武のむかし、後醍醐帝のご謀叛にくみして勇名を馳《は》せたあの左衛門尉正成《まさしげ》とやらの一族か」

「そうですよ」

と、なにげなく父は受けた。

「北朝全盛のいまは、正成の末子《ばっし》正儀がほそぼそ家名をつないでいます。私と正儀とは、母方の従兄弟《いとこ》同士にあたるのですが、その倅《せがれ》どもが上洛してきたのでしょう」

南阿は唸った。

「やはり、では、噂の通りだったのか」

「噂とは？」

「おぬしの家と楠氏とが、血つづきらしいとの取り沙汰を先ごろ殿中でチラと耳にし、たしかめてみようと思っていたやさきだったのだが……そうか、そのように濃く、おぬしの体内には南朝武門の血が流れていたのか」

相手の嗟歎《さたん》の大きさを、むしろいぶかりながら、

「いや、血のつながりは近いのですが、つき合いは深くありません」

父は弁解した。

「先方は合戦商売の武族——。最近、南朝方を見かぎって北朝に帰順したとか風の便りに聞きましたが、正儀も苦しいのでしょうな。父の正成に先見の明がなかったばかりに、父祖以来の本領さえ保ちかねて、四苦八苦しているらしいのです」

「観阿どの」

たまりかねた語調で、南阿弥はさえぎった。

「おぬし楠一族が、細川武州と、政治の上で深いかかわりを持っていることを、存じているのであろうな」

「ええ？　何とおっしゃいます？」

その駭《おどろ》きへ、

「知らぬのか、やはり！」

気落ちしたように、南阿弥は首を振った。

「そうだろう。知らぬからこそ、そのようにのんきな顔もしていられるのだ。よいか、よく聞けよ観阿どの」

南阿弥はこころもち、声をひそめた。

「細川武州の心底には、早くから南朝と北朝を和解させ、皇統を本来の一系にもどしてしまおうとの理想があった。戦乱のほんとうの終熄《しゅうそく》をねがう者なら、だれもがこの理想の実現の、一日も早からんことを望んだだろう。両朝の存在は、忌憚《きたん》なく言って平和への癌だ。南朝方では楠正儀どのが、やはり媾和《こうわ》論の旗がしらだったと聞いている」

亡くなった近江の古怪《こかい》――あの、佐々木道誉入道もひと肌ぬいで、二代将軍義詮公の晩年に、幕府側と楠正儀とのあいだに和が議せられ、義満公が家督をついだ年には、吉野から南朝の勅使が上洛するところへまでこぎつけたが、

「何とも残念なことに、南山のお主《あるじ》、後村上帝とやらが強気でな。綸旨《りんし》の文言が気に入らぬとかで、せっかくの和談は破れてしまった。おまけに翌年、その後村上帝も崩じ、かわってご長子の長慶帝がみ位につかれたが、以来、南朝の内部には、先代に輪をかけて強硬論がはばをきかせはじめ、媾和を信奉する正儀どののごときはいたたまれなくなって、つ

いに南朝を見かぎり、幕府へ降を乞うて来たわけだ」

「知りませんでした。正儀の北朝帰順に、そのような裏面の理由があろうなどとは、思ってもいませんでした」

父は眉をしかめた。

「親戚でいながら、何ともうかつせんばんな話ですが、なにしろ、ここ十年ほど、新音曲の工夫と洛中進出の望みに、私は夢中になっていましたし、正儀のほうも私の耳へなど、何も言っては寄こさなかったのです。南朝の衰微このかた、あの一族が経済的にひどく不安な状態でいることはたしかなので、てっきりそれだけの理由で南から北へ寝返ったのだと、私あたり思い込んでいたわけでした」

「むろん、それもある。媾和論もさることながら、おそらく正儀どのは北朝帰順によって、失いかけていた河内での勢力を、回復しようともくろんだのだろう。……ま、それはともあれ、この楠一族の帰順を、幕閣の枢軸にあって周旋したのが、細川武州なのだ。義満公が将軍職につかれた翌年——応安二年に正儀どのは上洛し、武州に対面するとともに将軍にも謁して、北朝から中務大輔に任ぜられている。武州と正儀どののあいだには、おそらくこの時、和談への提携がしっかり約束されたにちがいない」

まもなく正儀は河内へ帰り、こんどは北軍の先鋒となって南山を攻めたが、そうした宗家のうごきに、和田、橋本など、楠一門の支族たちは怒り、結束して正儀の軍と戦った。

血族せめぎ合う悲劇におちいったのである。

正儀は破れ、幕府に援を乞うてきた。細川武州はただちに軍勢を進発させたが、諸将は楠氏の節義をうたがい、淀川べりまでくだったまま進撃をやめてしまった。裏面には武州個人への反感、また、斯波氏の煽動も動いていた。

武州は怒って管領職を辞し、西芳寺へ入って出家するとまで息まいた。将軍は驚愕した。当時、わずか十四、五歳の少年だったが、馬を駆って西芳寺へおもむき、武州の短慮をいましめるとともに、諸軍勢に厳命をくだして出動をうながした。やむをえない。しぶしぶ彼らは淀川をわたり、南進して和田、橋本の兵と戦った。

楠正儀は幕軍を先導し、そのころ河内の金剛寺にあった南朝御所を焼きたてて、長慶帝を吉野の旧居へ追い落とした。そのまま手綱の手をゆるめず、急追して行ったならば、あるいは兵火のもとに南朝は亡び去っていたかもしれない。幕軍はしかし二カ月後には、勝手に京都へ帰還して来てしまったのである。

正儀はこの戦いのあと、河内・和泉における地盤をやや回復し、ひきつづき現在もなお、南軍とのあいだに小戦闘をくり返しているという。

「よいか観阿どの」

南阿弥は重い口ぶりで言った。

「おぬしが大和結崎村の古家で、新曲づくりに熱中していたころ、都ではすでに武州と楠氏の関係をめぐって、これだけの曲折がくり返されていたのだぞ」

「わかりました」

父はうなずいた。表情は固かったが、語調には落ちつきと力がこもっていた。

「政局の変化によっては、私の身体に流れている楠氏の血は、私自身はもとより結崎座の将来に、災厄をもたらすもととなるかもしれないということを……うかつな話ですが、いまはじめて了解しました。じゅうぶん用心はします。しますが、しかし……」

「しかし？」

「私は思うのです。たとえば媾和問題の渋滞、管領の更迭《こうてつ》、幕府側将士による楠氏除外というような好もしからぬ事態がおこったとしても、私自身は政治にも軍事にも、一片のかかわりも持たぬ芸能者ではありませんか。あけくれひと筋に芸力をみがき、そのおのれの技能で、誠心、将軍家におつかえしている以上、政変へのいたずらな疑懼《ぎく》など、無用なことに思えるのですがね」

ところへ母の玉苗が、召使いに蚊やりと燭台を持たせ、涼しげな衣ずれの音をさせながら入って来た。話は中断された。

「厨《くりや》の用意ができました。お持ちしてよろしゅうございましょうか」

と父へ、つつしみぶかく母はたずねた。燭のゆらぎに、南阿もにわかに我れに返ったおももちで、

「いつのまにか暗くなった。おいとましなくては……」

と立ちかけた。あわてて、父はその袖をとらえた。みごとな鱸《すずき》が手に入ったのです。祭囃子の遠音《とおね》を肴に、一酌しようではありませんか」

「ありがたいが、ひさしぶりに今宵は、乙鶴の家へ行ってやろうと思うのだ」

「ひさしぶりに、とは、異なお言葉ですが……」

「妻がうるさいのだよ」

苦く、南阿は笑った。

「なにか嫉妬《やきもち》めいたことを、加賀女座の楽屋へ言いやったらしい。乙鶴め、気をくさらせて巡業に出てしまったが、二十日ぶりに今宵、帰ってくると申して寄こしたのでな」

「支度はできているのです。それならば、乙鶴ノ御もわが家へおよびしましょう」

「どうもすまぬが、内輪の話がひとつふたつあるのだそうだ。今宵のごちそうは、内々だけで賞味してくれ」

「残念ですなあ」

父はかこったが、

「それほどおっしゃるならばおとめしますまい。あとで乙鶴ノ御に恨まれますから」

と背について立ち、私たち兄弟も母ともども、式台へ南阿を送って出た。供の小童がそ

ろえた金剛草履へ足をおろしながら振り返って、

「芸能者として、政治の外に生きようとするおぬしの信念はわかるし、また、他人でいながら縁者づきあいに口を出すなど、指図がましいようだが、なるべくならば楠家のご子息とかいう客人《まろうど》、長逗留はさせぬほうがよいのではないかな」

ひくく、南阿は言った。

「わかっています」

父はうなずいた。

「お言葉通りいたしましょう」

「では……」

会釈し、出ようとして、敷居に爪先きをすくわれたのか、南阿はヨロッと倒れかけた。

「危いッ」

父と兄が同時にとびおり、左右からその身体をささえあげた。

「めまいだ」

南阿は眉間《みけん》をおさえた。

「近ごろ、よく起こる。——私も年だな」

つぶやき捨てて去って行くうしろ背が、まだ夕風の門を出るか出ないうちに、

「何者です？　あの坊主……」

物かげから姿を現わしたのは楠正元であった。

「われら一族のことを口にしていたようだが、同朋衆ですか」

それには答えず、

「久しぶりだな弥三郎。わざわざ河内から、何用あって上洛したのだ？」

さぐるような視線を、父は若者の面上へあてた。

「は」

まぶしげに、

「多忙にまぎれて、ご出世の祝詞を申しあげるのがたいそう遅れましたが、その言上をかねて、ちと、お願いのすじなど聞こえあげたく……」

「このおれへ、願いのすじだと？」

「長兄の正勝が、父からの書状をたずさえて来ています。呼んでまいりましょう」

と、内客ノ間へ小戻りしかけるのを、

「夏日《かじつ》の長路、ともあれ湯浴みをすませ、夕餉などしたためてから三人そろって奥へ来い。話はそれから聞こうし、おれもまた、おぬしらに訊ねたいことがあるのだ」

父は制し、

「玉苗、湯殿へ案内してやれ」

と正元を追いやった。見送って、

「父上」

兄が不安げにささやきかけた。

「逗留させるおつもりですか」

「次第によっては断わるが、まあ、そうむげに追い立てるにもあたるまい。南阿どのはああ言うが、おれにはおれの思案もあるのだ」

あたりを見回し、父はこころもち声を低めた。

「細川武州と楠氏のあいだに、和談の成立を前提としての、ある種の諒解がなり立っているとすれば、いまやわが家の立場はひじょうに微妙だ。そうは思わぬか？　藤若」

「仰せの通りです」

式台に立ったまま、兄も父を見上げてうなずいた。

「もし細川さまが失脚し、ご和談の議が頓挫すれば、楠氏は両朝から浮きあがり、のけものにされて、南阿どののいう通り縁につながる観世の家にもよい結果を恵まぬことになりかねません。けれど逆に、細川さまの威勢があいかわらず強く、反対党をおさえて両朝ご合体の理想をちかぢかにも実現させうる運びとなれば、楠氏は武州にとって蔭の片腕。ご和議成功の、一方の功労者とはやされることも夢ではなくなるはずです」

「そこなのだよ藤。どう変転するか予断をゆるさぬいまの政局——。反細川派の白眼をおそれ、楠の縁者であることを、やみくもにただ迷惑がっているのは、愚かな話かもしれないのだ。両家のつきあいはうとうとしかったが、武州という共通の一点で結ばれた以上、おたがいの利益のためにも、これからは暗々裏に手を組むべきだし、細川派の勢力がこの上とも伸びるよう、かげながら力をつくすべきだよ。そうだろう?」

いかにも父らしい積極的な考え方だった。

「おそらく正儀も、いまに至って同じ思いをいだいたにちがいない。それに、先刻の南阿どのの口ぶりから察しると、殿中の諸侯、同朋までが、わが家と楠氏が血つづきであることをすでに勘づいているらしい。すすんで吹聴する必要もないが、倅どもの一人や二人、逗留させたからといって怖れることもないではないか。なあ」

紙燭を袖でかこいながら、母の玉苗が廊下を小走りにもどって来た。

「まだ、こんなところにおいであそばしたのですか。お支度ができておりますのに」

「そうだ、鱸を忘れていた」

と、にわかに声の調子を変え、

「何に作った?」

父はたのしげに問い返した。

「片身を生姜《しょうが》酢で筏膾《いかだなます》に、片身は煎煮《いりに》にいたさせましたが……」

「それはいい。牛と槌、岩松もいたら呼んでやれ」

そして、

「藤、行こう」

うながしつつ、父は大股に奥の居間へ去った。十六歳の兄を、すでにじゅうぶん片腕と見、信頼しはじめているうしろ姿だった。

その夜、楠兄弟と父のあいだに、どのような話がかわされたか私は知らない。

上の二人は翌朝立ち去ったが、弥三郎正元だけは以来、半年ちかくわが家に寄宿し、父の諒解のもとに、管領家の家宰三島外記どのあたりと、何ごとか隠密に連絡をとっていたようである。

ただ、後日、思い合せれば、すでにこのころ、政局は父たちの知らない深部で、細川氏敗退の一路へ向かって、大きく傾きつつあったのだ。

さすがに武人であり、政治家でもある楠正儀は、河内に居ながらも都の趨勢《すうせい》をかぎつけ、不安のあまり子息たちを上洛させて、ひそかに幕閣の近況をさぐらせにかかったらしい。結崎座の不運は、父たちの判断よりもはるかに早く、四囲の情勢が武州と正儀に、不利に展開してしまった点にある。

たいてい昼間、正元は私たち兄弟の部屋にこもり、書見したり、こまごまと書状らしいものをしたためていた。外出はきまって夜……。どこへ行くとも、私などへは洩らしたことがなかったし、外泊してくることもついぞなかった。こっそり長兄たちと会っているらしく、手ぶらで出て、得体《えたい》のわからぬ布包みなど持ち帰ることもあり、かと思うといつのまにか、その布包みが消えていたりした。

稽古場の隅にぽつねんと胡坐《あぐら》をかいて、弟子どもの練習をながめているおりもあった。そんなとき、正元はひどくたよりなげな寂しい翳りを、痩せとがった狩衣の背いっぱいににじませていた。何か絶えまない不安とあせりに、そのころ彼の若さは、さいなまれていたのではなかろうか。眸の色は常時、落ちつかず、自身、抑圧された内なるなにかを、持ちあつかっているおもむきがあった。

わが家の豪奢《ごうしゃ》なくらしぶりも、正元の目には羨やみと反感の種にうつったらしい。兄藤若の留守中、大名から贈られた黄金づくりの太刀、厩舎につながれた白馬などを見て廻ったあげく、

「ばかばかしい」

吐いて捨てるように、正元が小声でののしっていたのを、物かげで偶然、私は聞いてしまったことがある。

「使いようも知らず、乗りようも心得ぬ猿楽風情の小倅に、こんな逸品を贈るやつのつらが見たい。半値のものでいいから、おれに持たせたらなあ」

そろそろ声変りの時期にさしかかっていて、兄はそのころ、懸命な発声の訓練を父から受けていた。公方の許しをえて早暁、まだ暗いうちに御所から帰り、明るみ始めた時刻と

出仕前の夕刻、戸外へ出て一ッ刻あまり謡いつづけるのである。

夏が逝き秋が去って、朝ごとに霜のおりはじめる季節になっても日課はやまなかった。いちじ兄は咽喉をやぶって、まったく声が出なくなったこともあり、さすがの正元も、

「きびしいものなのだな」

その修業ぶりには、目をみはって言った。

「この家の生活を見ていると、食うや食わずのくせに武門の意地と誇りだけで保っているようなさむらい稼業など、いっそやめて、おれも猿楽者にでもなろうかと思うのだが、やはりこの道はこの道で、一人前になるには大変なんだな」

四書の習学に平行して、歌道の手ほどきと手習いを、私たち兄弟はだいぶ前からそれぞれ専門の師にまなんでい、さらに兄だけはこの年から父について、作能、作曲の習得もはじめていた。その机の脇へ来て、正元は私たちのおさらいを見てくれることもある。学びに倦《う》むと筆をとって、紙に系図を書き、観世の家系について語ってくれたりもした。

正元の説明によると、父の実父、つまり私たち兄弟の祖父にあたる人は、服部治郎左衛門元成と名乗るさむらいであったという。

治郎左衛門は、もと大和結崎にささやかな所領を持っていた上嶋景信入道なる土豪の子息だが、伊賀の服部家へ養子にやられ、以来、養家の姓を名乗った。

この治郎左衛門が、楠左衛門尉正成の末の妹をめとるに至ったゆくたては、正元も知ら

ない。

「恋だろうなあ。それも、家兄正成の目を忍んで、楠の城を逃げ出すというような、悲しい恋ででもあったのだろう」

治郎左衛門夫婦の子が観世丸——。私たちの父観阿弥清次である。

「と、すると?」

乗り出して、兄と私は正元に質《ただ》した。

「父さんの血すじには、七道の者との混ざり合いなど少しも無いわけだね」

「そうだよ。観阿どのの生みの親は、父も母も武門の出さ」

「どうしてそれなのに、父さんは猿楽者などに身を堕《おと》したのだろう」

「日蔭者の治郎左衛門夫婦には、子を育てる能力が無かったのだろうな。観阿どのは襁褓《むつき》のうちに山田猿楽の一座に貰われてゆき、養父の二代目小美濃太夫から、家業の芸を叩き込まれたのだ」

父の剛気、その鼻ばしらの強さも、武士の血がさせるわざだったのだ。

母玉苗の家すじについては、彼女自身の口から寝物語に、私たち兄弟はすでにおおよそを聞かされている。母の父は、竹原大覚法師といって、伊賀の小波多《おばた》に小さな座をかまえていた手猿楽《てさるがく》であった。

大覚入道に懇望されて、玉苗を妻に迎えた父は、はじめ舅の地盤である伊賀の小波多で一座の基礎をかため、やがて実祖父上嶋景信入道の旧領結崎村に進出。大和四座のひとつにまでのしあがったわけなのである。

――祇園祭りから六カ月。

弥三郎正元はわが家のひそかな客になっていたが、霜月も終りに近いある朝、来たときと同じく、突然、姿を消した。

「河内へ帰ったのだ」

父は言った。

「南都で合戦がはじまったのだよ」

と、兄も私に教えてくれた。

もっともこの戦いは、楠氏と直接関係のあるものではなかった。紀州の土豪が興福寺と紛争をおこし、幕軍の討伐をうけたのである。

――こうして何となく、世間があわただしいまま年はあけ、永和五年の正月を迎えた。

私は十三、兄は十七に達し、周囲からはちらほら元服の話が持ちあがったが、将軍家の愛惜のために、具体的にはなかなかはかどらないでいるうちに、犬王の上洛が実現した。父の再三の懇望に、ついに南阿弥がうごかされ、将軍家に推挙して、近江比叡座の洛中興行は決定したのである。

へたすれば、わが王座をおびやかしかねない敵手を、同じ猿楽の仲間なるがゆえに、あえて呼び迎えようと決意した父の心中には、喜阿弥への警戒と政情への不安が、強く作用していたにちがいない。

十二

犬王の興行場所は糺《ただす》河原――。

名目は二条大橋修理のための勧進猿楽と決定した。初日には将軍家が臨場し、興行日数も三日間と触れ出された。

（さて、どう演じるか？）

父はじめ結崎座の宿老、中堅たちは、かたずをのむ思いで比叡座の上洛を待ちうけたが、わけて私にさえ、なみなみならぬものに感じ取れたのは、兄の気組みであった。

犬王の能を私は見たことがなかったが、兄は幼少のおり、巡業先で一度、比叡座の舞台に接したおぼえがあり、犬王のその時の印象を、

「冷たい、白い、珠のようだった」

と、日ごろくり返し私に語って聞かせていた。

「竹も知っての通り、父さんの芸風は咲き誇る万朶《ばんだ》の花だ。流行を敏感にとり入れ、鬼に

なれば猛《たけ》く豪快に、女に扮すれば嫋々《じょうじょう》と可憐に、締《し》めつ、ゆるめつ、息もつかせぬ感興の波へ見物人を押しあげてしまう。上は将軍から下は片田舎の凡下《ぼんげ》までが、思わず唸り、膝をたたく面白さ……、こういう芸域のひろい名人は、まず当代、父さんをおいて他にないだろう」

　では、犬王の芸風とはどのようなものか……。兄はそれを、

「父さんとは正反対に、まったく一人きりの、真珠貝がひっそり珠をつくるに似た、冷ややかな営《いとな》みらしいのだ」

　と想像する。

「幼いときの記憶だし、不確かだが、見物の側には一歩もおりない。わかる者だけついて来いと言いたげな見識と気品に、犬王の芸はつらぬかれていたように思うのだよ。『上三花を目ざして中上にさえ落ちず、ましてや中、下など、見向きもしない男。それが犬王だ』と、父さんも言っていたもの……」

「でも、いいのだろうか、そんな一人よがりな進み方で……」

「よくはないと思う」

　兄は否定した。——よくはないが、批判とは別なときめきと怖れを、犬王の芸風に感じて、無性に彼が待たれるのだと語っていたが……。

　この、兄とのやりとりから四、五日しかならぬある夜、寝入りばなを、私ははげしく母

に揺り起こされた。

「合戦ですって竹若、目をさますのよ」

父と兄は殿中に宿直《とのい》して家に居ず、母はおびえてすっかり度を失っていた。

座員たちもそれぞれの自宅から馳せつけて来、

「四条橋から南は、軍勢であふれ返っているそうだ」

「反細川派の土岐どの、京極高秀どのに、追討の御教書《みきょうしょ》がくだったというぞ」

「いったいどうしたことだ？　あの大軍はどこから湧き出したのか」

口々に不安や疑問をささやき合っていた。

ところへ、

「始まるぞ、いよいよ」

父が御所から馳せ帰って来た。

「軍勢は土豪征伐のため南都へ下っていた諸将の手の者だ。土岐、京極を討てとの公方の令一下、急遽、帰洛してきたということだぞ」

「では、細川管領はついに武力で……」

「うむ、いかにも武州らしい。ついに一ッ気に軍をうごかして、反対派弾圧に乗り出したらしいのだ。将軍家の御教書とはいっても、内実は武州の意志にきまっている。これで閣内の暗闘も一掃されるだろう」

——事態はしかし、いくばくもなく逆転した。土岐、京極の討伐令をきっかけに、斯波右衛門督は近江へ奔《はし》り、かえって彼らと連合して、公然、

『武州放逐《ほうちく》』

の火の手をあげたのである。

斯波方と気脈を通じている諸将は、あらそってその旗のもとに馳せ去り、都は大混乱におちいった。山門の衆徒《しゅと》までが斯波氏の檄《げき》に応じて蜂起し、さわぎは全国的にひろがる気配を見せはじめた。

山徒どもが武州を忌憚《きたん》したのは、日吉《ひえ》神社の神輿造営にからまる怨恨からで、これも武州と争って丹後に潜伏中の前天竜寺法主春屋妙葩《しゅんおくみょうは》が、裏から山徒らの憤懣《ふんまん》を煽っているとも取りざたされた。

大勢《たいせい》に、さすがの将軍家も抗しきれなくなったにちがいない。武州に因果をふくめ、一時、管領職を剝奪することによって、洛中を合戦の惨害から守ろうとし、再三、手書《しゅしょ》を近江へつかわして斯波右衛門督の帰洛をうながした。

——身を硬《こわ》め、全神経を針にして経過の推移を見守っていた父は、ここに至って、

「いかん、これはえらいことになったぞ」

兄ともども出仕をやめて引きこもってしまった。

このまにも情勢は、急速に観世座にとって、悪化への一途をたどりつつあった。

斯波どのは京へもどって将軍家に謁し、追伐の沙汰をうけていた土岐、京極の二氏はゆるされて、ここに武州と斯波どのは、かんぜんにその地位を転倒することとなったのである。

……康暦元年閏《うるう》四月十四日。

海老名ノ南阿弥陀仏が夜おそく、堀河のわが家をたずねてきて、

「ついに今日、公方は諸将を御所に集めて協議し、細川どのに下国の命を伝えたそうだ」

と、告げた。

「細川どのは等持寺の長老を邸へ招いて出家遁世をとげ、明暁丑《うし》ノ刻、一族とともに洛中を出立、西ノ宮から船で四国の領所へ引きあげるという」

「では……」

こぶしをにぎりしめて父は立った。

「では私は、竹若をつれて、これから細川邸へ参上しましょう。せめてひと言、お慰めを申しのべてお別れしたい。このままでは、何とも残り多い気がします」

「屋敷は取りこみの最中だろう。むしろ刻限ちかく、通りすじに待ちうけてお送りするほうがよいのではないかな」

そして、落ちついた静かな口調で、

「観阿どの」

　南阿弥は父へ呼びかけた。

「けっして気を落とすことはないぞ。『閣僚の顔ぶれがどう変ろうと、観世猿楽への予の愛顧は変りはせぬ。胸張って、これまで通り出仕せよ』と、上さまも申しておられた」

「将軍家が？」

「おうよ。——ただ、進退にくれぐれも注意し、田楽の徒輩につけ入らせぬ用心が肝要だ。……藤どのも竹も、その心得でいるのだぞ」

　丑ノ刻には、もう間《ま》もなかった。兄の手で、私は手早く着替えさせられ、縁先へつれだされた。

「火事ですッ」

　と、このとき、弟子どもの叫びが聞こえた。

「武州のお館が燃えていますッ」

「出立らしい」

　南阿がうながした。

「行って、お別れを述べて来い観阿どの」

　馬が廻され、鞍へ腰をすえた父の手で、掬《すく》いあげられるように、私も縁から鞍の前輪《まえわ》へ共乗りになった。鞭が鳴り、人々に見送られながら、私と父は暁闇の路上へ出た。

真北《まきた》——北小路堀河と思われるあたりに、小さく柑子《こうじ》いろの火の手が見える。川沿いの片側道を、この火目ざして馬は駆けた。ぶきみなほど町すじは静まり返り、私たちの馬の蹄《ひづめ》だけが、戛々《かつかつ》と築地にひびいた。

物見に出ていた太鼓打ちの与次郎が、前方から走りもどって来た。遠い炎火を背にしているせいか、与次郎の面上は煤でも塗りつけたようにまッ黒に見えた。

「武州の下知一下、細川の御一党は本邸を焼きたてて、続々、退転を開始し出しましたッ」

咽喉《のど》いっぱいに、彼は報告した。

「西ノ宮から兵船に分乗し、淡路《あわじ》をへて四国の領所に向かうとのことでございます。おっつけこの道を通られましょうが、下馬してお待ちなされますか」

その、与次郎のわめきが終らぬうちに、旋風さながらな一団となって、先駆けの騎馬武者が通過して行き、さらにつづいて、片明りの路の一方に、くろぐろと本隊があらわれた。父と私は鞍をすべりおりて、道のかたわらにうずくまった。

「観阿！……竹も来ていたのか」

と、やがて近づいた先頭の一騎が、私たちを見つけて声をかけてきた。武州であった。

「細川さまッ」

鐙《あぶみ》へ駆けすがって、父はさけんだ。

「おなごり惜しゅうございます。ご無念、さこそとも、お、お察し申しまする」

「む」

苦笑まじりに、武州は手綱の片腕を拡げた。

「見てくれ、このざま……。名さえ昨夜かぎり、入道常久《じょうきゅう》と変えてしもうたわ」

黒革おどしの腹巻の上に長絹《ちょうけん》の直垂《ひたたれ》をはおり、頭を白絹でつつんだ僧形の武者いでたちは、この痩軀の人を、なお骨ばって見せていた。

「およそのゆくたては、そのほうも耳にしていたであろう。——公方ももはや二十二歳。わしが居なくても、ひとり立ちはりっぱに出来ると思い、一時、国許へ引っこんで、成り行きを静観する肚をきめたのだが……、観阿」

鞍上、ちかぢかと顔を寄せながら、

「かならずこのまま、わしは埋もれ切りにはならぬ。大仕事をし残しているのだ。その目鼻をつけぬうちは、隠居など思いもよらぬわ」

武州は言い切った。南北両朝の合体に、なお執念を燃やしている目の色であった。

「では、ふたたびお戻りあそばしますか、幕閣に」

いきごんで父はたずねた。

「戻らいでかよ。公方ともこの点については、とうに話合いがすんでおるのだ」

「さようでござりましたか」

「隠忍して、おぬしもわしの復帰を待て。結崎座には、将軍家というしろ楯がついている。これまで通り胆ふとぶとと、芸ひとすじに励みつづけい」

「はいッ」

「竹もよいか。次の目通りまでには、兄をしのぐほどの芸人に育っているのだぞ」

言いつつ、

「頼元」

うしの舎弟へ、

「竹若に餞別をつかわしたい。鞍脇きの一袋《いったい》、はずしてくれ」

武州は命じ、矢立をとり出して懐紙になにやらしたためたあげく、頼元どのの差し出したひと品に添えて、

「取っておけ」

手ずから父へくれた。懐紙には、

　人生五十、功なきを愧《は》づ
　花木春過ぎ、夏すでに中《なかば》なり
　満室の蒼蠅《さうよう》ことごとく掃し難し
　去つて禅榻《ぜんたふ》を尋ね、清風に臥さむ

との、感懐の一詩。そして今ひと品は、口もとまで砂金の詰まった錦の袋であった。

「お礼を申せ竹、賜り物だぞ」

父にうながされて、私はおずおず謝意をのべた。

「もそっと寄れ、竹よ」

武州は手招きし、私の肩を抱いて、

「ながいあいだ、辛抱してよく勤めたな」

咽喉《のど》の奥で小さく笑った。泣き笑いともとれる表情だった。

世間体《てい》だけの稚児づとめ……。秘密を知るものは、武州と私と兄だけしかない。別れに臨《のぞ》んでの、このねぎらいは、つつがなく秘密を守りおおせたことへの褒賞であろうか。

「申しあげますッ」

と後方から、徒歩の一兵がはせつけて来た。

「将軍家御所に、斯波、京極の軍勢が集まりはじめております。追い討ちの懸念もありますゆえ、はやご出立あってしかるべしとの、殿《しんがり》よりの言上にござります」

舌打ちし、

「童《わっぱ》めら、火を見てふためき出したのであろう。――よしッ」

武州は号令した。

「小ぜりあいなど起こしては事めんどう。出立するぞ」

そして、

「さらばだ」

……声を最後に、たちまち一方の闇へ見えなくなった。一族郎党四百騎あまりが、疾風《はやて》さながらあとにつづいた。

音もなく夜天を焦がしていた焔の渦が、このとき、底ごもるような音響をあげて火柱を高く突きあげた。主殿の棟が崩れ落ちたにちがいない。その赫奕《かくえき》に一瞬、目をうばわれているすきに、黒い軍列は一騎のこらず闇に吸われて消えてしまった。

武州勢力の一掃とともに、細川派と見なされていた諸大名、公卿・殿上人についても、

「失脚は目前……」

との流説が飛んだが、噂は噂のまま終り、洛中はまもなく平静にもどった。

斯波右衛門督は三十歳の少壮で管領職に補され、閣僚の顔ぶれも一新した。

丹後に隠遁していた春屋妙葩までが、時をえ顔に帰洛して来て、南禅寺の住持におさまった。

芸能界では、したがって永らく逼塞《ひっそく》していた新座・本座の田楽が、結崎猿楽にとってかわって脚光を浴び出すものと、だれもが考えていたやさき……。

突如、まったく突如、重鎮の喜阿弥が急逝してしまった。自宅で入浴中、いきなり倒れて意識を失い、そのままあっけなく他界したのだという。喜寿の賀筵《がえん》を来春にひかえた七十六歳――。年に不足はないにせよ、いまここで、芯棒の喜阿に逝かれたことは、田楽にとって深刻な痛手にちがいなかった。

おかげで、あやうく均衡を失いかけた猿楽・田楽の力の割り振りは、どうやら旧態のまま持続しそうな気配をみせた。

私はじめ小槌、松王、松富ら、悪たれざかりの少年どもは、

「増満寿丸《ぞうますまる》め、狐じじいに死なれて、しょんぼりだろう」

かげで言い合っては溜飲をさげたが、一方、こうしたごたごたをよそに、夏草の糺河《ただす》原には、近江比叡座のための勧進桟敷造営が、ずんずん進捗し出していた。

「犬王はどんな芸を見せるだろう。うちの棟梁を負かすだろうか」

こんどはその不安が、私たち観世の少年どもの、寄り寄りの話題になった。

「大丈夫さ。犬王なんぞこわがることはないよ」

年かさの松富は落ちつきはらって言った。

「前評判だってちっともあがっちゃいないし、桟敷の規模も、今熊野のときよりずっと小さいもの」

「見に行ったの？　松ちゃん」

「行ったさ。柳の土手から見おろすとひと目だ。かんかん照りの河原に幕屋を張って、番匠どもが蟻みたいに丸太や角材を曳きずってらあ」

松富の話は私の興味をそそった。例の外歩きのついでに小者の蜂丸をつれて、私はさっそく柳の土手まで出かけて行った。夕立にあい、清水坂下のくぐつ宿の軒先へ、それとは知らずに逃げ込んだのは、この、桟敷見物のもどり道であった。

「濡れるわよにいさんたち、庇が浅いもの……」

と肩をつかまれ、暖簾《のれん》の内側へ曳きずり込まれてはじめて、そこがやぼちと呼ばれる売女の巣であることに、私は気づいた。

「だめよ、逃がさないわよ。あんた、観世の竹若さんでしょ」

しがみついたまま女の一人が口早にささやいた。眼が大きくまつげの濃い、小麦肌の、糸切り歯に虫蝕《く》いのある十三、四の少女であった。

「奥のお客さんが、あんたに用があるんだってさ。つれて来いって言いつけられたのよ」

「かまわないよ竹ちゃん」

やはり二、三人に曳きずられながら、蜂丸がニヤニヤ呼びかけた。

「ひと休みして、雨がやんだら帰ろう。大丈夫だ。おれがついてるよ」

外はどしゃ降りだった。

「離せよ、おい」

せいいっぱい大人びた口調で、私は少女の手を振りもぎった。

「あがるから、そうしがみつくなったら……。袖がほころびるじゃないか」

せまい、乱雑な土間をはさんで左右に小部屋が並び、酔った男女の含み声が、壁代《かべしろ》の内側からあちこち洩れてくる。

「こっちよ」

少女に案内され、奥のひと間をのぞいてみて私はおどろいた。眼つきのけわしい、病みあがりみたいな年増の売女を片わきに引きつけ、いぎたなく壁にもたれかかったなりで酒を飲んでいる男は、楠弥三郎正元であった。

十三

「や、来たか竹」

私を見るなり、正元はひょいと背を壁から離し、せかせかした口ぶりで言った。

「厠《かわや》からのもどりに戸口を見たら、竹と蜂丸が雨に追われてとび込んで来たじゃないか。地獄に仏だと思ったな」

家を出て半年にしかならないのに、正元はひどく痩せ、どこやらうらぶれて、声《こわ》つきまで五ツ六ツ老けて聞こえた。

「どうしたの？ 河内へ帰らなかったの？」

目をみはる思いで私はたずねた。

「帰ったよ一度。四月にはいって、また出直して来たんだ」

「どうしてうちへ来ないのさ」

「そのうちに行くかもしれないがね。こんどの出京は、ちと内密なんだ。竹も今日、ここでおれに遇ったことは、父者《てててじゃ》や兄者に黙っていてくれ」

そして、すり寄って、

「小遣いを持っていないかなあ。え？ 竹」

媚びた目で、正元は私の顔をのぞき込んだ。

「この家の払いがたまってね。出るに出られないんだよ」

「お金がほしいの？」

ふところをさぐり、

「足りないかもしれないよ」

巾着ごと私は押しやった。正元は中身をぶちまけ、むしゃぶりつくようにかぞえてみて、

「なるほど、四日分にも足りやしない」

と唇をゆがめた。

「だから御寮さんの言う通り、その太刀をあずけていけばいいのよ」

例の少女が、わきから口をはさんだ。

「人態《じんてい》には似合わない見事なこしらえだって、お隣りの鍛冶職も睨んでたもの」

「黙れッ、女買いの抵当《かた》で一腰を失うほど、おれはまだ腐っちゃいないんだ」

「これなのよ。呆れるでしょ若太夫」

恐れげもなく、少女は肩をすぼめて私に言った。

「すかんぴんのくせに暴れ者ときているんだもの、御寮さんも手を焼いてるのよ」

蜂丸のそばへも女が来、薄よごれた打ち藁の蓆《むしろ》の上に、酒の瓶子《へいし》、土器《かわらけ》などが運ばれたが、私は少女に魅《ひ》きつけられてその顔ばかり見ていた。すれッからしたような口つきに似ず、少女の声音はやや嗄《か》れてあどけなかった。

「足りないぶんは、明日、蜂丸にでも届けさせるよ。まだ今月の小遣いが手つかずにあるんだ」

と私は言った。

「たのむよ竹。観阿どのや藤兄さんにさとられないようにな」

その、正元の弾みへ押しかぶせて、

「ご自身でいらっしゃいよ若太夫、もてなすわよ」

少女は言い、土器をとって、むりやり私に持たせようとした。

「だめだ、酒は飲めない」

「おぼえなさい。いいもんよ。若太夫の年なら早すぎやしないわ」

そして、祇園会《ぎおんえ》の稚児能を見た、と話し、藤若どのよりも竹太夫のほうが、陰気なくせに小意地わるげで私は好きだ、などと、しきりに妙な褒《ほ》め方をした。

あぐらの膝に手をかけてゆすりながら、

「金蔓《かねづる》とみて、さっそく咥《くわ》え込みにかかったな」

正元はあざ笑った。払いのメドがついたことで、にわかに安心したらしい。目のまわりにわずかながら酒の色が泛《う》かび、眸にも輝きが出て来た。

「あたし、吉祥《きっしょう》っていうの」

とりあわずに少女はつづけた。

「ほんとよ。ほんとに前々っからあんたが好きだったの。でも、うちへなんか来てくれる人じゃないし、御祭礼や勧進能の舞台を見るだけで我慢してたんだわ。近づきになれたなんて、夢みたい」

肩へ手をかけて、もたれかかりながら、

「子供からおとなになりかけた人の薄皮肌を見ると、どうしてだか、私たまらないの。さらッと乾いて、そのくせ冷んやり指に吸いついてくるでしょ。あんたはことにうなじの線がきれいよ」

その声を、

（誰かに似ている）

と私は思った。陽気な話、あるいは猥《みだ》らな話題を語りながら、言葉の内容とはまったく逆な、沈んだ、きまじめな響きを持つ声だった。

「元服したのか、蜂」

と正元は正元で、蜂丸を肴に飲み出していた。

「ええ、ついこないだ、棟梁にすすめられて……」

「十八か？」

「七です」

「藤若と同じ年だな。図体が大きいから、もうどこから見ても一人前の男だ。烏帽子《えぼし》が似合うよ。祝盃といこう。さあ」

てれくさげに蜂丸は土器を受け、唇をつき出して注がれた酒をすすった。

「いけるじゃないか。その面つき」

つづけざまに、酌をしてやりながら正元は言った。

「童《わっぱ》の時分から、こっそり飲み習っていたんだろう。それとも奉公人仲間に手ほどきされて手をあげたか？」

「金がありゃしませんよ。酒に回す……」

「わかるもんか。蜂丸がガニ打ちの名手だってことは、観世の家に居候してたころ、おれさえ耳にしたくらいだものな」

「そ、そんな、嘘ですよ弥三郎さん」

蜂丸はうろたえて私を見、正元を見た。

「博奕は棟梁の禁戒だ。見つかったらたちまち追い出されちまう。ガニ打ちなんかに首をつっ込んでる奉公人は一人もいませんよ」

「女はどうだい？」

正元はたたみかけた。

「竹をそそのかして、くぐつ町なんぞをほっつき歩いていたところをみると、このほうも、いっぱし味見は済んでいるらしいな」

「かなわないなあ。迷い込んじまったんですよ。――ねえ竹ちゃん。はじめてだねえ、この辺をぶらつくのは」

話しかけられて私はドギマギし、

「武州は国へ帰ったよ。知ってる？　正元兄ちゃん」

唐突に話題を変えた。寄り添ってきた吉祥の熱い手が、いつのまにか小袖の八ツ口から私の肌に回され、背を、腋を、たくみに愛撫していたからであった。

「細川頼之……あの鼬《いたち》め！」

正元は宙を睨み、ペッと壁ぎわへ魚の小骨を吐いた。

「まんまと逃げやがった。自分の都合次第ではさんざん利用し、手もとまで手ぐり寄せておきながら、背に腹は替えられぬとなると、われら一門の立場などにおかまいなく、さっさと保身を計りやがった」

「でも、また、もどってくると言ってたよ武州は……」

「戻る？　――たとえば戻って来るにしろ、そのあいだおれたちに、周囲の困難な情勢をどう切りぬけ、どう支えていろというのだ？　竹などは知るまいが、河内、和泉、摂津は南軍勢力の強いところなんだ。支族どもからさえ裏切り者と責められ、たえず攻撃をうけながらも、歯をくいしばって苦渋《くじゅう》に耐えてきたのは、武州との黙契があったからこそだぞ。事、成ったあかつきは、莫大な恩恵を約束するとの、武州の言を信じ、北朝帰順という思い切ったことまでして忠誠を誓ったおれたち……。ところがどうだ？　北軍の諸将はこころよく楠一族を迎えず、たのみの綱の管領までが、中途はんぱのままおれたちを置きすてて、領国へ引きあげて行ってしまったじゃないか」

「かまわないさ、そんなこと」

私は急いでつづけた。吉祥の指の動きがこころよく、くすぐったく、それをまわりに覚《さと》らせまいとして、全身に汗をかきながら、ほとんどうわの空で私はしゃべった。

「北朝がうまくいかないなら、また南朝へ寝返ればいい。もともとだもの。そうだろ？」

すうッと、正元の顔色が変った。顔色というよりは、相貌そのものが変化したのである。

「竹」

引きつったような、妙に静かな声音で正元は呼びかけた。

「お前までがそんなことを言うのか。十四、五の小童にすぎぬお前までが、そういう言い方で楠一族を辱しめるのか」

私はあっけにとられた。冥府の闇を翔《かけ》って、亡者の肉を啖《く》い裂くという人面《じんめん》の怪鳥《けちょう》……。

絵で見たそれと、正元の形相はそっくりだった。恐怖し、私はうしろへすさった。正元の左手にはいつのまにか太刀がつかまれ、片膝立ちの、上半身をかがめた跳躍直前の姿勢で、彼は私に迫ろうとしていた。

（斬られる！）

その意識のほか、私のすべては石になった。あれほど耐えがたく、こそばゆく、深部にくい込んで来ていた吉祥の指の感触さえ、瞬間、私の知覚から消し飛んでしまった。私は何を言ったのだろうか。悪意など毛頭ないのに、正元はどうして怒ったのか。恥辱とはいったい、何をさすのか。

とまどいと恐怖の極、私はあやうく叫びかけた。せつな、正元の身体が崩れた。あやつり人形の糸が切れたように、いきなりへたへたと彼の全身は床にくずおれ、そのまま声を放って泣き出した。

「だめだ」

きれぎれに正元はうめいた。

「しょせん、おれたち一族は南朝の子だ。南朝の衰亡に歩を合せていやおうなく、滅びの淵へ歩《あゆ》んで行かねばならぬ運命を背負わされてしまっているんだ。何とかいま一度、家門に花を咲かせようと、父者をはじめここ数年、血のにじむあがきをつづけたのだが……、無駄だった。得たものは裏切り者の烙印と後世の指弾、それだけだった！」

私は慄《ふる》えた。吉祥の指が相かわらず平然と、私の肌をたのしみつづけていることに気づいたからである。私にとっては永劫とも思えた恐怖の数瞬さえ、彼女の指は貪婪《どんらん》に、欲するものをむさぼりつづけていたのだ。抱きすくめるかたちで背に吸いついているので、吉祥の表情はわからなかった。しかし、あきらかにその指先は嗤《わら》っていた。私の臆病を嗤い、いとしんでいた。言葉で語るよりもはっきりと、彼女の指は彼女の意志を、私の肌に伝えていた。

翌日、あるたけの鳥目《ちょうもく》を持って、私はふたたび清水坂下へ出かけて行った。蜂丸もダニのようについて来た。向かい蝶をうち抜いたくちなし染めの暖簾《のれん》……。路地の曲り角からそれを見たとたん、私は吉祥を——その指の感触を思って駆け出したくなった。

奥から女主人が飛び出して来た。

「あのお侍、行っちまいましたよ」

と、満面を世辞笑いの渦にして彼女は告げた。

「観世のお屋敷の御縁者だと知ったんで、かたも何もとらずに放してやりました。どこへ行くとも言い残してはいませんでしたが、お屋敷へはご挨拶に寄ったでしょうね」

「来ないよ」

「まあ義理知らずな……。若さまにたいまいの迷惑をかけておきながら」

「いいんだ。それより受け取っておくれ。客人の不足分と、今日おれたちが馳走になるぶんを……」

「なんてうれしいんだろう。遊んでいって下さるんですね」

巾着を袖ごと、はだけた胸にかかえ込み、

「吉祥、……若太夫さまだよ。何をしてるんだねえ、お迎えしないのかい？」

女主人は奥へ向かって声を張りあげた。

幼稚とも何とも言いようがないのだが、私はまだこの時になっても、くぐつ宿の実態をよく知らなかった。旅籠と同じく客を逗留させ、酒肴と女を出してもてなすところと思っていた。もちろん女たちは、身体をひさぐ売女であるが、そのことには苦痛がともなうため、客が求めなければ、女のほうからすすんで誘うことなど無いのだとひとり呑み込みに合点していた。

武州との、わずかな経験から、私は男女のまじわりをも、稚児づとめのそれと同一に考えていたし、幾度か宿直《とのい》のたびに聞いたあの小篠の呻《うめ》きから、女には稚児とおなじく、痛みだけがあって快感などすこしもないのだと思い込んでいたのである。満たされるのは男の側であり、女や稚児は耐えるだけのものだと思い、したがって自分を武州の立場に置いて、吉祥を苛《さいな》もうなどとは、考えていなかったのだ。

彼女に抱かれて、あの甘美な指先の愛撫をうけ、その声や息づかいにくるまれながら、酒というものなど飲み習ってみたい……。私の中にある興味と欲望は、その辺がせいぜいだった。内からの衝動を、少年の私はまだ知らなかったし、吉祥の愛撫がその衝動を誘い出すためのものであることも知ろうはずはなかった。

昨日のあの、どんづまりの小部屋で、女主人の呼びかけに答える吉祥の声が聞こえ、壁《かべ》代《しろ》のすきまから彼女の顔が覗くのを見るなり、私は走って部屋へあがった。

「待ってたのよ」

いきなり、その私の首へ少女は抱きついて来た。声をあげて二人は倒れ、抱き合ったまま蒲《がま》で編んだ粗末な敷物の上を転げまわった。女主人が酒を運んで来たが、

「ホホ、にぎやかなことねえ」

下卑《げび》た笑いを残してすばやく土間へ出て行った。

「さあ、飲んでごらんなさい。私も相伴するから」

起き直って、吉祥は瓶子をとりあげた。

「平気さ、こんなもの」

土器につがれた液体をひと息に口にふくみ、たちまち私はむせ返った。

「ばかねえ、はじめは少しずつ、用心して啜《すす》るのよ」

ひったくるように彼女は盃を取り、ちょっと眉をしかめながら、私に酌をさせて上手に酒を唇へ流し込んだ。

「盃を貸してごらん、こんどは大丈夫だ」

我慢してつづけざまに五回、私は盃をあけた。咽喉が焼け、刺戟的な安酒の匂いに涙が出たほか、異状は感じなかった。いい気になり、さらに四ツほどかさねたとき、私の胸にはカッといきなり火がついた。眼がくらみ、耳が鳴り出し、仰向けざまに私は倒れた。

「くるしい。死んじまう。蜂丸を呼んでくれ吉祥。——蜂丸はどこへ行ったの？」

「別のお部屋よ」

私をかかえて夜具に移しながら、

「すぐ楽になるわ。酔っただけじゃないの」

吉祥は小声で言った。なるほど、横になっているうちに目まいはやみ、かわって、ゆりかごにでも揺られているような、こころよい放心が私を訪れた。

「思い出したよ」

眼を閉じたまま私はつぶやいた。

「何を？」

「お前の声さ。誰かに似ていると思っていたんだ」

「だれに似てるの？」

「結崎村の於寿々《おすず》というチビ……むかしの幼ななじみだよ」

「うれしいわ。きっときれいな女の子なのね」

「きれいなもんか。みそッ歯の泣き虫だった」

「憎い言い方……。あんた、その女《ひと》が好きなんでしょ」

「ちがう。おれが好きなのは……」

「だれ？」

「兄さんだ」

「まあ」

「兄の藤若だよ」

吉祥は笑い、笑いながら細帯を解くと、ごく自然な動作で私のかたわらへすべり入って来た。

「世の中で、おれは兄さんがいちばん好きだ。兄さんを苦しめてやりたいし、兄さんになら苦しめられてもいい」

「だめよ。観世の藤若どのといえば、それこそかくれもない公方の寵童じゃありませんか」

言葉のうちにも、吉祥の指は流れるように動き、夜着の中で、こんどは私の衣服を解き放しにかかった。

「おれはねえ吉祥」

相手のするままに身をまかせながら、私はうっとりとつぶやきつづけた。

「なぜあの人の弟に生まれたんだろうと、ときどき考えることがあるよ。あの人の弟であることが、生涯の重荷みたいに思えることもあるんだ」

例の、右指の愛撫がはじまり、私の上半身は吉祥のむき出しの左腕にかかえ込まれた。

「それはあんたが、まだ子供だからだわ。――私がおとなにしてあげる。あんたが可愛いの。兄さんの呪縛《じゅばく》から逃がしてあげるから、もう黙って……」

代りに、指の饒舌がはげしくなり、汗ばんだ圧迫が、私の全身をおもむろに覆いつくした。

十四

康暦元年五月十八日――。

陽光がまぶしい糺《ただす》河原で、比叡座の興行がおこなわれたが、息をつめる思いで待ちうけたにもかかわらず、結果は期待はずれに終った。すくなくとも私の目などにはそう見えた。

十二次郎や豊菊、牛太夫らの評価も同様だった。

そんな中でひとり、兄だけは考え込んでいた。父もしばらくのあいだは何ごとか黙考にとらわれている眉つきだった。私たちはしかし、気にもとめなかった。

座がしら犬王の芸は想像以上に優婉で、天界の舞さながらな香気と品格にあふれていたが、いかんせん比叡座の舞台は、能そのものが筋立て、演出、音曲、すべてにわたって退屈なのだ。

ひねりややまばがひとつもない。演劇的な興趣、場面展開の配慮、見物を飽きさせぬための工夫など、露ほども心にかけず、ひたすらただ、純度の高い舞踊美だけを見せようとしている行き方——。結崎の能に馴れた目には、面白くできるものまで、わざわざつまらなく演じているような歯がゆさを感じさせる舞台なのである。

それでも将軍は初日いっぱい桟敷《さじき》にい、三日間の興行が終ると犬王を同朋にとりたてて『道阿弥』の称号を賜わった。道阿弥の『道』は、将軍の法号『天山道有』の一字にちなんだもので、こうした恩命をうけた裏には当然、父や海老名ノ南阿の推挽《すいばん》があずかって力あったわけである。

将軍自身も、

「ともあれまごうかたなく、犬王は一個の芸術家だ。観阿とはまた違う意味で、将来、天を摩《ま》す高峰となるだろう」

そう、彼の力量を評したという。

堀河のわが家とはほど遠からぬ四条大宮に、犬王は邸宅をたまわり、本拠は相かわらず近江に置きながら、月の半分は洛中に出て、御所へ出仕する身となった。

この犬王の飛躍に嫉視を燃やしたのは、田楽の座よりも、むしろ仲間の猿楽者たちである。特に大和四座の宝生太夫、金剛太夫、金春権ノ守などは、

「われらをさしおいて、近江の比叡座を推挙するなど筋ちがいもはなはだしい」

寄るとさわると父のやり口を非難しているようだし、髭男の金春権ノ守に至っては、わざわざ京までのさり出て来て、

「仲間づきあいがわるいぞ。清次」

父を面罵したほどであった。

「今熊野以来の、おぬしの目ざましい出世ぶりから言っても、もう少し何とか余慶が恵まれていいのではないかと、おれたち昔の仲間は期待していたのだ。腹ちがいとはいえ、おぬしには兄にあたる宝生太夫など、わけて不満げなつらつきだぞ」

「何をぬかす」

もってのほかと言いたげな口吻で、父は権ノ守の呶々《どど》をおさえつけた。

「昔のよしみを考えればこそ、骨をけずる思いで工夫した新音曲の使用を、おれはおぬしらに黙許しているではないか。おかげでどうだ。大和三座は諸国の猿楽座を圧して最近めきめきのしあがり、観世の座についで、能界を主導するほどの勢力となった。もはや世間はおれの工夫を『大和音曲』とひと口に呼びこそすれ、観世一座の新曲とは呼ばぬ。が、大和猿楽ぜんたいの発展に寄与することだと観念して、おれは腹を立てなかったのだ。それを何だ不足とは……」

「そ、その通りだ。たしかにおぬしの言う通りだが、宝生太夫あたりはふんばりついでに、同朋への推挙をおぬしに頼みたいらしい。近江猿楽の犬王などを引っぱってやる口があるなら、先に兄のおれを、推《お》してくれてよさそうなものだとひがんでいたぞ」

「おぶえば抱け、か」

父は冷笑した。

「同朋衆に召されるか召されないかは、それこそ各人の実力だ。公方をはじめ、都目ききの批評眼に合格すれば、黙っていても迎えはくるし、あべこべに一座の棟梁でいながら舞も舞えない田舎芸では、百人の口添えがあったからとて出世はむずかしい。めいめいの力量を棚にあげて、そこまでおれに寄りかかろうというのは虫がよすぎるな」

「ふん、わしへのつらあてか」

権ノ守は唇をひんまげた。

「在にくすんでいたころも、並はずれて自負のつよい、口の憎ていな男だったが、今となってはもはやおれどもなど、白痴《こけ》あつかいの鼻息だな清次」

——そのくせ、芯《しん》は人の好い、言葉通り白痴なみの単純さを持つこの髭男は、母の玉苗にもてなされているうちに次第に気色をなおし、

「よい木ぐちだ。眼の法楽《ほうらく》に一見させてもらおう」

酔歩よろよろ、邸内を湯殿から水屋まで見てまわったり、

「のう、奥方。実をいえば清次どのの出世が、我がことのようにわしゃうれしいのだ。いつかはかならず、どえらい駆けっぷりを見せる常陸鹿毛《ひたちかげ》と、結崎のころから睨んでおったが、やはり眼力にあやまりはなかったな」

自慢やら世辞やら、ぐだぐだ並べたてたあげく、持ちきれぬほどの土産物を供の小者に背負わせて、上機嫌で帰って行った。

ところで、その翌年——。

のびのびになっていた兄の元服が、それも秋口にかかって、ようよう実現した。

式は花の御所であげられ、将軍が烏帽子親、海老名ノ南阿弥が理髪役をつとめた。藤若なる童名と別れ、兄はこの日をさかいに、結崎三郎元清と名乗ることになったのである。

雲立涌《くもたてわく》に木瓜《もっこう》を浮き織りした綾の直垂《ひたたれ》。烏帽子から顎《あぎと》へかけて、キリと結んだ頂頭《ちょうず》かけの紐の紫……。清《すが》やかな若者の誕生であった。

この年、兄は十八。

稚児装いが不自然にみえるぎりぎりまで元服がのびたのは、ひとえに将軍の愛惜のためである。闊達で、決断力に富む日ごろに似合わず、将軍は兄との夜々に未練をしめしつづけた。寵童を男にするときは伽《とぎ》のつとめからも解放しなければならない。兄の側にもじゅうぶん、気の進まぬそぶりはあったが、もはや周囲の理性が、これ以上の遅延を許さなかったのだろう。

七歳年長の御台所をはじめ、二十三歳の将軍家には側室が多く、ゆきずりの局漁《あさ》りまでかぞえると、その閨房は庭前の撩乱《りょうらん》におとらぬ華やかさであったが、絶えまない艶聞にもかかわらず、一方、兄との仲も異常なくらいこまやかだったのだから、痩せぎすな外見のわりに、義満将軍という人は旺盛な体力の持ち主にちがいない。

私などには、だが二人の夜は覗き見もできなかったし、覗かせない深淵を、生活の奥処《おくが》に、つねに隠していた兄だった。

いや、一度だけ例外がある。若い将軍に、身も世もなげに苛《さいな》まれている兄の姿を、私はチラと、かいま見たことがあった。たしか幕臣の一人に言いつけられて、決済を仰がねばならぬ書類を、将軍の居間へ持って行ったときと思う。人気のないまひる、将軍は何を焦《い》

ら立ってか、

「言え、……言わぬか、これでも」

興奮し、兄を畳に押し倒して、ところきらわずその身体をくすぐっていた。手足をちぢめ、身もだえて、相手の手からのがれようとし、兄はきれぎれな、耐えがたげな呻《うめ》きをあげた。妖しいまでになまめいた、柔軟な姿態であった。吉祥によって、兄よりもひと足さきに知らしめられた女体との世界——。それよりもなお深く、圧倒的なものを感じて私はいたたまれず、妬《ねた》みに、張り裂けんばかりな胸をおさえてその場を逃げ出したが……。

吉祥といえば、あれいらい私は、清水坂下へかよいつめてたちまち物代《ものしろ》に詰まり、所持品のうち、すこしでも金目になりそうなものを売ったり、御所からの兄の賜り物をこっそりもち出したりしはじめていた。だが一年とはそれもつづかず、とうとう武州から餞別にもらった砂金にまで手をつけ出した。

内蔵の奥ふかく、砂金の袋は他の貴重品といっしょに、鍵のかかる長櫃《ながびつ》に納めてしまわれている。ある夜、死物ぐるいの決意で父の入浴中に、ふだん父が身体からはなしたことのない鍵の束を私は盗み、蜂丸に手伝わせて櫃をあけた。

(もともとおれにくれたものだ)

そう言いわけすることで、良心のおののきをむりやりにねじ伏せたつもりだった。しかし、

「砂金とは豪勢じゃないの若太夫。誰にねだったの？」

　くぐつ宿の女あるじの、何げない問いかけにさえ、やはり平静ではいられなかった。そしてそのたびに、

（もうやめよう。こんなところへは来まい）

と、決意するのだが、私の決意をゆさぶるのは、きまって蜂丸のささやきであった。自身の欲望に追い立てられて、蜂丸は執拗に私をそそのかし、猥《みだ》らな話を聞かせたり、時に無礼な行為までしかけて、少年の私を誘うのである。

かよい出して、もうだいぶになるのに、醜《ぶ》おとこの蜂丸には向こうから打ち込んでくれるほどのなじみができず、

「手あたり次第でいいんだ、おらあ、女ならね」

と、当人も割り切っていた。

　横着で、奉公人本来の仕事には何によらず腰が重いくせに、外歩きの供となると生き返ったように敏捷になり、清水坂での密《みそか》ごとには、ことにも細心なこころ配りをみせて私を驚かす蜂丸である。

　砂金のかくし場所——ちびちびとできるだけ細く長く、それを使うための算段にいたるまで、すべて蜂丸の指図に私はしたがったのであり、すっかり水の手を切らしてからも、なおしばらく両親や座員どもの眼をくらましえたのも、蜂丸の才覚のおかげであった。

……あくる年、花の御所室町第はまったくの完成を見、三月十一日には後円融天皇の行幸がおこなわれた。

将軍家はこのとき二十四歳——。やはり二十四歳のお若い天子に、自慢の邸宅が見せたくてたまらなかったのだろう。この日のために二年前から、わざわざ笙《しょう》や蹴鞠《けまり》を習ったほどであった。

御幸《ごこう》をことほいで臨時の叙位もおこなわれ、新造の御所は祝賀の銀燭に照りかがやいたが……。

御宴なかばに、海老名ノ南阿弥は懐紙で口をおさえながらひっそりと席を立った。侍坐していた同朋のうち、父一人が気づいてあとを追った。南阿弥は庭の一隅にうずくまり、筧《かけい》のせせらぎに手をひたしていた。

「どうしました?」

はだしのまま父は走り寄った。

「見る通りだ」

と、片息《かたいき》に、南阿は地を指さした。おおかたは流れに落ちて消え失せたらしいが、それでも岩に、苔に、おびただしい鮮血が散っていた。

「じつは二度目だ。今日も朝がたから予感があった」

父は医師を呼ぼうとした。

「さわがないでくれ。めでたいお席だ」

南阿はとめ、

「退出する。朋輩《ほうばい》どもには後刻、よしなに伝えておいてくれ」

小者に支えられながら御所を出たきり、そのまま死への臥床《ふしど》について、ふたたび出仕して来なかったのである。

十五

ほとんど連日、南阿弥の枕辺に詰めかけて、なにかと介抱のできる父や兄たちにくらべ、気の毒なのは乙鶴であった。本宅で病まれたため、やきもち深い北ノ方にはばまれて、一日一日、死の淵へ近づいていこうとしている愛人に、最後の別れを言うこともできないのだ。

「かまわないよ私……。どんな悪態をつかれたっていい。ひと目、会わせてくれって、奥方にたのんでみるわ観阿どの」

我慢を切らして、ついにはそんな口走りまでしはじめたのを、父と母がようようなだめ、智恵をしぼり合ったあげく、乙鶴を祈禱禁厭《きとうまじない》の歩き巫女にしたてて、本宅へつれてゆくことにした。

夫の病気平癒を祈願するため、奥方は朝ごとに、真葛ガ原へ薬師仏をおがみに出かけて行く。ふかぶかと被衣《かずき》をかぶせ、その留守を見はからって、父は乙鶴を南阿の病室へ引き入れた。私たち兄弟も同道した。

「来てくれたのか鶴……」

南阿は柔らかな微笑を洩らした。皮膚が乾き、紙人形のように血のけが失せて、わずかのあいだに、ひと回り顔も体軀も小さくなった感じであった。

……私たちを病室に案内した海老名家の召使が、この時もう一度、几帳の外にもどって来て、

「ただいま、比叡座の道阿弥さまも見舞にお見えでござりますが……」

と告げた。

「犬王どのもまいったか、――知己、一堂に会すだな」

そして、

「通ってもらってくれ。狭いが、ここへ……」

南阿はうながした。

犬王道阿ははいって来、父や私たちに会釈して病褥《びょうじょく》の裾ちかく、そっと坐った。

「お別れだな、おのおのとも……」

座中を見回しながら南阿弥は言い、

「心からの安堵ではないが、ともあれやすんじて、わしは眼をつぶることができそうだ」

静かにつぶやいた。

「細川武州の失脚、楠氏をめぐる諸将の猜疑《さいぎ》——。一時はどうなることかと、結崎座の行くすえを案じたものだが、それも辛うじて事なくすんだし、犬王どのもお見出しにあずかって、猿楽の陣営に強固を加えた。あとは両所への、芸に対する苦言のみだ。言い納め、聞きおさめと思うて耳を藉《か》してくれるか観阿どの」

「肝に刻んでうけたまわります。何なりとおっしゃって下さい。忌憚《きたん》なく……」

と、居ずまい正しく、父は受けた。

「うむ。……では、はじめに一つ質《ただ》したい。——観阿どのは能役者の花を、結局は散るものと考えているか？　それとも永劫に散らぬものと解釈しているか？」

「技倆《ぎりょう》卓抜したシテならば、老いても花は残ります。しかしそれは飽くまで老い木の花……。さかりの花のみずみずしさには及ぶべくもありません」

「つまり能役者一代には、最盛期とともに、衰退期もあるというわけだな」

「そうです。三十四、五から四十四、五までの十年間を、私は一人のシテの花の盛りと思っています。どのような名人上手でも、これより後は能は下る、気はどうあれ、身体がいうことをきかなくなる、五十を越してからは、もはやせぬにしかず……。何もしないほかに、手立てはなしとも観じ切っております。麒麟《きりん》も老ゆれば駑馬《どば》に劣るとやら申しますが、五十以後は後進に花をゆずり、しりぞいて身を守るこそ、上手の心得と私は考えているわけです」

「観阿どのは、今年、何歳か」

「四十九歳になります」

「では、もうまもなく『せぬにしかず』の段階にはいるな」

「そのために、せがれ元清を幼少よりきびしく仕込んでまいりました。もちろんまだ、この者の芸は未熟……。世間的にいくら褒めそやされても、それは容姿の若さ、うつくしさにおぶさった〝時分の花〟にすぎません。しかし、親の口から申すのもいかがですが、元清には、現在の評価を一時的なものに終らせぬだけの天分があるようです。これからの私の努力は、せがれ元清をして〝真の花〟を究《きわ》めさせるという仕事にそそがれることとなるでしょう」

「では道阿どの」

と、犬王へ眸を転じて南阿はたずねた。

「同じ問いに、あなたはどう答えて下さるかな？」

「私は……」

ひどくおぼつかなげな、不安そうな翳《かげ》りが、草汁のように道阿の表情ににじみ出た。

「私にはわかりません。私は自分が、まだとても若く感じられるのです。――観阿どのの今のお言葉を聞き、さて、あらためて我が年を振り返ってみると、すでに私は四十二……。能の盛りをきわめ、そしてそろそろ峠路をくだる年だと気づきます。それなのに……なぜか私は、自分がいま、能役者として盛りをきわめていなければならぬ年だとも、もうすぐ落日にかかる年だとも自覚できないのです。まだ遥かに長い、気が遠くなるほど長い道程が行く手にあり、その入口の五里十里あたりを、あえぎながら進んでいる若者のように、自分が思えてならぬのです」

「と、いうことは？」

「と、いうことは……つまり私という鈍根な男にとって、能がいかに手に負えぬ巨峰か、ということではないでしょうか。五十はおろか、七十になり八十になっても……もし命があれば百歳の老翁になっても、私はまだ自分が、目的の頂きに登りえず、焦躁に、のたうち廻っている気がしてなりません。――怖いのです。でも……私にはその道しか見えない。はじめからその頂きへの長い長い道しか、私の眼には見えなかったのでした」

「道阿どのは独り身と聞いたが、事実か？」

「はい」

「当然、子もないわけだな」

いきなり、撲《なぐ》りつけられでもしたように道阿は眼を見ひらき、しばらくまをおいて、

「子……」

と、言った。

「そういえば……言われてみれば……私には子というものがなかった！」

やや、おろかしく聞こえるほど、犬王の歎声には純一な響きがこもっていた。

「五十をすぎて一線をしりぞいたあとは、若木の後継に花をゆずる……いま、観阿どのはこう仰せでしたが……そういえばこれまで、私は後継への配慮をすら、自分の中で考えたことがなかったようです。能の美をきわめたい……自分自身の足で、巨峰の頂きに立ってみたい……そればかりを念じて、虫が這うようにではあるが私は進み、後も横も、かえりみるゆとりが無かったのでした」

「わかった」

南阿弥はさえぎった。弱いが、明晰《めいせき》な語韻であった。

「いまの両人の答えは、その各自の芸への考え方の、根本的な違いを示している。そしてはっきり言えば、私は双方に、同じように大きな欠陥を感じるのだ。――観阿どの、おぬしの考えは実際的にすぎ、芸人というものの体力、外容にこだわりすぎていはしないかな。いま現在、おぬしは新味あふれる能を創始し、元清にそれを伝えつつある。しかし元清の子、孫、曽孫……三百年、五百年ののちまでその能を、新鮮なまま生き残らせる自信はあるか」

「五百年後⁉」

あっけにとられたおももちで、父は相手の口もとを見た。

「いったい、何をおっしゃりたいのですか？　私には想像もつきません。――そりゃあ私だって、猿楽能の寿命が少しでも長かれと願ってはいますが、およそ古今の例を見ても、民間芸能の命には限界があります。政治情勢の変化。つぎつぎに生まれ出る新らしい娯楽。時流にしたがって移りかわる人の嗜好……。五百年先を気にやむひまがあったら、私は今げんざい、自分が生きている時代を大切にします。現に目の前で、喝采を送ってくれている見物たち……。どうしたら、より彼らをたのしませ堪能させるかが、私の能の課題ですし、けっくはこの心がけが、猿楽能の寿命を一日でも長持ちさせる秘訣だとも思うのですがね」

「おぬしが究《きわ》め、元清にも究めさせようとしている〝真の花〟も、では、時流の外にぬきんでて咲くものではないわけだな」

「時流を無視して何を咲かせたからといって、見物にはわかりもせず、ついても来ますまい」

「ところが犬王は、時流を超えて咲きつづける〝不易の美〟を追っているのだ。純度の高い芸術を理解するためには、見物の側にもある程度の教養と感性が要求されるのは当然だが、漁夫、山樵《やまがつ》にまでそれを求めるのは無理なはなしだ。彼らが結崎の猿楽をおもしろしと見る眼、識者がおもしろしと見る眼……、同じ言葉でも、二つの『面白さ』には本質的な違いがある。大衆というものは飽きやすく、より強い刺戟があらわれれば、躊躇なく次へ移って行くが、これははじめから彼らの好みが浅く、鑑賞力が低いため、しんじつ面白いとはどういうことか理解していないせいだ。もとより、だからといって、彼らを卑しむのはまちがっている。教養や感性を培《つちか》うひまと経済力に、生まれながら彼らは恵まれていなかったのだから……。問題はそういうことではなく、万人の受けにこだわるあまりに、根本義を忘れてはならぬということだ。――わかるか？　観阿どの」

「……」

「絵でも工芸でも彫刻でも、ほんものは時を超えて生きつづける。寺々にほほえむ仏像、壁画……。飛鳥《あすか》、天平《てんぴょう》のむかしに生まれながら、仏たちはいまも新らしい。足利の幕府が幾百年つづくかはわからぬが、為政者が何回替代し、世の中がどう変っても――たとえばあの、白い昼の月……あの月の世界を、人間が征服する時代が来たとしても、ほんとうの美は生きつづけるだろう。そしていつの世も、ほんものを識りそれを守り、次代へそれを渡してゆくのは知識層だ。それが知識層の義務なのだ。大衆をあなどってはならない。が、不易の美を伝承してゆく資格でいえば、大衆は当てにならないものだ。彼らは流動する面白さにくらまされ、彼ら自身、流動して行く。そして、その時々の花はみごとに咲かせる。もし観阿どのが猿楽の能を、そうした〝時代の雨露《うろ》〟をうけて、一ッ気に開き、やがて、枯れうせる『時流の花』と見ているならばそれもいい。だが、せっかく創始したおのれの芸能を、散らず、枯れぬ不変の花にまで高めようとの欲があるなら、もっと白痴《こけ》になることだ」

「白痴に？」

「おぬしは利口すぎる。目先がききすぎ、腕も立ちすぎる。もっとにぶくなれ。『五十を過ぎればせぬにしかず』などと小さく悟らずに、白痴になって、犬王の世界へはいって行け」

父は答えなかった。几帳の一点を睨んだまま、冷ややかに沈黙した。

「道阿どの」

と、かまわず南阿は犬王へ呼びかけた。

「こんどはおぬしだ。聞いてくれるか」

「はい」

全身に、目に立つほどの緊張を走らせて、犬王道阿は坐り直した。

「わしはいま、犬王の世界へはいって行けと観阿どのに言った。が、これはおぬしが、観阿よりすぐれているという意味ではけっしてないぞ。おぬしが観阿に立ちまさっているのは、不易の美に着眼し、それを信じ、それを摑もうといちずに努力している点だけだ。観阿には、白痴《こけ》になれと忠告したが、あべこべにわしはおぬしには、あまりに白痴すぎると言ってやりたい。鹿を追う漁師は山を見ぬという。行く手ばかりをみつめすぎて、おぬしは足もとを忘れ、現在を忘れ果てている」

「！」

「おぬしが同朋に出世したのは、目のつけどころの正しさと、困難なその道を、たじろがず歩みぬこうと決意しているけなげさが、将軍を打ったためだ。具眼の士である将軍は、おぬしの内奥の血みどろを見ぬき、もしかしたら生涯、もがきが、もがきのままで終らねばならぬおぬしを哀れんで、せめて生活の苦労からだけでもおぬしを解放し、憂いなく、求めるものに打ち込ませようと配慮されたのだ。そうした保護や世俗的な出世を、おぬしがかくべつ望んでいないことは知っている。が、それでも将軍は、おぬしを守る必要を感じ、おぬしを腕の中へかかえ込まれたのだぞ」

「わかっております。——そして、心からありがたいとも思っております」

「ある意味では、おぬしはあまりに身勝手すぎる。立ち向かっているものの巨《おお》きさ、それに立ち向かうことの苦しさはわかるが、苦しみに惑溺《わくでき》し、苦しんでいることでおのれを甘やかすのはよくない。この、わしの言い方は酷かも知れぬが、なによりの証拠は比叡座の現状だ。おぬし一人の舞がいくら卓抜していても、その舞を生かすための周囲の条件が追いつかず、どころか、おぬしの向上とは逆に、衰退しつつあるのはどうしたわけか」

「……」

「近江猿楽の音曲は変化にとぼしく、演出は安易だ。ワキ役陣も岩童をのぞいては見るべきものがつづかず、囃子は下手《へた》、地方《じかた》もまずい。大輪の花が一輪咲き、あとはいちめん、枯れかけている園のようなものだ。目ざす巨峰に登り切ったはよいが、気づいてみたら比叡座は残骸と化し、近江猿楽も破滅に瀕していたということになりかねない。それでいいわけはなかろう？　道阿どの」

「は、はい」

「おぬしはおぬしで、先達《せんだつ》観阿の偉大な世界にまなぶことだ。作詞能力、作曲能力、筋づくりのたくみさ、立合いのかけひき、演出面にも後進の指導や統率面にも、一座の経営にいたるまで、他の追従をゆるさぬ天賦の才と力量を観阿は持っている。すべてそれらを、おのれに欠けた長所と思って、おぬしは謙虚に観阿にしたがえ。よいな道阿どの。これがおぬしへの、わしの餞《はなむけ》だ」

　さすがに疲れたのか、南阿は口をつぐんだ。春の朝、病室にはかすかに丁子《ちょうじ》の香が流れ、軒先きには淡々《あわあわ》と白く、半月がかかっていた。

　父は眼をとじ、犬王道阿はうなだれている。ひとりその中で、兄だけが抑えがたい興奮を——当の父よりも道阿よりもあらわな興奮を、身体いっぱいに滲ませているのが私の印象につよく残った。

　少年期の華やぎから脱し、甘えを許されなくなった大人の世界の第一歩で、いま兄は苦しみ、懸命に模索しつつあった。

　父と犬王――。二人の名手へ、終りに臨んで南阿が与えた忠言は、兄の心にも強烈な示唆と瞠目《どうもく》をもたらしたにちがいない。兄は慄《ふる》え、息をつめて、南阿の口もとへ眸を凝らしつづけた。

「観阿どの」

　と、やがて小声で、南阿はふたたび父へ呼びかけた。

「まったく別の忠告だが、いま一つ、耳に入れておきたいことがある。……楠中務大輔《なかつかさだゆう》正儀が、北朝帰順の意志をひるがえして、またもや南朝へ復帰するそぶりを見せはじめたそうだぞ」

「な、なんと仰せられます。正儀が？」

　父は声をつつぬかせた。私の胸も思わずとどろいた。

（しょせん、おれたちは南朝の子だ。南朝の亡びにひきずられて滅亡するしかない宿命を、はじめから負って生れた武門なのだ）

　くぐつ宿での正元の呻きが、耳にガンガンよみがえった。

「まさか……まさかしかし、いまさらまた南山へもどるなどという無節操なことを、あの正儀が……」

　口ごもりつつ父は否定し、

「同感だ」

南阿もかぶりを振った。

「昨夜、さる見舞客から耳打ちされた噂なのだが、むろんわしも流言と信じている」

——ただ万一、正儀が、ふたたび南軍の尖鋭として、幕軍と戦火をまじえる仕儀になれば、おぬしの身には、こんどこそいっせいに、諸大名の猜疑が集中しよう。喜阿は他界したが、もはやこうなっては、田楽の煽動などまつまでもない。元弘・建武生きのこりの荒大名ども……骨髄から南朝を嫌い、楠氏を憎む矯激《きょうげき》なやからが、縁につながるおぬしまでを君側《くんそく》の奸《かん》、獅子身中の虫とみなして、憎悪しはじめることは必定と思う。この上ともすべてに油断なく、将軍家のご気色を重んじ、一座団結して事態に当っていくことだ。

——そう、親身の助言をしたあと、

「最後に、元清どの」

南阿は兄へ呼びかけた。

「おぬしにひとつ頼みがある。この、枕もとの冊子、読んでみてくれぬか」

それは、表紙に『海道くだり』としるされている檀紙《だんし》四、五枚ほどの仮りとじの一帖であった。

兄は黙読し、顔をあげて言った。

「主馬《しゅめ》ノ判官盛久《ほうがんもりひさ》の故事をあつかった曲舞《くせまい》でございますね」

「流麗な、哀れふかい詞章だろう？」

「はい」

「だれの作詞と思う？」

「さあ」

「連歌師の琳阿弥だ」

「琳阿どの⁉」

「三年前、祇園会の夏祭りで喜阿弥をなぐり、桟敷《さじき》からそのまま東国へ追放になった玉リンの作だよ」

父もおどろきの眼をみはって、

「健在でございましたか、琳阿弥は……」

と、たずねた。

「当座は気ままに、武蔵野の漂泊を楽しんでいたらしいが、そろそろ都恋しくなったとみえ、この一曲を送って、わしに将軍家へのとりなしを頼んで来たのだ。絶望と傷心をいだいて刑戮《けいりく》の旅を行く平家の公達《きんだち》……。その心情に、わが身の淋しさを託したつもりなのだろう。節附けはわしがしておいた。折りをみて元清どのから将軍家のお耳に入れてくれないか。そして、できれば赦免のお許しを願ってほしいのだが……」

「かしこまりました。かならず、お取りなしいたしましょう」

「乙鶴」

と、うつぶしたままの黒髪へ手を置きながら、

「おぬしには、いまさら何も言うことがない。会えてうれしかった。——これをやる。気ままに暮してくれ」

領所の地券らしい一封を、南阿は乙鶴ににぎらせた。

「いらない、こんなものはほしくない。それより、よくなっておくれ南阿どの、もう一度、よくなって……」

衾《ふすま》ごと、愛人の胸をだきすくめて乙鶴は泣き悶えた。

「どうしたのだ？　ふだんのおぬしらしくもないぞ乙鶴」

と、南阿は言った。口ぶりは強かったが、その声にはあたたかな労《いたわ》りがこもっていた。

「わしとおぬしとはこれまでも、お互いを縛りつけない約束でつき合ってきた。逢いそめたそもそもから別れを予測し、その辛さに心を馴らす用意をしつづけて来たはずではないか」

「でも……でも」

むせびあげつつ乙鶴がなにか言いかけたとき、壁代の外にあわただしい足音がして、

「北ノ方さまがおもどりでございます」

召次《めしつぎ》のうずくまる気配がした。

「逢った以上、別れるのは必然なのだ。そのあいだを充実し、悔いなく過ごせたわれわれは倖せだった。さ、笑って、おぬしの友だちをあの世へ送っておくれ」

「え、え」

乙鶴は微笑し、涙をいっぱいたたえた眼で、くい入るように南阿を見た。父がその顔へ被衣《かずき》をかぶせ、そっと支えて病室からつれ出した。入れちがいに北ノ方がはいってきた。片わきをすりぬけて私たちは帰ったが、翌夜半、海老名ノ南阿弥は死んだ。永徳元年三月十九日、享年六十二歳であった。

十六

父は、

「まさか……」

と否定していた。南阿弥も、

「流言と思う」

そう、打ち消して亡くなったが、やはり、

「楠氏に離反のけぶりが見える」

との、巷のささやきは真実だったのである。

南阿弥逝去の翌年、正月――。

正儀は一族をあげて南朝へ復帰し、はっきりと、北朝への敵対を宣言した。

『楠氏、ふたたび叛す！』

この飛報は、新管領斯波《しば》義将《よしまさ》どのをはじめ、閣僚の感情をつよく刺戟したらしい。

ただちに出兵の動議がなされ、山名氏の一党が精鋭をすぐって、河内の平尾へ馳《は》せ向かった。

楠一族もこれを迎えて激戦がくりひろげられ、

「討伐軍の旗色がわるいそうだ」

「楠の兵は、都へ逆寄せして来るというぞ」

さわぎに付きものの流説が乱れとんで、洛中には不穏な空気がみなぎった。

しかもさなか、楠氏の反抗に呼応するかのように、関東では下野《しもつけ》の小山一族が南朝方を呼号して挙兵し、新田の残党も兵をあげた。

殿中の白眼はたちまち父に集まった。まことしやかに、

「観阿弥は楠氏の諜者だそうな」

そんな誹謗を放つ者まであらわれた。

それでなくても斯波どの以下、新政局の枢軸についた人々は、細川派の捲き返しを怕《おそ》れ、武州の復職を懸念して、その妨害にやっきとなっていたのである。

「観阿めは武州と公方のあいだに立って、ひそかに連絡の用をつとめているらしい」

「楠一族のとつぜんの離反も、斯波管領派を失脚に追い込む目的から、武州がそそのかしたものにちがいない。すべてそうした陰での画策は、観阿弥を通じてなされているのだ」

猜疑が猜疑を生み、父の身辺はやがて悪声のためがんじがらめにされて、御所への出入りも危険になった。

猿楽あがりの一同朋衆にすぎぬ父に、これほどまで根ぶかく反目が集まったのは、田楽法師らの暗躍もさることながら、父の体内に流れている〝楠氏の血〟のせいである。たんなる誤解なら弁明できる。が、血に根ざした疑いは解くのがむずかしい。なまはんかな抗争は、敵をふやすに役立つだけだった。さすがの父も頭をかかえた。

――ある一日、義満将軍はそんな父をそば近く呼び、

「楠攻めの決着がつくまで、旅にでも出ていたらどうかな観阿」

と議《はか》った。

「旅？」

父の眼に、ほっと救われたような色が浮かんだ。

「なるほど。たしかに一法でござりますな」

「斯波右衛門督がこんどの楠の謀叛を、武州のさしがねではないかと疑うのも、まんざら理由のないことではないのだ」

将軍はニンマリ笑った。

「おぬしだから聞かせるが、実をあかせば関東での小山一族の反乱は、斯波管領がけしかけて起こさせたものなのだよ」

父は口をあけた。

「な、なぜにまた、そのような……」

「関東管領を牽制する必要からだ。おぬしも知っての通り、鎌倉には東国の抑えとして関東管領が置かれている。初代は予の叔父足利基氏どの、そして現在、二代目は基氏どのの忘れ形見氏満が継いでいるが……この男、弱年に似合わぬ野心家でな。ややもすると従兄である予に取って代って、将軍職を襲おうとの気ぶりを見せるのだ。――斯波右衛門督義将は小山一族を使嗾《しそう》し、鎌倉の後方をおびやかすことによって、氏満の野望をくじこうとかかっているわけだよ」

「なるほど」

父はうなった。

「政治とは、複雑なものでござりますなあ」

「なかなかやるよ。斯波新管領もな」

「ご自身の、そうした策動から推しはかって、楠氏の背反をも武州のそそのかしと、斯波どのは疑っておられるのでしょうし、また、じじつ武州ならば、四国にいながら楠氏と気脈ぐらいは通じているかもしれません。しかし、この私までが両者のあいだに入って、策謀にひと役買っているとのお疑いは行きすぎです。迷惑せんばんな思いすごしと申すほかありませぬ」

「わかっている。そうむきになるな観阿」

苦笑しつつ将軍は制した。

「予がわかっていると言ったら、それでいいだろう。ここのところは姿勢を低くして、楠の乱の平定を待つことだ」

「………」

「いつであったかな、おぬしが童形《どうぎょう》時代の元清に『天の時を慎しめ』と教えているのを、予はなにげなく聞いたおぼえがある。天の時……時の運……、人間のまわり合せには運のついている男時《おどき》と、その反対の女時《めどき》があり、女時にかかっているときは、どう努力してもうまくいかない。能の工夫がつかず、自分では存分にやったつもりでも批評がかんばしくない。立合えば力量の劣った敵に負ける……。こういう時は、人力でいかんともなしがたい。敵方に勝ち神がついているのだとあきらめて、意地を張らず無駄骨を折らず、勝負に負けても気にかけずに、じっと相手の男時が去るのを待つことだ。やがてはかならず、女時男時は逆転する……。そう、おぬしは元清に語っていた。おそらくこれまでの、実地の体験にもとづいた言葉であろうが、聞いていて予もひじょうに面白かった。能とはかぎらぬ。政治にも軍事にも、恋にすら当てはまる教訓と思ってな」

いま、おぬしの運は女時のさいちゅうだ。旅にでも出て四囲の男時をかわすがいい……

そう、さとされて、

「女時……、なるほど」

ほろ苦く、父も笑った。

——この年、将軍は二十五歳。天性のするどさに、ようよう顕位の厚みが加わり、容姿にも語韻にも、自信に裏づけされた落ちつきと優美が、底光る珠さながらににじみ出て来ていた。

官位は従一位。

官職は左大臣、征夷大将軍。蔵人所の別当に補され牛車を聴《ゆる》され、院の執事を兼ねるという、公武の重責を一身にになう地位にあった。

今熊野のころは、まだそれでも聞こえよがしに、将軍家の藤若寵愛を非難した鼻ばしらの固い公卿もいたが、もはや今となっては廷臣だれ一人、将軍にさからう者はない。かえって汲々とその鼻息をうかがうありさまだし、今上《きんじょう》後円融ノ君さえが、将軍にとりいって、御《おん》子《こ》幹仁《もとひと》親王への譲位を働きかけておられるほどだった。

苗木の義満将軍を、あとは思うがままに根を張り、枝を伸ばせばよい若樹にまで仕上げ、極階《ごくかい》への布石すら、周到に用意して去ったのは武州であり、その武州の意志は確実にいま、将軍の上にみのりつつある。

「御諚《ごじょう》、ごもっともでございます」

と、父はやがて座をすべった。

「立ち帰って、さっそくにも旅支度にかかりましょう」

「元清は置いていけ。二人とも行ってしまうとあとが淋しくなる」

「せがれは竹若をつれていきます。いつのまにか竹めも十六……。近く、男にしてやる心組みでおりますので、世間を見せるためにも一、二年同道し、東海道、北陸すじを廻ってくることにいたします」

それでもあたらしく面、装束をあつらえるやら、楽器類を修理に出すやら、旅支度に、一年近い日かずを費したあげく、海道の雪解けを待って、一座は出発することになった。
私の元服がおこなわれたのは、この出発前の倉皇《そうこう》のさなかである。
名は四郎元仲。
兄のときとはちがって場所は自宅、理髪は牛太夫、烏帽子親も犬王道阿という、しごく簡単な式だったが、大人の仲間入りできたことが私にはうれしかった。
十五、六から、私はぐんぐん背がのびはじめた。そのかわり肉がつかず、いくら食べても黍稈《きびがら》みたいに瘦せて、

「気味がわるい」

と、吉祥にも、以前ほど愛されなくなってきていた。顔には吹き出物がいちめんにできたし、娘ざかりを迎えて脂ののりかけた吉祥に面と向かうと、男ながら気恥かしさが先に立つ近ごろだったのである。童形から、烏帽子・狩衣の若者姿に変ったことは、その意味でも私をほっとさせた。

吉祥といえば彼女との仲を、私は元服した直後、兄に知られてしまった。たまりにたまった借財を、くぐつ宿の女あるじが、堀河のわが家へ取り立てに乗り込んできたのであった。

父と母は旅支度の買物のため、運よく家を留守にしていた。兄は黙って借りを払ってくれたが、蜂丸はその場から暇を出された。奉公人頭《がしら》のとりなしも私の詫びも、兄は断じて聞き入れなかったのだ。

「小者部屋へ、こっそりガニ打ちの悪習を持ち込んだのは蜂丸だ。あいつがそのほうの巧者だということを、知らない私と思っているのか。放逐の理由は、これだけでも充分だ」

そして、

「今を、どんなときと思っているのだ竹。放図《ほうず》が無さすぎるぞ」

と、兄は私を叱責した。

「童形のうちからくぐつ宿などへ通う量見だから、いつまでたっても技が上達しないのだ。

恥じるがいい」

「そう、力《りき》むなよ兄さん、わるい癖だぜ」

わざと私ははぐらかした。

「兄さんだって吉祥に逢えばおどろくよ。声がそっくりなんだ。於寿々にね」

「於寿々？」

「蘭亭の孫むすめさ。忘れたの？」

兄は目をあげ、すぐ、その目を脇へそらした。

「いつもいつも高価な小袖ばかり着ていた筆屋のみそッ歯……。子供ごころに、おれはあいつの小袖が癪でならなかった。雪合戦の日、泥玉をぶつけてやったのも、ほんとのことを言えば過失じゃない。わざとやってやったのさ。誰の仕業《しわざ》かわかりゃしないとたかをくくったんだ。それを、あの蘭亭のおばばめ、ひと目でおれの爪の泥を……」

言いかけて、私は言葉を呑んだ。

とつぜん、激痛にでも襲われたように、兄の表情が歪《ゆが》んだからである。

「ごめんよ」

狼狽し、私は真顔《まがお》になった。

「話をそらしたりして悪かった。もう決してぐつ宿などへは行かない。おれだって今、父さんがどんな苦境に立たされているか、知らないわけじゃないんだ。元服もしたんだし、心を入れかえて家業にはげむよ」

兄はだが、いきなり私にとびかかった。

「なんだ、なにをするんだ、あやまっているんじゃないか」

カッと、私の胸にも怒りの火が点じた。打ち倒されながら、私は兄へむしゃぶりついた。抑え込んでくる兄の力には、しかし、みじんも容赦がなかった。あの、骨の髄まで凍るようなはげしい平手打ちが、つづけざまに両頬を襲い、ほとんど私は目がくらんだ。

腕力でいえば、もうこのころ、二人は伯仲していたかもしれない。ただ、いつの場合も兄を相手にすると、私はのっけから気で負かされた。華奢《きゃしゃ》なくせに兄は強かった。気で勝つ喧嘩なのである。

「やめて下さい若棟梁！」

と、狂言方の小槌が走り込んできた。

「棟梁や御寮人がお帰りです。四郎どのも早くお逃げなさい」

うしろから、小槌が兄をはがいじめしたすきに、私は跳ね立って廊下へ飛び出した。

式台のあたりに笑声が聞こえ、父と母がもどって来ていた。乙鶴もいっしょだった。偶然、小袖棚の店先で逢ったのだという。履物をつっかけて、そのまま入れちがいに外へ出ようとする私を、

「どこへ行く元仲」

案の定、父がとがめた。

「串柿を買ってきたのよ。茶をいれるから居間へおいで」

母までがうながすので、しかたなく家の内へ引き返したが、父たちはこのまに奥のひと間にくつろいで、しばらく買い求めた小袖の品さだめに話し興じていた。兄も呼ばれ、私たち兄弟は気まずいままに茶菓をつまんだ。

乙鶴が選んだのは、いかにも彼女の好みらしく、白地の単衣《ひとえ》に紫と臙脂《えんじ》で、濃淡さまざまな牡丹花を染めぬいた小袖。母の買物はすべて父はじめ、こんどの巡業に出る座員どもの旅着であった。

「聞いたわよ元清どの、玉リンのこと……」

と、小袖をたたみながら乙鶴は兄に話しかけた。

「やっとあの飲んだくれに、ご赦免のお許しが出たんですってね」

これは初耳だった。私は兄の顔を見た。

「お許しが出ました」

兄は乙鶴へ微笑した。

「『海道くだり』の一曲を、南阿どのが残していかれた節づけ通り唄ってお聞かせしたところ、『東国のほうがよかろうに、帰りたがるとは……』そう、にが笑いをあそばし、上様はお手ずから赦免の状をしたためられたのです」

「将軍にすれば、追放は慈悲のおつもりだったんでしょうけれど……ねえ観阿どの」

と、こんどは父へ、

「許されて帰洛してくる琳阿弥陀仏と、海道すじのどこかで、結崎座は出逢わないかしらね？」

乙鶴は問いかけた。

「そうさな」

手についた干柿の粉を、父はいきおいよくはたき落とした。

「ご赦免は新春四月――。とすれば、駿河あたりで出くわす勘定かな」

「私も行きたいわ旅へ……。ついていってはいけないかしら」

「おれのほうはかまわないが、座長のおぬしが小一年も、加賀女座を留守にしていいのか」

「若ざかりの上に腕っこき、客の人気も私以上の高弟が四人で取りしきっているから心配はないのよ」

そして、いったん口もとまで持っていった茶わんを、無意識のように膝へもどしながら、

「ねえ観阿どの、玉苗さんも聞いてちょうだい。いっそのこと私、弟子たちに加賀女座をゆずって、曲舞々《くせまいまい》などという見かけばかり華やかな、苦しい稼業から逃げ出したいと思いはじめているんだけれど……」

そう、乙鶴は言い出した。口つきはさばさばしているが、双眸にはいつにないうつろな疲労がにじんでいた。

「日本一の曲舞師と、折り紙つきの和御前《わごぜ》がか？」

と、父は反問した。

「南阿どのに死なれてからこっち、何だか、なにをしても気が乗らなくてね。……しょっちゅう口喧嘩ばかりしていたし、なんの因果で、こんなやかましい爺さまのお守りをしなきゃならないんだろうと、ばかばかしくもなったけど、死なれてみてやっぱり私たちは、おたがいをどんなに大切なものに思い合っていたか、わかった気がするの。お守りどころか、あの人という親鳥の羽交《はが》いの下にはぐくまれていたのは、私のほうだったんだわ。あの人に褒められたい一心で、曲舞にも意欲を燃やしていた私なのだということに、今になって気づいたのよ」

「わかるよ。……わかるが、いま加賀女座を投げ出すことには不賛成だな。南阿どの一人のために舞って来たように言うが、おれの目からすれば、やはり根ッから生えぬきのおぬしは芸人だ。一人のためだけには舞えない女だよ。——寂寥《せきりょう》がうすらげば、また舞台に生きたくなる。かならずそうなる。そうなったとき悔いても遅いぞ」

おぬし幾つだ？　と父は無遠慮にたずね、四十二よ、と乙鶴もためらいなく答えた。四十二？　それにしてはみずみずしいな、化粧のせいかな、と首をひねりながら、

「とにかく四十一や二で隠退は早すぎる。南阿弥陀仏も望みはしないだろう」

　父は結論した。

「旅にでも出て気をまぎらしたら、又はじめるんだな。新作づくりにはおれも協力するよ。むかしの恩返しだ」

「じゃあ、ついて行くわよ。結崎座の巡業に」

「いいとも。そのかわり手の足りない時は飯炊きでもなんでも助《す》けてもらうぞ」

「玉苗さんもいらっしゃいよ」

　と乙鶴は母を誘った。

「富士山を、玉苗さんはまだ見たことがないでしょ？　気持のいい山よ、たいていのくさくさは、朝富士に向かえばけしとんでしまうわ。いっしょについて行きましょうよ」

「ええ、でも……」

　母は微笑し、ほとんど哀願するような口ぶりで言った。

「留守にはできないのよ。元清一人になってしまうし、座員も半数以上は残るということだから」

「おや、元清どのは留守役なの？　観阿どの」

「公方の思召しだ。それがなくても、こんどは元仲だけをつれてゆく。三十人ばかりの小規模な旅廻りだからな。おれも御同様、今度はくさくさ逃れさ」

「ホホ、気ぶっせい同士、それでは富士山でも眺めて、気ばらしをして来ましょうか」

――人間は悲しいものだ。先の不幸を、このとき、だれが予測したろう。駿河行きが仇《あだ》となって父は死に、乙鶴も落命した。私たち一家と乙鶴が、茶菓を中に団欒したのは、結局この日が最後であった。

十七

改元まもない至徳元年二月つごもり、春たけなわの京をうしろに、結崎の一座はまず伊賀を目ざして出発した。そして美濃、尾張をめぐり、三河、遠江《とおとうみ》をへて駿河の国へ入ったのが五月なかば……。裾野の若葉をながく曳いて、富士は全山、紫紺の夏姿にかわろうとしている季節であった。

駿河は今川氏の食邑《しょくゆう》だが、領内、浅間神社の祭礼に招かれて、結崎座は三日間、法楽の能を奉納することになっていたのである。

祭礼の最後の日、父は五番の能組みの三番目に得意の『自然居士』を演じ、その夜、今川邸に伺候して領主の父、今川心省入道からねぎらいの盃を受けた。私と乙鶴、ワキ師の岩松が同行した。

「芸の力というものは、ふしぎなものだな」

聞きとりにくい、陰気な歯ぬけ声で入道は父に語りかけた。場所は奥庭に建てられたふるびた隠居所――。燭が暗く、侍坐しているのも二名の若い近習だけなので、やむなく酌取りには乙鶴が立った。

「見たところ、おぬしはなかなかの大男だが……」

と入道は無表情につづけた。

「女や姥《うば》に扮するとほっそりとなる。今日の自然居士など、若い、きゃしゃ作りな説経者を髣髴《ほうふつ》したぞ」

お褒めにあずかって恐縮である、という意味の言葉を、父もつぶやくように言い、お見かけするところ、よほどご高齢のようだが、ご堅固で何よりと思う……そう、祝詞を述べた。

「む。――われながら生きたものだ。おもしろくもないこの浮世に、な」

入道は薄く笑った。額と首すじに大きな刀痕があり、左手は拇指、人さし指、中指だけを残し、掌にかけて斜めに削げ落ちていた。

「お若いころは、荒武者でおられたようですな」

と父はその手へ目をそそいだ。

「いまも同じだ」

入道はゆっくり盃を置いた。

「戦塵と血しぶきのうちに、わしの半生は去ってしまった。が、いささかもそれを悔いてはおらぬ。どころか、足利の縁族として、なお、お役に立つ折りがあるならば、よろこんで老骨を宗家のために捨てるつもりだ」

初代尊氏、二代義詮《よしあきら》……。草創の辛酸をともに嘗《な》め合った将軍たちはすでに亡《な》い。しかし足利氏に捧げたわしの忠誠はいまも変らぬ。駿河の片田舎に老いかがまっていても、中央の動きはじっくり見ているのだ、と、ねちっこい、どことなく棘《とげ》を含んだ調子で入道はつづけた。

「いいか観阿、わしは見ている。聞いてもいる。目も耳も、まだ、なまってはおらんのだ。義満公の稚《おさな》い政治のとりっぷり……。わしなどの眼にはまことに危うげなものに写るのだが、それだけにこの年になってなお、晏如《あんじょ》とはしておられぬ気持だな」

そして、

「寄ってよく見ろ観阿」

誇示するように、入道はぶきみな左手を突き出し、みずから打ち返し打ち返し眺め入った。

「このきずは、建武二年正月の洛中合戦で、楠判官正成《まさしげ》の手の者と引ッ組んだとき受けたものだ。仕止めることは仕止めたが見る通り、わしも指二本を失った。——茫々五十年……。おぬしなど、まだ赤児のころの古物語よ」

父の顔色がわずかに白けた。歪み笑いに笑いながら、

「目も耳もお達者ならば、さだめしお聞き及びと存じますが、その怨敵楠氏と、私は血つづきの者でございます」

まっこうから、ズケリと言った。

「そのようだな」

さりげなく入道は受けた。洞《ほら》から吹きあげてくる風のような、冷たい、沈んだ声音であった。

「楠方の諜者、南朝の隠密とも、おぬしの素姓について噂している輩《やから》もおるが……じたい散楽、散所の民などというものは、山伏同様、古来から諸国をへめぐって、忍びを事とし、諜報を売り歩くのを特技とする者どもではないかな」

「さあ、存じませんなあ」

退屈そうに父はうしろ首を平手でたたいた。

「漂泊の手猿楽《てさるがく》などには、あるいはそのような業をして、くらしを立てている者もいるかもしれませんが、くわしくは存じません。われわれにはかかわりのない事ですからな」

そして私を見返り、

「更けたようだ。おいとましようかな元仲」

父はうながした。

「まあ待て観阿。いますこし飲んでゆけ」

「ありがとうございますが、浅間神社での興行も今宵で打ちあげました。あすはまた早朝から、次の巡業に発《た》って行かねばなりませぬ」

「ではせめて、大池の白菖蒲《あやめ》なりと見て帰れ」

「お庭うちでございますか」

「月も良い。……白一色の群落を、月明の中で見るのは美しいものだぞ。――案内しよう」

しぶしぶのように立ちながら、

「すぐもどる。帰り支度をしておけ」

岩松と私にささやき、入道の背について父は沓《くつ》ぬぎへおりた。

「私も見たい。お供してよろしいでしょお上《かみ》」

と乙鶴もよろめき立って、ありあわせの足半《あしなか》をすばやく爪先にひっかけた。彼女は酔っていた。ジロと、入道は不快げな一瞥《いちべつ》をその面上にあてたが、何も言わずに先に立つと、低い植え込みのあいだを大股に遠ざかった。

二人の近習は酒器を片づけて去り、このまに岩松は引出物の鵞眼《ががん》二百疋を布につつんで、いつでも持ち帰れる用意をした。庭園はひろく、敷きつめた芝生のあちこちに、夏萩かつつじと思われる丸い茂みが配されており、その先は夜目にもくろぐろと針葉樹の木立で塞がれていた。菖蒲池は森の裾にあるらしい。芝生の庭も、突端は池へ向かってゆるい傾斜をえがいているのであろう。

私と岩松は縁へ腰をおろして、父たちのもどりを待った。静かだった。母屋と離れているせいか人の気配もなく、池があるはずなのに蛙の声さえ聞こえない。月光の中を、それよりもなお青い光芒を曳いて、無数の蛍が飛び交っていた。

「遅いなあ」

私は言った。

「池のほうへおりて行ってみようか、おれたちも……」

その言葉なかばに、夜鳥の叫声を私は聞いた。

（夜鷹か？）

と思った。同じ声がまた闇を裂いた。鳥ではなかった。するどく、長い、女の悲鳴であった。

「乙鶴どのですッ」

岩松がさけんだ。私たちは庭へとびおり、はだしのまま声のしたほうへ走った。想像していた以上に芝地は広かった。突っ切ってそのはずれへ立ったとき、這うように斜面をよろめき登ってくる乙鶴の姿を私たちの眼はとらえた。大池は斜面の下にひろがり、父と入道の姿は水《み》ぎわのどこにも見当らなかった。

駆け寄りざま、私たちは乙鶴をかかえあげた。脇腹に、彼女はひどい刀傷を負っていた。

「逃げるのよ、早くッ」

と乙鶴はあえいだ。

「観阿どのは殺された。『君側の蠱害《こがい》め、成敗するッ』そう喚《おめ》いて、いきなり入道は観阿どのを斬ったの。菖蒲を見ようとして岸辺へおりかけたところを、うしろから抜き打ちによ」

「なんだって⁉　父さんが？」

「声もあげなかった。あの剛気な人が、小刀《ちいさがたな》を抜き合せるひまもなかった」

すぐ眼の下に亭《あずまや》の屋根が見えた。私と岩松はその軒めざしてまろびおりた。血海の中に父はうつぶせに倒れ、父の背におりかさなるように今川心省入道がこときれていた。

「棟梁ッ」

岩松は父を抱き起こした。大きく双の眼を見ひらいているが、父の息はまったくなかった。慄《ふる》える手で岩松は父のもとどりを切り、血に染んだ素袍《すおう》の片袖とともにふところへねじ込んだ。

「門へは廻れない。築地を乗り越えて逃げよう」

と、やみくもに私は庭の一方をさした。口が乾き、それだけ言うのがやっとだった。

もとの斜面へ、私たちは走りもどった。

「乙鶴さん、入道を殺したのはあんたか」

手負いの身体を支えあげながら岩松が問いかけた。

「そうよ」

ニッと、乙鶴は凄艶《せいえん》な微笑を見せた。

「あの老いぼれ、佩刀《はかせ》を打ちおろしたとたんによろめいて、うつぶせに地面へ倒れたの。私は夢中で観阿どのの腰から小刀をぬき、起き上ろうとしているあいつの背をえぐった。身をよじって、あいつは佩刀を横に払った。ここを……脇腹を、私も斬られたけれど、あいつはそれっきり動かなくなった……」

木立ちをぬけると菜園がひらけ、菜園のはずれに白壁の築地が見えた。築地の丈は高く、重傷の乙鶴をつれていては越えられそうもない。私たちは白壁に添って走った。庭師などが出入りするくぐり戸を見つけ、錆びついた錠前を体あたりではずして、やっと外へ転がり出た。

「大丈夫か？　乙鶴さん」

そのまま宿舎へ向けて息せき切りながらも、私たちは左右から、支えている乙鶴の耳へ呼びかわしつづけた。月明下、白地に牡丹を散らした乙鶴の単衣《ひとえ》は、下半身が、その牡丹と競《きそ》うばかり血に濡れ、点々と村道にまでしたたっていた。

――まろび込んで来た私たちの姿に、宿所にいた座員たちは色を失った。宿老《おとな》のほとんどは京に留守してい、年配者は岩松一人であった。

「あわてるな」

と、彼は立ちさわぐ弟子どもを制した。

「棟梁は同朋衆だ。将軍側近の寵臣を斬れば、今川氏とてただではすまぬ。入道はおそらく棟梁殺害の企らみをだれにも洩らさず、事後の悶着を老骨ひとりで引き受ける気で、池のふちへ棟梁をおびき出したにちがいない。家来どもが入道の死を知るまでには、わずかながら時間がかかろう。大切な面と装束だけを持ち、そのあいだに一里でも遠く今川領を逃げのびることだ」

　乙鶴を戸板に乗せ、この岩松の判断にしたがって私たちは旅宿をなだれ出た。二十町と行かぬうちに、だが追い風に乗って、後方、今川の館と思われる空から、変事を知らせる太鼓の連打が聞こえてきた。

「討手がくる。彼らは騎馬よ」

　絶え絶えに乙鶴が言った。

「かまわないから、私を捨てて逃げておくれ。私がいては足手まといだ」

　そこに庚申《こうしん》堂がある、私はとても助からない、捨ててお行き、と乙鶴はくり返した。

「足音がする、討手だ！」

と、このとき不意に誰かが叫び、私たちはそそけ立った。しかし追って来たのは一人だった。

「待ってくれ観世の衆、おれだ。連歌師の琳阿弥だ」

と足音の主《ぬし》は呼ばわっていた。

「琳阿⁉」

海道すじのどこかで、ご赦免になって帰洛してくる玉リンに出逢うだろうと父が言っていたのを、私はとっさに思い出した。

「委細はいま、今川邸の門前を通りしなにチラと聞いた。討手がくり出そうとしている出鼻だった」

追いついて来ながら琳阿はさけんだ。

「乙鶴御前《ごぜ》はおれが引きうける。おぬしらはちりぢりになって裏道づたいに落ちろッ」

海老名ノ南阿弥どのは赦免の恩人だ。その恩人の想い人《びと》……。身に替えても助けるゆえ、安心してくれとも琳阿は誓った。やむなく道ばたの荒れ堂へ手負いをかつぎ込み、琳阿に看護を託して私たちは逃げた。

森にひそみ、山を伝い、乞食のようなかっこうで都へたどりついたのは、半月のちである。後日になってわかったのだが、琳阿弥は庚申堂で、今川の討手のために殺された。まだ息のあった乙鶴もここで刺された。私たちにこのてんまつを告げたのは、命からがらあとを追って逃げ返って来た琳阿弥の荷持ちであった。

十八

家族の愕《おどろ》き、座員たちの混乱と悲歎は記すまでもあるまい。

大和からは金春権ノ守はじめ宝生太夫、金剛太夫がかけつけ、犬王道阿も連日、堀河の家に詰め切って善後処理に当たってくれた。

葬儀がいとなまれたが、納めるべきなきがらさえ無い柩《ひつぎ》だった。持ち帰った父のもとり、血に染んだ素袍《すおう》の片袖を焼いて、かろうじて野辺の送りをすませた。

将軍、諸大名からも異例の弔使が来、あの、浄禅院の別当坊さえ哀悼の状を送って寄こしたにもかかわらず、田楽法師の側からは一人の弔問客もなかった。ここに至って、はっきりと彼らは仮面をぬいだのである。

「油断だ、油断だった！」

髪の毛をかきむしって兄は悔やんだ。

「今川心省入道といえば、南朝嫌い、楠嫌いで通った武将——。息男の了俊貞世も、げんざい九州探題の職にあって鎮西の南軍としのぎをけずり合い、余暇には『太平記』の南朝偏重に反駁するため、『難太平記』とやらいう書物を書きつぐほどの硬骨漢と聞いていたのに、なぜみすみす父上を、彼らの領国へやったのか」

金春権ノ守も、髭づらを慄わせながらおめき立てた。観阿どのにいったい、どんな罪があったというのか。楠氏の血を享《う》けているというだけの理由で、政治とは無縁なはずの芸人が、なぜ凶刃の犠牲《にえ》にならねばならぬのか……。

「仇《かたき》は討った。乙鶴御前《ごぜ》の気丈さのおかげで、当面の無念ははらし得たが、相手を殺したとて観阿どのはふたたび還っては来ない。あの華麗な舞姿はおれどもの前から去って、もはや二度と見ることができないのだ」

二度とふたたび、父の舞姿を見ることができない……。その自覚は、悲歎を通り越して、私たちをほとんど恐怖に近い絶望にたたき込んだ。演者の消滅とともに、演者の世界も消えてしまうのは舞台芸術の宿命だが、うかつなことに、父の死に遇うまで、私たちはそれを切実な実感として考えようとしなかったのだ。

「見ることはできない！　もう父上の能を見ることはできない！」

兄はうめいた。権ノ守、宝生太夫……宿老たちの膝にとりすがって兄は悶え、かきくどいた。

父上は万人の宝だった。万人の愛の対象だった。狂暴な老人が、おのれ一人の疑心と激情に駆られて、ほしいままに成敗しうるほど、その命は安価なものではないはずなのだ。芸術と政治を混同し、無防備な芸能者に凶刃をふるう者どもが私は憎い、彼らの愚劣を私は卑しむ！

「私は不安だ。なにもかもが信じられなくなった」

とも、おののきながら兄は言った。

「父上の才能、父上にしか顕現できない美――。四十年の歳月と研鑽をへて、ようよう築きあげたその世界が、狂気の一撃によってあっけなく壊《つい》え去る……これは、どういうことなのだろう。父上の努力と汗は、じつはこんな儚《はかな》い、もろい足場の上で空費されていたのだろうか」

　その兄の、ものぐるおしいまでな疑いを、

「空費されていたのだ。いまの、この結末からすれば、残念ながらそう言い切るほかはない」

　肯定したのは犬王道阿であった。静かな、冷ややかにすぎるとも聞こえる言い方に、思わず人々はその口許をみつめた。たじろがず、犬王はつづけた。

「元清どののいう通り観阿どのの芸は万人に熱愛されていた。すばらしいことだ。が、観阿どのの肉体が亡びれば万人の熱愛も亡びるという愛され方は、私には危険に思えてならなかった。人気というものの埒外に立つ芸、衆愚の熱愛から遠ざかった芸、はじめから足場などを無視した芸――。本当の〝確かさ〟は、その中にこそあるのではないか。芸の生命は、その中でこそ無限なのではないかと、私は私なりに考えていたからだ」

観阿どのは人気を大切にした役者だった。『大衆の愛敬をもって、一座長久の寿福とす』

とまで言い切っていた役者だが、私にはいまだに、人気というものの実体が信じられない……そう、犬王は熱心につづけた。

役者への、見物の愛情も私は信じることができない。親子、夫婦、友人……すべて人間同士の愛が、突きつめてゆけば信じられないと同様に、いや、それ以上に、役者と見物をつなぐ愛情などというものが、私には儚《はかな》く思われてならないのだ。私たちが立っている社会的な足場――。その脆弱《ぜいじゃく》さにいたっては、これはもう、はじめから論外といっていい。

「こういう不確かな対象に向かって種をおろし、苗を育てていく気が、したがって私にはおこらなかった。土壌ごと崩れ去る悲哀を、いつの日か味わう気がして、不安でたまらなかったのだ」

「では」

兄は詰め寄った。

「では、いったい何を対象にして、あなたはご自身の芸を磨いていこうとするのですか犬王どの」

「自分だよ」

ゆっくりと、犬王は答えた。

「自己に向かって自己を表現し、自己を究明し、自己を押しひろげ、切り刻み、深め、みつめつづけることに、私は生涯を賭ける決意でいる。私の芸の見物は私ひとり、私きりだが、それでいいと思っている。もし、そんな私の姿勢を愛し、見守ってやろうという人があったら、その人は黙っていても、あとからついて来てくれるだろう」

「！」

「芸術とは、本来、そういうものだと私は思うし、芸術を愛好する人の在り方もまた、そうあるべきだと考えているのだが、観阿どのの勤勉に対して、私は横着なのだろうか？　そうではない。私は内なる自己ひとりに向かい、観阿どのは外なる多数に向かっているという、姿勢の違いだけだ」

衝動的に、兄は犬王の手を取ろうとし、ふと、その手を膝へもどした。

「そうだよ」

おだやかに、犬王はうなずいた。

「観阿どのの柩を前にして、いまさら、このようなことを言い出した私に、元清どのが不快を抱くのは当り前だ。しかしこれは批判ではない。まして故人への侮言などでは絶対にないのだ。わかってくれるね元清どの」

「………」

「おぬしはいま、不安だと言った。不安は当然なのだ。たとえ観阿どのという支柱があっても、これからしばらくは惑い、疑う時期がつづくだろう。芸の上でそういう年代にさしかかっているのだ。ましてその大事なときに、おぬしは支柱を失った。迷わなければおかしい。ただ、やがては混迷の中から何かをつかんで、大きく立ち直らなければいけないのだ。何をつかむか、幾年かかるかはわからぬが、元清どのはそれをなし得る人だ。凶変を土台にしてかならず他日、天空への飛躍をとげ得る人だよ」

にじり寄って、こんどは逆に、犬王が兄の手を強くにぎった。

「私にできることなら何でもする。何でも教える。させてくれ元清どの。おぬしの支えになりたいのだ」

とられた手をそのまま、兄はうつむいた。閉じた眼じりから涙がとめどなく溢れ落ちた。

――兄と座の宿老五人が室町御所に呼ばれたのは、葬儀の翌々日であった。

「許せ元清。――宿老どもも予の不明を許してくれ」

将軍は率直に詫びた。

「観阿を旅に出したのは予だ。予がうかつだったのだ。悔やんでも悔やみ足らぬ思いだが、いまさら愚痴ったとて取り返しはつかぬ。この上は元清を棟梁に据え、鋭意、座の立て直しに専念するしかあるまい」

「おそれながら上さま」

牛太夫がにじり出てたずねた。

「今川のお館《やかた》からは、何ごとも公儀に訴えはございませぬか」

「訴えとは？」

「棟梁が落命いたした当夜、ご隠居、心省入道どのも急逝あそばしたとやら風聞しておりますが……」

「そのことならば案じるには及ばぬ。今川家からは正式には、『老入道、卒中にて頓死』と届け出て来ているだけだ」

「病死と申し越してまいりましたか」

「また観阿の逝去については、これも『病歿』とのみでくわしくは触れず、息男駿河守範氏の名で非公式に、鄭重な悔やみの使者をのぼせてきた。……よいか元清、牛たちも聞け」

　将軍は結論した。

「みずから仕かけた結果とはいえ、当主の父を女に——曲舞風情に殺されながら、今川側は口を閉じたのだ。無念はよくわかるが、ここはこらえて、おぬしらも事を荒だてるな」

「……」

「そのかわり向後は予が目を光らせて、二度とおぬしらに観阿の轍を踏ませはせぬ。何びとにも指一本ささせはせぬゆえ、政情の変転など顧慮することなく、芸道ひとすじに精進しぬくがよい」

「はいッ」

こうして、ただちに席が移され、兄の『二代目観世太夫襲名』が上下に披露された。

春秋二十二――。

清新な若棟梁の出現であった。

私は心機一転した。これまでの生活がつくづく反省させられた。

備後の酒造りに身うけされて、吉祥が京を去ったのも、ひとつの転機となった。

従来、ややもすると逃げ腰だった家業の修得に、私はすすんで身を入れだした。兄の必死に影響されてもいた。牛太夫、岩松、豊菊、十二次郎たちも死物ぐるいだった。

同情があったのか、結崎座への大方の支持は、父の死後も目に見えて減りはしなかったが、破綻《はたん》は思いがけず内部から起こった。兄の芸が乱れはじめたのである。

はじめは、ごくわずかな狂いであった。ふッと、間拍子《まびょうし》をはずす程度だったが、そのうちに狂いはだんだん大きくなった。大事な能に絶句する……、舞のなかばに、急におびえたように居竦《いすく》んで、立往生してしまう……。兄にはあるまじき醜態に、宿老たちは狼狽し、見物は呆気《あっけ》にとられた。

「父親が殺されたのだ。虚脱するのもむりはない」

「荷が勝ちすぎるのではないか。二十一や二のひ弱な肩に、結崎座の全責任を背負わせるのは酷だよ」

思いやりも、しくじりがたびかさなると嘲笑にかわった。容赦なく罵声が飛ぶようになり、町中《まちなか》の興行で泥草鞋《わらじ》を投げつけられる恥辱さえ起こった。

立合いにもしばしば負けた。新座田楽の増《ぞう》満《ま》寿《す》丸《まる》は元服して、増光《ますみつ》太夫と名乗っていたが、かつて一度も勝ちをゆずったことの無かったこの宿敵にさえ、兄はみじめな敗北を喫し出した。

見かねたか、大和から宝生太夫、金春権ノ守らが再度、上洛して来、

「どうしたのだ元清どの、近ごろのざまは……」

叱りもし、はげましもしたが、兄は自失したような表情で、

「わかりません。自分でもわからないのです」

つぶやくだけだった。

「亡父から私は、私の年代までに習得すべき条々は、なにもかも残らず学び得たつもりでいました。——だが死なれてみると……一人きりになってみると、結局なにひとつ、身についていなかった気がするのです」

泳ぎを知らぬ者が、気づいたら、大海のただ中に投げ出されていた、溺れる、溺れてしまう……、恐怖し、鳥肌立って、叫び出したくなるのを懸命にこらえていると、もう、立合いのさなかですら手足がすくんで、それ以上は一手も舞えなくなってしまうのだ、と訴えるのである。

「ばかな」

権ノ守はせき込み、宝生太夫も、何か禍神《まがつがみ》の言葉でも聞くように青ざめて、

「そんなことはない。あるものか！」

否定した。

「お許《こと》の舞台はそのまま観阿だ。よくまあ学び尽くしたと感歎したくなるほど、その若さで名人の父を再現している。立派なものだ。庭訓を守り、これまで通り努力してゆけば、三十歳を待たずとも上手の折り紙はつけられよう、恐れることも惑うこともないではないか」

兄はしかし、日ましに自信を失い、立合いはおろか、御所での催能、神事能にも故障を言い立てて出なくなった。鬱々とひと間にこもり、考え込むか、たまに書見などしていると思うと、机上には、家業に縁のない仏典が開かれていたりした。

ときおり兄は外出した。たずねる先はきまって犬王道阿の邸であった。道阿もよく来た。兄を見る道阿の眼には、いたわりと真剣な励ましがこもっていたが、牛太夫はじめ座の宿老たちは、道阿と兄の接近をよろこばなかったようである。

「新棟梁がつまらぬ逡巡《しゅんじゅん》にとりつかれたのも、道阿の影響のせいだ」

こう、口にこそ出さね、彼らは思っていたし、今このさい、まっしぐらに亡父の道を進もうとしない兄を歯がゆがった。

牛たちにとって、父は神だった。今熊野での成功は神力を持つ者のみがよくなしえた奇蹟であり、その才能は歿後の今になれば、もはや彼らにすれば、神秘とさえ感じられてよいものであった。

父の死とともに消え去った黄金の時代――。それへの憧憬は、私とて同様だった。

(このままでは観世の能は亡びる! なんとかしなくては……)

私ははげみ、牛たちもそんな私に期待を持った。これまでにない熱意で彼らは私を指導し、私もまた、気負い込んで彼らの熱意に挑んだ。しぜん、兄を疎外する一団の空気が家の中に生まれ、兄の苦悶、その沈黙とはうらはらな、新鮮な活気をかもしはじめた。寸刻も兄の心から離れず、その、ひとりきりのたうちを見まもりつづけていたのは、義満将軍と犬王、そして母の玉苗ぐらいであったろう。

二年たち、三年たつと世間は兄を忘れ、たまに話題にのぼせても、

「しょせん、あれまでの能力だったのだ」

憫笑《びんしょう》の引き合いに出すだけとなった。

「観阿弥の助力と公方の威光とで、相応以上にまぶしく見せかけていた糠星《ぬかぼし》にすぎなかったのだよ」

ひきかえて私の人気は高まり出した。ところどころの立合いにも三度に一度は勝ちを取るようになったし、そうなると自分でもおもしろく、汐先に乗って怖いもの知らずに突き

進んだ。これまで父と兄の光彩があまりに強すぎ、そのかげにかくれてくすんでいた私を、世間も牛たちも、やっと見直したと言いたげな目の瞠《みは》り方であった。

田楽の増光太夫を打ち負かしたときなど、牛たちは泣いて私を祝福した。私も得意を抑えようがなかった。

「やるよ、おれは……。なあに、その気にさえなればわけはないんだ。基礎はおやじから叩ッ込まれているからね」

いっぱし一座を背負って立った気で、私は周囲に豪語した。若太夫と、当時、私は呼ばれていたが、その語感は「棟梁」という呼びかけをしのいで、新弟子たちの耳などにはいかめしくひびいていたようである。

やめていた酒を、父の歿後四年目ほどで私はまた飲みはじめ、催能の前夜には、

「腰を軽くしてくる」

と称して、松王、松富はじめ若い取り巻きをつれ、公然、女のいる旗亭へも出かけだしたが、こごとなど言う者はもはやなかった。

――同じころ、犬王道阿の支持者も次第に増えて来はじめていた。むかし父がかちえたような、爆発的な賞讃や喝采ではなかったが、たそがれの色が濃くなるにつれて、すこしずつ輝きを増してくる夕月のように、識者、具眼の士といわれる上層の人々のあいだに、犬王の芸を愛し、その真摯な精進の姿勢をささえてやろうとの気運は、静かに、しかもき

わめて的確にひろがりつつあった。

私には、まだそのころ、犬王の真価がわからなかった。相かわらず比叡座の能は退屈であり、冗漫に思えてならなかった。ただ、そんな私の眼にさえ、犬王個人の舞の、息づまるばかりな気高さは感じとれた。前々から犬王の能は、『大象は兎《と》径《けい》に遊ばず』と言いたげな高踏的な雰囲気を、頑固に持ちつづけていたのだが、年とともに、その特色は磨かれてきた感がある。

好んで彼は天女を舞った。神品と評してよいもので、人間の〝女〟はもちろん、天界の女体をさえ超越し、それは玲《れい》瓏《ろう》と、嫦《じょう》娥《が》の神性に肉迫していた。

凡下の鑑賞力には、だが私同様、この犬王の舞いぶりは難解にすぎたらしい。田舎廻りの祭礼舞台などで立合った場合、弱輩の私が、犬王を抑えて見物から〝勝ち〟の判定を受けることが時おりあった。ほっかりと、そのたびに犬王は微笑を見せるだけだが、なぜか彼にかぎって、勝っても私はうれしくなかった。勝つことがむしろ恥かしく思え、そんな自身の心に、ひそかにとまどうのがつねだった。

十九

二十四の冬、兄に先んじて私は結婚した。

相手は磯菜《いそな》という母の遠縁にあたる田舎むすめで、貧家に育ったため、一、二年前から懸人《かかりゅうど》同様、わが家へ家事の手伝いに来ていた女であった。結婚にまで踏みきる愛情など、私の側にはさらさら無かったのだが、磯菜が妊娠し、

「児堕《こおろ》しの上手な巫女《みこ》が塩小路にいるそうだ。金をやるからそこで始末をつけてきてくれ」

命じたにもかかわらず、裏庭の石井戸へ身投げをくわだて、騒ぎは隠しようもなく大きくなったのである。目鼻だちはととのっているのだが、身体つきが骨ばって顔色もわるく、全体の印象がいかにも陰気な、さむざむした娘だった。

「いやだよおれは……。手ごめにしたわけではなし、なっとくずくで遊んだ責任までいちいち負わされてはかなわないよ」

はじめ頑強に拒んでいた私も、同じ年の秋ぐち、悪性の疫病にかかった母が、

「気ままはゆるさないよ元仲、磯菜を嫁におもらい」

日ごろにない、きびしい言い方で責めるのには抗しかねた。

「どうしよう」

兄の部屋へ出向いて相談したが、兄も、

「磯菜は家庭的なよい娘だ。将来かならず、お前は磯菜を伴侶としたことに満足するようになる」

とすめてきかないのである。

ここ四、五年のあいだに、兄は見ちがえるほど痩せ、もともと沈鬱な双眸には、鋭いかがやきが宿りはじめていた。威圧されて私は承知し、すごすご母の病室へもどった。そのくせ内祝言の盃をすませた直後、磯菜は腹の子を流産してしまった。結婚話がきまっても、別に嬉しそうな顔をみせなかったこの女は、流産というおぞましい経験にも、まわりが心配したほど参りもせず、四、五日寝るともう起き出して、台所の暗がりで菜洗いなどしていた。

母の玉苗が重態におちいったのは、霜月のはじめであった。臨終の枕もとに私たち兄弟を坐らせ、

「信じられなかったのだよ私には……倖せというものがね」

そう言って、母は静かに泣いた。

「いつもいつも私は不安だった。結崎村のころは絶えまない貧苦におびえ、京へ移ってからも不相応な富貴《ふっき》におびえて、生活をたのしむ気にはなれなかった。……観阿どのの横死という結果をみれば、この不安も、あながちに私が気弱すぎたためばかりとは言えないと思う。——若いお前たちを残して逝くのが、私は心配でならないが、でも元清、お前は大丈夫だね？」

「……」

「お前はいつも独りだった。母さんはちゃんと知ってたよ」

涙のいっぱいたまった目で母は微笑し、自分の言葉に、自分で小さくうなずきながら言った。

「母さんは知っていた。そして心の内で、いつもいつも詫びていたのだ。貧しく、不仕合せだったお前の幼時――。身体だけのことじゃない。七ツ八ツの柔らかな心に、浄禅院の勤めが、どんなにむごい爪痕をのこしたか、どれほど、怜悧で感じやすいお前の心をくるしめたか、母さんは知っていたよ」

「！」

「天性もあろうけれど、お前の独りぐせは結崎村のくらしの中で、ぬきさしならぬ深い根をおろしたのだ。――お前は誰からも愛された。けれど、誰をも愛し返しはしない性格に育った。父さんや母さんさえもだよ。……そうだろ？　元清」

「母さん」

「いいえ、いいんだよ、おこっているんじゃない。おこるどころか、私はそういうお前がいとしいのだ。公方の小太夫と呼ばれる身分になっても、お前の独りぐせは変らなかった。公方はお前を溺愛し、お前も公方を愛していると言い切っていたけれど、しんそこ、骨の髄から二人が一体となっているとは、母さんには信じられなかった。……お前の中には、親さえも踏み込ませないお前だけの国があるのだ。お前を愛する人たちは、みな、その垣のまわりをむなしく廻り、疲れ果てるか、垣の内に入れたと思いちがいして、満足しているにすぎないのだもの……」

（そうか。母さんもそれを知っていたのか！）

私は兄を見、母の口許を見て、思わず吐息を洩らした。兄に求めて満たされず、つねに苛ら立ち、傷ついていたのは、私一人ではなかったらしい。

「お前は勁《つよ》い人だよ元清」

ささやくように母はつづけた。

「世の中の仕合せを、お前は信じまい。私とは別な意味で、お前は仕合せが信じられない人だ。……そうだろ？」

わずかに兄は微笑し、懐紙を出して、母の涙をやさしくぬぐった。

「これからも、けっして仕合せを求めてはいけないよ元清。そうすれば、お前は安らかでいられる。お前はお前ひとりっきりの繭《まゆ》の中で、ひとすじに能を追ってお行き」

そして私へ目を転じて、

「兄さんとも磯菜とも、むつまじくくらすのだよ元仲」

と、母はさとした。

「人間は死ねば、霊力を得るという……。いつまでも私は、遠くからお前たちを守っているよ」

それが最後だった。昏睡が来、翌早暁、四十六歳の若さで母は永眠した。

思いがけなかったのは、京へ移っていらい身分をはばかってか、ふっつり姿を見せなかった星占いや歩き巫女、猿飼い、ささら摺りといった人々が、親を失ったほどにも悲泣しつつ、あちこちから母の葬列に集まって来たことである。

はじめてこの日、私たちは、母が結崎村のむかしと同じく、米や銭などを、時おり彼らのところへ送りとどけてやっていた事実を知ったのだ。出自《しゅつじ》の低さを哀《かな》しみながら、同時に母は、おのれの中のその卑下を、最後まで憎みきることができなかったのだろう。

このときの疫病で、長老の牛太夫と笛方の豊菊も死に、家の中はにわかに淋しくなった。加えて、私の人気までが槿花《きんか》一朝のたとえ通り、あっけなく下りはじめたのである。

磯菜との結婚までが、思えば私の能のさかりであった。若さにものを言わせ、半分は体力で押し切ってきた芸も、自分自身の新工夫が無く、単に上っつらだけな父の能の摸倣、よりそれより小規模な摸倣のくり返しでは、飽きられるのも道理かもしれない。

「若者が、初花《はつはな》の珍らしさを武器に売り出し、わずかな期間、老功な先輩を打ち負かすほどの喝采を浴びても、しょせんそれは〝真の花〟ではない。達眼の批評家にはすぐ見分けのつく一時的なよさだ。おおかたの見物はまだしも、演者自身この一時の花を真実のもの、永遠のものと錯覚するところに、若盛りの危険と悲哀があるのだ」

弟子たちに、父がくり返し教えていたのを、私も少年のころ耳にしたおぼえがあるが、父の、この警告にたがわず、〝時分の花〟のさかりをすぎると、見物の、私への興味は、現金に薄らぎはじめた。しかし、自分では、なかなかそれに気づかずにいるうちに、将軍家の厳島神社詣でが公表された。

去年、おととしあたりから、将軍家はひんぱんに旅行に出かけ出していた。奈良の春日神社、丹後の名勝天ノ橋立、紀州高野山、さらには遠く駿河の富士見物……。

ことに康応元年三月に企画されたこの厳島参拝は、帰路、九州までを巡覧しようという大がかりなものであった。

もっとも厳島に詣でたあと、いよいよ九州に向かおうとして周防の国府まで下向したとき、海上で大《おお》荒天《しけ》にあい、鎮西遊覧はとりやめとなったが、ともあれ、こうした壮《さか》んなくわだてが、山陽、四国、九州の諸大名に、大きな威圧をあたえたことはたしかであり、同様の見方をすれば、駿河行きは関東管領への示威、高野登山は衆徒《しゅと》の懐柔をかねて、南朝を威嚇するという政治目的から出たものとも憶測できる。

南朝といえば、楠家の当主正儀は昨年の冬病死し、正勝、正秀、正元の三兄弟が、ときおり幕府方の諸将と小ぜりあいを演じては敗退をかさねているとの噂を、私たちも風の便りに耳にしていた。

南朝復帰をさかいに、楠の城からは音信も絶え、ことに父の横死という事件に遇ってのちは、彼らの名を聞くのさえ忌まわしいものに思って、私たちは避け通してきた。細川武州とも、あれっきり音沙汰なしにすごしていたが……。将軍家の厳島遊覧をしおに、幕閣内部には、またまた微妙な動揺がきざしはじめた。

三月四日、京を発《た》った将軍家は、六日に讃岐の歌津へ着き、ここでひさびさに細川武州と対面——。旧交をあたためたあげく、厳島神社に同行し、宿所宿所で夜ごと何ごとか、密談をかさねたというのである。

「斯波《しば》管領を逐《お》って、細川どのは遠からず政界へ返り咲くのではないか」

そんなささやきが、口から口へかわされ出してまもなく、巷のうたがいを裏づけるように、斯波どのは管領職を辞して領国越前へ身をかくし、入れかわって四国から、僧形の武州を先頭に細川一族が上洛して来た。

(すわ、ひと騒動起こるのでは⁉)

と、見た向きもあったが、事前工作が隠密、周到だったのだろう、勢力の交替は意外なほど平穏におこなわれ、斯波派は後退して、新管領職には武州の舎弟、右京大夫頼元どのが就任。武州は後見におさまって、ふたたび幕政を裁断し出した。

——一夜。御所へ招ばれて、私はその帰洛の祝宴に侍し、余興の能を二番舞った。

終って十二次郎、市菊、岩松らとご前にすすみ、将軍家、武州から、それぞれ盃をたま

わったが、

「竹、ひさしぶりだな。入道常久だ」

呼びかけられても、とっさには返事をとまどったほど、武州は老けてしまっていた。濃く、つややかだった鼻下《びか》の髭と眉が、なかば以上、白くなったせいかもしれない。

「おすこやかにてご帰洛、祝着に存じます」

と、私もことほぎをのべた。砂金の袋を餞別にくれ、かならずまた、帰ってくる……そう言いすてて去った武州を、父と二人、遠火事の炎光の中で見送った夜の記憶が、昨日のことのようによみがえった。

「観阿の死は領所で聞いた。気の毒に思う」

武州は言い、

「それにしても、竹が成人したのにはおどろいたぞ。二十四か？　五か？」

と眼を細めた。

「五になりました」

わるびれず、私も答えた。かつての恐れは、もはや無かった。

「五か。なるほど。名は何と変えたな？」

「四郎元仲とあらためました」

「妻子はあるか？」

「昨年、妻をめとりましたが、子はまだ持ちませぬ」

「ふうん」

首を振って、

「いや、変った。こちらが年とったのもむりはないわ。のう上様」

上段の将軍家へ、片頬で笑いかけた。癖のあるその微笑、低いが、よくひびく戦場声……。あさぐろく引き緊った肌の色など、よく見ればやはり往年のその人である。

「今宵の能に見えないが、兄はどうした？　藤若は……」

「ここ四、五年、病気がちにて引きこもっております」

取りつくろって答える私の言葉を、

「いや、病気ではない」

将軍がさえぎった。

「父の歿後、元清はこれまでの結崎能の在りかた、また、自身の芸力そのものに、つよい不安と疑いを抱きはじめたらしい。はた目にも哀れなほど、苦しみ、模索しているが、これればかりは誰にも助力ができぬ。さいわい、犬王道阿という無二の先達がつき添っていることだし、やがてはみごとな脱皮をとげるものと期待しているが、なおしばらくは遠くから、そっと見守っていてやろうと思うのだ」

「なるほど」

武州は咳をし、懐紙を出して口をぬぐいながら、

「それが当然。——藤の迷いは、しごく当然でござりましょうな」

ゆっくりうなずいた。

「絵にしろ彫刻にしろ、あるいは能にしろ、芸術にたずさわる者ならば、一度は味わい、苦しみつつも、独りの力で通りぬけねばならぬ関門があるはず……。観阿のころは目新らしかった工夫も、五年、十年くり返されれば飽きが来ます。姿かたちは変ったが、竹の能はいっこうに変らぬ、これでよいのかと、じつはさいぜんから、久かたぶりの結崎能に、不審を感じていたところでした」

グサと私の耳に、この武州の一言は突き刺さった。

あと、何を聞かれ何と答え、何を引出物に賜わったか、まったく覚えがない。雲を踏むような心持で私は家へ帰り、兄の居間へはいるやいなや、

「兄さんッ」

膝先へ坐り込んだ。

「どうした？」

机から兄は眼をあげ、

「酔っているな元仲、気分でもわるいのか」

小声で言った。

古典、漢籍、仏書……。足の踏み場もないほど、近ごろ兄の部屋には本が積まれているが、その夜は加えて、机上にも膝のまわりにも、能の台本がおびただしかった。

「父さんの作品だよ」

見回して、兄はやや気弱げな微笑を洩らした。ひところの、あの鋭いかがやきが消え、最近、兄の眸には、沈鬱は沈鬱なりに、かすかな潤《うるお》いと落ちつきが宿りはじめて来たようだった。

「すこしずつ手を入れてみている。父さんの能に、だ」

そして、不快ではないか元仲、こんなことを始めた私が……とも、兄はたずねた。

「父さんの鏤骨《るこつ》の作品を、私ごときが書き改める……。不遜だし、不快とも、お前たちは思うかもしれない。しかし今になってみると、これをやらなければ、次の出発ができない気が私にはするのだ。従来のままでは、どうにも舞えなくなってしまった気がするのだ」

「聞いてくれ兄さん」

武州の口から出たひとことひとことを、私はせき込んで兄に語った。兄は問い返した。

「新工夫も、くり返されれば飽きる……。そう言われたのか？　武州は」

「そう言った。今宵、竹の演じた結崎の能は、観阿の昔と少しも変らぬ、と……」

「いいのだ！　変らなくてもいいのだ。ほんものならば！」

低く、叫ぶように兄は否定した。

「ほんものであるならば、たえず新らしい工夫、新らしいもくろみなどに、演者が心を労する必要はない。それひと筋に学びぬき、守り通していけばよいのだ。——父さんの創始した結崎能が、くり返しの果て、もし観衆に飽きられたとすれば、それはその能が、まだほんものでない証拠だよ」

私は目をみはった。

「な、なにを言うんだ兄さん。父さんの能をほんものじゃないなんて……」

長い沈潜のあいだ、家の者とすらろくろく口をきかなかった兄が、今宵、めずらしく語り出した。しかもそれは、父の業績への批判だった。すぐそばに、当の父が聞いているようにも錯覚され、怖れのあまり私は息が詰まった。かまわず押し切って兄はつづけた。

「不完全さ、あるいはあく、ひずみ、夾雑物《きょうざつぶつ》……そうした余計ものがうんと混っていても、創られた始めは、珍らしさに免じて許される。他の長所に押しまくられて欠点はかげにかくれ、時によれば欠点すらが、面白味の一つにかぞえられもするからだ。その上、父さんは絶えず工夫を加えた。欠点は叩き直し、あるいは切り捨て、向上への努力を最後までやめなかった。——言いかえればそれは、父さんが創始者だからだ。生みの親であるからこそ、生みの子の長所と同時に欠点をも熟知し、それを叩き直す意欲を燃やしつづけていられたのだ」

創始者ではなく、継承者であるわれわれには、欠点を見やぶる目がないし、たとえ目があり、意欲があっても、叩き直す手段がわからない。そこでただ、無策に同じことをくり返す。創始者にくらべて技量も劣り、それに何よりは、創始精神に欠けた演者が、ただ、ひたすらに、くり返しのみをつづけているうちには、長所は沈んで欠点だけが浮き出してくる。当然、見物は離れ去る……。もはやそれは、創始者時代の〝生きた能〟ではなくて、創始者の欠点だけを露呈した〝死物〟だからだ。

「だから創始者は、創始する以上ほんものを創り切らねばならない。うの毛で突いたほどの瑕《きず》もないもの、叩き直す意欲を持たず、手段のわからぬ後継者に渡しても、そのままあやまりなく通用するもの、百年、五百年、くり返しだけをつづけても、けっして古くならず、見物が離れないもの、……そういうほんものを創り切って死なねばならないのだ」

「兄さん」

私は喘《あえ》いだ。

「そんなことが出来るの？　人間の力で可能なの？　父さんの力量と精力をもってしてもあすこまでだった。犬王の天分、精進があってもまだ、今の段階にとどまっている。それなのに、二人の目標をひとつにまとめたほどの大仕事が、人間ひとりの生涯に可能なの？」

「二人の大先達は、すでに鞏固《きょうこ》な足場を築いてくれている。この足場を踏まえて刻苦し、努力をかさねていけば、不可能ということはないと思う」

「じゃあ、やる気なんだね兄さん。迷いが吹っきれたんだね⁉」

「いや、まだまだわからないことだらけなんだ。だが、わからないながら、やっと近ごろ目の先にほの明るさが見えはじめてきた。種がはじけ、私の中で小さな芽をもたげはじめた感じがするのだよ」

深い、充実した微笑が、ゆっくり兄の面上ににじみ出た。

「おぼえているか元仲、母さんの臨終《いまわ》の言葉を……」

と兄は言った。じつにひさしぶりに聞く、力のこもったささやきであった。

「母さんが指摘した通り、私は私の中の、独りきりの繭のなかで、じつは幼少から、『能』にだけ向き合ってくらしてきた。それにしか興味が湧かず、そのほかの生き方が考えられなかったからだ。私だって怒る、怖れる、泣く、よろこぶ。……けれど、それらさまざまな感情は、私の場合、外に向かって発散せず、すべて内へ——内なる『能』へと吸収されてしまうのだ。水が低いほうへ流れざるをえないように、いやおうなくそうなるのだ。父さんの死から今日までの六、七年は、ことにもかたくなに、私は『能』とだけ向きあって過ごしつづけた。そしてあらためて痛感したんだ。自分がどれほど深く『能』を愛していたかを……。骨髄に刻んで思い知らされた気がするのだよ」

——愛されながら、けっして人を愛し返さない人間だと、母さんは私を評した。心のぐるりに膜を鎧《よろ》い、その内側へは何びとをも踏み込ませない人間だと、元仲、お前もいつか私を非難したことがある。しかしそんなことはない。人を愛するよろこび……、そのよろこびのために身を灼き、涙する仕合せがどんなものか、私とてよく知っている。

「ただ……」

兄は口ごもり、思い切ったように言った。

「ただ、それ以上に私は『能』を愛する。私自身、どうしようもない感情なんだ。——この愛。この、やみがたい愛を支えに進みぬいたならば、父さんと犬王を併せた世界……、真実〝不易な美〟の世界へ、やがてはかならず肉迫し得ると、私は確信しはじめたのだ」

そうささやく兄の声は、かぎりもなく懐《なつ》かしく近く、同時に、はるかにはるかに遠い、言ってみれば、生《しょう》をへだてた人の声とも私の耳には聞こえた。

「がんばってくれ兄さん」

泣くまいとして、私は小声になった。

「おれにできることなら何でも手伝う。言いつけてくれないか」

「ありがとう。元仲には長いあいだ、懸命に座を支えてもらった。感謝しているよ」

カッと私の頬は熱くなった。

「怒っていただろう？　兄さんは……。おれの未熟な思いあがりを」

「怒る？　なぜ？」

いぶかしげに兄は私を見た。

「なぜそんなことを言うんだ？　お前は努力して来たじゃないか」

「それならいいんだ」

あわてて脇を向き、照れかくしのように、私は隅に積んである書籍の山をさした。

「伊勢だの源氏だの、いろいろあるね、読んでるの？」

「読む段階は終った。作能のあいまに、挿入歌を抜き書きしているんだよ」

「そんな仕事ならおれがしよう。おれの勉強にもなるもの」

「やってくれるか？」

「字は下手だぜ」
四、五冊かかえて自室へ引きあげたが、私は興奮し、その夜いつまでも眠れなかった。
「磯菜」

厨で、まだコトコト何かしている妻を呼び立て、

「兄さんに、夜食でも見つくろって持っていってあげてくれ」

と命じた。磯菜は黙って私の目を見返した。口をきき出す前に一、二瞬、相手の目を、妙に陰気な、きつい視線でみつめる癖が彼女にはあった。ごく短い、時間ともいえぬ時間なのだが、私にはこの、磯菜の凝視が気になってならなかった。

「夜食だよ」

相手の出ばなへ、くり返し私は押しかぶせた。

「兄さんに何か温いものでも」

「お持ちしました」

と磯菜はさえぎった。

「新らしい鴨が手に入りましたので、ご好物の切麺《きりめん》と煮合せて、たった今めし上っていただきました」

言いすてて彼女は立った。敷居ぎわにそろえていた立て膝を、そろえたままスッと横へねじり、細腰をあげると同時に、手がのびて襖がしまった。私は苦笑した。遠のいて行く小きざみな足音へ、

（やけどするなよ磯菜）

私はつぶやいた。言いつけなければ白湯《さゆ》ひとつ、夫の私へ持って来ない女が、けっして目立ちはしないが、兄へはこまやかな、いきいきした心くばりを不断に見せる。といって、そのことに、私はすこしも嫉妬など感じてはいない。

（それもいいだろう。だが、やけどするのはお前一人だよ磯菜、用心しなければね）

熱した鉄にさわれば、さわった者は怪我《けが》をする、鉄のあずかり知らぬことだ……そう、むしろ、妻に助言してやりたかった。

家の中は静まり返っていた。空淵《からぶち》の底に似たその静けさが、私に、結崎村の古家を思い起こさせた。あのころもそうだった。暗い、さむざむした時間の中で、憑《つ》かれたようにたった一つ、『能』への執念だけが炎《ほむら》していた。

あのころ、炎の中心には父がいた。そして今は、兄がその燐光の中に坐っている。炎は青く、周囲はそのためにいっそう暗い。

（これがわが家《や》だ。観世の家《いえ》だ。——人の本性が生涯かわらないのと同じように、家の性格も結局、変らないものなのだな）

と私は思った。

二十

細川武州が帰洛した明徳二年に、山名一族が反乱を起こした。後世、いうところの『明《めい》徳《とく》ノ乱』である。

局外者であるわれわれにも、この乱が、武州の挑発によって引き起こされたものらしいとは、容易に推察できた。

山名氏は、もともと新田の流れであるが、尊氏将軍のころ足利氏に味方し、建武の諸合戦に軍功をたてた。

おかげで子孫繁栄し、因幡《いなば》、伯耆《ほうき》、美作《みまさか》はじめ、十二カ国の守護職を一門でおさえて、世間から『六分一氏《ろくぶんいっし》』と恐れられるほどの大勢力をきずきあげていた。日本六十余州の六分の一を、ひとりじめにしているとの謂《いい》であろう。

南北両朝の合一もだが、なんとか目の黒いうちに、このやっかいな大族を処理して、幕府の基盤を、強固なうえにも強固にかためてしまおうと武州は考えたにちがいない。

挑発はたくみに仕組まれ、山名氏は武州の罠にかかった。くわしい経緯は私などにはわからないが、ともあれ、暮れもおしつまった二十四日、山名一族は幕府に対して挙兵を宣言――。洛中のあちこちで激戦をくりひろげたあげく、ついに武州の望み通り滅亡して果てた。

一時はこの動乱のため、右近ノ馬場、雀ガ森、二条のはずれから梅津、桂の里へかけて、兵馬の死骸に埋まるさわぎであったが、あと片づけもろくろく済まぬ二カ月後……三月《やよい》のはじめに、こんどは細川武州が、六十四歳を一期に急逝するという事件が起こった。強豪の跋扈《ばっこ》を根絶し得たことで、ふッと、張りつめていた気がゆるんだのかもしれない。

変を聞いて私も細川邸へ駆けつけたが、もうそのとき、武州の息は無かった。

終焉にのぞんで、将軍家に、

「両朝の合体については、舎弟頼元にくれぐれも申し含めてございます。機も熟しました。山名氏誅戮《ちゅうりく》の余勢を駆って、一ッ気に懸案を解決なされますよう……」

こう、くれぐれも武州は遺言したという。

実の父親を死なせたほどにも将軍は哀哭《あいこく》し、葬儀の日はみずから柩の一方をになうとともに、鹿苑《ろくおん》院にこもって仏事を修し、写経してこの補佐の老臣の冥福を祈った。と同時に、武州最後の献策にしたがって南北両朝の合一に乗り出し、同じ年の冬、ついに目的を達成した。帷幄《いあく》にあって将軍家の片腕となり、大業の仕上げに奔走したのは、いうまでもなく新管領細川頼元どのである。

楠正儀の歿後、南朝方の勢力は日に日におとろえ、しかも加えて、天皇家のあいだに仲間割れさえ起こったと風聞している。

和議に対して、つねづね強硬な態度をとっておられた長慶帝が、弟の宮と不和になり、み位をしりぞかれた。そして弟の宮が践祚《せんそ》して後亀山帝と名乗られたわけだが、新帝は和議に乗り気でおられたようである。

四囲の情勢も、もはやこれ以上、南朝の存続を許さなくなってきていたし、何よりは天子みずから、統治権も武力も持たず、いたずらにただ、空名にしがみつき、実体は山塞の賊にもひとしい〝南朝〟の在り方に、つよい疑惑と嫌悪を感じはじめたのではあるまいか。熟れ腐ったくだものが、枝をはなれて落ちるように、いわばしぜんに、合体の〝時〟はめぐって来たといえよう。

使者のやりとりがおこなわれ、媾和の条件がきめられて、明徳三年閏《うるう》十月、南帝後亀山は神器とともに京へ移られた。

後醍醐天皇の吉野遷幸以来、五十七年――。天に二日《にじつ》あった不自然は解消し、皇統はやっと本来の正統北朝に帰一して、騒乱の因《もと》はのぞかれたわけである。

裏へまわれば、やはりしかし、ここへ漕ぎつけるまでにはさまざまな曲折があったにちがいない。神器帰座の方法ひとつにしろ、

「もともと不当に奪われたものだ。文治のむかし、平家の手で持ち去られた神器を、ふたたび都へ奉迎したときの形式に拠るべきであろう」

と北朝側の公家たちは主張するし、南朝は南朝で、

「あくまでも後亀山帝から、北朝の後小松帝へ〝授ける〟かたちでなくては困る」

と希望する……。合体後の御領の問題、後亀山廃帝の尊号問題など、双方の面目、利害を調整し、ある場合は下手《したで》に出、またある場合は、廷臣らの姑息な意見を無視して強行した〝ご和談成立〟の内幕なのだ。

当然、こじれが尾を曳いたし、実行不可能を承知で、うのみにした条件もあった。

「なあにかまわん。とにかくここのところは、吉野朝の存在を解消してしまうことが先決なのだ。あとのいざこざは、予の威光でどうともなる。してみせる！」

というのが将軍家の肚だったが、やはりこじれはこじれのまま、あとあとまでしこりとなって残り、そのしこりが、もはやまったく、政治とは無縁になったはずの観世の家に、ふたたび禍いの影を投げかける結果となったのである。

私たちには、しかしそのころ、そうした将来が予測できるはずはなかったし、神器帰座の盛儀も見物に出かけた座員たちの噂ばなしから、おおよそを思い描いたにすぎない。

夜の目も寝ずに、当時、兄は作能に没頭してい、私も自室にとじこもって、命ぜられた古典、古詩の抜き書きにあけくれていた。

犬王は、ほとんど毎日やって来た。できあがった作品を中に、兄と二人、夜を徹して検討し、ときにははげしく言い合っていることもあった。稽古場にこもって、一個所をくり返しくり返し舞いこころみている日もあった。肉親の父と子のように、兄と犬王が抱き合って泣いていた姿すら私はかいま見たことがある。

（棟梁は動き出した。なにかが棟梁の中で形をつくりはじめたのだ。もはや近い！　観世座の再起は目前だぞ）

座員たちひとりひとりの胸にも、うっすらとそんな弾みがきざしはじめたらしい。岩松や市菊、十二次郎らはうなずき合い、こっそり、面、装束の手入れなどはじめ出したが……。

そんなある日――。

兄の書斎から手写本の白氏《はくし》文集《もんじゅう》を持ち出してなにげなくめくっているうちに、私の膝へ、ハラとこぼれ落ちた紙片があった。女文字の手紙である。

人気稼業の芸人ではあったし、しかも名だたる美男、これまでにも片想いに、兄に言い寄っていた女性は無数といってよかった。将軍の寵妃でいながら、命がけの恋をしかけてきた女房もいたほどである。渡される艶書の数も、したがっておびただしいものだったにちがいないが、兄はそうした文殻《ふみがら》のたぐいを、そこらに取り散らしたり人に見せたりする性格ではなかった。どう始末するのか、焼くにしろ破るにしろ、残片すら家人の目に触れさせたことがない。

七ツ八ツからの稚児づとめ……。男でいながら〝女〟をしいられる変則的な夜々に耐えつづけているうちに、肉欲への興味を失ったのか、あるいは元服後もなお律儀に、将軍家へ操をたて通しているのか、もしくは家業の訓練のはげしさ、それへの執着が、他のものへの興味を制御してしまうのか。いずれともきめかねるが、とにかく固すぎるくらい、日ごろ兄の身持は固かった。父の歿後、家にこもり切りになってからは、わけて雲水同様の生活をつづけ、それぞれとっくに世帯を持っている松富、松王、小槌ら往年の子方仲間からさえ、この点、いささか変人扱いされていた毎日なのである。

その兄が、蔵書のあいだなどに恋文をかくしている……。

（めずらしいこともあるものだ。誰からだろう）

好奇心にかられて、私は桔梗《ききょう》いろの薄様《うすよう》をひろげてみた。文面は兄の書状に対するめんめんたる返事である。そのことも私をおどろかしたが、さらに意外だったのは、小さく末尾にしるされた〝すず〟という二文字であった。

（すず……蘭亭の、あの於寿々《おすず》ではないか⁉）

筆の運びはうつくしく、墨色もまだ新らしい。薄様にはかすかに、沈《じん》の香りが残ってい

る。私は兄の書斎へもどり、

「これ、どういう意味なの？ 兄さん」

無遠慮に、手紙を兄の鼻さきへ突きつけた。

「どういう意味とは？」

机に向かったまま、兄は逆に問い返した。狼狽もしなければ、顔を赧《あか》らめもしない。容貌がととのいすぎているだけに、かえってこういうとき、兄の冷静さは小にくらしく、図太く見えた。

「筆屋の孫むすめだろ？」

私はずけずけ言った。

「こっそり、つきあっていたとはおどろいたな」

「お前こそ、知らなかったのか？」

筆をおきながら、いぶかしげに兄は私を見た。

「於寿々は将軍家御所に、勤めにあがっていたではないか」

「於寿々が御所に？」

「ご愛妾高橋どのの局だ。話題にのぼらないので訝《おか》しいとは思っていたが……やはり元仲は知らなかったのだな」

「知らなかった。……なるほど、幼なじみに、御所で再会したというわけか。——で、今も奉公しているの？　於寿々は」

「とうに罷めた。父さんが亡くなる前後だったろう。勤めた期間もわずか一年たらずだったよ」

「それからもずっと、文通をつづけているんだね」

「うむ」

「ずいぶん、したしげな文面じゃないか。字もうまいし文章も巧みだ」

言いつつ、私はクスクス笑った。

「これでやっと、納得がいったよ。吉祥というくぐつ宿の馴染みの声が、於寿々にそっくりだったのでそう言ったら、兄さんはいきなり、おれをなぐったことがあった。……おぼえてるだろ？」

返事をせず、机上の銀鈴をとって兄は振った。召使を呼ぶためのものであるが、涼しげなその余韻が消えないうちに、敷居ぎわへ姿をあらわしたのは磯菜であった。

「すまぬが茶をくれぬか磯菜」

兄は言った。

「おれにもだ。なにか茶の子があったら添えてきてくれ」

磯菜はすぐ去り、私は腹這いになって、もう一度つくづく桔梗いろの薄様を眺めた。

「兄さんも三十一だね」

やがて私は言った。

「身近に、犬王という例外があるにはあるが、棟梁がいつまでも独身でいるのは、やはり座員にとって気持が落ちつかないものだ。於寿々と結婚したいなら、すればいいじゃないか。おれに異存はないよ」

「賛成してくれるのか」

「別に賛成はしないさ。結崎村での貧乏ぐらし……。不快な、あのころの思い出は、いまだにおれの心に痣《あざ》となってこびりついているんだ。於寿々はその結崎村で、幼いおれを嫉妬させ、羨ましがらせた長者の家の子だぜ。あの傲慢なおばばの孫というだけでも、おれは彼女に好感など持てないよ」

「おばばは亡くなったそうだ。たしか去年、七回忌の法要をいとなんだとかいう話だよ」

「於寿々はいくつなの？」

「私より七ツ下のはずだ」

「じゃあ二十四だね。身体でも弱いの？」

「いや、そんなことはない」

さぐるように、私は兄を見た。

「と、すると、そんなにさだたけるまで、於寿々は黙って、兄さんの求めを待っていたことになるね」

「私たちは何も約束したわけではない。於寿々を縛ったおぼえも私にはないよ」

「それは兄さんの一人合点さ。げんに於寿々が、二十四という年の重みに耐えながら独りでいるのが、何よりの証拠じゃないか。——みそッ歯の泣き虫としかおれには記憶にないが、それとも於寿々は、だれからも相手にされないほどの醜女《しこめ》でもあるのかい？」

「きれいだよ。きれいで悧口な娘だ」

「ふーん」

「しかも冷たい。冷たい上に気性がはげしい」

「おい、おい兄さん」

　あわてて私は起きあがった。

「よせよそんなの。いやな女だ。一緒になったからって、楽しい家庭など作れやしないぜ」

「だからいいのだ。私が寿々にひかれたのは、彼女の性格の中に、どんな不幸にも耐えぬくだけの、勁《つよ》さと冷たさを見出したからだよ」

「不幸とは、愛情的な意味をさすのか？」

「楽しい家庭など、はじめから私は望んでいない。あこがれてみても、しょせん私には無縁なものだと思うからだ。私と生涯をともにする女も、楽しい家庭を求めてはいけない。求めても無駄だし、しいて求めれば不幸になる。聡明な寿々は、結ばれてすぐにでもそれをさとるだろう。さとって、その現実に耐えぬくだろう。みずからの内なる炎に、みずから氷の蓋をかぶせられる女……それが於寿々だ。私の妻に、もっともふさわしい相手だよ」

不幸にすることを承知で、寿々を選んだというこの兄の言葉には、兄自身意識しない酷薄さが、青白くにじみ出ていた。ふッと、そそけ立つような嫌悪に襲われながら、

「いいだろう」

その嫌悪を見せまいとし、脇を向いたまま私はうなずいた。

「おれが娶《もら》うわけじゃない。まして兄さんは、こんなことにひとの掣肘《せいちゅう》を受けるたちじゃないからね」

磯菜がこのとき、大ぶりの茶碗に、点心《てんしん》の巻餅《けんぴん》を添えて運んできた。どこか、禅寺からの到来物らしい。さっそくひとつつまみながら、

「兄さんは結婚するよ磯菜」

私は妻に言った。

「幼なじみだ。奈良一番の筆屋の愛娘《まなむすめ》だとさ」

磯菜の表情が、かすかにこわばった。

「おめでとうございます」

と彼女は微笑し、小声でことほぎを述べたが、その声はみじめにわなないていた。

（だから言ったろ磯菜、やけどするのはお前一人だって……）

私は嗤《わら》った。声に出さずに嗤いぬいた。痩せた、小づくりな妻の身体を、兄の目の前で押し倒し、骨がきしむほど抱きしめ、絶息させてやりたい……そんな狂暴な衝動も、同時に、私の深部で荒れ狂った。

小槌を奈良へやって、それとなく蘭亭の意向をさぐらせる一方、私は犬王へ手状を送り、兄の結婚について相談した。できれば興福寺の別当坊あたりから〝お声がかり〟のかたちで蘭亭へこんどの件を申し入れたい、そして有無をいわさず、承知させてしまいたいというのが私の肚であった。

やはりいざとなると、出自への卑下が私を竦《すく》ませるのである。生活がどう変っても、私たちが唱門師配下の出であることに変りはないのだ。

（万が一、ことわられたら？）

その懸念が、私を慎重にさせた。恥辱はなんとしても受けたくなかった。

結崎村での、暗い幼時……。

長者の愛《まな》むすめを、観世の家系へ曳きずり込むことによって、かつて、我が家の貧苦を嘲り卑しめた故郷の人々へ、私は復讐してやりたかったのだ。

兄と結ばれる初めての夜を境いに、於寿々は私たちの仲間入りしなければならない。生んだ子も、むろん同じ仲間に組み入れられ、遊芸人としての成長をとげていくのだ。想像したただけで、それは痛快な帰結だった。蘭亭にも、於寿々個人にも、特に恨みがあるわけではないが、兄とはまた、まったく別な意味で、私はこの縁談に熱中した。

――結果は上々だった。

案外なほどすなおに、蘭亭はこちらの申し出を承諾し、婚礼の日取りは明徳四年の霜月七日と決まった。

仲に立って奔走してくれたのは犬王道阿であり、こまごました実務や打合せは、於寿々とも幼ななじみの小槌が引きうけて、両家のあいだを往復したのである。

将軍家もこんどの縁組に、賛意を洩らされたということだし、お礼言上のため、犬王につれられて兄はひさびさに御所へ出仕した。

それは同時に、ながい沈潜からの脱皮を、寛大な保護者に、それとなく告げるためでもあった。

「待ったぞ元清。しびれが切れる思いだったが……よくぞ迷いを乗り切ったな」

闊達な微笑の底に、涙をにじませて将軍は深く幾度もうなずかれ、

「来春二月、南都へ常楽会《じょうらくえ》見物に出かけるが、そのさい催される官符衆徒《かんぶしゅと》馳走の猿楽は、その方を主軸とする結崎一座に申しつけよう。ぞんぶんに成果を見せてくれ」

心から、兄を励まされたという。

帰宅するとすぐ稽古場の板敷へ、兄はおも立った座員をあつめ、ここ数年の引き籠りを詫び、棟梁としてあらためて奮起を誓ったあと、『井筒《いづつ》』という新作能の台本を示して、あすからでも自分の指導のもとに、この能の稽古にかかってもらいたいと要請した。

兄の手もとには、すでにこのとき二十番を越す苦闘のたまものが用意されていたらしいが、その日、取り出したのは『井筒』一番であった。

「なにも言わない」

と、『井筒』を膝さきへ置きながら、兄は落ちついた目の色でうながした。

「言わなければならないことは、ぜんぶこの能の中で言ってある。――まず、読んでみてくれ」

　奪い合うように私たちは台本に目を通し、詞章の香気に一驚した。単にそれは、字句の流麗とか、文意の品格というだけの意味ではなかった。自身の中の詩心を、くるしみつつ煮つめ煮つめた結果、はじめて得られる玲瓏《れいろう》たる結晶……。高貴な陶酔のほかに、そうした美は、月光の冷ややかさ、きびしさを持つものだということを、『井筒』によって、はじめて私たちは知らしめられたのである。

　稽古にはいって曲附けを聞き、実地に舞の手を目にするにつれて、私たちの感動はさらに高まった。新しく兄が踏み出した道――その峻嶮と、ここに取りつくまでの刻苦の量とを、たった一篇の『井筒』は、私たちに痛いほど語りかけてやまないのだ。

出世作ともてはやされ、げんに今日の今日まで、無上の宝と信じきっていた『静』『自然居士』『嵯峨物狂』など父の諸作品も、『井筒』の深く、緊密な美の前には、にわかに色あせた感じであった。

私たちはとまどいをおぼえた。一読したところでは筋の複雑さ、場面展開の面白味という点で、父の作品は、はるかに兄を凌《りょう》駕《が》しているかに見える。

『井筒』は伊勢物語の中で、

くらべ来し振分け髪も肩すぎぬ……

と詠んだ、例の紀《き》ノ有常《ありつね》のむすめを主人公とし、彼女の愛恋、妄執のすがたを、旅僧の夢の中で、歌舞に托して再現させただけのものにすぎない。

父母の追福のため、わが身を人買いに売った少女を助けようと、青年説経者自然居士が、琵琶湖畔まで一行を追って行き、人買いとの息づまるような問答のあげく、ついに少女をとり返し、代償としてさまざまな芸尽しを見せる『自然居士』のほうが、演劇的な興味からすれば、数等すぐれているかに感じられるのである。

そのくせ実際に演じてみると、私たちの胸に、慄《ふる》えるような魅力と感銘をもって迫まってくるのは、一見、平板な『井筒』なのだ。

父の作品はたしかに面白い。しかしそれだけに卑俗だし、純度が低かった。

〽舟より御ンおりなくば拷訴《ごうそ》いたそう
〽拷訴といっぱ捨身《しゃしん》の行《ぎょう》
〽命を取ろう
〽命を取るとも、ふッつとおりまじい
〽なにと、命をとるとも、ふッつにおりまじいとかや
〽なかなかのこと
〽いや、この自然居士には持て扱《あつこ》うて候よ

というように、市井の俗語すら平気で駆使されている。ここが父の放胆なところだし、大衆の喝采も、溌剌たるこうしたやりとりの妙味に、惜しみなくそそがれていたわけなのだが、舞台芸術としての、美の追求という一点にしぼれば、父の行き方は何としてもまだ浅かった。場当り的な興趣が横溢《おういつ》しすぎていた。

父の能は華麗である。仇《あだ》めいてもいるが、その美はあくまで浮世の美、その情緒も、人情ばなしの域を出ない。だが、『井筒』の世界はちがう。浮世を振りすて、人間臭を振りすてた非現実の美である。渓流の潺湲《せんかん》に洗いぬかれ、磨きぬかれた琅玕《ろうかん》の冷たさ、清澄さ……。原典の伊勢物語をさえつきぬけた、こうした〝美の中の美〟にいちはやく着眼し、兄に示唆を与えたのは犬王であった。あの、海老名ノ南阿弥の臨終《いまわ》の言葉であった。

……いまさらのように私たちは、ありし日の父の主張を思い返した。面白さ、珍らしさを芸道の〝花〟とし、この花を具備した芸人は、かならず天下に名望を得ると確信して、じじつ、その確信通り努力し、出世した父。出世後も、いかにすれば〝花〟を失わず、得た名望を保ちうるか、日夜、工夫をおこたらなかった父――。つまるところその主張は、芸術における流行の面を、終生、説きつづけたものと言ってよかった。

ところが、犬王は逆だった。はじめから彼は流行を度外視し、それを超えた不易なものの探求に、骨をけずりぬこうと決意していた。着眼は正しく、その精進の姿勢も正しい。ただ、惜しむらくは、犬王の才能は片寄っていた。彼自身、『井筒』の稽古を見ながら、つくづく歎じて言ったほどである。

「海老名ノ南阿弥陀仏も指摘していたが、どう苦慮してみても、やはり私には作詞、作曲の才能が生まれながらに欠けているらしい。演出の手腕も悲しいくらいにぶい。……元仲どのは『碁空蟬《ごうつせみ》』という私の作品を見たことがあるだろう。やはり源氏物語に取材した鬘物《かつらもの》だ。慢じて言えば、これは鬘物の草分けだ。筋らしいものをあたうかぎり排除し、純粋無垢な歌舞の美だけを打ち出そうと意図した作品――。古典の中の女主人公をシテとした本格的な鬘物は、今まで、『碁空蟬』のほかに一番もなかった。その意味で、わずかに先駆としての価値はあるのだが、舞台にのぼせた場合、『碁空蟬』を元仲どのは傑作と見るか？　駄作と見るか？」

私は返事に窮した。優婉典雅な点、たしかにこの作は、犬王の理想をある程度まで顕現していたし、洗練された能として、識者の注目を集めてもいたが、『井筒』が現われた今になってみると、やはり、どうにも物足りなかった。

「そうなのだ」

と、私の無言へ、犬王はうめくように押しかぶせた。

「『碁空蟬』は冗漫だ。無駄がありすぎ、密度を欠いている。『井筒』に見るような、完璧な詩心の凝結がないのだ。見物は私の舞だけを期待し、あくびを噛みころしながら他の部分に耐えている。私の舞——私自身が消滅すれば、とたんに廃曲となるにちがいない作品なのだよ」

涙か、汗か、懐紙を出して犬王はしばらく目がしらに当てがっていたが、

「私はね元仲どの」

そのままの姿勢で弱々しく言った。

「『井筒』の初稿を元清どのから示されたとき、つくづく自分の能力の限界を知ったと思った。もちろん、私は私なりに、生涯、努力を捨てはしないが、努力だけでは解決できないなにかが、芸術家にはぜひとも必要らしい。——亡父の鉗鎚《けんつい》、私の示唆、二つのわずかな足がかりを踏まえ、三十一の若さで元清どのは、早くも『井筒』を書いた。天与の才分と、これを言わなくて何だろう」

しかし中には、『井筒』の純粋美を、

「あまりに、高踏すぎるのではないか」

と、あやぶむ座員も多かった。

「目ききはともあれ、田舎辺土の凡下《ぼんげ》の目には、これではなかなかついて行きにくいぞ」

犬王ならば、無視するにちがいないこの懸念を、兄はだが、当然のこととして受け入れ、あらかじめ周到に、答えを用意していた。

祝言を目的とし、神をシテに擬して神舞を見せる脇能物《わきのうもの》、軍記物語の主人公をシテとし、闘争の苦患《くげん》をカケリで見せる修羅場、狂女、怨霊、市井の町人などを登場させ、劇的興味の勝った人情物語をくりひろげる現在物、天狗、妖精等をシテとして早舞、舞働きの効果をねらった切能物の台本までを、それぞれ数番ずつ、兄は書きあげていたのである。『老《おい》松《まつ》』『清経』『恋重荷《こいのおもに》』『花筐《はながたみ》』『班女《はんじょ》』『錦木《にしきぎ》』『砧《きぬた》』『野守《のもり》』等々……。

父ゆずりの、大和猿楽の伝統をじゅうぶんに生かしたこれらの曲を、脇能一番目、修羅能二番目、現在物四番目、切能五番目の順に配列し、もっとも重要なやまば、眼目ともいえる三番目に、歌舞を主体とする『井筒』のごとき幽玄な作品を据えることで、具眼の知識層はもとより、目きかずの大衆をも楽しませ、かえっていっそう三番目物の純粋美を、きわだたせようと兄は意図したわけだ。

さすがにこの点、兄はやはり父の子だった。理想を追いながらも、周囲を忘れて独走する無謀はけっしてしなかった。詩歌や文学と、舞台芸術とのちがいを、じゅうぶん心得ていた実際家であった。

——ひさびさに……まったくひさびさに、堀河のわが家には活気がよみがえった。稽古場からは謡、囃子の、たえまない音律が流れはじめ、その香気に酔って、未熟な端《はした》弟子の頰までがいきいきと、あけぼのの色を刷《は》きはじめた。第二の飛躍期がおとずれたのだ。くわえて一日一日、兄と於寿々との、婚礼の日取りも近づいて来ていた。新作能の習得に寧日《ねいじつ》ない男たちにかわって、華燭の支度に忙殺されているのは、磯菜をはじめ座員どもの女房、召使の女たちである。

内客の接待に使われていた南棟のひと部屋は、いつのまにか盃の間に模様替えされ、上段の押板には白綾の水引き、奈良蓬萊《ほうらい》、亀甲台がはなやかに飾りつけられた。蘭亭から送られてきた厨子棚、文台《ぶんだい》、櫛筥《くしばこ》、眉作《まゆつくり》筥、鏡など於寿々の手道具は、化粧の間にならべられ、それにつづく夫婦の寝間には、白絖《しろぬめ》の夜具、縁起ものの天児《あまがつ》、這子《ほうこ》までがなまめかしく用意された。

自分のときとはくらべようもない豪華な嫂《あによめ》の輿入れ調度を、磯菜はどんな気持で眺めていただろう。生ぶ毛の濃い、痩せたうなじを折れそうにうつむけて、兄夫婦のための新《にい》枕《まくら》を縫っている彼女に、私は皮肉な、からかいの言葉を浴びせかけようとして、さすが

にやめた。そのかわり、

「よせよ磯菜。枕づくりなどという気の逆《あが》る仕事は、血の冷えた、そこらの姥《うば》どのにでもまかせることだよ」


言いざま、妻を拉《らっ》し去って、召使いたちの往来する廊の壁ぎわに押しつけ、思いきり口を吸ってやった。抗うかと思ったが、磯菜はされるままに燃えて来、引き息に呻《うめ》いて、私の背と腰に両手の爪を立ててきた。閉じた眼尻から涙がひとすじ、ゆるく、したたり落ちるのを見たとき、だがなぜか、にわかに私は興ざめ、相手の身体を手荒く突きはなした。廊の板敷へ、磯菜は他愛なく崩れ伏した。

二十一

祝言の日は朝から底冷えがしていたが、案の定、昼をすぎると、雛鳥の羽毛でも吹き散らすように白いものが舞い出し、庭の枯芝をうっすら染めはじめた。

「瑞兆《ずいちょう》じゃ」

と、よろこぶ者も多く、宵が近づくにつれて部屋部屋には灯の数、人の数がふえていった。宝生太夫、金春権ノ守の声も聞える。犬王道阿の顔も見える。

門前が掃ききよめられ、あかあかと門火が焚かれ出すころ、花嫁の輿《こし》は雪に彩られつつ到着した。

式台で、まず貝桶渡しがおこなわれ、待上臈《まちじょうろう》に手を曳かれて嫁御寮は盃の間へ通った。白練の小袖に白の打掛け……。金糸銀糸で鶴亀を繍《ぬ》いとりした淡紅の被衣《かずき》を、まぶかにかずいている。容貌はわからないが、背丈がスラリと高く、腰つきにも歩きぶりにも、匂うような気品があふれていた。

(於寿々……。どう変ったか)

一刻も早く顔が見たかったが、盃の間には婿ぎみと新嫁、待上臈の三人しかはいれない。ここで三々九度がすんではじめて、彼らは客や家人の居ならぶ大広間へみちびかれる段取りであった。

厨にはこの日のために、とくに包丁人が呼ばれ、祝膳の仕あげに腕をふるっていた。公家や武家の邸宅ならば、盃事のあとの祝宴にも五献の宴とかいって、むずかしい約束や方式があるらしい。猿楽の家にすぎぬわが家では、だが、はした弟子までをひっくるめて、無礼講の大酒盛りに、めでたく夜をふかす心組みであった。

権ノ守などは、いちはやく壺の口切りを、厨あたりでこころみたらしく、宴に移る前から髭づらを赤くして、

「観阿どの玉苗どのが生きていたらばなあ」

大槌や十二次郎を相手に、しきりに喞《かこ》ち通していた。

そのうちに附《つけ》書院の入側《いりがわ》から、素襖《すおう》姿の兄がまず現れ、二、三歩おくれて於寿々も座敷へ入って来た。白無垢を、銀すり箔の小袖、扇散らしの打掛けに改めている。ざわめきがやみ、かわって、

「おお」

吐息とも、歎声ともつかぬどよめきが広間に揺れた。それほど於寿々は美しかった。白磁さながら緊った、なめらかな皮膚は、頰も頸すじも、指さきまでが湯あがりのように上気してい、張りのある黒眸《くろめ》がちな双の眼は、銀燭を映してキラキラ輝いていた。濃い三日月なりの眉、形のよい唇……。いかにも賢《さか》しげな、冴えきった美貌である。

(なるほど兄が言った通りだ。気性のしっかりした女らしいな)

と私は思った。そのくせ、兄の言葉を聞いたときに受けた不快な印象は、於寿々のどこからも感じられなかった。

「冷たい女だ。みずからの内なる炎に、みずから氷の蓋をかぶせられる女だ」

と、兄は於寿々を評したが、私が見たところ、それはどうやら兄の思いすごしであった。二十四という年齢からくる落ちつき……。育ちのよさがかもし出す気品が、たしかに、一種の威となって、於寿々のまわりにはただよっている。しかしそれらを押しのけて、今宵、彼女の全身からは恋する女の、恋の成就を目前にした陶酔が、光の微粒子のように立ちのぼっていた。

「今日から、私の伴侶となった寿々女《じょ》だ。よろしくたのむ」

あらためて、一同にひきあわされ、

「ふつつか者、どうぞ、よろしゅう……」

会釈するしぐさにも、嬌《なま》めきと、ういういしい羞《はじら》いがあふれている。

（いいじゃないか、兄さん）

私はそっと首をすくめた。

（仕合せな家庭作りなど、はじめから望まないと言ってたけど、これならいやおうなく、兄さんは仕合せにさせられてしまうぜ）

だれの思いも同じなのだろう、座敷はたちまち浮き立ち、めいめい上座へ進み出ての自己紹介やら、あいまには活潑に、盃のやりとりもはじまった。酌取りを買って出たのは、一張羅に着かざった座員の女房たちである。老いたのもいる。若いのもある。中から目ばしこく、磯菜を呼び寄せて、

「於寿々さん」

自席に胡坐《あぐら》をかいたまま私は花嫁へ声をかけた。

「おれのこと、おぼえているかい？」

たじろぎのない、澄んだ視線で於寿々は私を見、

「竹若さんね」

と、ほほえんで言った。小さいが涼しい、よく透る声音《こわね》であった。

「おぼえていてよ。よく泣かされたもの」

「雪合戦で泥玉をぶつけたっけね」

私も笑い、

「妻だよ」

と磯菜を指さした。両女《ふたり》は丁寧なあいさつを交した。もの静かな、ゆったりした於寿々の挙措にくらべて、磯菜はまッ正直に固くなっていた。

「義妹《いもうと》はまだ十九だ」

と、かたわきから、兄も微笑しつつ口を添えた。

「いたらぬところもあるだろうが、仲よくくらしてくれ」

喧騒のあちこちで、早くもお手のものの乱舞《らっぷ》がはじまっていた。太鼓方の与次郎がまっさきに立って、『忍ぶ軒端』という、近ごろ流行《はやり》の小歌に合せて舞い出すと、それにつれて幾人もが、

〽忍ぶ軒端にひょうたん植えてな
這わせて、ならすと、心につれて
あなたへ、チャッキリショ

　こなたへ、チャッキリショ
　瓢箪、ひゅらひゅら、おもしろや

他愛ない声を張りあげる。

さされる盃を、兄は片はしから引き受けて飲んだ。父もそうだったが、兄の酒はふしぎな酒で、飲みだすとなると斗酒を辞さない。そのくせふだんは、

「きらいだ」

眉をしかめて、酒器に手を触れようともしないのである。もともと大酒は座の禁戒だし、父も兄も、やむをえず飲んでも、ぜったいに乱れを見せなかった。貴顕の人々の相手をしつけ、飲酒をも、仕事の一つと割り切って、しんそこまでは酔い痴れぬ訓練を積んで来たのかもしれない。体質もあるだろうが、宿酔などで臥せっている醜態も、かつて目にしたことがなかった。

そこへいくと犬王道阿は、はじめからはっきり下戸を標榜していた。将軍家の盃をさえ、

「持病がございますので……」

固辞して受けない。じじつ、心の臓がわるく、粕汁の匂いにも「動悸がする」と逃げ腰を見せる。酒席でのつきあいはよく、日ごろに似げない冗談や軽口までたたいて、辛抱づよく酔っぱらいの守《も》りをしてやる人柄だった。

今宵も隣席の金春権ノ守と、何を肝胆相照らしたのかその管《くだ》に、ニコニコ相槌を打っているが、私の席からは遠くて聞こえない。

……と、不意に、広間じゅうの騒ぎを押し鎮める華やかさで、このとき、どこからか打ち物の音色が湧き起こった。駒寄せの式台あたりらしい。

「散所法師どもだ」

「千秋《せんず》万歳の祝《ほ》ぎ唄《うた》をうたいに来たにちがいないぞ」

口々に座の者たちは推量し合った。ふっと、顔の赧らむ思いで、私は上座の於寿々をぬすみ見た。

（遊芸人同士の仲間祝い……）

いいではないか、と、だが私の中ですぐ、ふてぶてしく居直る気持もあった。

（於寿々はもはやわれわれの同類だ。それを覚悟で、承知した輿入れじゃないか）

囃子は高まり、浮きたつような調子に乗って、男が一人、広間の中央へ舞い込んで来た。箔《はく》押しの立烏帽子《えぼし》に猿の面をつけ、直垂《ひたたれ》の露《つゆ》を結んで肩にかけた上、袴の下くくりを緊めるという珍妙ないでたちをしている。

片手には鈴、片手に幣《へい》……。面に抑えられたくぐもり声で、

〽一ノ瀬殿は、若気な人じゃ

踊らぬわれに、踊れとおしゃる
踊りて振りを、見せまいらしょう
かんこかんこかんこや、てれつくてんて
踊ろとままよ、跳ねよとままよ
一夜は抱いて、寝よずもの
かんこかんこかんこや、てれつくてんて

唄い狂い、舞い狂う。囃子方は少年とみえて、これも一様に布で面体《めんてい》を覆い、一人は鉦、一人は羯鼓《かっこ》、一人はささらを摺り叩きながら、唄に合せて威勢よく足拍子を踏み鳴らした。釣られてやんやと一同も手をたたく。

千秋万歳ではない。さて、何びとか？　酔興な飛び入りがあるものよと見ているうちに、兄は立って男のわきへ寄り、

「おたわむれがすぎましょう。閣老がたのお耳にでも入れば、私がお叱りをこうむります」

柔かく、相手を座敷のまん中へ押し据えた。

「ハハ、見やぶられたか」

と、男は笑って面をぬいだ。義満将軍であった。おどろき、あわてる座中の者へ、

「さわぐなさわぐな、すぐ帰る」

うるさげに手を振って、

「元清の嫁取り……。うれしいやら淋しいやら、ちと、その、妬《ねた》ましいやらでな。どんな女子《おなご》か覗きにまいったのだ」

例の、ズバズバ言いながら上座へにじり寄り、

「なるほど」

やや小意地悪げに、将軍は於寿々を見上げ見おろした。

「これが天下一の果報上臈か」

そして、

「鼻毛を用心してかかれ元清、この嫁御は美しすぎる。おぬしにしては抜かったな」

と兄へ皮肉った。

「抜かりましたか？」

兄はそらとぼけた。

「抜かった。大抜かりだ。予の可愛がりようには心得があるが、女子《おなご》にはそれがない。女子は貪欲なもの……。川という川を吸いとって、なお飽こうとせぬ海のようなものだ。いまに精《しょう》をぬかれて能どころではなくなるぞ。そのときになって吠え面かくな」

「おそれながらそのお言葉、ご忠告というよりは、どこやら焼きもちめいて聞えますが

「……」

「こ、こいつ、しぶといやつ、いつもこれだ。蛙のつらに水だ」

肩をゆすって、

「取っておけ、祝いだよ」

高価な明《みん》渡りの香木をはだかのまま摑み出し、花嫁の前へ投げやると、

「帰るぞ」

左右へ言いざま将軍は座を立った。三人の少年がつづき兄がつづいた。自失していた座敷中がにわかに我れにかえって、これもあわただしくあとを追う……。取り残されて於寿々は慄えていた。

「さ、嫂さんもお見送りしなければ」

私は言い、黒髪ごと打掛けの背へ腕をまわして、於寿々を立たせようとした。すばやく於寿々は身をずらし、その、私の腕をよけて立つと、小走りに広敷《ひろしき》へ出て行った。私はむッとした。追って出てみたが、しかし式台には、すでに将軍の姿はなかった。警固《けいご》の近習二十騎ほどが門わきの暗がりに控えてい、乗馬の鞍に、将軍が腰を据えるやいなや、そのまま押し包むように駆け去ったのだという。

「兄さんは？」

と私は訊《き》いた。花婿の姿も、どこにもなかった。

「それがよ」

金春権ノ守がとまどい顔に吠えた。

「お見送りするといって、将軍家と一緒に御所へ行ってしまったのだ」

「御所へ⁉」

「祝言の夜というのに、な、なんということだ、これは……」

雪はやんでいた。門火の灰がひづめにこね返され、あたりはすさまじい泥濘《ぬかるみ》である。式台に立って、於寿々はその雪泥へ視線を落としている。光の暈《かさ》をまとったような、あの、嬌《なま》めきと陶酔はあとかたなく失せて、表情はこわばり、唇にまで血のけがなかった。

「お相手なしの新枕か」

見よがしに、私は首をすくめた。

「輿入れ早々、気の毒な成り行きだが仕方がない。於寿々さんには独り寝してもらって、おれ達はこれから、夜っぴて飲みあかそうや」

結婚が契機となったわけではむろんないが、世間は兄の立ち直りを、それとも結びつけて瞠目《どうもく》したらしい。

年があけて、年号が応永と改まる春二月、義満将軍は伊勢に遊び、奈良へおもむいて、興福寺の常楽会《じょうらくえ》を見物した。一乗院でおこなわれた官符衆徒主催の猿楽に兄は主演し、新作をひっさげて舞いぬいた。予想以上の、めざましい再出発ぶりだった。興奮した見物の中には、舞台によじのぼり、あるいは楽屋口へ押しかけて、警備の兵士や僧兵らにつまみ出される者もあり、『井筒』の出現は、わけて識者の注目を浴びた。

「観世太夫は、進むべき大道を見つけ出した。あとはただ、どこまで行きつけるかにかかっている。自愛をのぞむ」

そうした意味の励ましが、いっせいに寄せられた。座員たちも、いまこそしんそこ愁《しゅう》眉《び》をひらいた。一時はどうなることかと彼ら自身、危ぶんでいた一座の将来だったのである。

（もう大丈夫だ。二度と棟梁は崩れっこない！）

安堵し合ったのも、しかし、つかのまであった。思いもかけぬ珍事が、一行の帰途を待ちうけていた。

南都滞在が終り、京へ引きあげた将軍家の行列が、三月十八日昼すぎ、深草をぬけ、東福寺の門前にかかったとき、お輿めがけて近距離から矢が乱射され、馬廻りの将士二名がやにわに射伏せられるという騒ぎが起こった。行列は乱れ立ち、一瞬の、その混乱を突いて、三十名ちかい甲冑武者が斬り込んで来た。

たちまち応戦となった。お輿の内にも矢ははいったが、直衣《のうし》の袖を射ぬいただけで、さいわい将軍家に怪我はなかった。多人数におっとり囲まれ、暴徒のうち四名は斬り死。ほとんどが手を負い、逃走した者もあったが、残り十七人が捕えられた。

行列の、はるか後方に従っていたため、事件の突発をさえ、はじめ私たち結崎座の座員は知らなかった。

「将軍家を暗殺しようとした者がある」

という口々の叫びに、驚くまもあらせず、

「刺客の張本は楠弥三郎正元。そのほかも正元の郎党どもだ」

と聞かされて、色を失った。

楠兄弟は南朝復帰後、幕軍を相手に小ぜり合いをくり返しては敗れ、本拠の千早城もたもちきれず、一昨年十月、ご和談が成るや、長兄正勝、次兄正秀は紀州の十津川へんに潜伏。末弟の正元のみが、ひそかに洛中に潜入して、託間《たくま》将監《しょうげん》という者の邸にかくまわれ、将軍家のお命をつけ狙っていたのだという。

父正儀に死なれ、本城をさえ追われて、流浪同様の転戦をつづけていた楠氏の遺児たちである。ご和談の儀にも疎外され、南朝の消滅とともに、同じく亡びを余儀なくされた無念が、凝って、

『将軍暗殺』

という、最後の血狂いに彼らを駆り立てたものであろう。

正元を召し捕ったのは、馬廻りの将浦上行景――。洛中に曳かれたあと、一カ月あまり

入牢のあげく、十七名は六条河原で斬首された。

増光太夫を中心とする田楽法師の一派は、またもやこの事件を利用して観世座排斥の世論を、ひそかに煽ろうとかかったらしい。

さすがに、だが今度の正元の動きと、私たち兄弟の日ごろを、結びつけて考える愚は世間もしなかった。どころか、かえって将軍家からは、犬王道阿を通じて、

「遠慮には及ばぬ。平常通り出仕せよ」

との達しまでもたらされたが、私たちは謹慎の意を表《ひょう》して、落着を見るまで堀河の自宅にこもりつづけた。

それでも処刑の日、兄は仏間で、正元のために回向《えこう》の経を誦し、小槌や松富らは、こっそり河原へ様子を見に出かけた。笠で顔をかくし、私も彼らに混って行った。

朝から容赦なく油照りする、空も地上も苛《い》ら苛らと乾ききった日であった。涸れ河原には矢来《やらい》が結ばれ、検視のための、粗末な幕屋がしつらえられている。

思ったよりも見物の数は少なく、橋の下、土手の裾など、わずかな日蔭をよって三、四十人ほどがたむろしていたにすぎない。

罪人たちはうしろ手のまま裸馬に乗せられ、午の正刻、刑場へ着いた。正元が先頭だった。想像を裏切って彼は肥え、表情にも眼つきにも、往年の鋭さとは正反対な、痴呆的な

たるみをただよわせていた。私は胸が塞がった。何が正元をこうまで変えたのか……。

楠一門からこうむった迷惑は迷惑として、やはり処刑される親族を前に、私は平静ではいられなかったが、一方、憔悴の気配などみじんもない、しらじらと虚脱したこの中年男の風貌に接していると、哀れみはしだいに霧消して、言うに言えないやりきれなさだけが灰汁《にがり》みたいに胸に残った。

（救われた。これでいいのだ）

と、かえって心中、私はひそかに息をついた。

刑の執行も、浦上行景とその手の者がうけたまわった。罪状が読みあげられ、三枚の素《す》蓆《むしろ》に、軽輩からまず三名、順に坐らされた。

斬り手も三名――、浦上の郎党にちがいない。烏帽子に半頭《はつぶり》、腹巻だけの軽装の兵が、それぞれの陣刀を抜きそばめつつうしろへ廻った。と見るまに、炎昼《えんちゅう》のくるめきを反射してギラと刀身が光り、絶鳴を曳いて、三個の首はあっけなく前へ落ちた。胴体が血をしぶき、倒れてもなおどくどくと、しばらくは夏草の根にくれないを溢らせる……。

獄吏の下部《しもべ》が馳《は》せ寄って首を梟木《きょうぼく》に懸け、胴は用意の大穴へ蹴込んだ。

このまに手早く蓆が替えられ、次の三名が曳き出された。ふたたびあがる叫喚、血しぶき……。

三度、同じことがくり返され、四度目、十二人が斬られるころには、灼け石に煎《い》られて、古い血は早くも青光りに乾きはじめ、なまぐさい匂いを慕って、空には鳶《とび》、鴉《からす》の群れが、煤《すす》を撒《ま》いたように翔《か》けかわしはじめた。

私は嘔吐《おうと》しそうになった。小槌たちもまっ青だった。罪人の処刑など見慣れているはずの見物の中にも、血に酔って、帰りかける者がチラホラ出だした。

十五人の梟首が終り、最後に曳き出された二人のうち、一人は首魁の正元であった。

「南無！」

口の中で、私は思わず称名をとなえた。正元につながる断片的な過去の記憶が、鮮烈な色彩となって、しきりに脳裏を明滅した。

斬り手が交替した。正元は無表情だった。ただ、暑いのだろう、顔からも首すじからもおびただしい汗を吹き出させている。拭くことはできず、拭いてやる者もむろんいない。よれよれの布直垂《ぬのひたたれ》の背、腰までが、水から出たように濡れて見えた。

（すぐだよ正元）

固く、私は目をとじた。

（おぬしの一生はつまらないものだった。でも、考えてみれば誰の一生だって、少数の例外のほかはほとんど同様なのではなかろうか。それを、みじめなのはおれ一人だ、楠一門だけだと思い込んだところに、おぬしの不幸がある。でも、それも終りだ。もうすぐ、おぬしは楽になれるよ）

見物を鳴りをひそめた。風凪《な》ぎの河原を、一瞬、短い静寂が領した。と、次の刹那、

「があぁッ」

太刀取りの、咽喉いっぱいな気合がはじけ、すべての完了をつげる、あの、重い響きが、ドサとあたりの耳を搏《う》った。

「終った！」

小槌が喘《あえ》いだ。

「いやなものを見てしまった。来なきゃよかった」

「帰りましょう若太夫」

松富もほうほうの態《てい》でうながし立てる。

私もやっと目をあけた。正元の首が梟木に懸けられるところであった。横板にならべられた十七個の首級の中で、まあたらしい正元の首から、もっともおびただしく血が流れ出していた。目を半眼にひらき、口からチラと歯をのぞかせている彼の死顔は、首になると同時ににわかに痩せ緊って、若ざかりの、かつての風貌に近づいたようだった。

「竹……」

思いなしか、呼びかける声を聞いた気がして、私は早々に矢来をはなれた。

「竹ちゃん」

気のせいではなかった。たしかに声は呼んでいた。私はゾッとして立ちどまった。

「竹ちゃん、おれだよ」

「！」

「おれだよ、蜂丸だよ」

「蜂⁉　き、来てたのかお前も……」

額のあぶら汗を、私は横にこすった。先に行きかけていた小槌と松富も、蜂丸の声で引き返してきた。

「京にいたのか蜂」

「なにをしているんだ、今は……」

口々の問いに、ニヤと笑って、

「鹿肉《ししにく》の振り売りさ。ねぐらは猪熊《いのくま》の貧民窟だがね。まあどうやら、餓えずにはくらしてるよ」

肩の枴《おうこ》を振ってみせる。図体の大きさも金壺まなこも、あのころのままの蜂丸なのであった。

「よかったな、蜂も達者で……」

と、胸の動悸をさとられるのがいやさに、私は口ばやに言った。

「台所ぐちへなら、ときどき顔を出せよ。兄さんには内証で鹿肉ぐらい買ってやるよ」

「ありがとう。竹ちゃんのお許しが出たんなら、これからはそうさせてもらうがね。それにしても正元さんは、気の毒なことをしたもんだね」

「うむ、清水坂下のくぐつ宿で……おぼえているか？」

「忘れやしないさ。よそながら念仏の一遍もとなえてあげようと思って、商売を半日で休んでやって来たくらいだ」

「おれもだ。でも、やはり見なければよかった。いやな心持だ」

「仕方がない。ここまでが、正元さんの運だったんだよ。——おれね、もしかしたら竹ちゃんも来てやしないかと思って、それとなく探してたんだが、やっぱり逢えたな」

ところへ、

「どうしたのお前さん、帰らないのかい？」

水ぎわの丸石を踏み踏み、太ッちょの小女《こおんな》が、蜂丸の背へ泳ぎ寄って来た。わずかな毛髪をうすよごれた麻布で桂結びにまとめ、脇の下に赤ン坊をくりつけている。はだけた手無しの胸からは、牝牛そっくりな乳がブランとのぞいていた。

「女房の虫女《むしめ》だよ」

照れくさげに、蜂丸は女をひきあわせた。無知な眼で女は私たちをみつめるきりで、挨拶ひとつしようとしない。そんな常識さえ、知らずに育った人間のようだ。

「赤ン坊は男かね？」

と私はたずねた。

「女さ」

「なんていう名？」

「まだ無いんだ」

「無い？」

「うぎゃうぎゃ泣くから、いまはうぎゃと呼んでいる」

「呆れた親だね」

「竹ちゃん、名をつけてくれないか」

「そうさな」

出まかせに、

「夏萩は、どうだろう？　ほら、土手のあちこちに、血みたいに咲きこぼれている」

言いかけて、はッと口をおさえたが、蜂丸はとんじゃくなく、

「ほんとだ。こりゃいい。なつはぎ……。おらたちの餓鬼にはもったいないや」

相好をくずし、無愛想な女房の牝牛も、はじめて唇だけで笑ってみせた。

——六条の橋詰めで私たちは別れた。入道雲の稜《きざ》が伸びて、いつのまにか、やがて夕立でもやってきそうな空模様にかわっていた。

二十二

演能ごとに、結崎座は確実な再起の証《あか》しを世間に示して行った。識者の評価も日ましに安定し、常楽会《じょうらくえ》での催能のあくる年には、兄ははやくも男の児の父となった。しばらくは成り行きを、私たちは危ぶんで見ていたが、男児出生という事実は、おせっかいな周囲の疑惧などくつがえして余りがあった。

赤児は皆春《みなはる》と名づけられた。

しかも、この子を分娩する前後から、於寿々は耐えがたげな、あの、よろこびの呻《うめ》きをすら、夜ごと閨《ねや》の外へまで洩らす女になった。

兄夫婦の寝室は廊をへだてて、なお二部屋ほど私たち夫婦の寝場所とは離れている。それにもかかわらず、嫂《あによめ》の声は廊をすべり、湯でも流すように細く、生温く、私たちの中へ流れ込み、私たちを浸《ひた》そうとした。

「ああ、たまらない。聞きたくない」

耳をおさえて、磯菜は舌打ちした。

「しつっこい、自分勝手な声だわ」

「よせよ妬くのは……」

　私は笑った。

「お前の声だって、小さいとは言えないぜ」

「妬く？　それ、どういう意味なの？」

　磯菜はけしきばんだ。

「私がいつ、誰のことを妬いているというの？」

「腹をたてちゃ損だというはなしさ」

　と、私はごまかした。

「よその閨声《ねやごえ》を聞きながら寝るのも、気分が出ていいものじゃないか。おかげでお前まで近ごろは、やけに熱い女になったよ」

「ばかを言わないで」

　陰気な、そのくせ乾いた眼で、磯菜は私を睨んだ。どんな場合も、けっして顔を赧《あか》らめることのない女であった。

　可笑《おか》しなもので、兄たち夫婦の夜を想像する場合、私のまなうらには於寿々の白い肉体ののたうちしか泛《う》かばなかったし、磯菜は磯菜で嫂に対する義兄のさまざまな肢体しか思い描けなかったらしい。

　亡き父に似て兄は背丈が高く、胸幅もひろい美丈夫である。少年時代は暗く鋭利な、華奢とひと口に言っていい印象だったが、三十すぎた今は肉がつき、するどいなりに、重々しくさえ見える男になっていた。背丈こそこの兄に劣らなかったが、私は痩せて、相かわらずの黍稈《きびがら》である。

私に抱かれながら磯菜は義兄《あに》を思い、わたしは磯菜の肌に於寿々を錯覚するという、奇妙な夜々がそのころつづいた。

「おれはねえ磯菜」

寝物語りに私は言った。

「嫂《ねえ》さんの妊娠を知るまでは、ふたりの仲は他人なのじゃないかと、じつは考えていたくらいなんだよ」

「他人？」

「名ばかりの夫婦という意味さ。男色の相手をながく勤めると、女に興味がなくなるとも聞いていたし、それを裏書きするかのように、嫂さんは日がたつにつれて沈みがちな、眸《め》つきの暗い女になっていったものね」

「生地《きじ》が出てきたんでしょ」

「お前も口かずの少ない、湿っぽい女だが、嫂さんの無口は輪をかけているよ。輿入れの夜の印象はあんなじゃなかった。それにそんな妻への、兄さんのいたわりぶりがまた、おれなどの目には異様に見えたものなあ」

横のものを縦にもさせない。もともと姫そだちで、家事などしたことも、する意志もない於寿々だったが、兄は咎《とが》めるどころか、求められればそんな妻の、足腰をさすってやりかねなかった。やさしく、あたたかく、じれったいほどすべてに寛大なのである。

（いわくがあるからだ）

と私は推量した。

（あのいたわり方はふつうじゃない。理由があってする償いなのだ）

私と結婚する女は不幸になる、と兄は言った。この言葉の持つ暗示的な意味を、私は私なりに勘ぐって、

（はたしてこんな、世間体だけの夫婦ぐらしで、いつまでも押していけるものなのか）

と、当初は危ぶんだものだった。

みごとにしかし、私の推量ははずれてしまった。於寿々は兄の子をみごもり、昼見せる陰鬱な表情からは、想像もできかねるような喜悦の声を、夜、私たちにまで聞かせる女になったのだ。

磯菜に言わせると、だが、これも昼にひきつづく兄の、嫂《あによめ》への奉仕なのだそうである。

「私にはわかるわ」

と、憎そうに彼女は言う。

「兄さまは勤めていらっしゃるのよ。傲慢で欲ばりな嫂《ねえ》さまのために、王につかえる奴《やっこ》さ

ながら、勤めていらっしゃるのよ」

「於寿々はそんなに傲慢な女か？」

「やさしいわ。けだかく、もの静かだし、私はじめ召使にまで思いやりがあってよ。でも、そういう上べのことじゃないの。傲慢といってわるければ、嫂さまの芯にひそむきつさかしら……」

「意味はわかるがね、勤める気がいくらあったからって、こればかりは気だけではどうにもならないことだからね」

「気さえあれば、兄さまの体力なら可能なんだわ。そして可能なかぎり、兄さまは嫂さまのために勤めていらっしゃるんだわ」

「それほどまでにする理由は、では、何なのだい？」

「愛よ。理由なんかないわ」

ちぎって捨てるような口ぶりで、磯菜は断定した。

「嫉妬で言うんじゃないけど、私は羨ましい。兄さまほどの人にそれほど愛され、ひざまずかれている嫂さまが……」

同様の口惜しさは私にもあった。独り寝でもさせているならともかく、昼をつとめ夜をつとめて、なお妻に不満顔をされているとすれば、兄の近ごろは歯がゆいかぎりである。口では批判めいたことを言っていたくせに、結局それほど、兄は於寿々に惚れ込んでいるのだろうか。百川《ひゃくせん》を吸ってなお、飽くことを知らない貪欲な海……。将軍はさすがに炯《けい》眼《がん》だった。

――ある夜、御所での演能の前夜というのに、於寿々が泣きながら何ごとか訴えはじめ、非難めいたその泣き悶えに、兄が白むまで、辛抱づよくさとしたり慰藉《いしゃ》したり、相手になっている気配に、

（ほどほどにするがいい）

義憤めいた怒りをさえ感じ、翌日、於寿々のいないところで、私は兄をなじったことがあったが、

「私たち夫婦のことなら口出し無用だよ」

と、その私の難詰に、兄は取り合おうともしなかった。

「詫びるわけがあるから、私は寿々にわびるのだ。ほっといてほしいね」

「仕事にさしつかえてもいいのかい？　昨夜、兄さんは一睡もしなかったろ？」

「……」

「よろこび泣きのあとで、こんどは愚痴のお相手。やっとそれが終ったと思ったら、明け方にもう一度、ご奉公させられたね」

「宿直《とのい》番でもしているようだな元仲」

兄は苦笑した。

「それで今日の能に、一度でも私が絶句したり、しくじりをしでかしたかね？」

「するようになっては事だから、いまのうちに釘をさしておこうと思うのさ」

「心配はいらないよ。妻との生活を、能に影響させる私か、私でないか、元仲はだれよりも知っているはずだ。――できない相談はどんな夫だってできやしない。勤められるからこそ私は彼女《あれ》にしてやっているのだ」

「勤める？――なるほど。磯菜の言った通りだな」

「なにが？」

「自分の欲望や快楽で、兄さんは嫂さんを抱いていたわけじゃないんだね」

「私自身の欲求も大いにあるさ」

「でも、それだけじゃないんだ。そうだろ？」

「……」

「ばかげている。おれなんか、自分がほしいと思わないかぎり、磯菜をそばへ寄せつけもしない。磯菜だって馴らされて、そういうものだと諦めているよ」

脇を向き、平静な口調で、

「ほかのことは知らない」

と低く、兄は言った。

「ためしてみないから、ほかのことは何ともいえないが、肉体の勤めに関しては、私は相当に我慢づよい人間だと自負しているんだ。自分を殺して相手をよろこばせる……どんな手段ででも相手に満足を与えるよう、幼少からくり返しくり返ししつけられ、訓練されつづけて来た人間だからね」

ゆるい、あかるい微笑が、兄の両頰にたゆたった。

「浄禅院ではね元仲」

うたうような語調で兄はつづけた。

「腰のほかに、稚児たちは口でも勤めさせられた」

「口？」

「彼らは殴られ、口汚なくののしられながら、いやおうなく舌と唇とで、口いっぱいに押し込まれてくるものを吸い、相手の動作に従って緊め、ゆるめするすべに馴らされてゆく……。二人の僧兵が一人の稚児の口と腰とを、前後から同時になぐさむという無体さえ、茶飯事《さはんじ》のようにおこなわれていた院内だったのだよ」

歳月というものはありがたいものだ、と兄は微笑を消さずに言った。父さんにも母さんにも、私はぜったいこんな話をしたことがなかった。しまいと誓った。子供ごころにも誇りが許さなかったのだ。しかし今はもう、いつのまにか抵抗なく、こうして元仲に、過去の地獄を打ちあけられるようになっている……。

「肉のまじわりというものは、つまりこれまで、私にとって嫌悪とまではいかなくても、おおむね無感動な〝仕事〟の一部にすぎなかったのだ。むろん愛でもない。欲情を通じてでなくてはたしかめられぬ愛など、私には信じられなかったし、今でも信じようとは思わない。ただ、於寿々がそれによって満たされ、わずかな、その時間だけでも、私のなにもかもを——心までを、所有し得たと錯覚して満足するならば、それもいい。できるかぎり私は、彼女の求めに応えてやるつもりなのだよ」

私は不快になった。どこかで重大な誤謬《ごびゅう》を犯しながら、兄はかたくなに、自分のあやまりをみとめようとしないのではないか？　兄の、その自信の根になっている過去の体験……無慙《むざん》ではあるが、だからといって誤りを誤りのまま許していいわけはない。私は反駁《はんばく》しようとしてやめ、さらに反駁しようとして思いとどまった。

「口出しするな」

とまで拒否されながら、押して踏みこむのはお節介というものかもしれない。そう思い直したのだ。

不幸になるとすれば、それは兄であり於寿々である。私の知ったことではなかった。

南都へ常楽会《じょうらくえ》見物に出かけた年、師走十七日に、義満将軍は九歳の嫡子義持公に将軍職をゆずり、大御所と呼ばれる身分になった。父ぎみ自身、まだ三十七歳の壮年である。新将軍はただちに元服の式をあげ、正五位下左中将に任ぜられたが、もちろん、政治の実権は、もとのまま大御所がにぎっておられる。

ただ、この交替を前に、細川頼元どのは職を辞し、斯波義将どのがふたたび管領に返り咲いた。

　武州ゆずりの廉直から、

「めでたく南北両朝の合一を見た以上、いつまでも顕位にとどまっている理由はない」

と、すすんで細川どのは辞任を申し出られたのだという。

斯波どのと義満将軍の仲は、もともと、さして円滑ではなかった。むしろ早くから、斯波どのはご嫡子義持公に接近し、殊遇を得ていたのである。今となれば、それもなかなかの深謀だったといえるわけだ。

　なお、おなじ月の二十五日、大御所は太政大臣の極官《ごくかん》にのぼったが、翌年六月、それをも辞して出家の素懐《そかい》をとげられた。

法名道義《どうぎ》——。

　こうして、あらゆる束縛をはなれ、自由な立場から、よりつよく天下を支配しようとこころみたわけで、政界からの引退でも、絶縁でもない。

　じじつ、その後も、幕府の政令はすべて大御所の手から出されていたし、新将軍の立場は院政下における幼天皇と同じく、単に次期後継者の地位を約束されただけのものにすぎなかった。

たしかに、みずからを法皇に擬すほどの、闊達、驕慢な生き方を、大御所は出家から死までの十三年間に、ぞんぶんに享受したのであり、その絢爛《けんらん》の頂点をなしたのが、北山第《きたやまだい》の新築であった。

仙洞御所に比せられ、

「極楽浄土もさこそ……」

とまで讃歎されたこの大邸宅の造営は、応永二年にはじめられ、二年後におおよその完成を見た。

むかしから北山の地は、大北山、衣笠山のまろやかな稜線を背に負い、南と東に北野、柏野、紫野の濃緑をかかえた勝景の地である。

総工費、およそ百万貫――。造営は諸大名が分担しておこなった。

かしこの山かげ、ここの池畔に、あるいはつらなり、あるいは点在して、つぎつぎと荘重な甍《いらか》の反《そ》りを見せはじめた楼閣のうち、わけて人目をそばだたせたのは、鏡湖地《きょうこち》とよばれる大池に、張り出して建てられた三層の舎利殿《しゃりでん》――のちの金閣であった。

最上層、唐様の仏殿には、後小松帝のお筆になる『究竟頂《くきょうちょう》』の額をかかげて仏舎利を安置し、書院ふうの二層目には義満公みずから『潮音洞』の額を書いて観音像を安置した。

最下層は寝殿づくりの禅堂……。それに『漱清亭』とよぶ釣殿が附属している。

黒うるし塗りの床をのぞいては、柱にも壁にも惜しみなく金箔が使われ、こけら葺きの屋根の中央にまで金色の鳳凰が据えられて、昇る日、沈む日をさんらんと射返している豪華さなのだが、そのくせ山と水にかこまれた幽邃《ゆうすい》な自然の中にこの舎利殿を置いて眺めると、威圧はみじんも感じない。池水にうつる全容など、むしろ水浴の天女をかいま見るような、なよやかな美しさをただよわせているのである。雪の朝、茜《あかね》の夕ぐれ……。青々と澄みさだまった月光の下での遠望など、建物ぜんたいが、かすかに息づいているかとも怪しまれるほど艶麗だった。

すぐ北側に、『天鏡閣』と呼ぶ二層の楼台が隣接してい、ここの二階と舎利殿の二層目とは、橋廊下でむすばれている。廊を渡るたびに虹を踏み、空を行く錯覚がたのしめた。

御台所、お子たち、側室がたの住む南御所の造営もいそがれ、つづいて北御所、西御所まで、広大な地域に、つぎつぎと新殿は完成していったが、南御所の立柱、上棟式がおこなわれた年、於寿々は又みごもり、翌年二月、男の児を分娩した。長男の皆春からかぞえると、三つちがいの弟にあたる。

次男の名は皆石《みないし》——。そして四月《つき》おくれて、今度は私の妻の磯菜が、やはり男の子を生み落とした。

結婚前に、流産を経験したのがくせになったのか、その後二度妊娠しながら二度ともまとまらず、磯菜も私も、子を持つことはあきらめていたやさきなのである。息子に私は千《ち》代童《よどう》という名をつけた。

家の中は、がぜん賑やかになった。男児にしては、皆春はおとなしすぎる生れつきだったが、それでも廊といわず厨といわずバタバタ走りまわる年ごろだし、赤児たちのためには乳母が傭《やと》い入れられ、こもごもあげる泣きわめきと大仰なあやし声に、家中がひっかき回される明けくれとなった。

兄は二人の子らを愛した。父親としても申しぶんない勤めぶりであった。内奥《ないおう》は知らない。しかし他目《はため》には、嫂のほうが母でありながら、子供への接し方は冷淡に見えた。身も世もなげな執着をしめすかと思うと、突きはなして膝へも寄せない日がある。襁褓《むつき》の世話など、めんどうなことはすべて乳母まかせなのだ。子らへの接触にかぎらず、兄以外の人間には、すべてしんそこから馴染もうとしない嫂だし、かといって、絵だの和歌《うた》だの、趣味的なものに打ち込む様子もない。なにを考えているのか終日ものうげに自室の小机に倚《よ》って、庭を眺めたり、夕風の渡廊にたたずんでそっと泣いている姿を見かけるおりもあった。

それに反して、子を生むと同時に、水を得た魚さながらな生気を見せはじめたのは磯菜である。昔から家庭的である点では、磯菜は変屈者《へんくつもの》にありがちな働き者で、黙りこくったままクルクルクルクル一日中うごき廻っている性格だったが、千代童の母となってからはわが子の世話だけで足らず、皆石や皆春のめんどうまでを一ッ手にひきうけて乳母たちに嫌な顔をされ出した。……ばかりではない、気性も、妙にあかるくなって、子らを相手によく笑い、よく喋る女になってしまった。

四肢の附け根、くぼみなど、じめじめと青黝《あおぐろ》く、鮫肌とでもいうのだろうか、きめの粗《あら》い磯菜の身体と、その身体によく似た固い、陰気な性格を、嫌悪と同量の愛着で、これまでむさぼりつづけて来た私は、彼女の近ごろに大いにとまどい、正直、ひそかに興ざめもした。

日かげの名無し茸《だけ》みたいな、なまぐさい体臭を失って、四六時ちゅう乳の香と、赤児の尿《しし》の匂いを身体にまとった、健康でありきたりな母性に変貌してしまった磯菜――。顔に乱れかかるおくれ毛を、せわしなく耳にはさみ込み、やたらと昼間、右往左往する疲れで、夜はいぎたなく眠りこけ、そのくせ赤児がピクリとでも動くと、飛び起きて撫でたりさすったりする。けなげと思う反面、私はいささかうんざり気味に、そんな妻をながめていたが……。

折りも折り、蜂丸が台所ぐちにあらわれて、

「四郎太夫、行ってやらないんですか？　吉祥が洛中へもどって来てますぜ」

肩の鹿肉を、ドサと菰《こも》ごと出居《でい》の框《かまち》へほうり出しながら誘いかけたのだ。

（吉祥⁉）

ギクリとしたが、しいてさりげなく、

「備後の酒造りとは切れたのかい？」

私は小声になった。

「死なれちまっちゃあどうしようもありませんや。塵ッぱ一本もらわずに、本妻に叩き出されて来たそうですぜ」

「変ったろ？」

「そりゃあ苦労もしたらしいし、年からいっても大年増ですからね。振り売りの途中、ひょっくり出遇って声をかけられたときにゃ、とっさにあっしも、思い出せないくらいでしたよ」

「いやだな。いまさらそんなばあさんなんぞ……」

「薄情だね。そもそもの筆おろしの相手じゃありませんか。吉祥はひどく太夫のことをなつかしがっていましたぜ。おつれして来てくれって……。なんなら今日、これからいかがです？」

「ふん。本音は自分の息抜きだろ」

鼻で笑ったが、食指はとっくに動いていた。

いったん奥へ引き返し、手早く支度して、私は蜂丸とともに外へ出た。

今度の見世は九条の壺屋……。

清水坂下の、あのくぐつ宿よりもまたひと桁《けた》さがった家で、踏み込むのにいささか勇気のいるごみごみした路地奥にあった。

おいしい給食 Road to イカメシ
紙吹みつ葉

書き下ろし

一九八九年函館。数学教師の甘利田幸男は《給食道》におけるライバル・粒来と戦っていた。その中、ついに念願の「イカメシ」給食に出会い!?　5／24映画公開。

●836円

江戸の健康食
小泉武夫

身近な食材で病気にならないように工夫した先人の知恵に学ぶ。海の幸、山の幸、発酵食品から酒の飲み方まで、当時の料理法、養生法を現在の観点から解説。

●990円

華の碑文
世阿弥元清
杉本苑子

室町時代、大和猿楽座に生まれた世阿弥は、父が洗練させた能を受け継ぎ、辛苦を重ねて大成させた。その激動の生涯を描く傑作歴史長篇。〈解説〉澤田瞳子

●1430円

「若太夫！　来て下さったのね」

吉祥は走り出て来、吐息つくように言いざま、クタッと身体ごと、私の胸へもたれかかって来た。

使い古されて、すっかり生気をなくしてはいるが、想像していたほど老いてもいず、醜くもなっていない相手を、私も腕いっぱいに抱きかかえた。

（そうだ、この声……）

思いがけず、失くしたものを見つけ出したような、強いときめきが私を襲った。

（この声……）

少女のころよりもなお、なまなまと、吉祥の声は嫂《あによめ》に――於寿々に、酷似して来ていたのである。

吉祥の指にあやされ吸い寄せられて、むかし私は、うつつなく清水坂下に通いつめたものだったが、

（今はこの声だ）

この声！　この声にたぐり寄せられて、またしばらくは壺屋への道を往復し出すにちがいない自分を、私はなかば憤りながら、なかばうきうきと、早くも予感しはじめていた。

二十三

応永六年五月、一条竹ガ鼻で、結崎座主催による勧進猿楽が張行《ちょうぎょう》された。期間は三日間――。

大御所は初日と二日目……。

新将軍、青蓮院、聖護院の両門跡は三日間とも、欠かさず臨場し、ひじょうな盛況だったが、兄はこの興行中、『高砂』『融《とおる》』『忠度《ただのり》』『東北《とうぼく》』『高野物狂《こうやものぐるい》』『葵上《あおいのうえ》』『三井寺』『芦《あし》刈《かり》』などの新曲を発表して絶讃を浴びた。

父の旧作も上演された。余計な個所をけずり、たりない部分は補足して、磨けるだけ磨きあげ、洗いぬいただけに、父の持ち味よりは兄の体臭に近くなってしまったこれら諸作品のうち、『松風』のツレは私が舞った。旧名を『松風村雨』と呼ばれていた曲で、言うまでもなくシテは兄である。

稽古に、私は、ねをあげた。ワキの松富も同様だった。『松風』ばかりではない。ちかごろの兄の指導のきびしさ、批評の辛辣《しんらつ》さには、座員のだれもが緊張しきっていた。

子方にまで鞭を用いるような父時代の訓練とはちがって、兄は座員たちにめったに体罰は加えなかったが、そのかわり舌鋒で、血しぶくかと思うほど教え懲《こ》らすのである。

「富、なんだそのざまは……」

と、ワキ座の松富に兄は浴びせかける。

「なにを考えていると、そういうたるい目つきになるのだ？　晩めしの菜《さい》の算段か？　女房に買ってやる小袖の地色か？」

松富はへどもどし、

「あんまりです棟梁」

　後輩どもの手前、さすがに赧くなって抗弁する。

「私だってなにも、そんないいかげんな気持で勤めてなど……」

「いないなら、いないだけの身構えになれ。目も構えも、おぬしはまるっきり『松風』からそれている。舞台はシテ、ツレにまかせっぱなし。うっそり、のっそりと、ただ我が居場所に坐り込んでいるにすぎない」

「……」

「いいか富。行平《ゆきひら》ノ中納言に愛された松風、村雨——月明の須磨の浜辺にくりひろげられる追慕、哀傷の悲歌は、姉妹の海女《あま》が見せるものではない。風狂の詩僧であるワキが、自身の心に松籟《しょうらい》を聞き、村雨を観じて夢想した幻の譜なのだ。後場、ワキはワキ座にしりぞいてシテとツレに舞台を委《まか》すが、興趣の作り手はあくまでワキだ。わかりきったこの道理が、言われなければのみ込めないほど、おぬしは鈍なワキ師だったのか？」

ツレの私にも、にがりきって兄は言う。

「元仲、おぬしの演じる村雨は卑しいなあ」

「卑しい？」

「ことに『浅ましやそのおん心ゆえにこそ』のところ、胸がわるくなる。肉の匂いがしすぎるのだ」

私はむっとする。

「当りまえじゃないか。姉妹で一人の貴公子の寵をうけた女たち。――身分から言っても、もともと賤しい海女乙女なんだ。磯馴《そな》れ松を愛人と思いあやまって抱擁しかける姉を、引きとめようとする瞬間、妹の心に、より美しく、寵をもっぱらにした姉への、妬心と憎しみがきざさないはずはないよ」

「お前らしい解釈だな元仲。父さん時代の旧作ならそれもいいだろう。ワキを行平朝臣《あそん》とし、ワキをめぐる姉妹の葛藤に、興味を置いた現在物だったのだから……。しかし私が改作した『松風』はちがう。現在物ふうな曲想を一部に残してはいても、新『松風』はあくまで三番目物、鬘物《かつらもの》だ。ワキ役を諸国一見の旅僧とし、シテの出に、〝真の一声《いっせい》〟の位《くらい》を持たせたことでも、この曲の狙いをどこに置くか、わかっていいはずではないか」

「……」

「職業は卑賤の蜑人《あまびと》であっても、この乙女らは古歌を口ずさみ、憂き身の業《わざ》をなげき、汐くみ車に映じる月影を賞《め》でよろこぶみやびた者たちだ。品格、教養とも、深窓の佳人におとらない。――ということは、現実の海女ではなくて二人の姉妹は、松富にも言った通りそれを夢想した旅僧の教養、旅僧の品位の反映だからだ。汐くむ蜑人がどんなにけだかく、うつくしく表現されても、不自然でない理由はそこにある。須磨での一夜、旅僧の周囲にあるもの……それは松吹く風、苫屋《とまや》の軒を時おりたたいて過ぎる村雨、降りそそぐ月光、白くくだける浪がしらだけだ。人間の〝女〟はいず、まして女の肉はない。歎きも執心も愛憎も嫉妬も、すべては展開されてゆく詩心の、いろどりにすぎないのだ。かげろうのように根がなく、実体から離れたものへ、無理に根を置いて演じようとするから、明澄な詩情の中でひとり元仲の村雨だけが、なまぐさく浮きあがってしまうのだぞ」

この年、兄は三十七歳――。男ざかりの充実が、一面、尊傲《そんごう》な冷たさとなって、顔つきにも態度にも現われはじめた時代であった。

兄が同朋衆の列に加えられ、『世《ぜ》阿弥《あみ》』と号するようになったのはそれから三年後、四十歳の冬である。

亡父観阿弥にひきつづいて〝観世〟の世の字を踏襲したわけだが、これよりすこし前、三十代の終りごろから、兄は『華伝書』と題する能楽理論書の編纂に着手し、四十一歳の夏、全七篇を完結――。

うち、別紙口伝《くでん》一巻は特に私に相伝してくれた。口伝ひとまきにかぎらず、この『華伝書』なる著作は、兄が、兄自身の意見を述べたというよりも、父観阿の主張、その庭訓を、細大もらさず、忠実に祖述したものと見るほうが正しかった。

『――幼少以来、亡父の力を得て人と成りしより二十余年があいだ、目にふれ耳に聞き置きしままその風を受けて、道のため家のためこれを作するところ、私《わたくし》にあらんものか』

と、みずから文中にことわっている通り、兄は『華伝書』七巻をまとめることによって、今やあますなく咀嚼《そしゃく》し、身につけきってしまった父の芸、父の主張から袂別し、新らしい脱皮への、記念碑とする心組みだったのではあるまいか。

　父の芸は兄であり、兄の芸は父である。そこに区別はみじんもないが、兄の現在には進展があり、より高所へ登らんとする熾烈な欲求があった。そして、その欲求を可能ならしめる能力と自負――。さらにその能力を育てるために不可欠な、孤寥に棲み、孤寥に耐えぬく強靭さを、幼少からいやおうなく、植えつけられてきた性格でもあった。

「不易の愛はない。しかし不易の美はある。私は愛の不変を信じないが、美の永遠性は信じたい」

　と口に出して、近ごろはっきり言明しはじめている兄だったし、また、

「周囲やおのれに、すこしでも甘えられる条件の中では、不易の美の追求などけっしてできない。ひとりきりの骨を噛むような寂寥の中でこそ、かろうじてそれは果されるのだ。甘やかされる条件にありながら、自身の内なる孤独を守りぬくことは苦しいし、二重の闘

いでもあるわけだが、しんじつ、不易なものを得ようと決意した以上は、この、二重の苦しみを闘いぬかねばならない」

とも、言いきっていた兄である。

私の子、千代童。そして兄の子、皆春、皆石……。三人の軋轢《あつれき》が因《もと》となって、後年、兄は望む通り、孤独な中で、ひとりきりのいとなみに専念し得る身の上になるのだが、通俗的にいえば不幸なこの将来の予測が、もちろん、当時の私につくはずはなかったし、兄も神ならぬ身の、何を知るわけのものでもなかった。

ただ、妻子、富、栄誉……この世の幸せを、信じようと努力しても信じられない性格、求めようとも、しいて狂奔しない性格——、それらへ向けられる熱情のすべてが、能にだけ凝結するという恵まれた、ある意味では寂しい天性が、漠としてではあるが兄に、やがてくる逆境を予感せしめたのかもしれない。そして、それを予感していたからこそ、なおいっそう現世の幸せや絆《きずな》から、本能的に身を避けようと苦悶していた兄なのかもしれない。

『華伝書』が完成した応永十年、於寿々は三人《みたり》めの子を生んだ。

こんどは女児で、万亀《まき》と名づけられた。

赤児のくせにいろじろの、目鼻だちのぱっちりした、ひどく愛らしい子なのだが、虫けの強さは無類で、乳母の乳くびを噛むやらひきつけを起こすやら、泣き声も兄たちの襁褓《むつき》時代をはるかにしのぐ元気のよさだった。

「こんな子の夫になる男は災難だぜ」

と万亀の守りをしつつ邸内を歩き廻りながら、兄や座員たちに、私はしばしば笑ったものだ。

入道し、公職を離れるとともに、大御所の遊山旅行はますます度数を加え出したが、そのたびに兄も召されて供をした。

私が於寿々に、ふしぎな誘われかたをしたのは、そんな兄の留守中である。誘われる……そうなのだ。ゆめ、私から挑んだのではない。罠にかかったのは私なのだ。ことわっておくが、私は嫂を好いてはいない。つよい好奇心——興味は持っているが、それ以上の、憎悪に近い反感も抱いていた。

ひとつ家に住みながら、彼女は私によそよそしかった。てんから私など無視していた。磯菜とは、表面、風波なくやっているが、これは磯菜が、卑屈なくらい下手に出ているからで、育ちの違いだろうか、かげでぶつぶつ非を鳴らしながらも、嫂に面と向かうと磯菜はまったく歯が立たなかった。当然のように用を言いつけられ、主人に対する召使同様なねぎらい方をされながら、結局、満足しているいくじなさであった。

やさしく、静かな起居《たちい》のはしはしに、於寿々が無意識に見せるひややかな気位——。彼女にすれば、兄に恋したからこそ猿楽の家などへとついで来たのであって、義弟や、義弟の嫁にまで打ちとける必要はないと考えているのかもしれない。そんな相手の思いあがりが、私は私で、また、むしょうに憎かった。

たしかに輿入れしてきた当初、好奇心から嫂にまとわりつき、彼女の歓心を買おうとこころみた一時期が私にはある。なにかそれを、下劣な下心《したごころ》と解釈して、嫂が私を避けはじめたのはいたしかたないにしても、ふとするとその表情をよぎる嘲蔑《ちょうべつ》の色が、私には我慢ならなかった。きまってそんなとき、あの蘭亭のおばばの顔が、私の目には於寿々の面《おも》輪《わ》とかさなってうつった。

涙などこぼしている嫂を、夕庭の花明りに見たりすると、

（泣くがいい。何か知らないが、もっともっと歎くがいい）

すり寄って、そうささやいてやりたいほどの、加虐的な快感に私はそそられた。

反撥と、はげしい吸引……。

於寿々にも、この、私の心焔が反映しないはずはなかったし、うわべはそっけない日常の中で、私と彼女のあいだには、隠微な愛憎が、絶えまなく火花を散らしていたといえるのである。

ところで、その日……。

兄は大御所にしたがって伏見の退蔵庵へ紅葉を見に出かけ、堀河の邸を留守にしていた。

それを知らずに、はるばる大和から金春権ノ守が無沙汰見舞いに上京して来、

「なんじゃ、世阿どのは不在か」

眼をむいたが、あすは帰ると聞かされて、

「どうせ三、四日は逗留する心算だ。ゆるりとさせてもらおう」

例の無遠慮に、私の居間へすわり込んだ。供の若者に、権ノ守はおさない男の子を背負わせて来ていた。

「孫の毘沙王《びしゃおう》だ。よい子柄《こがら》だろ」

と、慢じるだけあって、ひよわだが賢そうな、愛くるしい子供である。老いて、ますます羆《ひぐま》然としてきたこの祖父《じい》の孫にしては、拾いものといってよい縹緻《きりょう》だった。

「じつはなあ」

いとしくてならぬもののように、胡坐《あぐら》の膝へ毘沙王を抱きかかえながら、

「この小倅を、当家で仕込んでもらえたらと思ってな」

と、権ノ守は切り出した。

「仕込む？」

「世阿どのにたのんでみてくれぬかな四郎太夫。知っての通り、毘沙王は父《てて》なし子だ。天にも地にも後見《うしろみ》と言うては老いぼれのわしひとり……。どう踏んばったところで先は知れている。——名人、上手とまでは望まぬが、せめて一人立ちできる芸人に育てて、金春の座を継がせてやってほしいのだ」

そういえば一昨年の秋、権ノ守の息男弥三郎貫氏が逝去したとの報せで、結崎座からは兄と十二次郎、岩松らが、葬儀に出向いたことがあった。

（その、弥三郎の忘れ形見か）

と、あらためて、私は目をとめる思いで幼な児を見た。

金春の家系には短命な人が多く、鬼を演じさせたら当代一と折り紙をつけられていた権ノ守の長兄光太郎、その息、毘沙王次郎も、ともに若ざかりで世を去っている。やむなく権ノ守が家を継いで、どうやら今日まで、大和四座のひとつとしての、命脈だけは保って来たわけなのだが、その彼とてすでに六十五。幼い孫を一人前に仕上げるには、自身言う通り、もはや命数が不足していた。

権ノ守は、舞の舞えない猿楽師といわれ、歌舞を重視する都びとには、ながいあいだ、田舎芸の代表のように卑しめられて来た役者だが、さすがに老境に入るにしたがって、大和猿楽の伝統を墨守したこの髭男の芸は、一種、古風なおもしろさを帯びはじめても来たらしい。歌舞の美を重んじる兄ですらが、

「『海人』の〝乳《ち》の下を掻き切り珠を押しこめ〟のあたり、黒頭《くろがしら》でいかにもかるがるといで立ち、小働きに働くあたり、女とはぜんぜん見えないが、あれはあれでさっぱりした、小気味のよい演じ方だな」

と、褒めるまでになっていた。

――磯菜を呼んで酒の支度を命じながら、

「あずかってもいいよ、その子……」

と私は言った。

「ただし、まだすこし幼すぎるようだね」

「むろん、いますぐというわけじゃない。四、五年たってからでけっこうなんだ。わしもそのくらいは、何としても生き延びるつもりだから……」

「話しておこう。兄もかならず承知するよ」

……ところへ、磯菜が銚子、提子《ひさげ》を運んで来た。

「子供たちはどこだい？」

と私はたずねた。

「炉ノ間ですわ。ほら、騒いでいるでしょ」

足踏みでもしているような物音にまじって、かんだかい笑いや叫び声が、かすかにひびいていた。

「やっているな。また悪戯《わるさ》を……」

私は提子をとりあげた。

「呼んでくれ。友だちが来たんだ」

磯菜は立って行き、とたんに入れちがいのすばやさで姿をあらわしたのは、甥の皆石だった。倅《せがれ》の千代童がつづき、万亀までがヨチヨチあとを追ってきた。

「なんだ、そのつらは……」

見るなり私は呆れ返った。

「顔から手先から、灰まぶれじゃないか。何をしてたんだ皆石、千代童も……」

「兄たんたち、おばかよ。くい、飛ばちてばかい、いうの」

と、ろくすっぽ、まだ口もきけないくせに、万亀がしゃしゃり出て叔父の私に言いつけた。

「ははん、栗焼きしてたのか？　焼きそこなって、飛ばしてばかりいるんだな」

「万亀のおしゃべりッ」

皆石と千代童はやっきになり、権ノ守は笑って、

「芽を欠かぬから跳ね飛ぶのよ。どれ、爺が上手に焼いてやろう」

と立ちかけた。

「よせよせ」

私は制した。

「酒が来たんだ。栗なんぞ勝手に焼かせればいい」

「では大兄ちゃんに焼いてもらえ。兄ちゃんはどうした？　皆春は……」

「大兄たんは、おけいこ」

と、また万亀が口を出した。

「ぽんぽんの、おけいこ」

「鼓のお稽古か？　ほう、えらいな」

権ノ守は目を丸くした。

「大兄ちゃんはお稽古でお前らは灰いじり……。どうもちと、お怠けさんだな」

「もう、今日の稽古、おれたち、すましちまったんだもん。なあ」

と皆石が言い、

「そうだよ、なあ」

と千代童が応じた。いたずらざかりの従兄弟《いとこ》同士……。二人とも水干のふところを不自然にふくらませ、こぼれ落ちるのを懸念するかのように、両手でしっかり上から抑えている。丹波栗の大粒を、しこたま忍ばせているらしい。

「遊んでやれ」

と、私は毘沙王を指さした。

「金春の爺の孫だ。栗を馳走してやれ」

「うん、あとぼう」

と、またぞろ万亀が出しゃばって言った。

「くい、まだ、うんとあうよ。焼き焼きちに行こう」

「行こう行こう」

と誘われて、毘沙王も羞《はにかま》しげに立ってゆき、あたりは津波が引いたように静かになった。

くつろいで、それから二人は飲み出したのだが、いつ、何がきっかけで話がもつれたのか、まったく憶えがない。気がついたとき私と権ノ守は、犬ころのじゃれ合い同然な他愛ない取っ組み合いを、そのくせ当人同士は、むきになって演じていたのだ。

「この……この、能なしめ」

白髪まじりの髭づらに唾《つば》をとばして、権ノ守はわめきたてる。

「同じ観阿どのの血を享けながら、恥かしくないのかよ、え？　四郎太夫。兄貴にくらべて身の芸をよ」

「なにを、田舎猿！」

歯がみしながら私も、

「ひとの世話よりおのが上だ。墓穴に片足つっ込みながら、ついに舞わずの破れ案山子《かかし》か」

そんな悪態をならべ立てていたところをみると、喧嘩のもとは芸の話でもあったにちがいない。銚子でなぐられ、折敷《おしき》でなぐり返すという醜態のあげく、円座にぶったおれて酔い泣きに私は寝こんでしまい、それっきり何もわからなくなった。

どのくらい前後不覚でいたろうか。

目がさめたとき、あたりはすっかりたそがれてい、権ノ守の姿もなかった。

家の中はひっそりして子供たちの声は聞こえず、いつのまにか、散乱していた酒器も片づけられていた。

下半身には、磯菜の打掛けがかけてあったが、それを蹴りのけて私は起き上った。悪口を思い出すと、刺されるように不快だった。残っている酔いのために怒りは私の中で増幅され、感情ももろく、とげとげしくなっていた。

「磯菜ッ」

当ってやりたくて、私は妻を呼びたてた。

「水をくれ、水だッ」

しかし広い家内《やうち》の、どこからも返事はなく、苛らだって立とうとしたとき襖があいて、於寿々が音もたてずにはいって来た。右手に水をみたした銀碗をささえている。

「なんだ、嫂さんか」

立てた片膝を、私は無意味に揺りうごかした。

「光栄だね、お手ずから酔ざめの水をいただくなんて……」

そして、ひったくるように取って飲み干し、手荒く碗を床《ゆか》に置いた。

「おやめなさい、その膝ゆすり……」

と、静かな声つきで於寿々がたしなめた。

「あなたの、悪い癖ね四郎さん。みっともなくてよ」

「貧乏ぶるい——。ハハ、おれらしくていいじゃないか」

わざと、さらに揺すって見せながら、

「これはね、不安に責めたてられてどうにもやりきれないとき、人間が無意識に見せるみじめな自己告白らしいよ」

と、大げさに私は言った。

「おれの見るところ、どういうものかこの癖は圧倒的に男に多い。能見物のような遊山さいちゅうにすら、男は苛ら苛らと足を揺すっている。それだけ女にくらべて、男は正直なのかね。重荷を負わされすぎているのかね」

「さあ、どうでしょうね」

於寿々は脇を向いた。

「男は女よりも、気が小さくてわがままだからじゃないかしら……」

「やられたね。これは……」

寝そべって、私は於寿々の膝さきへ鼻を寄せた。この女には体臭がない。薫物《たきもの》の類をいっさい用いないので、人工的な芳香もないかわりに、汗や垢による悪臭、さらには女の肌が発する、あの独特な甘い匂いも持たないのである。

「気が小さくてわがままか……。おれは女こそ、わがままの塊りだと思ってたけどね」

「女のわがままなんて哀れなものよ。たかが知れているわ」

「そうでもないさ。げんに嫂さんがそうだ。日本一しあわせなくせに、自分を日本一の不幸者だと思い込んでいる」

「仕合せな女？　私が？」

「仕合せだね。あんまり仕合せすぎて、嫂さんにはそれがわからないんだ。兄貴みたいに女房を大事にし、女房に仕え、女房に勤めている亭主がどこの世界にあるものか」

「月並なことを言うのね四郎さん。あなたならわかっていると思ったのに……」

冷たく、抉《えぐ》るように於寿々はきめつけた。

「私は大事になどされたくないわ。仕えてもらいたくもない。勤めてくれなくてもいいのよ。女はそんなこと、夫に望みはしないわ」

「じゃあ、何が欲しいんだ、嫂さんは……」

私も起きあがった。醒めかけていた酔いが急にぶり返し、私を熱っぽいしつっこさに駆り立てた。

「安定した生活を得、肉の満足を得、子供を得、いたわられ、かしずかれながら、この上、何を兄貴からむしり取りたいんだ？」

「その逆よ。私はあげたいの。何もかもをあの人にあげたいんだわ」

めずらしく、憑《つ》かれたように於寿々も能弁になった。

「むしり取るなんてとんでもない。貧乏けっこう、なぐられ、足蹴にされたっていい。私の何もかもをあの人に渡すことができ、そしてあの人からは、たった一つ、あの人の〝本心〟さえ貰えたら、それでしんそこ、私は満たされるんだわ」

見張ったままの於寿々の双眸から、透明な涙がもりあがり、頬をつたってしたたり落ちた。

「あの人は残酷な人よ」

と、その涙をぬぐおうともせずに於寿々はつづけた。

「あの人の優しさは償いなんだわ。自身のむごさを承知しているからこそ、あの人は私をいたわるのよ。——ねえ四郎さん、あの人はいったいどこにいるの？　あの人はいったい誰なの？　陽炎《かげろう》みたいに、とらえようとすると消えてしまう人、妻でいながら、なぜ私はあの人を……自分の中のあの人を、たしかめることができないの？」

於寿々は身もだえ、目を閉じて喘《あえ》いだ。

「すきまもなく、肌と肌を合わせているときでも、骨が溶けるかと思うほど抱きしめられているときでも、私にはあの人が感じられない。ほんとうのあの人はどこか遠くにいる……そんな気がしてならないのよ。——肉の満足とは別なものだわ。贅沢《ぜいたく》と非難するならしてもいい。この、気の狂いそうな淋しさ、頼りなさは、味わわされている私のほかには、わからないことですものね」

わかるよ嫂さん、よくわかるさ、と私もさけびたかった。ご同様だ、おれもご同様なんだ、大御所だってきっとそうだ。亡くなった母でさえ言っていた。兄貴を愛し、兄貴からしんじつ愛し返されたいと願う者は、かならず拒絶を受けてとまどう。求めることをやめるか、愛す一方で終るか、愛し返されていると錯覚して満足するか、あるいはいっそ、愛を憎悪に代えるかしなければまいってしまう……ってね。嫂さんは頭がよく、敏感でしかも貪欲だから、誰よりもいっそう苦しむんだ。やめろよ求めるのを……。影を抱き、影を生み、影にかこまれて老いて行く一生——。耐えがたいことだろうけど仕方がない。兄貴の伴侶となった以上、それはどうにもならない宿命なんだからね。

にじり寄って、私は泣き伏している於寿々の上体を起こした。於寿々も私の手を避けなかった。

「嫂さん」

私はささやいた。

「嫂さんはいまに、〝能〟を憎むようになるよ。でも、この相手ばかりはだれの手にも負えない。兄貴自身、能という魔女におさえつけられて、一生、その牢に閉じ込められている囚人なんだものな」

於寿々は答えなかった。驕慢な、あの、いつもの冷たさを失って、幼女のころそのままな弱々しい泣きじゃくりを、身体いっぱいに描いている嫂が、私は哀れでたまらなくなった。かつて隙《すき》を見せたことのない女が、まったく無防備であることも私の深部に火をつけた。抱き起こした上体をすばやく胸へ回し込んで、私は力いっぱい抱き緊めた。於寿々は無抵抗だった。かえって萎《な》えたように、私の胸の中へ崩れかかってきた。

私は狂気にとりつかれた。のしかかって、さらに片手で抱きしめながら、一方の手を女の小袖の合せ目にかけた。於寿々はのけぞり、片頰を床につけたまま襖を見た。いつのまにかその眼はしらじらと乾き、なにかの効果をたしかめでもするかのように、冷静な、いつもの強さに返って、襖ぎわにそそがれていた。誘われて、私もつい知らず相手の視線を追った。そして思わず声をあげた。いつ来たのか、一尺ほどあいている襖の向こうに、皆春が佇《た》っていたのである。

怜悧で神経質な、十三歳の少年の眸は、母と叔父の異様な姿態に、刺すようにそそがれていた。跳び上って、私は部屋を走り出た。

（はかられた）

と直感した。

（抱かれる前から、於寿々は皆春が来ていることを知っていたのだ。兄を刺激し、ためすために、おれを罠にかけて、どたんばで拒むつもりでいた。子供が証人になる。はじめか

らそのつもりでおれを誘ったのだ）

畜生！

酔った頭の中を忿怒《ふんぬ》が駆けめぐった。式台に走りおり、ありあう足半《あしなか》をつっかけて外へ出た。気配におどろいて、厨から磯菜が声をかけてきたが、私は振り向きもしなかった。灯ともしごろの雑沓を肩で分け分け、まっすぐに九条の壺屋へ行った。

風邪をひいたらしい。咳こみながら出迎えた吉祥を、なじみの小部屋へ拉《らっ》し去って、私はいきなり突き伏せた。粗末な家が屋鳴りをたてて揺れた。

「痛いッ、なにをするのよ若太夫」

嫂そっくりなその声へ私はおどりかかり、わざとあげる、職業的な悲鳴であることは百も承知で、乱暴に女の身体を膝の下へおさえ込んだ。

二十四

私は皆春の口を恐れた。

以来、少年はつとめて私を避けようとしていたし、話しかけても、答える態度はぎごちない。ということは子供なりに、皆春があの日の目撃に、執念ぶかくこだわっている証拠であった。

（いいさ、言いつけたければ言いつけるがいい）

なかば恐怖し、なかばは居直った気で、しいてふてぶてしく私はかまえていたが、兄の態度は、帰宅後すこしも変らなかった。

……さなか、

『明春三月、北山第に主上をお迎えし、馳走に能をごらんに入れる。怠りなく稽古を積んでおくように』

と、第の家宰《かさい》、右中弁《うちゅうべん》家俊どのから兄へ達しがもたらされた。

「天子が猿楽能をごらんになる⁉」

開闢《かいびゃく》以来の珍事であり、栄誉だった。えらばれたのは観世の座と、犬王道阿のひきいる比叡座だけという。おかげで暮れから正月へかけての二カ月間、一座はあげて準備に没頭し、余事をかえりみる暇などまったく無くなってしまったのである。

北山に新邸をかまえてからの大御所は、自身をほとんど、上皇に擬すほどの僭上《せんじょう》をほしいままにしておられた。

大臣・関白の任免すら思いのまま……。東寺に出かけたときなどは、宝蔵の勅封を破って仏舎利《ぶっしゃり》を取り出したあと、私封を貼りつけるという傍若無人までやってのけた。

後小松天皇の御生母がなくなられたさいも、御台所を天皇の准母《じゅんぼ》とするよう奏請し、いわば夫婦そろって、お若い天皇の仮りの父母といってよい立場におさまっている。

大御所が禁中に伺候するときは、かならず御座の前に、公卿たちの手で三衣《さんえ》の筥《はこ》が据えられるが、これは太上法皇出座の例にならったもので、つまり求めなくても、公卿たちのほうから大御所を、後小松帝のご養父扱いにし出していたそのころなのだ。

大御所にしても、わが家同然のしたしさで皇居に出入りし、いっぱし天皇の後見きどりで威張っていられた日常は、痛快なものであったにちがいない。日本の武力と経済力を一ッ手に掌握していた当時の幕府であり、じじつ北朝を建て南朝を併せ、皇統を一本の正道にもどした功績もある大御所なのだから、少々の我がもの顔は、ゆるされていいわけだし、先帝、先々帝のご忌日だの法要だのと、大御所のほうもまた、こまめにふだん皇室のお世話は焼いていた。

法皇あつかい、准父、准母のあつかいは、いわば後小松帝の、大御所への感謝のあらわれなのである。それを古公卿のなかには、皇統を狙う逆臣ででもあるかのように大御所を曲解し、その勢力の強大をおそれる者も二、三いたが、とんでもない思いすごしといえるだろう。

大御所には皇統を犯す野心などみじんもなかった。それが証拠に、ひとりとしてわが家の姫を、大御所は天皇や皇太子に奉っていない。娘を入内《じゅだい》させ、生まれた皇子、皇孫をつぎつぎに天位にすえて、代々の皇統の中にわが族の血を浸入させて行くという犯し方は、藤原氏がやり平家もやり、源氏の頼朝さえやろうとした常套手段なのに、いくらでもできる立場にありながら、足利氏だけは尊氏公このかた、誰ひとりとして、それをしようとはしなかった。

大御所には側室たちに生ませた八人の姫ぎみがいるが、八人とも比丘尼《びくに》御所に入ったし、男児も長男の義持将軍のほかは、すべて寺にやって僧にしてしまっている。とかく離反しがちな大寺の門主・門跡に子女を配して、僧徒を懐柔するいっぽう、子女たちには俗界への欲望を絶たしめて、宗家嫡流の安全をはかるのが、足利家歴代の家憲であったわけである。

そんな中で、たった一人の例外は、晩年の大御所に溺愛された南御所若君義嗣《よしつぐ》どのだが、ともあれ、この一事をもってしても、大御所の上皇きどりが、皇室を傾けんとする腹ぐろい企らみや欲から出たものでないことは推量できるはずなのだ。

名実ともに、天下一の実力者だった大御所にとって、皇室の存在など、取って替りたいどころか、むしろかっこうの庇護の対象にすぎなかったのではあるまいか。

ご家族のことに触れたついでに、大御所の男のお子たちについてざっと語ってみると……。

まず、あとつぎが前にものべた通り、明けて二十三歳になられた義持将軍――。おん母は北向殿とよばれている側妾で、本名を藤原慶子という。

北向殿にはいま一人男児があるが、青蓮院に入室し、僧義円《ぎえん》と名乗っている。いわば義持将軍の、同父同母の弟御である。

側室柳原殿も男児を生んだが、このお子も出家をとげて友山と名乗り、香厳院の法燈をついだ。

梶井門跡に入室した義承《ぎしょう》とよばれる男児もいる。側室、藤原誠子《ともこ》どのの所生である。天台宗妙法院の門跡におさまった義昭《ぎしょう》どの、側室池尻殿の生んだ禅僧虎山《こざん》どの、先夫人日野氏の所生になる仁和寺御室《おむろ》の法尊どのなど、とにかくどれも、黒衣円頂の寂しげなお子たちばかりの中で、たった一人の例外は、さきにも言った南御所若君義嗣どのだった。側室春日局の腹から生まれ、いったんは梶井門跡に入室したのだが、寵愛のあまり父大御所は、この若君だけを家憲をやぶってまで還俗させ、膝下に呼び返された。行幸がおこなわれた応永十五年、義嗣どのはほころび初めた花の十五歳――。ご実子のなかった正夫人日野康子どのの猶子《ゆうし》として、北山第南ノ御所に養育され、大御所夫婦のいつくしみと世間の尊敬を身ひとつに浴びて、内々は、

(義持将軍を廃し、大御所は南御所若君を、あとつぎに直そうお肚ではないか)

とまで、取り沙汰されていたのである。

どういうものか幼少じぶんから、大御所は義持公をあまり可愛がらず、将軍職をつがせてのちももっぱら政務はご自身で見、新将軍が二十《はたち》をすぎ、一子義量《よしかず》どのの親となってさえ、お飾りの地位からひと足も踏み出せなかった。一時は父ぎみの勘気をうけて、南御所

康子どのの舎弟、日野大納言重光卿に、新将軍はとりなしまで乞うありさまであった。北山第行幸の盛儀にも、表向き幕府のあるじでいながら、義持将軍は徹頭徹尾、疎外されっぱなしだったし、反対に、天下の春を一身に集めたほどの華やかさで、父大御所とともに、みかど迎えの立役者をつとめたのは義嗣どのである。

そして、この飛ぶ鳥も落とさんばかりな貴公子に、そのころ、主従・友人以上の愛されかたで目をかけられていたのが、兄の嫡男皆春であった。

行幸は応永十五年三月八日、おん方違《かたたがえ》を理由におこなわれた。

儀式ばった催しはつとめて避け、親類縁者を家へ招くのとおなじ気やすさで、後小松天皇をお迎えしようというのが、あるじ側の心づもりだったから、春らんまんの好季節でもあり、はじめから上下いっせいに浮き立って、派手好き遊び好きの大御所ごのみに、調子を合せた感があった。

新装成った北山第の、この日の美々しさは忘れられない。総門のうち一町あまりの馬場に、西東に分けてびっしり植えならべた八重ひとえの桜が、微風ひとつない日ざかりに、息づまるばかり咲きさかっている下を、五色の砂でうろこ形に、お成りの道が敷きつめられた。

ご膳部をつかさどる台盤所《だいばんどころ》、伶人《れいじん》のひかえる楽屋、二十日にわたるご滞在中、みかどをはじめ諸卿諸司の召し料をととのえるご装束所まで、寸分の遺漏なく設備された中を、やがて百官をしたがえて主上の輿が到着――。

香染めの法服に金襴の平袈裟、水晶の数珠を手にかけた大御所にしたがって、若君義嗣どのも四足《しそく》門まで出迎える。

若君は先月末、父大御所とひとつ牛車に同車して、はじめて参内をとげられた。いわゆる童《わらわ》殿上である。つづいて今月四日には従五位に叙せられたのだが、元服前の叙爵は父上の少年時代、特例として許されたほか、かつてない恩典だったから、この意味からも世間は目をみはって、若君の将来を輝かしく憶測し合ったわけだった。

――この日、若君のいでたちは腋あけの上の御衣《おんぞ》、つつじの下襲《したがさね》、山吹の上袴《うわばかま》、松かさねの法被《はっぴ》という匂やかなもので、髪を総角《あげまき》にむすび、関白以下、お先迎えの公卿・殿上人に先立って足早に歩み出られたさまは、光源氏の童《わらわ》すがたを髣髴《ほうふつ》させる可憐さであった。十五にしてはスラリと丈も伸び、骨細《ほねぼそ》な、見るからに賢《さか》しげな顔立ちをしている。権力者の寵児として、幼少から下へもおかずかしずかれてきた驕慢が、才気ばしった挙措のはしはしに無意識にこぼれるのだが、容姿の優美がそれをおぎなって、やはり、どう見ても憎めない一個の貴公子なのである。

みかどのおん輿が四足門をくぐると同時に、伶人の詰め所からは湧き立つような奏楽が起こり、祭り気分はいやが上にも高潮した。

母屋の西口より入御あり、設けのおん座につかせられる。

外にはまだ、あかあかと夕映えが残っていたが、ひろい寝殿の内にははやくも燈台が立てつらねられ、庇の吊燈籠にまでずらりと灯がはいった。

簀《す》子《こ》の端の間《ま》、西寄りに繧繝《うんげん》べりのしとね二畳を敷いて大御所の座、そのとなり、円座をならべて若君、つぎに二条関白、公卿たちが順位にしたがって列座し、衝重《ついがさね》が持ち出されて、御盃がはじまった。

まず、主上が盃をとらせられて、若君義嗣どのに御気色《みけしき》あり、と見るや若君は、すばやく立っておん前にすすみ、臆する色もなく天盃をいただいた。落ちつきはらって飲みほす動作を、目をほそめながら見まもっていた大御所の表情が、いまも私の目に焼きついている。

このあと、義嗣どのは笏《しゃく》をとって南の階から庭へおり立ち、御礼の踏舞をとげたが、同時に関白はじめ諸卿が申し合せたように座を立って、おなじく庭上へおり、ひざまずいて拝舞の終るのを待ったのには、私たち、中門廊の簾のうちから盛儀を拝観していたしもじもまでが肝をつぶした。

童体で笏を用いるのは先例にもなく、まして元服前に天盃まで賜わる栄誉も、古今未曽有と言ってよい。

（まちがいない。大御所は義持将軍を廃して、義嗣どのを後継に据えるつもりなのだ。今

度のこの御幸《みゆき》の奏請には、義嗣どのの存在をいやおうなく堂上堂下に認めさせようとのもくろみも、含まれているにちがいない）

こう、私までが確信したくらいであった。

……翌九日は舞楽ごらんの予定だったが雨のため延期。

十日は東御所、西御所の大広間に明《みん》渡りの什器《じゅうき》をおびただしくならべて、人々の展観にまかせたあと、お気に召したものをみかどに……、残りもことごとくお供の公卿や女官たちに大御所は進上された。

書画の掛幅、香炉、花瓶、硯、筆架、卓子、墨、香木、織物など、本国の明でさえ貴重としている名品ばかりで、これらの品々を、大御所はすべて対明貿易によって手に入れたのである。

幕府にも直属の料所はもちろんあるが、そこからあがる年貢など、日常の経費をまかなえば消えてしまう程度にすぎない。

内裏の造営、北山第の新築、また、たびかさなる修法、遊山行楽の費用、こんどの行幸の費《ついえ》など、莫大な入費を、では、何によって大御所がまかなっていたかといえば、そのなかばは諸国の民に課す段別銭《たんべちせん》としても、なかばは明との商交による利益であった。

国書の書きぶりが国辱的だとか、明帝からの返牒が無礼だとか、いろいろの問題が附随していたにしろ、ともかく貿易は、ここ六、七年来、順調につづいてい、船を出すたびに幕府をはじめ出資した諸大名のふところには、何十万貫もの利潤がころがり込んでくると噂されている。

大御所の性格からすれば、利を得ることもありがたいが、また別なおもしろさも、明との交渉の上で感じていたらしい。

明船が到着するたびに、兄はじめ、お気に入りの側近や側妾をひきつれ、ときには御台所康子のおん方、愛子義嗣どのまでをともなって、大御所ははるばる兵庫の港へ明船を見物に出かけているし、明使が上洛して来たときは天竜寺・相国寺に泊まらせて歓待させ、みずから唐服を着、唐輿《とうごし》に乗り、唐人の輿かきに輿をかつがせて、得意満面、明使たちを紅葉狩りにさそい出したりしているのである。

珍器献上の日、出仕した兄と皆春も、それぞれに銀製の水瓶《すいびょう》、麝香《じゃこう》などを若君から賜わって帰宅したが、さらにあくる十一日は連歌の御会。

十二日は南御所へお成り……。

十三日には内輪ばかりの御酒宴があり、十四日には舞楽がもよおされた。太平楽の残《のこり》楽《がく》では、主上が箏《そう》の琴をあそばされ、若君は笙《しょう》を吹いて興を助けた。生まれてこのかた人からの束縛、掣肘《せいちゅう》を、一度もうけたことのない者だけが出しうる朗々と屈託なげな、その日の笙の音色であった。

——ところで観世の能は十五日夜、北山第の地つづき、崇賢門院の御所でおこなわれた。

昼のうち、ぱらついていた小雨も残りなく晴れあがって、片空に虹さえ飾ったあでやかな夕映えの下、大御所、若君に先導されつつ後小松帝は筵道《えんどう》を徒歩でお越しになった。この日は室町第から義持将軍もはじめて顔を出した。斯波右衛門督入道を供にしたがえている。

青蓮院へ入室した義円どの、梶井門跡をついだ義承どのなど、日ごろ冷遇されている大御所のお子たちも姿を見せ、みかどに謁したあと、そろって能見物の見所《けんしょ》に居流れた。

兄はあたらしくこの日のために、『蟻通《ありどおし》』『敦盛《あつもり》』『逢坂物狂《おうさかものぐるい》』『千手《せんじゅ》』『須磨源氏』『春《しゅん》栄《えい》』の六番を作能し、とくに公達《きんだち》敦盛の大役は皆春にふりあてて、父親らしい配慮を見せた。天覧能でのシテ役すら、あぶなげなくこなせるだけの力量を、十四歳の皆春はすでに身につけていたのである。

弟の皆石も、私の子の千代童も、それぞれ小舞の猛練習をして当夜を迎えたわけなのだが、生まれてはじめての晴れ舞台だったせいか、皆春の成功にひきかえて皆石は大あがりに逆上《あが》ってしまい、つられて千代童までが二カ所もとちって、親の私を赤面させた。いくら内々の、くつろいだお遊びとはいえ、天皇が猿楽をごらんになるという例はかつて無かったことだし、道にたずさわる芸人として初めてえらばれた栄光に、子供たちならずとも、一座の者は多かれ少なかれあがり気味でいたようである。

そんな中で、兄の『千手』と『須磨源氏』だけは、優婉な舞いぶりで満座を魅了し、御台所から女房衣《ぎぬ》を拝領するという面目をほどこした。私は直面《ひためん》物の『春栄』をつとめたが、これはまあ、八、九分の出来であったろう。十二次郎が『蟻通』、岩松が『逢坂物狂』をそれぞれ大過なく舞って、喝采のうちに催しは終り、ひきつづいて御酒宴となった。

みかどをはじめ猿楽見物は初めてのかたがたが多く、もの珍らしさも手つだってか賞讃がひっきりなしに寄せられ、ついにはふたたび召されて、私たちは小謡《こうたい》に小舞に、酒宴の興を添えることとなった。

――出番が終るとすぐ、お気に入りの皆春だけは義嗣どのの席に呼ばれ、お酌を命ぜられていた。

酔っているにちがいない。若い貴公子はみかどのおん目も、父大御所の手前もはばからず、皆春を片脇へ引きつけてその肩へ腕をまわし、ほとんど抱擁のかたちで何ごとかささやいたり、頬を吸ったり、他愛がない。

十五と十四――。ひとつちがいだが、二人の仲が身体の関係にまで進んでいることは、他目《はため》にもあきらかであった。

(似合いの取り組みだな)

と、やや妬《ねた》みまじりに私は眺めていた。だれもだれも、青年たちは寵愛の稚児をかたわらにはべらせているが、義持将軍が室町第から太刀持ちがわりにつれて来たのは、田楽新座の増阿弥のせがれ、栄玉丸《えいぎょくまる》である。

かつての増満寿丸《ぞうますまる》――増光《ますみつ》太夫は、義持将軍の襲封と同時に〝増阿弥〟の号をたまわって同朋衆に列し、相かわらず斯波右衛門督どのの眷顧《けんこ》をうけていた。今夜の天覧能も義持将軍が主催していたならば、当然、田楽新座に下命があったところである。皆春とは、おっつかっつの子方ざかりと見られている栄玉丸が、観世座の繁栄をどう感じていたかは想像にかたくないし、その庇護者である義持将軍の心中も、おおよそ思い描けるというものだ。

若者のくせに、義持公は色つやが悪く、腎の臓に故障でもあるのか、いつもむくんだような、辛気《しんき》くさい顔つきをしていた。

(里わらんべふうな栄玉丸とは、これも似合いの組み合せだ)

と見ていた私は、やがて、かんじんの我が子千代童が、いつのまにか酒席から消えているのに気づいた。

「知らんか？　うちの坊主を……」

小声で皆石に訊くと、腕白仲間のこの甥は、

「青蓮院の義円さまが悪酔いしたので、附き添って向かいの小部屋へはいったよ」

むじゃきな表情で教えてくれた。

「つき添ってか？」

片腹痛さに私は笑った。千代童は十一である。ついこのあいだまで母に乳ねだりしていた小わっぱが、病人の看護をどうやってする気か。

（とほうにくれているにちがいない）

手つだってやるつもりで広間を出、勝手のわからぬ崇賢門院の御所うちを、さがしさがし歩くうちに、寝殿の東のはずれ、対《たい》ノ屋《や》への渡廊に近い小部屋から、

「もっと見せろよ、よく……」

癇癖のつよそうな早口で、低くうながす声が聞えた。

（義円どのだな）

そう思って、壁代《かべしろ》のかげにたたずむうちに、はたして、

「ふふ、くすぐったいな、そんなことをしては……」

千代童の、子供らしからぬ隠微な含み笑いも洩れてきた。

「うごくなってば……。さっきはじっとしていただろ？」

そして、ちょっとのま、黙り込んだあとで、

「お前らみたいな身分の者でも、五体の出来には変りがないんだな」

言い放つ声が聞こえた。私はカッとした。千代童がなんと答えるか、耳をすませたが、

「そりゃあそうですよ。同じさ、私らだって……」

ケロッと応じる声がし、もう一度、あの、みだらな笑声が洩れた。

壁代のすきまから私は中をのぞいてみた。千代童は童水干《わらわすいかん》の上袴をぬぎ、下袴までとって、下半身はだかであった。義円どのも衣《ころも》下の白衣ひとつになっていた。この薄暗い離れの小部屋で、少年二人がなにをしていたかは、私にも容易に想像がついた。

自分たち兄弟の少年時代を、私は憮然《ぶぜん》と思い返した。兄の藤若は七歳で浄禅院の勤めに出され、地獄の責め苦を、やわらかなその肉体に刻んだ結果、性格までも変らされた。弟の私は十二で武州の伽《とぎ》を命ぜられ、死ぬかと思うほど恐怖し、さわぎまわって、武州に恥をかかせたが……、子供らはどうだ。皆春にしろ千代童にしろ、十をすぎるともう、親たちが教えもしないのに相手を選び、みずから進んで相手と寝ている。

（だが、しくじったよ千代童。やっぱりお前は洟《はな》たれだな）

そのままそっと、もとの酒席へもどりながら、私は舌打ちしたい気持でひとりごちた。

（大御所のお子はお子でも、義円どのは冷めし食いの坊主稼業――。保護者にしてもたかが知れている。身を寄せるなら皆春のように、義嗣どのほどの大木をえらぶべきだった。田楽の栄玉丸だって、手ばしこく義持将軍をつかまえたじゃないか。痩せても枯れても幕府の棟梁だぜ。お前は目がなかったよ千代童……）

義円どのは十五歳――。義嗣どのと同じ年でいながら、いっぽうは従五位に叙せられたよろこびの日、いっぽうは出家得度《とくど》して、着衣を墨染めに替えた運の悪さなのである。庇護される側の将来も、おおよそ推量できるというものだ。

……後小松帝の北山第滞在は、このあともまだ、ながながとつづき、蹴鞠《けまり》の会、和歌の会、犬王道阿の能、白拍子の舞、尺八・早唄までを堪能しつくしたあげく、二十八日、還御されたが、そのあいだに若君義嗣どのは左馬頭に任官し従四位にすすみ、二十九日、行幸おん礼のため父大御所と打ちつれて内裏へ伺候した日は、さらに左近衛中将に補任された。

諸国の大名小名はあらそって祝いの品を献上——。義持将軍も黄金づくりの太刀を贈って、異母弟のやつぎばやな昇進を祝したが、心底には、おだやかならぬ感情がうずいていたに相違ない。

しかもその、慶祝気分もすっぱりとは抜けきらぬ翌月二十五日、義嗣どのは内裏で元服をとげ、童形から、りりしい男すがたに変った。内大臣が冠《かざ》を加え、日野大納言が沓《くつ》を奉じ、烏丸左大弁が理髪役をつとめる盛儀だったが、同日、冠者ノ君《きみ》は従三位に叙され、いちはやく参議にまでのぼったのである。

(ふびんなやつだな千代童)

義円どのに召されて、その後、ちょくちょく青蓮院へ出かけだした我が子の、小さなうしろ姿を見送るたびに、

(皆春の、〝たのうだお方〟はめざましい出世だ。ひきかえて、お前は世捨びとのお伽

……。いささか差がつきすぎたようだな）

苦笑まじりに、私はつぶやかずにいられなかった。

ところが、そんなさなか……。

だれ一人まったく予想もしていなかった凶変が、突如、上下の耳目を震撼させた。大御所が発病し、そのまま危篤におちいったのである。

若君の元服から三日後、還幸の日からかぞえてさえひと月にしかならぬ四月二十八日の明け方であった。

二十五

この日、大御所は未明に一度、手水《ちょうず》に起き、

「悪寒《おかん》がする」

と言いながら側室池尻殿に介添えされて寝所へもどったが、帳台下の長押《なげし》に足をかけようとしてフラと膝をつき、そのまま意識を失ったのだという。

たちまち大さわぎになった。御台所、義嗣どのも南御所から駆けつけ、明《みん》医の坂士仏《ばんしぶつ》が呼ばれて手をつくした結果、翌朝、いったん熱はさがった。

急性の感冒に、行幸接待の疲労がくわわったのだろうとの診《み》たてだし、世人はもとより

大御所自身も、まさかこれかぎりで終る命とは思っていなかったにちがいない。日ごろ壮健を誇ってい、年もまだ五十一——。

「鬼の霍乱《かくらん》だ。じきによくなる」

と、周囲のうろたえを、かえって気づよくたしなめてさえいたそうである。

熱はしかし、夕近くふたたびあがりはじめ、昏睡が、そのまま三日もつづいた。

諸寺諸社、いっせいに祈禱が開始される……。

東寺の五壇法、聖護院・実乗院の仁王経《にんのうきょう》読誦《どくじゅ》、不動護摩の御修法《みずほう》はじめ、北山惣社では後小松帝の御願《ごがん》として三《み》カ夜《よ》の御神楽《みかぐら》まで奏されたが、衰弱は加わるばかりだった。

それでも、燃えつきようとする蠟燭の最後の輝きに似て、やや平穏な数刻がひと晩だけおとずれ、兄が呼ばれた。

「元清か」

発病以来、同朋溜りに詰めきっていた兄は、召しと聞くや立って病間へ急いだ。

熱にうるんだ眼で大御所は兄を見、

「そちの『清経』が聞きたくなったのだ。クセがいい。うたってくれ」

と所望した。御台所の顔色がかすかに変った。前途に絶望し、軍旅の孤寥にも耐えかねて自殺する平家の公達清経……。病床の人に聞かせるのに、かならずしも適当な曲とは言えなかった。

兄はだが、ためらいなく謡い出した。

〽終《つい》にはいつか仇波《あだなみ》の、帰らぬは古《いにし》え、止まらぬは心尽しよ。この世とても旅ぞかし、あら思い残さずやと、よそ目にはひたぶる、狂人と人や見るらん。よし、人は何とも見る目を仮の夜の空。西にかたぶく月を見れば、いざや我れもつれんと、南無阿弥陀仏、弥陀如来……

小声ながら、哀情に澄んだひと節ひと節を、噛みしめるように聞き終った大御所は、

「涼しくなった」

微笑し、

「昨夜、有性と無性の夢を見たぞ」

と、なおも兄に話しかけた。

「むかし、予の手もとに飼われていた黒白ふた色の巨犬だ。おぼえているか」

「おぼえております」

兄もほほえんで言った。

「今熊野にて、はじめてお見出しにあずかった日、上さまの左右に、彼らははべっておりました」

「二匹ともとうに死んだが、冥土で、予の来るのを待ちかねているらしい。――元清」

「はい」

「おぬしとも、やがてはまた、逢えるだろうか」

「逢えますまい」

と、兄の答えは、声つきの穏和とはうらはらに、とりつくしまのないものだった。

「この世のほかの命を、私は信じませぬ。命を離れた意識が、死を越えて長らえるものだとも思いませぬ」

「ではなぜ、好んで能の中に、おぬしは死者をよみがえらせるのだ？」

「それは私が、死を、『無』と同義語に解釈しているからでございます。せめて物語の上だけでも死後を形づくらなければ、淋しすぎるからでございます」

「おぬしらしいな元清」

　腹立たしげな、そのくせ、いつくしみに溢れた溜め息を、大御所は大きく洩らした。

「おぬしらしく、冷たくきびしい。なまじ、阿諛《あゆ》されるよりは気持よいが……おぬし自身、それで苦しくないか」

「くるしゅうございます」

「耐えられるか」

「耐えねばなりませぬ」

「能を力綱、命綱にしてか」

「はい」

大御所は目を閉じた。疲れたのだろう。

「うらやましい生き方だ。しかし、寂しい……」

つぶやいたきり、そのまま沈黙した。衾《ふすま》の下に手をさし入れて、兄はゆっくり大御所の脚をさすった。御台所が右腕を、義嗣どのが左腕を、同じように寝間着の上からさすりあげ、さすりおろした。病人は浅い寝息をたてはじめた。兄の眼から、はじめて涙がこぼれ落ちた。

大御所が逝去したのは、翌六日の夕刻である。

茫《ぼう》としばらくは、自失しきった御所中の顔だったが、一方には強大な拘束をのがれて、早くも動き出した池底の魚も多かった。

遺体は七日早朝、日ごろ愛用の張輿《はりごし》に乗せられ、力者六人にかつがれて洛北の等持院へ移された。

十日に荼毘《だび》、つづいて葬儀――。

五山三千の僧徒が雲集し、等持院仏殿の前の喪所には、

『鹿苑院《ろくおんいん》殿、准三宮大相国《じゅさんぐうだいそうこく》、天山大禅定門台霊』

の大位牌が安置された。

北山行幸の前後から、世間の口は義持将軍を御所さま、義嗣どのを新御所さまと呼びならわしはじめていたが、この呼称さえ今となれば、物騒な翳《かげ》りを人々の胸に投げかけずにいなかった。

七日七日の修法、大施餓鬼《せがき》もとどこおりなく終り、中陰《ちゅういん》の仏事がすむと同時に、義持将軍は室町御所を引きはらって亡き父ぎみの遺跡北山第にはいり、入れかわりに新御所義嗣どのは、生母春日局の里方へ移った。

――人の動きがあわただしくなった。

老臣斯波義将どの、その子息である管領斯波義重どのを左右の腕として、これまで名ばかりの空位に甘んじていた義持将軍は、がぜん、天下人《びと》としての実権を発動し出したのである。

将軍が斯波父子とはかって、まず是正しようとこころみたのは、大御所時代の行きすぎた公卿化だった。

幕政を武家本来の正道にもどそうとする新方針は、大御所の、晩年の独裁ぶりをあきたりなく思っていた諸大名に支持され、閣内の空気はみるみる一変した。

後小松天皇は大御所の歿後、その生前の功を嘉《よみ》して尊号を贈ることを思い立ち、廷臣一同にはかられたが、すでに従一位太政大臣の極官をきわめ、三宮に准じられている故人に、

贈るべき官位は無い。そこで、天皇の養父という形で、

『太上法皇』

の贈号をすることに一決し、義持将軍に聖旨のおもむきを伝達した。将軍はしかし、

「一臣下にすぎなかった亡父に、法皇の諡号《しごう》はまぶしすぎます。子として、お受けするわけにはまいりません」

すげなくおことわりしたし、大御所の死に哀悼を表するため起こった『改元の儀』も、

「もったいないことです。国家的な大事にこそ、年号は改めてしかるべきではありますまいか」

かえって朝議を反駁した。

将軍はまた、大御所時代の対明外交をにがにがしくも思っていたのだろう。明帝から、

「故人に『恭献』の号を贈り、永くその霊を祭る」

という意味の、弔意文がもたらされたにもかかわらず、

「亡父の遺言である」

と称して、それっきり明との交通を絶ってしまった。

肚の底はどうあれ、大御所はいちおう公卿を武家の上位に据え、その優越感を満足させつつ、より高所から、じつは彼らを支配するという柔軟な政策に出ていたのである。これに反して義持将軍の時代に入ると、謁見のさいなども、公卿衆よりはまず管領に盃を与え

るというふうに、しきたりまで変革された。

すべてこれらは、義持その人の意志でもあったが、同時に斯波どのの献策、諫止《かんし》にしたがった面も多い。

つまり表面、幕府の政治は硬化し、朝廷に対しても優位を強調するかに見えながら、じっさいは相手を対等と見、肩ひじ怒らしてこれと渡り合う低さに、みずからを堕《おと》してしまったのだ。威を張って、かえって小さくなったと言えるかもしれない。

ともあれこの、為政者の替代は、観世の一座はもとより猿楽能全般に、深刻な影響をもたらさずにいなかった。

逼塞《ひっそく》していた田楽は息を吹き返し、新座の増阿弥、栄玉丸父子はわけても時を得て、殿中での催能はもとより、諸寺・諸社の勧進、祭礼に、めざましい活躍をみせはじめた。

ひきかえて、観世座はまったく無視され出した。犬王のひきいる比叡座も同様だった。

座員たちは動揺し、兄をかこんで、対策を議すべく寄り合った。

「かぶさってくる浪ならば、そのつどかわしもし、乗り切りもできようが、暴風雨《あらし》の海原を、扁舟《へんしゅう》をあやつって漕ぎ渡るのは熟練した舟子でもむずかしい」

と、強い口ぶりで兄は言った。

「いっそ岩になろうおのおの。海中の岩に……」

「岩に⁉」

「風雨にたたかれても岩は砕けず、激浪に押し流されることもない。なまじ漕ぎ渡ろうとするから舟はくつがえる。岩になった気でおのおのが己れの中に沈潜し、芸を磨きぬくほか、これからの対策はあるまいと思う」

観世座は今、峠のいただきに立っている、とも兄はつづけた。登り道は大御所の逝去までで終り、これから座運はくだり坂にかかるのだ。もはやふたたび、昔日の隆盛はもどって来まい。一同も、その覚悟だけはしっかり胸にたたみ込んでおくほうがよいと思う……。

「おことばですが棟梁ッ」

ワキ師の松富が、たまりかねたように口をはさんだ。

「それは思いすごしでしょう。これまでにも、危機は幾度か座を襲いました。前棟梁の横死、楠氏残党の将軍家暗殺計画……。でも、そのたびに、一座は窮境を切りぬけて来ています」

「こんどはちがう。私にはわかるのだ。観世座の行く手は暗くなるばかりだろうよ松富」

「！」

「だが、落胆してはいけない。暗くなるのは外見だけだ。演能の場所と機会を奪われ、経済的に窮乏し、へたすると一人一人の生活すら迫害をこうむることになるかもしれないが……それだけだ。それ以上、政治にはわれわれをどうする力もない」

「たくさんです」

松富は肩をふるわせた。

「それだけ悲惨な予測がならべば、もう、じゅうぶんではありませんか。なにが『外見だけ』なのです？」

「外見だけだ。岩は流れない。砕かれもしないよ。われわれにとって真の危機は、〝芸〟の涸渇以外にない。涸渇はしなくても、それへの思いあがり、もしくは過度な懐疑、自信喪失、目標をあやまった努力など、すべて〝芸〟につながる問題のほか怖れるものはないのだ。政治も生活も、それにくらべれば小さい。すべて二の次と思っていい」

「思えません。げんに私たちは、足利将軍の権力下に置かれ、幕府の統治のもとに、現在を生きていかねばならぬ民衆のひとりです。政治の埒外に超然として、〝芸〟だけを追ってはゆけないのです」

「父が殺されたとき、私も混迷の中でその一点を考え詰めた。そして『他人のためには演じない。自分ひとりを看客とし、自分のために、自分だけの能を生涯追求し通す』と言い切った犬王道阿の言葉に、目を洗われるような感銘をうけたのだ」

その時その時の為政者の、支配の外に生きる自由を持たず、また、万年の寿命をたもつ可能性もないわれわれが、うつろいやすく、不安定な社会基盤に立ちながら、不動のもの、不易なものを摑みうる手段は、しょせん、たった一つ信じられる〝自分〟の中で、〝自分〟

を追いつめるしかないわけなのだ。それをしぬいている芸術家にだけ、彼が求めなくても、具眼の見物の変らぬ愛は、政治を超え時代を超えて、注がれつづけるにちがいないと説いた犬王の言葉は、時流の寵児、大衆の人気者として、犬王とは対蹠《たいしょ》的な喝采をはくしていた観阿の子——兄を、つよく刺戟した。

親子、兄弟、夫婦、主従……。すべて人間同士の愛を疑ってかかる下地は、兄の側にもあった天性である。犬王の主張に兄がすがり、深く自身の中に分け入って自身を純化し、昇華し、それによって能の美を不易のものにまで安定させようと思いつめたのは、当然な帰結かもしれなかった。

「ただ、その努力を、私はお前たち一人一人に求めようとは思わない。切りひらく苦しみは、いっさい私が引き受ける。お前たちは離れずに、ただひたすら、私のあとからついて来てくれればよいのだ」

くり返して言うが、これからの座の経営はいままでのような、恵まれた条件下ではけっしてできなくなる。その現実を銘記し、しかもその現実に打ちひしがれずに、私を信じて進むことだ。足利氏が亡びるときがきても、〝観世の能〟は亡びない、次の為政者が消滅しても、〝観世の能〟は生き残る……そのつぎも、そのつぎも、時代がどう変り、政権を担当する者が幾代替っても、能の美だけは亡び去ることなく、それを識《し》り、それを愛する人々の心に、感動を与えつづけてゆくのだと信じ切り、その信念を力綱に、結束して生きぬくことだ。そうするほか、無力なわれわれが、権威の圧迫に対処する手だてはないのだと、座員たちを前に、兄は熱意をこめて説いた。かなしく、しかも底ぬけに大きな、言ってみれば、一種、捨て身の戦法だった。

現世的な倖せのただ中でさえ仕合せが信《し》じられず、おのれの中の孤寥にこもって、人を寄せつけなかった兄にすれば、権力に強いられる『逆境』など、むしろ望むところであったかもしれない。

「芸とは、人に向かって販《ひさ》ぐもの」

と、思い込んでいる観阿以来の高弟たちが、

「芸とは、我れに向かって我れを求め、我れの中に創《つく》る美」

と、ただちに認識し直したかどうかは疑問だが、ともあれ一応、彼らは兄のことばに納得し、いっそうの結束と研鑽を誓い合った。

　義持将軍の猿楽無視と、亡き大御所への反感に根ざした反動的な田楽愛好は、その後も二年つづき、三年つづいた。

　殿中での催能からしめ出された観世座は、やむなく頻繁に地方巡業に出かけて、大方の隠然たる支持は、相かわらず失わずに来たが、このまにも若木はぐんぐん成長し、皆春がまず元服――。二年後には、皆石と千代童もそろってういういしい男姿にかわった。

皆春は観世十郎元雅。

皆石が五郎元能。

そして千代童は観世三郎元重の名を伯父からもらい、実の子とかわらぬ鉗鎚《けんつい》を日夜うけていた。

感性するどく、繊細な詩心の持ちぬしである元雅は、父の若ざかりにくらべてはるかに線は細かったが、時に父をしのぐほどの才能のきらめきを見せる折りもあり、性格のおとなしさと相まって、当然だれよりも父にいつくしまれ、期待もされている一座の花形であった。

幼時のわんぱくをそのまま、元能は磊落《らいらく》な、気性のさっぱりした若者に育ち、持ち役も気のつまるシテ方をきらって気楽なワキ方、いっそ得意は太鼓方と、サバサバ言ってのける日常だったし、私のむすこ元重も、家業の修得には意外なねばりを見せて、親の欲目ばかりでなく、

「ものになる」

と、棟梁に嘱目されるだけの力を、身につけ出して来ている昨今なのである。

くわえて金春権ノ守の孫、毘沙王も、約束通りわが家へ引きとられて来、まだ十一歳の童形ながら、十九歳の元雅、十六歳の元能・元重にまじって、けなげに修業をはじめ、さらに一枚、女の子にしてはいささか元気のよすぎる万亀までこれに加担しての明けくれは、

むしろ昔より、華やぎにあふれて見えるくらいであった。

兄弟、いとこ、懸人《かかりゅうど》――。立場はちがいながらも、子供たち四人の生活はわけへだてなく、仲もよかった。おしゃまな万亀が、おなじ年のくせにいっぱし姉さんぶって、あれこれ、内気な毘沙王の世話をやく図もほほえましい。

この若者たちの撒きちらす活気に、滅入《めい》りがちだった座員の気分も、どうやら、ようやく立ち直りかけてきたやさき……。

またまた無情な死別の不幸が、猿楽仲間を見舞った。比叡座ばかりでなく、仲間全体の重鎮と仰がれていた犬王道阿弥が、旅先で急死をとげたのである。

大御所の永眠におとらず、これも手痛い打撃であった。

近江の堅田《かただ》で巡業中、犬王は舞台で倒れ、『柴船』の扮装のまま息をひきとったのだという。巷《ちまた》ではこの夕べ、琵琶湖の片空に紫雲がたなびき、花が降ったと噂された。

虹か白雨《はくう》か、ともあれ瞑目の一瞬、近江の空には何らかの天変があらわれ、あたかもそれが、犬王の死によって生じた奇瑞《きずい》でもあるかのように、人々の目にはうつったらしい。

まことしやかに、そんなささやきが交されるほど、晩年の犬王の芸は俗を脱し、無知な山樵《やまがつ》の目にさえ感涙をうかばせるほどの、高貴幽玄な境界にまでたどりついていたのである。

観阿との友誼を終生忘れず、毎月、忌日には欠かさず僧二人を招いて、供養しつづけた犬王——。

孤高なこの、大先達の死を悼《いた》んで、兄は数日、仏間にこもりきり、追福の経を手向けつづけていたが、その伯父の読経の声を遠く聞きながら、

「この家を出ようよ父さん」

そっと私の耳にささやいたのは元重だった。

「家を出る？　なぜだ」

唐突な息子の申し出におどろいて、私は問い返した。

「危いからさ」

「あぶない？」

「元雅はおろかだ。大御所在世中ならばともかく、情勢のかわった今になってもまだ、新御所義嗣どのの館に出入りし、笛だ舞だとむつみかわしている。いまにきっとほぞを噛む目に遇《あ》うことになるよ」

「元雅もそれは承知しながら、新御所への愛がたち切れないのだろう。そういう性格の若者なのだよ」

「むろん、だれと何をしようとそれは元雅の勝手さ。ただ、おれたちまでが巻きぞえをくういいわれはないからね」

「なにか、事が起きそうか？」

「起きると思う。去年、春ごろ、南朝の残党北畠なにがしが反乱をおこした噂は、父さんも知っているだろう？」

「後小松帝が譲位され、み位をおん子に渡されたのを怒って、兵をあげたとか聞いているが……」

「北朝、南朝、かわるがわる帝位をついでゆこうという合体当時の約束を楯にとって、こんどは南朝系の天子を立てろと要求したわけだが、溯《さかのぼ》って匡《ただ》せば元来が、北朝こそ正統なのだし、はじめから幕府には、そんな約束を履行する意志などなかったにきまっているさ」

「当然だな。後醍醐帝のむかしを引きあいに出すまでもなく、両統迭立《てつりつ》の愚を復活させれば、世の中はまた、乱れてしまうよ」

「とにかく北畠氏の兵は強かった。北伊勢の不平党がこぞって応じたらしいものね。追討の幕軍もあぐねて、とうとう、うやむやのまま引きあげてきたとか聞いているが……この乱に新御所がひと役買って、ひそかに北畠氏を煽動したと、世間では取り沙汰しているんだよ父さん」

「新御所が⁉　ま、まさか……」

「やりかねないさ。いまの新御所の、不平がちな心情をもってすればね」

「しかし、いくら世間知らずの貴公子でも、南朝の遺臣などと通じて事が成るか成らぬか、それくらいの判断がつかぬはずはあるまい。ためにする讒《ざん》か、濡《ぬ》れ衣《ぎぬ》ではないか」

「そうともいえるよ。義円どのをはじめ、大御所の他の子息たちの、新御所に向けられている憎しみは根ぶかいもの……」

「在世中、あまりに偏頗《へんば》に、大御所はお子たちをあつかいすぎたからなあ」

「木の端のように見すてられ、尼や僧にさせられた連中は、いまや新御所に復讐すべく機会を狙っている。義円どのが急先鋒さ。兄の義持将軍を焚きつけ、遠からずきっと、義円どのは新御所をおとしいれるよ。元雅にそれを言っても、彼は耳をかそうとしない。おとなしそうな見かけのわりに、芯の強情な男なんだ。ばかなやつだよ」

弁じ立てる元重の表情はさかしげだが、親の目にさえ、どこか卑しくもうつった。

「しかし金はどうする？　小家でも、独立して一軒持つとなれば物入りだぞ」

と私は言った。

「金なら心配ない。青蓮院からひき出すよ」

元重はこの年、十九——。義円どのはたしか二十二、三歳のはずである。

僧籍にあり、正常な結婚ができないため、元服後も元重を離さず、情交をつづけているらしいが、なみはずれて嫉妬ぶかいたちなのだろう、元重はよく、目のふちに痣《あざ》などつくって帰宅することがあった。

「もう、いいかげんに切れたらどうだ？　大名を相手にするほうが、坊主の伽《とぎ》よりまだましだぞ」

　と私がすすめても、

「父さんにはわからないよ」

　うすら笑いを浮かべるだけで元重は相手にしない。

　引きとめ策のつもりか、つましい日常のわりに義円どのは元重には、所領にしろ金品にしろ、物惜しみはしていないが、そうした物質的なつながりのほかに、どうやら身体の上でも、元重は義円どのから離れられなくなって来ている様子であった。元雅と新御所の仲を、じつのところ、彼とて非難はできないはずなのである。

　いろ白な、なかなかの美青年でいながら、元重の表情には早くも若者らしからぬ疲れと頽廃《たいはい》がよどんでいたし、義円どのは痩せて丈たかく、眼つきのするどい、狂躁と沈鬱が入りまじって言語動作にあらわれる型の青年だった。

　こういう二人の夜が私には想像できず、元重の打算までを加えると、淫らという思いをつきぬけて、ただ、おぞましいとしか考えられなくなってしまうのである。とぐろを巻き合い、からみ合う二匹の青い雄蛇――。

　奇妙なもので、そのくせそんな我が子が、同時に、たのもしくも思えるのだから親ごころは愚かしい。

「母さんとも相談して、なんなら引っ越してもいいよ」

と私は言った。

「お前の危惧が当るか当らないかは別として、いつまで棟梁の家に、親子して居候しているのも考えものだからな」

しかしいざとなると、世帯分けにはいろいろ面倒がともなう。つい、ぐずぐず、兄にも言い出しかねているうちに、鎌倉で、北畠氏の乱につづく第二の叛乱が突発した。管領上杉禅秀が、主筋にあたる関東公方足利持氏どのに弓をひき、同類をかたらって謀叛の火の手をあげたのである。

それだけなら、たんに対岸の火事にすぎないが、騒動が洛中につたわるやいなや、

（すわッ）

と、だれもが目色を研ぎ合ったのは、別の理由からだった。

新御所義嗣どのは、花桐《はなぎり》と名づける側妾を召しかかえて、その腹に二歳になる若ぎみまで生ませている。

花桐の本名は上杉紀子——。謀叛人の禅秀入道にとっては、血をわけたたった一人の愛《まな》むすめなのであった。

二十六

噂によると、鎌倉のあるじ足利公方持氏というお方は、軽はずみで癇癖がつよく、とうてい人の上に立って、世をすべる器ではなかったようだ。

亡き大御所の従兄弟の子だが、大御所在世中から、ともすると将軍位を競望し、野心をくわだてて、そのたびに管領上杉氏に諫められていた人物である。

こんどの乱も佞臣《ねいしん》の讒言《ざんげん》をまにうけて、罪もない家来の所領を理不尽に没収しようとした公方を、上杉入道が諫止《かんし》したため、主従、言い争いとなったのが遠因と聞いている。

暗愚なあるじを見かぎった禅秀は、病いと称して管領をやめ、自宅にひきこもった。この不平につけ込んだのが、公方の弟と叔父だった。

かねがね、公方のやり口に反感と敵意をいだいていた二人は、内書を諸国に発して与党をあつめ、禅秀と手を組んで兵をあげた。ひとたまりもなく公方は逃走。鎌倉は大混乱におちいったが、時をうつさず幕府の援軍が下向し、駿河に逃げていた公方の軍と一手になって反乱軍を攻めた。

この攻勢をささえ切れず、禅秀はじめ一味同心の者たちは鶴ガ岡八幡の別当坊で自害——。さわぎは一応平定した。

しかし波動は坂東一円に及び、常陸の稲木氏、佐竹氏、小栗氏、甲斐でも武田氏などが相ついで幕府に反旗をひるがえすありさまで、余燼はそれからも、五、六年くすぶりつづけたのである。

「上杉入道禅秀叛す」

の第一報が京都に到着したのは、応永二十三年十月九日だが、乱の決着もまだつかず、公方がたも禅秀がたも、海道すじのところどころで交戦しているさなかに、はやくも義持将軍の命をうけて、侍所《さむらいどころ》の兵は押小路にある中原掃部頭《かもんのかみ》能秀宅を急襲。新御所義嗣どのの身柄を、相国寺の塔中《たっちゅう》に幽閉してしまった。

中原家は、新御所の生母春日局の里方——。北山第を出て以来、かつての華やかさにくらべれば日かげ者にもひとしい無為、不本意な生活を、新御所はこの屋敷で余儀なくされていたのであった。

……逮捕の兵が駆け向かった夜、兄の長男、十郎元雅も中原家に伺候していた。

身辺の危険を察知した新御所は、都を脱出し、近江の六角氏をたよって落ちのびるべく、ひそかに用意していたらしい。元雅も若気の一途《いちず》さから、新御所と行を共にしようとし、この夜、若干の金子などふところに忍ばせて家を出たのであった。

幕兵の行動は、だが、予想を上回って迅速だった。中原家の釣殿で、日野左中弁持光、山科中将教高、武将では山名宮内少輔時熙《ときひろ》、土岐大膳太夫康政ら腹心のひとびと、さらに側室の花桐、能役者元雅までをまじえた数人が、新御所を中心に都落ちの密議をこらしているさなか、今川上総介範政《かずさのすけのりまさ》を将とする二百騎あまりが表門、裏門からときの声をあげつつ込《こ》み入ったのである。多勢に無勢だった。

それでも土岐、山名らは討手と渡り合って傷つき、折りかさなって縄打たれた。逃亡を気づかってか、新御所も高手小手にいましめられ、粗末な板輿に押しこめられて、そのまま相国寺へ護送された。

花桐は斬られた。幼な児を兵の手に渡すまいとして抵抗したのだという。元雅も花桐をかばって肩に浅手を負った。

この若い側室と元雅とを、日ごろ新御所は、おなじ褥《しとね》の左右に臥させて、かわるがわる愛撫していると、嘘かまことか、世間の口はささやいていたし、三人の異常な関係は一部の指弾、はげしい顰蹙《ひんしゅく》を買いながらも、つい最近までつづいていたのであった。

ともあれ、猿楽風情に討手は目をくれなかったのか、乱刃のただ中に居合せながら、元雅が捕えられなかったのは幸いだった。

「と、しても、こんなさわぎが起こるようではぐずぐずしていられないな磯菜、せがれが言う通り家《や》移りを考えようよ」

妻とも内々、話し合っていたある宵、私は奥の、兄の居間に呼ばれた。固い、沈んだいつもの顔を、於寿々も兄のかたわらに並べていた。

四十を越した嫂は年よりはるかに老けて、若ざかりの、あの驕慢にさえ見える美貌を、なかば失いつつあった。争いは一度もしないが、静かなまま兄との仲も、冷却の一途をたどっているらしい。いつのまにか寝所など別にしていたし、子らにさえ無口な、淋しい母の姿を、われから固定化してしまったような近ごろであった。

「ご用ですか兄さん」

と、なるべく於寿々のほうを見ずに私は言った。

「うむ」

おもくるしく、兄はうなずいた。

「元雅のことなのだ」

「なにかまた、しでかしましたか」

「伊勢、大和へ巡業に行くたびに、元雅は新御所にたのまれて、ひそかに北畠氏、越智《おち》氏など、南朝遺臣の居城へ出入りしていたという」

「では……」

私は息をつめた。

「ではやはり新御所が、南朝方や関東と通じて事を起こそうと企らんだのは事実だったのですね」

「これまでのご日常が、めざましすぎたのだ。ひきかえて、いまの不遇――。あのかたの鬱屈もわからなくはないが、父観阿の先例がある。もう二度と、わが家に南朝の亡霊を持ちこみたくはないと思ってな」

「おっしゃるまでもありません。いい年をして元雅も無考えなやつだ。叱りつけてやりましょう」

さっそく召使を呼んで、

「若棟梁に来いといってくれ」

と、私は言いつけた。

元雅はやってきた。弟の五郎元能も一緒だった。痩せぎすな兄の体軀をかばうように、元能は肩ひじ怒らしていた。

「忘れるな元雅、元能も……」

かまわず私はきめつけた。

「お前らの皮膚の下には楠氏の血が流れているんだ。お祖父さんはその血を疑われ、南朝嫌いの大名の、狂気の刃に屠《ほふ》られたんだぞ。くり返し聞かされて、この過去の苦汁《くじゅう》はお前らも、肝にきざんでいるはずじゃないか」

「南朝も北朝も、そんな対立は私の念頭にありません」

元雅は言い放った。

「私の中にあるのは新御所への愛だけです。新御所が命じたから、命じられたまま私は行動したのだし、幽所に呻吟する気の毒なあのかたのために、今後もできるかぎりのことはするつもりです」

「許さないよ元雅。そんな思いあがりはこの叔父が許さない。わかりきったはなしだが、お前の身体はお前だけのものじゃない、座の運命につながっているんだ。なま若い熱情にふりまわされて、お前ひとりが亡びるのは勝手だが、そのために一座を破滅させ、能の命を──お祖父さんが拓《ひら》き、げんに父さんが、血しぶくほどな努力で育てつつある能の命を、万にひとつでも、中道で亡ぼす結果になってもかまわないのか」

元雅は沈黙した。上気し、眸を妖しくかがやかせながら、朱唇を噛んでだまり込んだ姿は、若ざかりの父にも、母にも無かったもろく、危うげな美しさであった。

「わかりました」

と、むりやり微笑しつつ彼は言った。

「ご心配は、もう、おかけしますまい」

そしてわざとのように、母親の顔を凝視し、その眼を私に転じて、ゆっくり脇を向いた。頬に、血ののぼるのを私は感じた。

(少年の日の目撃を、この甥は忘れていない!)

父親に、元雅がそれを告げなかったことすらが、今となれば陰にこもって、私にはたまらなく不快だった。

（恩に着せようというのか。三人きりの秘密にしたまま、終生、母と叔父を侮蔑しつづけようというのか）

相手が感じているであろう嫌悪と、同量の憎しみを、私も若い甥に感じ、全身の慄《ふる》えを抑えかねた。

「わかればいいさ」

かろうじて私は言った。

「退《さが》っていいよ、二人とも……」

義持将軍の嫡男、祇童丸《ぎどうまる》ぎみが元服し、正五位下右近衛中将に任ぜられて、名を義量《よしかず》とあらためたのは応永二十四年——。十一歳の冬、師走であった。

さらに翌二十五年正月には、二年にわたる幽居の果て、屈辱的なあけくれに耐えきれず、新御所義嗣どのが、ついにみずからの命を断った。牢内に火を放って逃げようとしたため、警固《けいご》の武士に斬られたのだとも噂された。享年二十五歳……。花桐とのあいだに生まれた若君も、預かり人の富樫ノ介が命《めい》をうけてひそかに始末したらしい。

赦免を信じていた元雅は絶望し、自室にひきこもったきり、しばらくは家業の稽古にも姿を見せなかった。

傷つきやすく多感な、この嫡男の性格に批判を持ちながらも、兄は父親の大きさで若者を包み、悲しみの癒えるのを待ってやる気だったのだろう。叱言《こごと》らしいことはひとことも言わず、ただ、ひたすら自身の研鑽に没頭していた。

三十代の終りごろから、兄が能楽理論書の編纂に筆を染め出したことは前にも触れたが、この年二月には『花習《かしゅう》』と名づける一巻を仕上げた。後年書かれた『花鏡《はなかがみ》』の、前身ともいえるもので、事書《ことがき》四カ条のみを祖述した冊子である。

演技者としても作詞者としても、作曲者、演出者としてすら、これまで卓抜な力量を発揮しつづけてきた兄は、同時に一座の経営、後進の育成に力をそそぎ、能の美を、文字によって理論づけ、体系づけて、後進に渡そうと思い立ったにちがいない。

この点、私をはじめ周囲にいる者は、演技者のほかの何ものでもなかった。作能してみても、兄の手腕にはとても及ばない。初演の珍らしさが褪《あ》せるとたちまち、淘汰されてしまう腰の弱い作品群ばかりなのだ。

兄もしいて、私たちには求めなかった。分担すべき荷物をすべて一人で背負い、なお、理論書まで書き残して、あとにつづく者たちの道しるべにしようとはげんでいた。

三十代より四十代、さらに五十代というふうに、確実に兄は大きくなりつつあった。見なれた樹木が、ある日、気づいて計りなおしてみると、ぐんと太くなっているように、歩みつづけて倦《う》むことがなかった。

元雅、元能、元重……。三人の若者たちはきそって兄に学んでいた。兄から吸収しようとし、兄も惜しみなく彼らに与えた。

同年輩の他座の若手たちにくらべて、すでに充分すぎるほどの技を身につけ、世評も良いにかかわらず、しかし幕府後援の演能からは、相かわらず彼らは締め出されたままである。

六角堂の勧進興行、祇園御旅所での大政所《おおまんどころ》勧進興行——。洛中の話題をさらった華やかなもよおしは、すべて田楽新座の増阿弥父子によって主催されたものばかりだった。

観世の能は将軍に無視され、将軍に追従する諸大名からも相手にされない。元重はそれを元雅の失策に帰して、かげで従兄をののしった。はけ口の相手は、きまって父の私であった。

「棟梁が、大御所や細川武州の愛顧をうけ、そのために現将軍に嫌われたのは、藤若時代から引きつづいた成りゆきだもの、仕方がないにしても、せめて、それだからこそ元雅だけでも悧口に立ち廻って、大御所の歿後、早々に新御所とは手を切るべきだったのだ。そうだろ？　父さん」

彼は二十二になり、開花を待つ蕾のうずきに、しきりに駆られている様子だが、いかんせん、咲いて見せる場所がなく、機会もないのである。観世の若手はみな、同様の雌伏を余儀なくさせられ、髀肉《ひにく》の歎をかこっているのだ。

まだ中では、元重などよいほうで、彼には義円といううしろ楯があった。青蓮院へ入室したこの元重の保護者は、新御所自尽《じじん》の翌年、二十六歳で天台座主《ざす》となり、可能なかぎりは元重をひきたてて演能の機会をあたえてくれていた。

親として、私も義円座主の、息子への肩入れを感謝しないではなかったが、どうにもやはり、尊傲《そんごう》な相手の性格についてゆきかねた。感情の起伏がはげしく、口つきも辛辣で、ひとを傷つけるようなことを平気で言う。粗暴というのではないが、酒がはいると乱れ、癇癪を爆発させて、僧形にあるまじき残忍な一面を見せたりもする。

青蓮院出入りの庭作り師で腕を折られた者がいるし、近侍の幼い喝食《かっしき》が鷹に餌をやるのを忘れただけの理由で、むりやり両手に焼け火箸をにぎらされた話も聞いた。

こういう男の性欲の対象となって、嫉妬され愛撫され、顔じゅう膨れあがるほど、ときに打擲《ちょうちゃく》されながらも、ともかく十年あまり勤めつづけている元重を、

「案外、辛抱づよい性格だな、お前も……」

子ながら私は、見直す思いで言うおりもあったが、

「はたで思うほど、つらい勤めではないさ」

そのたびに彼は笑うだけなのである。

義円どのが天台座主に補された同じ年には、六月に兄のあたらしい理論書『音曲声出口《こわだしく》伝《でん》』が完成し、十一月の末に金春毘沙王の元服式もあげられた。

……この日、午後、私は元重にさそわれて西芳寺の庭へ雪見に出かけた。義円座主の供をしたのだが、元重の、座主に対する態度には、馴れ以上の冷たさとふてぶてしさが見え、二人とも、妙に陰気で不潔だった。あの、青年時代の義満公と、稚児藤若の抱擁にあふれていた闊達、さわやかな色気など、みじんも無い。

酒盛りのほどを見はからって私は元重のそばへ寄り、

「父は先においとまする。今宵は毘沙王の祝いだ。おぬしも早めに帰れ」

言い置いて、そっと席を立った。

毘沙王は十七歳。

この夜、童形《どうぎょう》に別れをつげて金春太夫を継ぎ、名も弥三郎氏信《うじのぶ》とあらためることになっていたのであった。

家には部屋ごとに灯がともり、ひさびさに稽古の間《ま》からも厨《くりや》からも、座員たちのにぎやかな笑声が洩れていた。

私は湯を浴び、磯菜に手伝わせて新調の素襖《すおう》に着かえながら、

「いい匂いがするな。焼き肉か？」

と、鼻をうごめかした。

「鹿よ。祝い膳につけるので、今夜はすこし余計めにたのんだの。蜂丸さんにね」

うしろへ廻り前へ廻り、気ぜわしなく衿や袴腰の具合を直しながら、

「ねえ、あなた、すこし派手だったかしら、この素襖の地色……」

磯菜は、そのほかに天下に気がかりはひとつも無いと言いたげな、あの、女特有の鼻声を出す。

「年寄り扱いはよせよ。芸人だぜおれは……。派手どころか、これでも地味すぎるくらいだよ」

わざと乱暴に、そのくせ、じゅうぶん女房をくすぐる答えかたを私もし、鏡をのぞき込んで烏帽子《えぼし》のゆがみを念入りに直した。

はなだ色の地に、薄黄で千切《ちぎり》模様を染めぬいたこの素襖は、磯菜が布のまま市で見立てて、今日のために自分で縫ったものなのである。難を言いながらじつは内心、彼女は大いに慢じてもいるのだ。

——式はかんたんに済んだ。

兄が烏帽子親、私が理髪役……。大和の在所からはるばる金春権ノ守も出て来たが、さすがの髭男もすっかり老いて、腰はかがまり、目もかすんだ様子で、男になった愛孫の肩を撫でさすりながら、ほくほくと涙やら水洟《みずばな》やら、ただ、すすりあげてばかりいる。むりもない。毘沙王が金春太夫をつぐ日、その晴れ姿を見ることだけを目標にして、命一つにしがみつき、今日までながらえてきた権ノ守なのだ。

「恩にきるぞ世阿どの、これでわしも安心して、弥陀の迎えを待つことができるわ」

兄の手をとって礼をくり返すが、元服をすませたというだけで、芸人としての将来からすれば、まだ海のものとも山のものとも予見はつきかねる年少の太夫なのである。内心、権ノ守も、ここまで来れば来たで又、あらたな怖れを、孫の未来に描いていたことであろう。

（人間、死ぬまで、不安は尽きないものなのだな）

と私は、ひとごとならぬ感慨に、盃の冷えるのも忘れていた。

兄も同じ思いなのか、淋しい目つきで、黙々と料理をつついている。かたわらに坐って無表情に酌をする嫂……。ようよう活気づいた広間の隅で、上座の、その一劃だけが、いつまでも燭さえ暗かった。

立って私は厨へ行った。水を飲むためだが、簀《す》ノ子《こ》におりようとしてふと見ると、出居《でい》の框《かまち》に蜂丸が酔い倒れていた。

「ひと口、ふるまってやったのよ」

と磯菜が笑った。

「前は強かったけど、このおじさんも年ね。瓶子《へいし》一本でつぶれるようになったわ」

その声に、蜂丸はにぶい眼をあけて、

「やあ四郎太夫」

むくむく起きあがった。汚ない布子《ぬのこ》に、なんの皮か、皺《しわ》だらけな獣皮の袖なしをひっかけている。ちぢれあがった小髷には白髪が目だちはじめ、鼻先だけが酒に焼けてまッ赤だった。

　鹿肉をかついで、時おり厨へ来るようだが、めったに私とも顔を合せたことはない。かえって近ごろでは磯菜や召使たちのほうが、蜂丸としたしい口をききあう仲になっていた。

「達者かね」

　と私は框に近寄った。

「まあ、どうやら生きてはいますがね。からきし私も、いくじがなくなっちまったあ」

「おたがいさ」

「いや、あなたは若いよ。くらし向きがいいと、やっぱり老け方もちがうものなのかね」

　言いさして、

「おや」

　落ちつかなげに、蜂丸はあたりを眺め回した。

「どこへ行ったろ。帰っちまったのかな」

「娘さんなら、手伝ってくれているわよ。あすこで……」

　と磯菜が厨の一方を指さした。包丁人のわきに寄りかたまって、下働きの女たちが氷魚《ひうお》に竹串を打っている。中に一人、見知らぬ若女房がまじっているのを、

「ここへ来い」

蜂丸は招き寄せて、

「娘ですよ太夫」

と、ひきあわせた。

「一度とついだんだが、亭主に死なれましてね。子づれのまま戻って来たんでさ」

なるほど背《せな》に、女は乳のみ子をくりつけている。病身らしく、うなじも肩も肉の薄い、ひどく気弱げな女であった。

「お忘れですかね」

蜂丸は笑った。

「夏萩ですよ」

「なつはぎ？」

「炎天の六条河原で、楠の御曹司が打ち首になった日だった。この娘に太夫は、夏萩って名をつけてくれたじゃありませんか」

「ああ、あのときの……」

私は目を見はった。牝牛みたいな蜂の女房、太刀取りの絶叫、血しぶいて倒れた楠正元の胴体、そしてその、灼け石の涸れ河原に、点々と咲き盛《さか》っていた夏萩の紅《べに》……。

二十五年の歳月をひと息に飛び越えて、思い出は胸ぐるしく、私の脳裏によみがえった。

（時は流れ去る。容赦なく流れ去って行く……）

人間の小ささ――。

（私も老い、まもなく死ぬであろうが、それでいいか？ それっきりでいいのか？）不滅の生を願い、不滅の美の中に命を移すことで、老いず、死なず、永遠に能とともに在ろうと決意し、たゆまずその決意にしたがって刻苦している兄が、私は妬《ねた》ましく、また、むしょうに羨《うらや》ましくもあった。

磯菜の着ふるしに、鳥目《ちょうもく》を添えて夏萩にあたえ、そのまま私は自室へ引きとった。

祝宴はそれからも、なお、しばらくつづいていたが、念を押して置いたにもかかわらず、その夜、元重はとうとう家へもどらなかった。

二十七

増阿弥の全盛時代は十数年つづいた。

在職中、頑固に義持将軍は、観世の能を無視しつづけたわけである。

三十八歳の春、将軍職を嫡子義量《よしかず》どのにゆずり、出家して公務の煩瑣《はんさ》からのがれたが、義量将軍は酒と女色におぼれ、十九歳の若さで病死してしまった。

「新御所義嗣《よしつぐ》どのの怨霊にとり殺されたのだ」

と、ささやく者もい、いつのまにかその歿地、相国寺林光院の裏門に近い町の四ツ辻には、

『新・大蔵大明神』

と名づける新御所を神体とする祠《ほこら》までできた。

初代尊氏公の弟に、これも非業の最期をとげた錦小路直義という人がいる。歿後、祟りをおそれて鎌倉の大蔵ガ谷《やつ》に、明神として祀られたが、どうやら新御所の場合も、この錦小路どのの先例にならったものらしい。

義量将軍の乱行に歩を合せでもしたように、おなじころ、帝位についておられた称光天皇のお身持ちが、また、上下の眉をひそめさせていた。

酒乱の上に無類の女好き……。しかも気質が荒く、まっ昼間、刀を抜いて女官を追い廻すなど、いかにお若いとはいえ、万乗の天子にあるまじきご行状と、凡下の口にまで噂はとりどりだった。

弟の小川宮というかたも、みかどに輪をかけた素行不良の青年だし、おん父、後小松上皇はこのご子息がたの日ごろに、頭を悩ましぬいておられたと聞く。

しぜん、宮中の綱紀はゆるみ、幕政も弛緩《しかん》して、故大御所の隆盛時代には思いもよらなかった饐《す》えの匂いが、閣内にまでただよいはじめた。

義量将軍にはあとつぎが生まれていなかったため、やむなく僧形のまま義持公はふたた

び政務をみることとなったが、再任後は、とかく病いがちだった。田楽への興味も急速におとろえ、とたんに増阿弥父子の影はうすくなった。

ひきかえてこの前後から、観世一座は息を吹き返した。十郎元雅が三代目観世太夫をつぎ、翌年四月には、醍醐寺清滝宮の楽頭職《がくとうしき》に任ぜられたのである。

楽頭始めの猿楽興行……。さらに南都興福寺での薪能《たきぎのう》勤仕。

つづいて青蓮院義円僧正のあと押しをうけて、私のむすこ三郎元重までが、一言《ひとこと》観音堂造営の勧進猿楽を伏見で張行《ちょうぎょう》することとなった。兄はもとより、元雅、元能兄弟が、すべての面で積極的に、この元重の晴れ舞台を応援してくれたのはいうまでもない。

元雅に太夫職をゆずると同時に、兄は出家して善芳《ぜんぽう》と名を変え、第一線をしりぞいたが、理論書の執筆に、後進の指導に、精力的な仕事ぶりを見せているのは相かわらずであった。

――ところで、同じころ……。

若棟梁元雅は、親にかくれて恋をしていた。諸事に抜けめのない元重さえが気づかなかったほど、ひそかに進行していたこの恋の相手の名を、こっそり私に告げたのは狂言方の小槌である。

六人もの男児をそれぞれ一人前の座員に育てあげて、自身もいつのまにか、名人の折り紙をつけられている小槌が、舞台とはおよそかけはなれたしかつめらしい普段の顔で、

「困ったことになりましたよ四郎太夫」

ある宵、私の耳もとでささやいたのだ。

「十日ほど前、夜が更けてからでしたが、若棟梁が女人をひとり梅小路の私の家へつれて来られましてね。かくまってくれと言われるのです」

「女を？」

「しかも問いただすと相手の素性は、大和の豪族、越智《おち》氏の身内ということでして……」

「なに、なんだって⁉」

私のおどろきに、

「南朝遺臣の領袖、越智一族――。これには耳を疑いました」

にがり切って、小槌もうなずいた。

「選りに選って、なぜこんな危険きわまる恋をされたのか……。若棟梁の気持をはかりかねたほどです。――名は貴船姫。越智氏の当主、六郎維通《これみち》とやらの妹ということですし、若棟梁が、身に替えても思い込まれるだけあって、似合いの美しい女《ひと》なのですが……」

「わかった。さっそく兄とも話合って善後策を講じよう。女の身柄は、ずっとおぬしの家で預っているのだな」

「どうも察するに、若棟梁を慕って姫は越智の城を出奔して来たらしいのです。若棟梁がそそのかし、手引きしたのかもしれません。乳母《めのと》の老女と雑色《ぞうしき》の侍をふたり供につれ、持ち物も、衣唐櫃《きぬからびつ》と表差《おもてざ》し袋をひとつずつ担わせただけの軽装でした」

私はうなった。尋常な手段では裂くことがむずかしいにちがいない。元雅のいっぽん気と世間知らずな芸術家肌は、新御所の寵を受けていたころとすこしも変っていない。二つ三つ年下でいながら、この点せがれ元重のほうが、考え方がずっと当世風だった。

彼にも今、縁談が持ち込まれていた。義円座主の口ききである。青蓮院の寺務をつかさどる職事《しきじ》のむすめ……。あの嫉妬ぶかい義円座主が、よく仲だちする気になったものだと当初、私はいぶかったが、そのはずだった。娘はひどく醜くかった。ただし実家方《さとかた》は、祇園八坂かいわいの貧民相手に、高利の金など貸しつけている小金持ちで、娘の母は義円座主を育てた乳母……。つまり座主と娘は、乳兄妹にあたるわけなのである。

「かまわないさ、容貌など……。五体さえ満足ならばね」

と、元重は割りきっている。

「女にも納得させてあるんだ。お前と結婚しても座主とは切れないって……。おれはお前ひとりの持ちものじゃないんだってね」

——ともあれ元雅と貴船姫の一件は、早急に解決しなければならない難問題だった。

「兄の耳に入れよう。おぬしも同席してくれ」

小槌をうながして立ちかけたとき、襖があいて、入側《いりがわ》の廊から当の兄がはいって来た。

「越智氏の妹の話ならば、昨夜、元雅から打ち明けられたよ」

と、円座を引き寄せながら兄は言った。さすがに眉が曇っていた。

「まさか、賛成はすまいね兄さん」

急《せ》きこんで、私は言った。兄はうなずいた。

「別れられるなら、今のうちに別れろと忠告した」

「きかないのか？」

「貴船姫は懐妊している」

「懐妊⁉」

「五月を、なかば越しているのだそうだ」

「ば、ばかなやつ！　いったい、いつ、どこでその女と……」

「大和巡業に出かけるたびに元雅は忍んで姫を、越智城に訪ねていたらしい。越智一族はこの恋に、はじめから好意的で、見て見ぬふりをしていたという」

「新御所時代からのひっかかりがあるからだ。ひそかに新御所の手足となって、越智氏、北畠氏の領国へ使いしていた元雅……。姫との仲も、そのころから育っていたにちがいない」

「私はあきらめた」

「あきらめた？」

「あきらめたよ元仲。元雅ももはや三十二歳。演技者としては、親のひいき目をぬかしても一級の力量を身につけているし、創作能力の点でも『隅田川』『歌占《うたうら》』『弱法師《よろぼし》』など、ときに私をしのぐほどの才華のきらめきを見せている。——その彼が、是非善悪を考えぬいたあげく、なおかつ、別れられないと言い切るならばやむを得まい。この恋、つらぬかせるほかないではないか」

さすがにしかし元雅も、貴船の素性については心痛し、当主維通と話し合って、表向き、

『猿楽風情と通じ、家名を汚した』

との理由で、越智の一門から、姫の身を放逐してもらう形をとった。

それに、南朝方の遺臣と目《もく》されてはいても、越智氏はもともと南都興福寺の衆徒《しゅと》である。楠一族のように、元弘・建武のむかしから足利氏に敵対しつづけた純然たる武族とはちがうのだとも、とりなし顔に兄は言った。

興福寺には、所在の方角にしたがって末寺が六カ所附属し、そこに籍をおく僧兵、また、寺領内に住む武士団をひっくるめて『六方衆徒』あるいは『興福寺国民』とよんでいる。このうち、もっとも勢力を有していたのが生駒郡に拠点を持つ筒井氏、北葛城郡の箸尾《はしお》氏、磯城《いそき》郡の十市《といち》氏、そして高市《たけち》郡の越智氏なのであった。

「しかし、たとえ貴船姫が、一族と縁を切って元雅のもとへとついで来たにしても、血は子孫に伝わるからなあ」

と私は言った。声にも顔にも、不快は隠しようがなかった。

「祖父母たちも同様だったじゃないか。観阿の母という人は、兄である楠家の当主、兵衛尉正成《まさしげ》に勘当され、駆け落ちの形でわれわれの祖父と世帯を持った。にもかかわらず、彼女の血は生みの子に祟って、観阿はあのような最期をとげねばならなかった。貴船姫の場合もまったく同じだ。……いや、情勢はさらに悪くなっている。元雅の不幸、巻き添えを食う一座の迷惑はあえて言うまい。そんなことよりも、へたすれば能が……能の生命《いのち》までが危うくなるのではないかと、おれはそれを怖れるよ」

「いや、その懸念は、もはやほとんど無いのだ」

低く、兄は否定した。

「観世の能は、宝生、金春、金剛の各座にきそって摸倣され、咀嚼《そしゃく》され、いまやまったく彼ら自身のものとなって、大和を中心に再生しつつある。観世座座附きの座員たち、その弟子たち……種子《たね》は四散して、ひそかな萌芽をもたげつつあるのだ。むろん、まだまだ途上だが、やっと近ごろ、なかばの安堵が私には持てる気がして来た。能の美はこの国の風土に根ついた。なお磨けるだけ私は余生を、その琢磨にささげるつもりだが、よしんばここで元雅や私たち観世の一族が、死に直面するような不幸に見舞われたとしても、そうむざむざ能は死なない。そこまでの強さに能は育って来ているのだ。『家、家にあらず、続くをもって家とす。人、人にあらず、識《し》るをもって人とす』とは古人の言だが、能の生命を、美を、あやまりなく伝えてくれるならば、伝え手など、どの座の何人《なんびと》でもいいわけだし、観世の家の浮沈など、その前には瑣事にすぎないと私は思っている。突き放した言い方をすれば、おぼろげながら未来への確信が持てたからこそ、私は元雅の、無謀な恋を許す気にもなったのだよ」

「残酷だな。兄さんという人も……」

虫の好かない甥ながら、元雅のために、やはり私は悲しまずにいられなかった。

「子を失うはめになっても、能が生きればいいという考えかた、観世一座を破滅させても、能さえ残れば満足だという、その兄さんの観念の持ちかたは、相かわらず冷たすぎるな」

「失うとはかぎらない。破滅するともきまったものではないのだ。残酷というが、元雅が、元雅の責任において望むところを、私はかなえてやろうとしているのだよ。むしろ理解ある親と思うが、どうかね？」

しきりに燭がまたたくので、私は背後をふり返った。いつ来たのか、うす暗い襖ぎわに、影のように於寿々が立っていた。

兄の出家と同時に彼女も様《さま》をかえて、寿椿《じゅちん》尼とよばれるあけくれを過ごしていたが、白絹につつまれた相貌には、険しい老いが目立ち、眸はまっすぐ兄にそそがれて、青く、はげしく燃え立っていた。

真向いながら、そんな妻の凝視を兄は無視し、

「むろん、子の身の上に不幸が起これば、父として私は悲しむ」

静かな語調で吐露しつづけた。

「悲しむが、しかし親子恩愛の悲歎などは、はじめから、かならずそうなると覚悟してかかっていれば処理しやすいものだ。仕合せを信じなければ、不幸の到来にあわてることもない。すべて、愛する者たちとの交渉については、接触にしろ別離にしろ、はじめから私は、ひとつの覚悟を持って臨んできた人間なのだ。不幸は人を聡明にする。望むとまでは言わないが、あえて不幸を、私は忌避しようとも思わないよ」

やむを得なかった。割り切れなさを無理に抑えて、私は居間を出た。嫂の顔は見なかった。小槌もついて来た。思いがけず小槌の表情には、爽やかなあきらめが匂っていた。

「肚をきめましたよ」

彼は微笑した。

「奈落《ならく》の底へでも、私は棟梁といっしょに落ちます。洟《はな》たれの時分からそれだけを、こけの一心に思い詰めて今日まで来たのですからね」

長い廊下を、家族たちの憩《いこ》う炉部屋へ向かって歩みながら、だが私は心の内で、不決断につぶやきつづけていた。

（おれは愚父だ。尋常《なみ》の夫だ。子や妻を不幸の巻きぞえにはしたくない。のびのびになっていた家移りをこの機会に決行し、せめて一歩でも半歩でも危険から遠ざかる算段をしたいが……逃げ腰は卑怯だろうか）

二十八

元雅は結婚した。ひっそりした式だった。

半月おくれて元重も嫁を迎えた。これもささやかな挙式であった。さすがに新妻の容貌を恥じたのである。

嫁――たかねの醜さには、だが幸いなことに、邪気というものがいささかもなかった。ぷっくりとせり出した双の頰先、木の実をねじ込んだような丸い鼻、さがり目尻、おちょぼ口……。色じろが難を隠しているとはいえ、そっくりそのまま狂言面の『ふくれ御前』と思えばまちがいなかった。

匂やかな貴船のとりなりにくらべると、いかにも私は情けなかったが、元重はたかねをちやほやし、おくめんもない花婿ぶりを弟子どもにまで見せつけていた。

「あれでは早晩、子ができる。つい億劫《おっくう》が先に立って、ずるずると兄夫婦の邸に同居しつづけてしまったが、元重の結婚をしおに、家を一軒かまえようではないか」

と私は妻にはかった。磯菜にも異存はなかった。

元重がこの母を熱愛するので、彼女は幸福そうだったし、たかねを嫁に迎えることにも、だれより乗り気をしめしたのは磯菜であった。

「女なんてものは顔じゃないよ三郎」

こんな場合、どこの親もが口にするきまり文句を彼女も息子にくり返し、嫁の里方と義円座主との関係を強調して縁談をまとめたのだが、さっそくこの、磯菜の期待は報われた。家移りの費用ほとんどを、たかねの実家はまかなってくれたのである。

近衛府の属僚をつとめていた者の古屋敷が売りに出たので、やがて私たち一家は、その家に若干の手を加えて住みついた。

二条西ノ洞院——。

三条堀河の兄の家からは四、五丁北へあがった寺町の一劃であった。召使少々と内弟子十人ばかりが根分けされて、私たちとともに西ノ洞院へ引き移った。

弥勒《みろく》打ちと伝えられる古面『父ノ尉《じょう》』、赤鶴《しゃくづる》打ちの『獅子口』を、兄は、

「一本立ちの祝いだ」

と元重にくれた。

私はうしろめたかった。礼を言いに堀河へ出かけて行きながら、それとなく息子の結婚など、兄の前に愧《は》じてみせた。じじつ、論はあっても、若者らしく純な恋情を貫《つらぬ》いた元雅にくらべて、元重の妻選びには打算の汚なさが見えすいていた。心の在り方を芸に結びつけて、私といえども考え込まないわけにいかなかった。品性が将来、元重の舞台に影響してきては一大事である。

兄はしかし、

「不安がることはないよ元仲」

私の訴えを打ち消して言った。

「たしかに元雅にくらべて、元重には詩心がなさすぎる。元雅は天性の芸術家だ。『隅田川』一曲でもわかるように、彼の資質は詩で成り立っているといってよい。ただし、それだけに元雅はもろい。感受性がつよすぎるため傷つきやすく迷いやすい。元重は逆だ。詩心で感得すべき事がらを彼は身体で感じ取る。元雅には無いねばりと強さを、天性、身につけて生まれて来ている。これはこれで、得がたい資質と思ってよいのではないか」

「これからさき、芸がさもしくならないだろうか。今はまだ、辛うじて若やぎにしろ品にしろ、元重は保っているが……」

「これからも保つさ。辛うじて、ではなくて、元重は元重なりの品位と深みを、将来ますます身につけていくはずだよ」

「世辞ではないか兄さん」

かすかに、兄は笑ったようだった。

「お前や元重に世辞を言ってどうなる？　元重だけではない。能にしがみつき、正しく学びぬく根性さえ持っていれば、その者の芸は、年月とともに上昇の一路をたどるはずなのだ。いやおうなくそうなるように、私は道をひらいて来た」

「……」

「言うまでもなくまだ、私の努力も途上だが、つけた踏み跡を迷わず飽くまでも追ってくれば、いま私のいる段階までは、まちがいなくたどりつくことができるはずだよ。五百年、千年さきに残す美を、なまはんかな手でいじりまわされてはかえって危い。あとにつづく者は守るだけ、再現するだけ……。それだけでいいように作詞、作曲、作舞、演出——〝能のすべて〟を、私は私一代で、完璧なものにまで仕あげ切るつもりで努力して来たし、かならず仕あげ切る決意でもいる。受け取る側、守る側の性格や資質など、したがって問題ではないのだよ」

　卑劣なやつ、無知なやつ、鈍なやつ、傲慢なやつ……能にたずさわる者の未来には、無数のさまざまな性格が集まってくるにちがいない。だからといって、人を選んではいられないのだ。凡夫はおたがいだ。能は道徳でも宗教でもないのだから、たとえ日ごろは、飲んだくれの鼻つまみであっても、舞台の上だけででも幽玄無上の美を顕現できる演者なら、それで「よし」としなければならないのではないか。

「元重も、父のおぬしが懸念するような嫌な人間に、行く先、あるいはなりさがるかもしれない。しかし彼の舞台は別だ。正道をいま、正しく彼は進んでいる。品性の下向とは逆に、このままゆけば元重の舞台は、かならず高雅な、珠のごとき芸術品として完成する。それだけは、受け合える気がするね」

ひどく楽しげな兄の言葉を聞きながら、親である私は、そのくせ楽しくもうれしくもなかった。

（元雅のときと同じだ。冷たいことを言う）

と、むしろ恨んだ。

（演者の〝人間〟などどうであろうとかまわない。能の生命さえあやまりなく伝えられれば……。そのために道をつけ、両側に柵を結い、盲牛さながらいやおうなく〝正道〟を歩ませてしまおうとするやり方――。周到な、そのための用意……）

結局、能の前には子も甥もない。演技者としての配慮は、とことんまで払ってやるが、子であり、甥であるためのおもんぱかりなどは特に持たないと、裏返せば兄は、つれなく言ってのけているわけだ。

……西ノ洞院の新居へもどるとさっそく、私はこの兄の言葉を息子に聞かせたが、

「伯父さんという人はえらいな」

元重はまじめに、むしろ我が意を得たといわんばかりなおももちでうなずくのだ。

「目のつけどころを先の先に置いている。父さんあたりの尺度には合わないのが当然だな」

そして、

「おこったの？」

肩をすくめ、

「安心しろよ父さん」

小さく言い添えた。

「おれはしんそこ、伯父さんの主張に敬服する。伯父さんの能をうやまう。元雅や元能にだってこの心は劣らないが……しかし、尊敬と愛情は別だよ。伯父さんが芸と愛を、あくまで分けているようにね」

「どういう意味だ？」

「伯父さんはおれを好いていない。突き離されている点は元雅たちも同じだが、そういう意味ではなく、伯父、甥としての心の触れあいから言っても、あの人は、おれという人間を好いちゃいないよ」

私は吐息を洩らした。

（同じだよ元重……）

そう、教えてやりたかった。

（実の子の元雅や元能でさえ、かならず同じ疑いと不満を、父に抱いているはずなのだ。於寿々がそうだ。おれもそうだった。兄の周囲に生きる者は多かれ少なかれ、みな同じ痛手をこうむることになるのだよ）

そのくせ息子に、私はなにも言わなかった。いまさら、面倒だった。

「ひがむなよ。伯父さんは伯父さんの愛し方で、じゅうぶんお前を愛しているさ」

とだけ、短く言った。

「そうかもしれない。でも今に、どんなやり方にしろ、棟梁はおれを愛さなくなる。かならずそうなるよ」

この元重のつぶやきは私には暗示的だった。無気味でもあった。取りようによっては彼のほうから、伯父に向かって叛逆を宣言したことになりかねない。

(打算からいっても、だが、そんなばかな思いあがりをする元重ではあるまい。棟梁、若棟梁の庇護を離れて独立できるほど、彼の腕や足場はまだ、固まってはいないのだからな)

ところが直後……。

とつぜん、義持将軍の薨去《こうきょ》が公《おおやけ》にされた。わずか三日、病んだにすぎない。年もまだ男ざかりの四十三——。だれひとり予測もしなかった急な逝去であった。

それはいいが、先立って若死した義量前将軍のほかに、義持公には子というものがなかった。

継嗣の座をめぐって、にわかに閣内は騒然としはじめた。仏門にはいっていた故大御所の男児たちは、そろって、

（われこそ！）

と気負い立つ気配だった。

年からいえば香厳院に入室している友山禅師が、故大御所の長子ではあり、もっとも適格者なのだが、ひとり、

「顕位にのぼる器《うつわ》ではない」

と固辞して、管領たちの誘致に応ぜず、結局、大覚寺の義昭僧正、相国寺の永隆和尚、青蓮院の義円座主、梶井の義承門跡《もんぜき》ら四人が集まって、石《いわ》清水八幡の宝前《ほうぜん》で御鬮《みくじ》をひいた結果、なんと、足利六代の将軍位は、義円座主の手に落ちたのである。

私には青天の霹靂《へきれき》だった。しかし元重は、予期してでもいたように動ぜず、つききりで座主の御所移りに世話をやいた。

故大御所の歿後、一時、北山第に住んだ義持前将軍は、やがて北山の華美を嫌って三条坊門の旧邸にもどり、ここを幕府と定めてまつりごとをみた。したがって北山第はしだいに荒れ、九年前、故大御所の御台所日野康子のおん方が死去すると同時に、舎利殿、護摩堂、法水院だけをのこして、建物はすべて解体され、寺々に寄進されてしまった。

往時の景観をなつかしむ者には、夢としか思えぬ変りようだが、新主の座についた義円座主は、青蓮院からいったん裏松中納言の邸に入り、二十日あまり同邸に滞在した上でこれも亡父の愛した遺跡、花ノ御所室町殿へ移り住んだ。ときに年、三十五。

内々、元重から耳打ちされたところによると、鬮引きはおもてむきで、じつは義持将軍の病臥以前から、義円座主は管領畠山満家どのら幕閣の要路に擁立され、次期の大統を継ぐべくひそかに予定されていたらしい。

（ともあれ、よかった！　でかしたな元重）

喜悦を、私はおさえかねた。

義円座主の襲封はひとり元重の将来ばかりでなく、縁につながる観世座すべてに光明をもたらす吉事である。

（元雅の結婚にまつわる心配も、これでどうやら大目に見てもらえる目算がついた。みんなお前の辛抱のおかげだ。父さんも座の者たちに鼻が高いよ）

……同じ年、称光天皇が二十八歳で崩じた。酒と女色に身心をすりへらしたのである。

天皇にはお子がなかった。やむなく後小松上皇のおぼしめしで、四代前のみかど崇光院の、おん曽孫《ひまご》にあたる彦仁王が十歳で帝位をつがれ、後花園帝と呼ばれることになったが、この替代に不満を燃やしたのは南朝系の宮たちであった。迭立《てつりつ》の期待を破られ、故後亀山院のおん曽孫、小倉宮聖承王は憤然、京師を出奔。伊勢の北畠氏を頼って兵をあげた。

しかも例によってこのさわぎに、鎌倉の不平児、関東公方持氏どのが気脈を通じているとの噂も流れた。大和、紀伊の南朝遺臣たちは動揺……。幕府はやむなく、伊勢の守護土岐一族に命じて追討軍をくり出し、半年がかりでやっと平定した。

北畠氏の当主満雅《みつまさ》は討死――。首級は京都に運ばれて四塚ノ辻に梟《か》けられた。

偶然、墓まいりの帰途、私はこのさらし首の下を通った。壺屋の吉祥が死んだのである。

彼女と私はとうに切れていた。五十近くまで濃《こい》化粧に老残をかくして彼女は客をとっていたが、いつのまにか病んで行く方が知れなくなった。西朱雀《すざく》の陋屋《ろうおく》でさびしく生を閉じてからも、すでに八、九年になるという。

蜂丸のむすめの夏萩が、晩年の吉祥を引きとって死水まで取ってやった貧しい塗師《ぬし》と、ふとしたことから知り合いになり、夏萩の口を通して、私も吉祥の末路、彼女が眠る寺の名などを耳にすることができたのだった。

桂川岸――。

俗に藪ノ渡りと呼ばれている蘆原の土手裾に、寺ともいえぬ破《や》れ堂の擬宝珠《ぎぼし》が見え、竹垣にかこまれたささやかな墓地が、堂のうしろにつづいている。

霜どけの日だまりの隅に、朽ちかけて立つ率塔婆《そとば》一基……。今はもう、文字もさだかでないその一片の木ぎれが、ひとりの遊女のすべてであった。

案内してくれた夏萩が、どこから見つけて来たのか枯れ残った野菊の小束を土に挿しているまに、私は庫裏《くり》へ廻って老いた院主に鳥目《ちょうもく》を布施し、率塔婆の供養をたのんだ。

いまさら悲しみは無かった。童貞を与えた女。嫂《あによめ》の影と思って抱いた女……。思い出は冬ざれの蘆原を渡る風に似て、すがすがと淡く、軽かった。

その帰り、四塚ノ辻で、私と夏萩は北畠満雅の首を見た。血も眼も髪も、凍《し》みひからびて、明るい午後の日ざしの下、首もまた、木の実の軽さに風化しつつあった。

「ふしぎだな」

夏萩を、私は見返って言った。

「あんたの名づけ親になった日も梟首を見た。因縁かな」

「父から聞きました。暑い日だったそうでございますね」

夏萩も微笑した。彼女は目を病み、しきりに布を瞼にあてていた。二年前、蜂丸が卒中で寝込んでからは、鹿肉《ししにく》の振り売りは夏萩がして、老父と娘をやしなっている。出もどりのまま三十をなかば越す今日まで、ついに二度の嫁《とつ》ぎはしなかったらしい。

痩せたその手に、金の残りをにぎらせて、私は家へもどった。

めずらしく、家には五郎元能が遊びに来ていた。近くまで来たので寄ったのだという。元重は留守で、嫁のたかねが相手をしていた。

「馳走してやれ」

私は厨の磯菜に言いつけた。

次男坊ののん気さ、荒っぽさはあるが、男らしく気性もさっぱりしたこの甥を、皆石と呼ばれていた童形のころから、私は元重におとらず愛していた。たかねもつききりで元能

に酌などしてやりながら、

「私、おめでたですの。うちの旦那さま、気が早いでしょ？」

問われもしないのにしゃべり散らす。

「そ、それはおめでとう。いつですか？」

元能のほうが、へどもどと目のやり場に困った顔つきだった。

「来年の秋ぐちですのよ。女の子かしら？　それとも男の子でしょうか？」

「提子《ひさげ》がからだよ」

と私は嫁を追い立てた。

「吸物もあたたまったようだ。姑《かあ》さんに言って、その椀、代えて来なさい」

ところへ元重が、室町御所から帰宅した。とたんに、

「もう飲めない。酒は弱いんだ。遅くなったし、また、寄せてもらうよ叔父さん」

言いすてて、入れかわるように元能は立ち、元重も従弟に、

「やあ」

と、ひとこと、そっけなく声をかけただけで廊下をすれちがった。ひきとめるひまはない。敷居外まで追って出たまま、私は茫然と去って行く甥のたくましいうしろ背《ぜ》を見送っていた。

二十九

義円座主が将軍職についた永享元年には、北畠氏の乱とかさなって貧民の蜂起もあった。以後、しばしば起こった『土一揆』のさきがけである。

この年、八月、まず近江の坂本にたむろする馬借《ばしゃく》と呼ばれる馬方の集団が、

「借金証文を焼きすてろ。かたにとられた家財道具を返せ」

くちぐちに呼号しながら土倉や酒屋、大寺大社など高利貸しの襲撃を開始し、さわぎは伝わって山科、醍醐方面の百姓衆もこれに加担……。大和、伊賀、伊勢、紀伊、河内、和泉の諸国にまで波及する大一揆に発展した。

強気な義円座主は、だが頑として徳政令の発布に応ぜず、兵を派して暴徒の鎮圧にかかった。

一揆は荒れくるい、洛中に乱入して放火、打ちこわしをほしいままにし、幕兵とのあいだにおびただしい死傷者を出した。

狂気と疑われるまでの苛政《かせい》を布《し》き、在任十二年、ついに家臣赤松満祐《みつすけ》に殺害された義円座主の、初政を飾るにふさわしい事件であり、すべり出しであったといえる。

このまに、年が明けた。

円頂を絹でつつんだまま政庁に臨んでいた義円座主も、ようよう髪が伸びそろったため、三月九日、正式に還俗し、加冠、元服の式をおこなって名も『義教《よしのり》』とあらためた。

はじめ義宣の二字をえらんだのだが、

「よしのぶは世を忍ぶに通じる。不祥だ」

と嫌って、義教に変えたのだという。

ついで参議に任じ、左近衛中将を兼ね、征夷大将軍を拝命。名実ともに〝幕府のあるじ〟におさまった。

さかんな祝宴がつづき、元重までが連日、室町御所につめきりの忙しさだったが、それも一段落ついた五月三日、殿中、笠懸《かさかけ》馬場に組立ての仮り舞台をしつらえて、多《た》武《ぶ》峰《みね》様《よう》の能がもよおされた。馬、武具、甲冑……すべて実物を使う演じ方である。兄などの主張からすれば俗うけをねらった邪道なのだが、新将軍のとくべつの好みとあればいたし方なかった。

元雅と元重が合同して一手になり、宝生太夫の座と競演する趣向で、二条摂政、聖護院准后、満済《まんぜい》准后、実相院、宝池院門主らも陪観。ひじょうな盛会だった。

観世座は『一ノ谷先陣』を出し、元雅が前ツレの義経、兄が前ジテの尉《じょう》、元重は後ジテの梶原をつとめ、桟敷《さじき》から銭《ぜに》万疋《びき》の引出物を受けた。

腰痛のためこの日、私は舞台に出ず、見所《けんしょ》の隅にかがまって、それとなく上座の気配をうかがっていた。顕位についた今、その重みに負けまいとする虚勢のためか、ますます狂的な光りを、新将軍は双眸に刷《は》いているようだった。

動作は静かだし、痛飲しながらも乱れは見せない。薄く緊った唇《くち》もとに痙攣《けいれん》を時おり刻みながら、冷たく眼を据えて、舞台の絢爛《けんらん》に見入っている。

うすら寒い危機感を、なぜかこの、義教将軍の表情に感じて、私は帰宅ののちも、しばらく胸さわぎにくるしめられたが……。

はたして十日後、兄と元雅は、仙洞御所への出入りを、台命によって禁止された。

「観世の能を見たい」

と仰せ出された後小松上皇のお言葉を、てっきり三郎元重のことと思い込んだ義教将軍は、いつなりとも参上いたさせる旨、御所へ申し入れたらしいのである。

ところが上皇の叡慮は元重ではなくて、世阿弥父子の上にあった。将軍は怒り、かさねて使者を通じて、

「観世十郎ならびに世阿の両人は、召さるべからず」

と強硬に奏上し、代りに元重を推挙したのだ。

私は愕然とした。兄を敬愛しながら、私の内奥《ないおう》には消しがたい兄への嫉妬が、つねに炎《ほむら》していた。自身の力量をかえりみての寂寥、比較される不快、たえまない焦り、虚ろな自棄《じき》にもさいなまれ通して来たこれまでだったのである。

元雅の行動や性格には、まして私なりの批判があったし、於寿々との事件以来、感情的にも埋めがたい溝ができてしまった間柄ではあるが、だからといって彼ら親子を敵に廻し、同族、血をしぶかせ合う地獄など、ゆめ、望んでいるわけではなかった。

元重の出世がまず、よろこびの第一であるにしろ、将軍の交替によって観世座すべてに、日の目のほほえむことをも、しんじつ期待していた私なのだ。

「将軍家の意向はどうあれ、若棟梁を押しのけての仙洞お出入りなど、けっしてお受けするな」

元重に私は言った。その、私の口もとを、しばらく無表情にみつめつづけたあげく、

「いや、お受けする。しなければならないよ」

妙にひらべったい、弱々しい声で元重は反対した。

「来春から正月恒例の仙洞猿楽は、一っ手におれに引きうけさせると、将軍家は気負っておられるのだ。こばむわけにはいかないよ」

聞き馴れた我が子の声のようではなかった。私は身ぶるいして、

「まさか……」

相手に詰め寄った。

「まさか元重、お前が伯父父子を、讒言《ざんげん》したのではあるまいな」

「子をはずかしめるのはよせよ父さん。自分への侮辱になるぜ」

そして、

「知らないんだ」

うすく元重はかぶりをふった。

「あの人が……、新将軍が、どんなに恐ろしい人か、知ってるようでも父さんはまだ、本当にはわかっていないんだよ」

「！」

「今だからこそ言うが、何度おれは殺されかけたかしれない。煉獄さながらな座主との夜々に耐え切れなくなって、自分で自分を殺そうとしたことさえ幾度もあるんだ」

「元重！　お、お前……」

「十一の時に、おれは四ツ年上の座主に抱かれた。あれから二十年……。おれという人間はあの人に作られ、もはやあの人の一部になってしまっている。あの人のよさも、弱さも、恐ろしさも、一番知っているのはおれさ。讒言ぐらいで動かせる相手かどうか、また逆に、なまじな取りなしぐらいで和《やわ》らぐ相手かどうか、だれよりもおれこそ心得ているつもりだよ」

義教将軍が、亡き新御所義嗣どのに射向けていた憎悪の深さは、他の兄弟たちの比ではなかった。その新御所に溺愛された元雅……。南朝越智氏のむすめをめとった元雅……。

「おれの従兄だからといって、容赦する将軍ではない。おれをひいきする気ならなおのこと、元雅への風当りは今後ますます、強くなると見なければならないよ」

私は黙った。言われるまでもなく、なかばは元雅自身、蒔いた種でもある。

（どうなる？　この先……）

手に汗する思いで、成り行きをうかがっていた折りもおり、将軍の南都興福寺参詣を中途で待ちぶせて、暗殺しようと企らんだ曲者《くせもの》が事前に捕えられた。楠氏の残党だった。

「またか！」

私は鳥肌立った。声に出して思わず歎じた。曲者は楠五郎光正――。炎天の六条河原で誅された弥三郎正元の、忘れ形見だったのである。

場所も同じ、やはり六条河原で、光正も就縛《しゅうばく》後六日目に斬首されたが、僧形に姿をやつしていたこの若者一人を、侍所の兵五、六百人がおッとりかこみ、ものものしい押送《おうそう》ぶりであったという。

死にのぞんで、光正は頌《しょう》一篇をしたため、北畠満雅とおなじく四塚ノ辻に梟首された。

来たらず去らず摂真空《せつしんくう》
万物乾坤《けんこん》　皆《かい》一同
即《すなは》ち是《これ》　甚深《じんしん》にして二法無く

しかも皮肉なことに、犯科人《ぼんかにん》をからめとって褒賞を受けたのが、越智氏とは昔から不仲とうわさされていた興福寺の『六方衆徒』仲間、律師筒井順永なのだ。おかげで元雅の立場が二重にも三重にもわるくなったのは、いうまでもない。

この事件から四カ月のち……。

永享二年の正月には、みずから予告していた通り、元重が仙洞御所に召されて能を舞った。上皇のひそかなご不満をよそに、以後、年頭の恒例とするよう沙汰されもした。すべて義教将軍のさしがねであった。

兄の家、私の家――。

弟子たちの行き来ひとつにしろ、おたがい、何となく気が置け出した。平静なのは兄の眉だけだった。息子同士の感情は、すでに目に見えて尖りはじめている。

古い座員らは、棟梁、若棟梁の傘下に拠《よ》って、さすがにいささかも迷いをしめさなかったが、元重の近ごろの羽ぶりに、現金な媚《こび》を寄せてくる者もおどろくほど多かった。内弟子の数が増加し、観世座はすこしずつ、双頭の蛇の観を呈しはじめた。

が、やがて、その一方の頭は潰《つい》えた。元雅が越智へ出奔したのである。

知らせに来たのは万亀《まき》であった。幼なじみの毘沙王――金春氏信と、彼女はおととしの春、結婚し、大和に新居をかまえていた。婚家と、京の父母の家を小まめに行ったり来たりして、かいがいしい新妻ぶり、愛《まな》むすめぶりを見せている昨今だったが、この日、万亀は持ち前のきつい口つきを、さらにきつくして、

「叔父さん、大兄さまは家を出たわ」

いどみかかるように私に告げた。

「貴船嫂さまも一緒よ。お実家《さと》方《かた》の越智維通どのを頼って行ったの。五郎兄さまと小槌だけは父さまのそばに残ったけれど、小槌の息子たちも松富や松王も、座員のほとんどが、太鼓打ちの与次郎まで老いぼれのくせに、大兄さまについて越智へ去ったわ」

私は口がきけなかった。かろうじて、

「それは短気だ」

床《とこ》の上に起き直りながら言った。腰痛のため、この日、私は横臥していたのだ。

「仙洞御所のお出入りを禁じられたぐらいで、本拠の京を捨てるなど……」

「まあ」

万亀は目をみはった。

「では叔父さんは知らなかったのね。元重どのも、さすがに病気の叔父さんに楽頭職《がくとうしき》の件までは、まだ打ちあけていなかったのね」

「楽頭職？　何のことだ？　万亀……」

「この月はじめ、うちの大兄さまは醍醐寺清滝宮の楽頭職を罷免されたのよ」

「なんだって⁉」

「しかも大兄さまにかわって、新らしくこの名誉なお役を仰せつかった人をだれとお思いになる？　元重どのよ」

　だめだ、と私は思った。もはやだめだ、兄一家と私たち父子のあいだに、遠慮会釈なく踏み込んで来た巨大な運命の土足を、押しのける力はだれにもない……。

「元重どのの『楽頭はじめ』の能が催されたのは一昨日《おととい》だったわ。気づかなかった？　叔父さん」

　そういえばここ十日ほど前から、家の中はなんとなくざわめき立っていた。稽古の音色にも活気が響いたし、磯菜やたかねまでがうきうきと、座員どもに出してやる夜食の相談など交し合っていたが……。

「お能は六番——。ちょうど終ったころから、あの日は雨が降り出したわね」

　初夏というのに、その雨は今日もまだ、小やみなく軒をたたいている。

　灯もともさぬ部屋のうちで、従弟の晴れ舞台を思い描きながら雨声《うせい》を聞いていたであろう元雅の、煮え返るような胸の内を万亀は思いやったのか、みるみる声が詰まった。兄の家のその日の暗さ……。稽古場の隅に寄りかたまって、座員たちも、血涙を嚙みこらえていたにちがいない。

「義教将軍のような為政者をいただいているかぎり、非運はこれからも若棟梁につきまとうだろう。京の空だけに日がさすわけではない。活路を外に求めて、座の気分を一新しよう」

そんな激語が、彼らのあいだにまず、かわされ、元雅の決意を駆り立てたのではあるまいか。

（とり残されてこれからさき、兄はどうする？）

その懸念もだが、憎しみを一身に買っている元重の心情も、親ごころに、私は察せずにいられなかった。楽頭はじめの猿楽の日、まばゆい楽屋の灯の下、神事禄物《しんじろくもつ》の山にかこまれながら元重もまた、暗澹《あんたん》と雨の音を聞いていたにちがいないのだ。得意なわけはない。彼は彼なりに、必死であったはずなのだ。生涯に幾度もない栄誉のおとずれを、父の私に秘していた一事からも、元重の恐れと苦しみが私にはわかる気がする。

涙を見せたのが口惜しかったのだろう、勝気な万亀は、やがて袂を噛んで帰って行ったが、気配に、あわてて式台まで送って出たたかねには、気づかぬふりをして挨拶すら返さなかったという。

旧秋、たかねは男児を生んだが、ここ三、四日の雨つづきに、厨といわず廊下といわずおしめを干しちらし、蒸《む》れたような匂いが、家中をぬるく漂い流れている毎日だった。

（行かなければいけない。兄夫婦に会って、詫びにしろ慰めにしろ、とにかく顔を合わせなければいけない）

そう、思いつめながら、なんとしても私には堀河へ出かけて行く勇気がなかった。腰痛にも夏中、悩まされ通していた。それとなく、私の目を避けつづけている元重に、まして行けとも言いかねてそのまま秋を送り、冬を迎えたある朝、不幸はかさねて兄を見舞った。五郎元能が出家し、行くえをくらましたのであった。

この上、黙ってはいられなかった。内弟子たちに支えられて私は輿に乗り、五丁足らずの道を堀川の本家へ揺られて行った。

想像していた以上に、兄の邸には人気《ひとけ》がなかった。氏信夫婦が来ていたが、万亀は私を見るなり姿を隠した。氏信が私の歩行を助け、奥の、兄の居間へつれて行ってくれた。

「寿々どのはどうしておられる？」

廊下を歩みながら、小声で私は氏信にたずねた。

「このところ、めっきり弱られて、ほとんど臥せったきりと聞いています」

氏信の返事は、柔和なその口ぶりにもかかわらず、直截《ちょくさい》に、於寿々の内なる呪詛と悲歎を、私に伝えて来た。

――この日も冷雨が降りしきっていた。

さすがにいくぶん、窶《やつ》れは見えたが、兄はおだやかな表情で私を迎えてくれた。音声の落ちつきも変りなかった。

「元能め、このようなものを残して行った」

と机上から、仮綴《かりと》じの冊子を一帖、兄は取りおろして、私の膝先へ押してよこした。『世子《せいし》六十以後申楽談儀《さるがくだんぎ》』としるされている表紙の文字は、なるほど、元能のものであった。

一枚一枚、私は手に取ってめくってみた。ものごころつくころから、父や座の宿老たちのさりげない談話を、片言《へんげん》までこくめいに、元能は書きとめておいたらしい。猿楽各座の由緒、田楽の起こり、興福寺での演能記録、喜阿、犬王、観阿、増阿、金春権ノ守から岩松、大槌にいたるまで、二十人を越す演技者たちの評価、勧進能の話、面の話、巡業の心得、結崎の座規などなど……。

あの若者のどこに、こんな綿密な一面がかくされていたのか。目をみはる思いで私は巻末の奥書を読み、この冊子が、袂別にあたって、元能から越智なる兄元雅へ、形見として贈られたものであることを知った。

右、三十一カ条、よも聞き違《たが》へたることあらじと存ずれども、もし、聞き違へたることもやあるべき。心中ばかりの、なほざりならざりし処を見すべきばかりにこれを記す。御一見ののち、火に焼きて給ふべきものなり。

たらちねの道の契りや七十路《ななそぢ》の老いまで身をも移すなりけむ

ははそ原かげ置く露の哀れにもなほ残る世の影ぞ立ち憂き

　棄恩入無為　真実報恩者

立ち帰り法《のり》の御山の守りとも曳くべき道ぞせきなとどめそ

永享二年十一月十一日

　志を残すために

　秦《はた》ノ元能これを書く

のんき坊主と思っていた。うちつづく弾圧にも元能だけはへこたれはすまい、家兄をはげまし老父を助けて、観世座のためにがんばりぬくだろうと考えていた私は、表面、快活な、野人《やじん》にさえ見えたあの若者の中に、意外に弱く、繊細な感性がひそんでいたことを発見して、胸が疼《うず》いた。

有能な演技者――。太鼓を打たせては、ことに右に出る者のなかった元能が、元雅への協力を打ち切って世をのがれたことは、危機にある越智観世にとって大きな痛手でもあるはずである。

「……」

慰めようにも言葉に詰まる思いで、私は兄の前に、さしうつむくだけだった。

「そろって気弱な、葦の芽のような息子ばかりだ」

歎息しつつ、

「元重は、まさか参ってはおるまいな」

かえって気づかわしげに、兄は問いかけてきた。

従兄弟《いとこ》二人の出奔、遁世……。痩せた肩に、しいて虚勢をえがきながら、元重がじつは死物ぐるいで打撃に耐えていることは、だれよりも父の私が知っている。

「参ってはいけない。だれの咎《とが》でもないのだから……」

兄はくり返した。

「近ごろ稽古に来ぬが、遠慮はいらぬ、いつでも来い、来なければいかんと伝えてくれ。元重に……」

押板の床に、きちんと撥《ばち》をそろえて置かれているのは元能遺愛の太鼓――。鉄製の香炉から、うす青い煙がひとすじ、ゆるく立ちのぼっていた。

「近ごろ氏信も、一休とかいう禅僧に兄事して、教えなど乞うている様子だが……、若さかな」

と雨の庭へ、兄はにがにがしげな視線を投げた。

「能という、家業の修練に依ってでも、けっく得るものは同じはずなのに、やはり既成の形式にすがらなければ不安は去らぬと考えるあたり、元能にしろ氏信にしろ、若いのか、それとも性根が坐っておらぬのかな」

私には答えようがなかった。

（どこへ行ったのか、今ごろ、どこの野山をさすろうているのか元能は……）

降りけむる冷雨――。深まる冬の気配にも、いくじなくそのことだけが歎かれた。なぐさめるつもりが、あべこべに慰められる結果になった。兄の勁《つよ》さにはげまされた思いで、うなだれがちに、私は西ノ洞院のわが家へ帰った。

三十

封を襲《つ》ぐやいなや、縦横に辣腕《らつわん》をふるい出した義教将軍は、まず訴訟手つづきに関する法令をきびしくし、幕府の裁許に対しては、権門勢家といえども口出しを厳禁した。京都に饑饉がおこったときも、米座の商人たちが輸送路をふさぎ、手持ち米の値のつりあげをはかったと聞いて激怒し、一網打尽に彼らをとらえて縛り首にするなど、その施政には寸毫《すんごう》の仮借《かしゃく》がなかった。

守護大名の横暴、僧兵の跋扈《ばっこ》、一揆の暴発、南朝遺臣の反抗なども、将軍の性格からすれば黙過できる事柄ではない。大和攻略の余勢を駆って土岐氏、一色氏を攻め、九州の大《だい》弐《に》、大友氏を威嚇し、はては関東公方の勢力までも、このさい一掃しようとくわだてた。

南都北嶺の僧団は、やがて義教将軍の弾圧によって息の根をとめられ、宮廷の女官、公卿殿上人の中にも、怒りに触れて罰せられる者が数かぎりなく出た。

皇居内の紊乱《びんらん》は、じじつそのころ、目に余ってもいた。将軍は綱紀を粛正しようとし、やや行きすぎと思えるまでの抑圧を宮中に加えたわけである。

尼にされた者、斬に処せられた者、流刑、閉居、所領没収など、将軍の忌諱《きい》にいささかでも触れれば、高官といえども厳罰をまぬがれることのできぬ世相が到来した。怖れて人々は出仕をとめ、逐電する者、遁世する者も相ついだ。

十二年間にわたる義教将軍の治政中、前関白近衛忠嗣卿、右大臣三条冬家卿はじめ、公卿殿上人四十九人、仁和寺妙法院の法親王以下、法官、社人、女官まで合せると、処罰された者の数は七十人を越している。

では、将軍自身、素行が正しいかといえばそうではなかった。一色氏の誅伐《ちゅうばつ》も、当主義貫《よしつぐ》の北ノ方を見染め、大和攻略の陣中で義貫を誘殺したのが事の真相だし、公卿たちを目の仇《かたき》にしながら御台所の実家、日野一族だけにはすこぶる寛大だったため、御台所の兄日野中納言重光卿は永享六年夏、何者かに闇討ちされて落命したほどであった。

我執つよく怒りやすく、罪をにくむあまり追及が厳にすぎ、感情の起伏もはげしい義教将軍……。

いわば狂気に近いこのあるじに仕えて、あやまちなく身を処す必要から、元重はあえて将軍の憎悪の対象を、従兄に向けようと仕向けたおりもあったかもしれない。それにしろ、彼の日常といえども、薄氷を踏む危うさであることに変りはなかった。

元雅は越智城に本拠を置き、一座をひきいて国々を巡業していたが、永享四年、軒ごとに菖蒲の匂う端午の佳節に、堀河の家へ書状がとどいて、

『男児出生』

を知らせて来た。使者は小槌と末むすこ弥七……。

この日、到来ものの干鯛を持って、本家をたずねた私に、

「瑠璃《るり》と名づけたそうだ。こんどは母も子も、肥立《ひだ》ちがよいという」

兄は越智からの書状を見せ、

「なにがよかろう。祝いの品をことづけてやりたいが……」

さすがにうれしそうだった。婚礼前に、貴船がみごもった嬰児は、月足らずで生まれたあげく夭折《ようせつ》してしまった。いわば瑠璃は、兄には初孫も同様なのだ。

病中の於寿々までが顔を出して、小槌ともども、遠路のぼって来た弥七をねぎらいながら、なにくれと元雅夫妻の消息をたずねていた。

ところが、このよろこびの知らせから三月《みつき》にしかならぬ秋のある朝、こんどは座の宿老

松富の書状をたずさえて、越智氏の郎党が馬で堀河へ駆けつけて来た。十郎元雅が急死したのだ。

元雅逝去！

生れつき蒲柳《ほりゅう》の質だった彼は、巡業中、勢州安濃《あの》ノ津《つ》の旅宿でとつぜん喀血し、越智へ貴船を迎えに立った急使のもどりも待たず、八月一日未明、鮮明な意識のまま息をひきとったのである。享年、三十八――。

松富の手をにぎりしめて、

「残念だ」

いまわの際まで、

「このままでは死にきれない。松富！　私は残念だよ」

元雅はかきくどきつづけたという。

……一座は壊滅した。

顔もおぼえぬうちに父に別れた瑠璃を、貴船が抱き、うらわかいその母と子を中に、座員たちは打ちひしがれた表情で、兄の邸へ引きあげて来たが、追いかけて、さらに、

『越智氏、叛す』

の急報が京にとどいた。

発端は土民の蜂起であった。興福寺領に住む百姓たちが、段別銭《たんべちせん》の臨時徴収をこばんで

寺へ強訴に押しかけた。尻押ししたのが六方衆徒の箸尾氏、越智氏である。

彼らは興福寺の僧兵とたたかい、おなじ衆徒なかまでいながら領民をうらぎって寺側に味方した筒井一族とも、戦端をひらいた。楠五郎光正をひっとらえて幕府につき出した筒井氏は、南朝系の越智、箸尾とは、当然、犬猿の間柄だった。

義教将軍は、興福寺からの飛報に接するや、ただちに幕軍を進発させて越智、箸尾を攻めた。いったん越智側は敗退したが、幕軍の油断を土民が襲い、形勢は逆転した。

筒井氏の当主順永は負傷……。

幕軍も、総大将の赤松伊予守が重傷を負ったほか、数百人におよぶ死者を残して洛中へ逃げもどった。

将軍は嚇怒《かくど》した。——兄の上に、『佐渡配流《はいる》』の笞《しもと》がくだったのはこの直後であった。

「お許しを願え」

と、元重に私は迫った。ささいな罪に、重科を課すことの平気な将軍ではあるが、越智氏の縁につながるというだけの理由で、老齢の兄に配流の令は、衆目の見るところ苛酷にすぎる。

「もはや坐視はできない。いかな棟梁も、打ちつづく非運に、これ以上耐えぬく気力があろうはずはないのだ。こんどこそ身に替えても、お許しを歎願しろ元重」

「……」

「元重、返事をしないのか？　おぬしがいやならばわしが願う。お手討ちを覚悟で、わしが愁訴する」

元重も、今度はさすがに肚を据えたらしい。血のけを失った顔で、

「御所へ行ってくる」

と支度にかかった。

「いいな、よく聞けよ」

私は追いすがった。

「棟梁自身に、何の罪科があるわけではないのだ。亡き大御所、新御所への反感、越智、楠への警戒、お前と元雅を比較しての愛憎……。絡みにからんだ感情の蓄積が、棟梁という大根《おおね》に向かって爆発したにすぎないのだ。いま棟梁に去られてはお前が途方にくれる……そう、将軍家に聞こえあげろ」

「わかっている」

手ばやく出仕着に着かえて、元重は駒寄せの式台へ出た。——ところへ兄が来た。小槌と松富を従えている。

「どこへ行く？　元重」

と、するどく、兄は甥の行く手に立ちふさがった、

「御所へなら、ならぬぞ。もどれ、奥へ……」

「しかし、いかにとはいえ、このたびの厳達は理不尽です。私がお取りなししなければ、老父が御所へ行くと申しております」

「ならぬ。おぬしら父子の、その血狂いを危ぶんだからこそ、こうして私は出向いて来たのだ。もどれ元重、落ちついて伯父の話すところを聞け」

叱咤に、元重は気押された。

このまにずんずん兄は奥のひと間へ通り、円座を引き寄せて坐り込んだ。元重が追い、私が追い、小槌や松富もつづいて走った。

「よいか」

目白押しにかしこまった四ツの顔へ、兄はきびしく言い渡した。

「私の流刑について、とりなしめいた口ききはこののち、いっさい無用だぞ。ことに元重にそれを禁じる。佐渡へ渡ったあとも、しぜん、ご赦免のお許しが出るまでは、けっして減刑の歎願などしてはならぬ。これだけははっきり申し渡しておくぞ」

「でも伯父上」

「元重、おぬしは知っているはずだ。憎しみに対する将軍の執着の強さを……。なまなかな取りなしが取りなす者へ、どんな恐ろしい跳ね返りをもたらすかも、おぬしはだれよりも熟知しているはずではないか」

「……」

「破滅してはならない。私の甥であるより先に能の生命《いのち》の、おぬしは有力な担い手でなければならないのだ。配流を、私はすこしも恐れてはいない。虚勢ではなく、京も佐渡も、私には同じにしか思えないのだ。むしろその私を救おうとして、おぬしが滅びることをこそ、私は怖れる。口出しは断じて無用だぞ」

ただ、と兄は、こころもち口吻をやわらげてつづけた。

「お許しが願えるならば、出立までに、向こう半年のご猶予を賜りたいのだ。おぬしに四代目観世太夫を継がせて行きたい。みっしり、そのための仕上げをし、出来れば披露の能を見て配地へ下りたいのだが、聴許は得られぬものだろうか」

「わたくしに、か、観世太夫を⁉」

「元雅はみまかり、元能の行くえは相かわらず不明のままだ。嫡孫瑠璃は幼少……と、すれば、おぬしを措《お》いて立場も力量も、他に適当な者はいまい。——なあ元重」

ズシリと重く、兄は相手へ呼びかけた。

「打ちあけたところ、私はおぬしを好いていない。親の痴愚から言えば、おぬしは倅《せがれ》たちの仇《かたき》だ。しかし芸の継承者としては、私はかぎりなくおぬしを愛する。同時に、同じ意味で元雅と元能を、私は子としてはいつくしむが、後継者としては唾棄《だき》し、憎んでさえいるのだ。わかるか？」

兄の中にひそむ冷たさ、強靭さ——。非情なもののいっさいが、凝って、ほとばしったかと思われる気息であった。私はゾッとした。小槌と松富の面上にも暗い、かすかな傷みが走ったが、とりあわずに兄はつづけた。

「愛情の、量で計るなら同じだし、むしろおぬしの性格からすれば、甥としてよりも後継者として、私に愛されることを望むだろう。おぬしはそういう男だ。その性根が、これまでおぬしを支えて来たのだ」

おぬしはまだ若い。技量も元雅にくらべれば格段に落ちるが、これは努力次第でいくらでも解決できる問題だ。私が嘱目しているのはおぬしの根性！　詩というものの無さすぎるおぬしのその、性格なのだ……。

「おぬしの父にも、かつて話したことがあるが、元雅は創造する器《うつわ》だった。天性の詩人だった。おぬしにはこの資質が欠けている。おぬしは保守する器、模倣し、咀嚼《そしゃく》し、堅持する能力の持主だ。一時代前——観阿や私の時代はこれではだめだった。元雅の資質……創造する天稟《てんぴん》が要求されたが、これからはちがう。堅持の時代、おぬしの時代に入ったのだ。——道は拓《ひら》いておいた。どこまで行きつけるか、あとはおぬしの根気と忍耐にかかっている。はげみぬけ。よいか」

「はいッ」

元重の眼に涙がにじんだ。成人してからのち、この男の泣いたのを見たのは、親の私でさえはじめてだった。

私はうなだれた。子に先立たれ、出家され、みずからも配流の厳命を受けながら、希望を将来にみつめつづけて、ついに微動だにしようとしない兄……。鉄でもない石でもない。生身の人間である兄を、ここまで曳きずって来たものは何か。兄の一生を、ここまで支配し切ったものは何か？

能の美、その魅力――。あらためてその前に、私は深く深く、頭を垂れた。

――向こう一年間の猶予がくだり、兄はただちに元重の訓練にかかった。

座員たちは兄の命令ですべて元重の傘下に組み入れられ、観世座は強大な人員を持つこととなったが、中には合流をよろこばず、金春氏信を頼って大和へ奔《はし》る者も出た。

元重は謙虚に、小槌や松富ら宿老たちの前に手をつかえて、

「元雅どのの股肱《ここう》であったおのおの……。割り切れなさは察しるが、こらえてくれ。そしてどうか、未熟者の私を援けてほしい」

と、頭をさげた。

もともと悧口な、「こう」と思い決めたことには誠心誠意、当る男なのである。結局は我が身可愛さのあまりだが、しかし元重がいま、自身のために真剣になることは、観世の座、猿楽の能に益することであった。それを知りぬいて、兄は元重にもっとも適切な、時

期と心理を衝《つ》いたともいえよう。

「いまの一年は、先行きの十年に当る」

と兄は言い、元重もほとんど堀河の本家に詰めきって、わが家へは十日に一度ももどらなかった。本家の稽古場は広く、音響、照明の効果もこまかく配慮されている。

「私が佐渡へ去ったあとは、またここを、おぬしらの住居にするがいい」

とも、兄は私に言い置いていた。

芸のほかの現世欲には、まったく目をくれなかった兄は、当然、おどろくほど物欲にも恬淡《てんたん》だった。極端な幼時の貧苦から、一躍、極端な富貴へと飛躍してしまった兄の常識は、富に対して、円満な発達を見なかったのかもしれない。ことによると貨幣《かね》というもののかぞえ方さえ、兄は充分には心得ていない人間かもしれないのだ。

——そのころまた、持病の腰痛が悪化して、寝たり起きたりしはじめていた私には、元重に課せられている日課が、どの程度のものかわからなかったが、たまに帰宅してくる彼の身体から、むせるほど立ちのぼっている一種の気迫、顔だちのいちじるしい憔悴《しょうすい》などで、

(ひどく、激しいものらしい)

とは察していた。

(耐えぬいてくれ)

私は念じ、妻や嫁に、せめては兄の家の厨仕事など、助けに行くよう命じたりした。於

寿々は半病人だし、姫そだちの上に突然、夫に死別して、これも涙がちな毎日を送っている貴船ひとりでは、召使いの男女をどう駆使したところで、八、九十人にもふくれあがった座員どもの賄《まかな》いだけでも手にあまるはずである。本家に磯菜は泊まりきり、たかねも子を乳母の胸にあずけっぱなしで、すすぎものに皹《ひび》を切らしはじめた。

元重への指導と歩調を合せて、主立《おもだ》った座員たちの総仕上げも、兄は同時におこなっていた。島へ行けば、再会はもはや期しがたい。いわばここ毎日の叱正は、兄があとにつづく者すべてに贈る最後の餞《はなむけ》であった。泣きながら、だれもが汗を流していた。金春の座から氏信も参加した。元重は見るまに痩せた。彼への鞭がもっともはげしく、そして誰よりも多かったのは当然だった。

実際家の兄は、実地の指導から理論の裏付けをするやり方を好み、『能作書』『花鏡』『六義《りくぎ》』『習道書』『却来華』など、伝書もおびただしく書きはしたが、あくまで文字は二義に置いて、

「身体で識《し》れ」

を、くり返した。

その点、金春氏信が禅僧一休に私淑して、能楽の理論をむりやり禅の哲理に結びつけて考えたり、とかく頭ばかり先走りがちなのを、女婿《じょせい》としてはいとしみながら後継者としては嫌っていた。

これに反して、元重には現実あるのみだった。現在のまったき充実こそ、未来夢《みらいむ》への基盤だとする兄の考え方は、元重の性格にそのままピタと適合していた。

元重が四代目観世太夫を継いだのは、永享五年弥生《やよい》十六日である。

つづいて、清滝宮の神事能奉仕——。

さらに四月二十一、二十二、二十三日の三日間、洛東糺《ただす》河原で、名目は祇園の塔修繕のための勧進猿楽であったが、事実は元重の、太夫襲名披露を目的とした大々的な能が張行《ちょうぎょう》された。

わずか数カ月の鍛冶《たんや》でいながら、それを受ける前の元重と、あとの彼とでは、ほとんど別人の変りようだと、私の枕もとへ来て座員たちはこれまでも、こもごも語り交していた。半信半疑ながらそう聞けば私もうれしく、この日を待ちかね、痛む身体を人に助けられながら糺河原へ出かけて行った。そしてわが目で、わが耳で、元重の能の育ちの、見ちがえるばかりなみごとさを、まさしく、たしかめ得たのであった。

涙があふれた。もう大丈夫だ。元重はゆらぐまい。それをしてくれたのは兄である。桟《さ》敷《じき》の隅で、私はそっと手を合せた。

初日と二日、兄は元重の後見をつとめ、三日目は松富をワキに配して、自作の『杜若《かきつばた》』を舞った。花の精を女主人公とし、伊勢物語の香気と詩趣を背後に流した幽玄な本三番目物であった。

この日の感動を、私は生涯、忘れ得ないだろう。松富もよかった。囃子もすべてすばらしかった。舞台は澥《と》けあい、澄み切って、明澄《めいちょう》、静謐《せいひつ》な極美の世界を、なんらの気負いもなく、淡々とくりひろげていた。一生を賭けて兄が行きついた境地……。打ち立てたものの姿が、余さずここに凝結していた。嶮峻をきわめつくしたあとの平坦、非凡ののちの平凡。力感に裏打ちされた弱さ、無心さ――。

父観阿ゆずりの堅実な写実から出発し、犬王道阿が着眼した不変不易の美の希求に、心魂をかたむけつくした兄は、そうして得た幽玄無上の世界をさらに突きぬけて、いまや技法でない技法、芸でない芸、肢体、声曲の、すべての規矩《きく》から脱した自由無碍《むげ》な芸境に飛翔《しょう》していた。

五十歳をすぎるころから、理論書の中で、

「無用のことをせぬと知る心」

「せぬ心のおもしろさ」

を論じ、芸位の究極を『闌位《らんい》』――闌《た》けたる位に置いて、無心の感、無位の位風にあこがれ、そのための『定心《じょうしん》』の確立に腐心して来た兄である。

「せぬ」とは、何もしないのではなくて、逆に、張りつめた精神活動の燃焼を指《さ》す。日々夜々、行住坐臥、寸刻の油断もなく修業し、美の本質へ向かって肉迫しぬく心……。その

『定心』の展開が、行きつき、ひらきつくしたところに、しんじつ、人を打つおもしろさは生まれる。人は移り、時代は変っても滅びることの無い美は、はじめてここにこそ花ひらくのだ。

犬王もそれを目指した。そして、ある程度、行きついたが、兄が犬王とちがう点は、ひとり、兄という個人だけでなく、猿楽能ぜんたいの体質、芸位を、自身の進展と嚙み合せて、究極にまで押し上げたところにある。

能は絵画、書、文芸作品とはちがう。幾人もの力量が競《せ》り合い、火花を散らしながら、しかも融和して醍醐味を舞台にかもすものなのだ。シテ一人、いくらぬきんでていても完《まった》き美は得られない。兄は『能』という芸能の個性の中に、ゆるぎない一つの美を打ち立て、あとにつづく者、その芸能にたずさわる者すべてのために、究極への道を拓いたのだ。

犬王の死と同時に、近江猿楽は衰退の一路をたどりはじめたが、兄の死後も観世の能は、その予見にたがわず、かならず生きつづけるにちがいない。

見所《けんしょ》はみな、泣いていた。『杜若』の世界に涙をながしていた。

「目ききはもとより、目きかずの目にも、おもしろしと見るよう能をせよ」

と主張し、大衆の喝采を一座長久の寿福と信じて生涯を終った亡父観阿を、

『上花に入っては山を崩し、中花に入っては山をくずし、下三位《げさんみ》にくだって塵《ちり》に混《まじ》わるこ

と、ただ観阿ひとりのみなり』

　と敬愛しながらも、中道から兄は、その父の主張を離れて、

「人気の質は、厳撰しなければならない」

　と言い出していた。

「浮薄な、うつろいやすい大衆の人気に媚び、しかも同時に具眼の士の、不動の称讃をもかちえようとあせるのは、二兎を追う愚と同じことだ。通俗にも高踏にも徹しえぬ半端《はんぱ》なものになりさがってしまう。純度の高い美が、目きかずの目に『つまらぬ』と写るならば、やむをえない。この種の人気はこちらから捨て去ろうではないか」

　飛鳥《あすか》・天平の仏たちの美に涙する人と、一顧もくれぬ人は、いつの時代にもいた。能の美に魅せられる人、あくびをする人間は今もい、千年後もやはりいるにちがいない。欲ばる必要はない。それを識り、それを愛する人々の情感にだけ時を超えて訴えつづけ、彼らに護持されつづけて行きさえすれば、能の命は永遠に滅しはしないのだ……そう、言い切っていた兄なのである。しかし今、見回してみると、見所は高貴の桟敷ばかりでなく、平土間までがみな、泣いていた。大衆は兄の配流を知らない。無心にただ『杜若』の美に涙を流しているのだ。

　この日は義教将軍をはじめ、関白、前摂政、裏松中納言、三条宰相、大寺の座主門跡、諸大名らもこぞって見所に居ながれていたが、私の視線は、ともすると将軍家の面上に灼

きつけられた。

将軍は自失していた。日ごろ皮肉な、苛ら立たしげな緊張を表情から離したことのない人が、茫乎《ぼうこ》とおのれを失い、生まれたままの赤児に還って、すなおな驚きを顔いっぱいにみなぎらせながら杜若の精の一挙手一投足に目をうばわれている。

(勝ったのは誰か?)

私は叫びたかった。運命は、手足をもがれたにひとしい無力な老人を、さらに孤島へ追いやろうとしているが、しんじつ、勝った者はだれなのか?——目に見えぬなにかが、咽喉いっぱい、私は問いただしたかった。

〽植えおきし、昔の宿のかきつばた
色ばかりこそ昔なりけれ
色ばかりこそ、むかし男の名を留めて
花たちばなの匂い移る
菖蒲《あやめ》の鬘《かつら》の色はいずれ
似たりや似たり、杜若、花あやめ……

舞台は終演に近づいていた。この能——この、兄の舞姿を、今日かぎり失わねばならぬ悶えに、私は狂おしいほど突きあげられた。楽屋へよろばい入って、そのまま床《ゆか》に泣き倒れたとき、白雨《はくう》の急襲に似た拍手があたりをゆるがせた。

（終った！）

あげた眼が、かきつばたの女の初冠《ういかむり》、紫の長絹《ちょうけん》を、ぼうと捉《とら》えた。

「元仲」

兄だった。

「なげくことはない。私はかならず帰ってくる。その日のために、身体をいとうて待っていてくれ」

三十一

永享六年五月五日、兄を乗せた流人船は、若狭の小浜《おばま》を出帆した。

元重は送りに行かなかった。当の兄に、固くとめられていたのである。それでなくても見送りは法で禁じられていたが、私は磯菜に附き添われながら、二日路の山越えを輿で小浜まで揺られて行った。

浜辺には小槌、松富、氏信と万亀の夫婦も、こっそり来ていた。私や磯菜に、万亀は口をきこうとしなかった。とりつくしまもない眸《め》の色を、彼女は海上の朝靄に射向けていたが、やがて老父を乗せた板輿が到着し、引戸も窓も釘づけのまま小舟に移されて、沖に待つ親船さして漕ぎ離れ出すと、とたんに我慢を切らしたものか、

「お父さまッ」

絶叫しつつ走り出した。被衣《かずき》をとばし草履をとばし、裾も髪も飛沫《しぶき》に濡らして、まっしぐらに小舟を追おうとするのを、男たちが駆け寄って抑え、ようよう渚の砂へ引きもどした。万亀は泣き狂い、

「お父さまッ、お父さまッ」

幼女のころのきかん気をまる出しに、足摺《ず》りしつつ叫びぬいた。小舟は遠のき、やがて親船の腹輿のうちへ、その声がとどいたかどうかは不明である。

へ小さく横づけになった。梯子《はしご》がおろされた。移乗する兄の白衣がチラリと見え、舷《ふなべり》に取りつくとただちに、警固《けいご》の兵にかこまれて見えなくなった。船底の牢囲いにでも押し込められたのであろう。

横雲を裂いて、このとき強烈な朝の日が、鉛色の海づらを大きく薙《な》いだ。親船は帆をあげた。恨めしい追い風であった。カラカラとかすかに、しかし鮮明に、錨を巻きあげる音が聞こえ、ゆっくり船は動き出した。動くとも、視界には感じられないほどの速度でいながら、たちまち船影はちぢまり、薄れはじめた靄の裾に、くるみ込まれるように消えてしまった。

波打ちぎわに私は膝を突いた。支えようとして磯菜ものめった。抱き起こしてくれながら小槌がささやいた。

「どこぞ、漁師の小屋ででも、しばらくご休息の上で帰洛なされませ」

私もそのつもりだった。都までの同道を万亀夫婦もよろこぶまい。

左右から小槌と磯菜に手をとられながら、千鳥かあじさしか、白い海鳥の群れ飛ぶ浜を、村道さして、私はとぼとぼ歩みのぼった。昆布の産地ではあるが、小浜の家並みはどれもわびしく、潮風に乾いて貧しげに見える。

うちの一軒へ、私たちは入った。

砂だらけな框《かまち》に腰をおろし、この家のお嬶《かか》が汲んでくれた磯臭い白湯《さゆ》をすっていると、どこからか、

「流れ灌頂《かんちょう》せさせ候え」

細い、耳に沁むようないたかの呼び声が流れて来た。死者の供養のため、小さな木の卒塔婆に『阿』字を書いて川へ流し、かわりに米や銭を乞うて歩く乞食たち……。

見るともなく、往来に目をやっている私たちの前を、声のぬしであろう、十五、六の、牡蠣殻《かきがら》みたいに痩せた娘と、母親らしい盲《めしい》の女が、手をひき合って通りすぎた。

「流れ灌頂せさせ候え、卒塔婆と申すは、大日如来の三摩耶形《さんまやぎょう》……」

路地路地を、折れ曲りつつ声は遠去かり、私たちはそれをしおに鳥目《ちょうもく》を置いて外へ出た。

輿かきが輿を寄せる……。磯菜と小槌につき添われて、そのまま四、五丁進んだろうか。胸にまさぐっていた一つの名を、いきなり、私は思い出して、

「磯菜よ、――小槌も気づかなかったか？」

輿の外へ半身を乗りだした。

「先刻のいたか……あの盲目の母親の顔に、おぼえはないか」

「……？」

「夏萩だ。まちがいない。厨へ鹿肉《ししにく》を売りに来ていた蜂丸のむすめだよ」

「夏萩⁉」

磯菜も目をみはって、

「そういえば、あの女が姿を見せなくなってだいぶになります。目を病んでもいたようだし、子供もたしか女の児でした」

と、あわてて輿をとめさせた。

蜂丸は、桂川ぎしの吉祥の墓へ、私が夏萩に案内されて詣でたあくる年、卒中の二度目の発作に襲われてみまかった。夏萩母子の行くえが知れなくなったのは、蜂丸の死後まもなくである。

「可哀そうに……。目がつぶれて、とうとうこんな田舎にまで、さすらってくる始末になったのだな」

「なんとか、身の振り方を考えてやりましょう」

と磯菜も言った。

「小槌どの、ごくろうですがつれて来てくれませんか」

心得て小槌はもとより、輿かきまでが村道を、もと来た方向へ走りもどって行ったが、小半時も待たせたあげく、

「訝《おか》しい。いくら探しても聞き廻っても、どこへ去ったのか、かいもく見当がつかないのです」

狐につままれた表情で引き返して来た。

「この街道すじ……旅のいたか、節季候《せきぞろ》、瞽女《ごぜ》など珍らしくもないのでしょう。漁民たちもうろ覚えな顔つきでした」

私はこめかみをおさえた。

つかのま現れて、かき消えてしまった哀れな母と娘《こ》……。夏の若狭の海ばたで、兄を失った疲れのあまり、老いの心にふと現じた幻か、白昼夢かもしれなかった。

――佐渡からはやがて便りがとどいた。海上つつがなく太田の浦につき、笠借《かさかり》の峠を越えて雑太《さわた》の郡《こおり》、新保村へはいったという。

この村の満福寺とよぶ古院が兄の配所にきめられていた。

『うしろ山は松の疎林、天然の湧き水が、そのままささ流れとなって庭をつたい、苔のかげ、去年《こぞ》の落葉の下をかいくぐりながら、かすかな音をたてている。本尊は薬師の霊仏。――西のかた、入江の白砂には八幡をまつる小祠の森がひとむら見え、おりからの時雨《しぐれ》空に、都では貴重な時鳥《ほととぎす》が、耳喧《かしま》しいまで鳴きしきっているのも珍らしい。老残の囚人《めしゅうど》には、まずは分にすぎた棲家《すみか》のようだ』

くり返し、その一見、平安な筆の跡をむさぼり読みながら、なぜか私の想いは、いちめん塩にまみれた荒磯《ありそ》の大岩、ぶち当る激浪に真向かい、夜を、夜すがら立ちつくす兄の姿にのみさまよった。孤島に、孤独な死を待つ兄の、それこそが真実の心に思われ、絹夜具のぬくみの中で私は泣いた。兄が痛ましかった。眩《まぶ》しくもあった。生きの身の、骨を噛む寂寥はあろうが、一方また、やりぬいた人間にのみ許される安息も、たしかに今、兄の上には訪れている。

ひきかえて、私はどうか？　観世太夫の父として思うがままにくらしながら、なにひとつ私は、ついに私の生涯において、「やりぬいた」とみずから言い切れるものを持たなかった。持てなかった。持とうとしなかったのだ。

……元重は機会あるごとに佐渡へ手紙を出して、芸道上の不審を伯父に問うていた。噛んでふくめるように教えられもし、時にこっぴどく叱られもしていたようである。金春氏信も同様だった。彼は奈良を本拠とし、元重は京を本拠として、ともに着実に根をひろげ、枝葉を未来へ伸ばしつつあった。

前将軍の死とともに田楽は息絶えた。田楽もなく猿楽もなく、いまや『能』という呼び名のもとに統一されて、兄の打ち立てた美は、この国に生き継ぐ他のさまざまな美の中に、その存在をはっきり定着させようとしていた。

便船に託して料足《りょうそく》その他、島への配慮を私は欠かさなかった。寒烈な北国の冬にそなえて、磯菜やたかねに砧《きぬた》を打たせ、小袖に仕立てては届けさせた。於寿々からも万亀からも、日用の代《しろ》は送られてい、兄の生活はさして不自由が無いようだった。

佐渡の守護、本間なにがしと配下の一族との間に内紛がおこり、新保の満福寺も兵火にさらされたため、ほど近い泉村の、正法寺という寺に居どころを変えたとの知らせがもたらされたのは、渡島後、五カ月ほどたった冬の初めである。

『泉村は、いにしえ、順徳院の御配所』

とあり、

　　つま木樵《きこ》る遠山人は帰るなり里まで送れ秋の三日月

の御製が、消息の端《はし》にしるされていた。

同じころ——。

於寿々からも人づてに、

「孫ともども、貴船の実家《さと》方へ移ることにいたしました。したがって、夫が出立前に言い置いて行った通り、三条堀河の屋敷はこののち、四郎どのご一家でお住みいただきとうございます」

と、言って寄こした。私は狼狽し、毛頭、その意志はない旨、出かけて行って嫂に陳弁した。

「なぜ越智へなど引きこもろうとなさるのです？　この家にとついで来、この家で子らを生み、今日まで過ごした嫂上……。想い出は柱にも蔀《しとみ》にも、数かぎりなく残っていましょうに」

「それだからこそ去りたいのです」

と、しかし、於寿々の返事は冷ややかだった。

「あなたがたに渡そうために出て行くのではありません。住まいたくなければ、このまま朽ちさせてしまってさしつかえない家なのです。瑠璃は越智で成人させます。あの子の父の元雅も、泉下でそれを望んでいるでしょうから……」

凍《こお》りに凍り、もはやどのような強い火にも澥けることはないであろう於寿々の、とり残された心を私は思いやった。結局兄も、ひとりきりの生涯を歩みつづけた男だが、兄の孤独は、みずから恃《たの》むところがあっての孤立であった。しかし於寿々はちがう。今となれば彼女は、兄よりも、兄のような男を愛してしまった自分自身へ、呪詛にしろ悔いにしろを、投げかけているにちがいないのだ。

(仕方がない)

私はあきらめた。行く末、元重の膝下に引きとって、一人前の芸人に育てあげようと考えていた瑠璃ではあるが、ここしばらくは女たちの望みにまかせて、越智へやるほかなさそうだった。

――こうして、永享七年。

年が明けると早々に、幼な児と若い母、祖母の三人《みたり》は、迎えの郎党にともなわれて都を去ったが……。翌々年の夏、越智一族滅亡の混乱に捲きこまれて、於寿々と貴船はむざんな死をとげた。

五年前の雪辱を、

「いつかは……」

と狙っていた義教将軍は、この年正月、万余の幕兵を大和へ派遣して、ふたたび越智氏・箸尾氏の攻略を開始したのである。

合戦がくり返され、舎弟を討たれた越智維通は、しりぞいて高取山中の本城にたてこもった。要害だった。三カ月、四カ月をへても城は落ちず、怒った将軍は、軍をひきいてみずから大和へ進発しようとし、側近に諫止《かんし》されたほどであった。

しかし五月、さしもの堅城もついに陥落した。降りしきる五月雨《さみだれ》と征矢《そや》、火の粉の乱舞の中を、維通らは血路をひらいて吉野へ退去した。落武者のひしめきの中に於寿々と貴船もまじってい、追手の叫喚《きょうかん》に追われ追われて、山谷《さんこく》の闇に、いつか二人は迷い込んだ。わずかな侍女と、老いた郎党が供をしていた。貴船の乳母の夫であった。

流れ矢が、このとき於寿々の細首を、右うしろから斜めに射ぬいた。泥濘の道に彼女は転《まろ》んで、

「くるしい、殺して……殺しておくれ貴船どのッ」

嫁の腕へ、のたうち縋《すが》った。すでに前後左右、敵の呶声《どせい》である。

(兄たちにはぐれた)

と知った刹那、武家育ちの貴船は覚悟をきめた。

「姑《かあ》さま、私もおあとからすぐ参ります」

言いざま於寿々の胸をえぐり、血まみれの、同じ短刀で自身の咽喉を刺した。

見とどけて郎党は走り出した。背には瑠璃がくくりつけられている。かねがね万一の場合は奈良の蘭亭へ、と言い含められていた彼は、洞《ほら》にひそみ、藤蔓をつたいながら高取山中を脱出。二十日あまりかかって於寿々の生家――あの猿沢家畔の筆屋へたどりついたのである。

越智氏の乱に呼応して、大覚寺に入っていた故大御所の第七子義昭僧正も挙兵。還俗して義有と名乗り、将軍位を狙った。騒擾の派生よりも結末よりも、しかし私には瑠璃の身こそが気がかりの随一だった。兄のただ一人の嫡孫なのだ。

少年が無事、助け出されて、蘭亭にかくまわれていると知ったとき、私は胸をなでおろす思いで、さっそく主《おも》だった座員二、三名に言いつけ、瑠璃の身柄を引きとりに行かせたが、

「拒絶されました」

と座員らは、腹だたしげなおももちで戻って来た。

「『瑠璃どのはもはやこの家にはいない、ある人がつれて去《い》んだ』とだけで、いっこうに埒があかないのです」

「ある人とは、だれだ？」

「名は明かしません。『居ないものは居ない、家《や》さがしでも何でもしてみてくれ』と、寿椿尼さまの甥御ですか、がんこ者の筆屋の亭主め、ふてくさるばかりで……」

やむなく元重を行かせた結果、瑠璃をつれ出した人物は、僧形の五郎元能であることがわかった。

「おれは俗体にもどり、石にかじりついても瑠璃を仕込んで越智観世を再興させてみせる」

豪語しつつ幼い甥の手を曳き、行く先も告げずに元能は立ち去ったという。八方、さがさせたが、行くえがわからぬまま永享九年は暮れ、翌年秋には磯菜がみまかった。これは平穏な病死であった。

臨終の朝、

「仕合せって言うのかしらね、私の一生……」

ややかすれた、そのくせなまめいた声で彼女は言い、私の指に指をからめてニッと笑った。

仕合せ……当の磯菜が言うならば、それは、その通りであったかもしれない。求めつづけて満たされず、鬼となってすら渇きにあえぐ能の鬼女たち――於寿々の上にそれを見た気がし、その生涯にふさわしい凄惨な死を思って、妻との別れには思いもよらなかった涙を、嫂のために私は流した。

気のすすまない知らせであった。と言って、黙しきってもいられないので、佐渡の兄に、私は於寿々と貴船の死、瑠璃の失踪、元能の還俗などを取りまとめて報告した。

しばらく返事は来なかった。が、やがて、

『亡くなった者たちの追福のために、法華経寿量品の写経をはじめている。瑠璃の一身については、哀れだが、思い捨ててくれてよい。むかしの古弟子などを掻き集めて、元能が将来、小さな一座を組んだとしても、大切な基礎訓練をあの叔父から受けた程度にすぎぬとすれば、瑠璃の芸人としての行く末も知れていよう。はじめから、持たなかった孫と思って私もあきらめる』

との、便りがとどいた。

この一通をしたためながら、兄がなにを思い、心になにを去来させたか私は知らない。知りたくない強い呵責《かしゃく》が、元重の父である私の中には、どす黒い滓《おり》となって、掬《すく》いようもなく澱んでいたのだ。

三十二

足かけ八年――。

七十代のほとんどすべてを、佐渡ガ島で兄は生きた。

その間、金春氏信は一休禅師を通じて、舅の赦免に手をつくしたらしい。越智の姑にも存命中、折りにふれては金品を贈って孝養をおこたらなかった彼である。

世間は氏信の篤実を褒め、将軍家に昵近《じっきん》しながら、一言の取りなしも伯父のためにしようとしない元重を、冷血漢とかげでののしった。私にはしかし、今はわかっていた。たしかに性格的に、元重は本来、冷淡なところのある男だが、情に溺れて太夫の地位を危うくし、観世の能までを危くする〝親切〟よりも、その逆を切望している伯父の真意を彼は銘記して、誹謗覚悟で押しきっているのだ。

兄の勁《つよ》さ、元重の勁さ……。一見、はなはだしく乖離《かいり》しながら、本質的にやはり二人は、血のつながった伯父、甥であった。

元重の態度は的を射てい、結局、どのような赦免工作も、義教将軍の在世中は効を奏さなかった。嘉吉《かきつ》元年六月、将軍が赤松一族に殺害されてはじめて、兄の帰洛も実現したのである。

赤松氏の当主は性具入道満祐《みつすけ》――。

備前、播磨、美作《みまさか》の守護を兼ね、閣内にも睨みをきかせていたこの建武以来の強豪を、将軍は牽制しようとの肚だったのだろう、赤松支族の伊豆守貞村という若者を厚遇し、満祐の弟の所領を奪って貞村に与えるなど、わざと嫌がらせをしてのけた。

満祐入道は怒った。それでなくてさえ義教将軍の酷政ぶりが、目に余っていたやさきなのだ。一色氏、土岐氏など、故なくして誅された他の守護大名の例もある。先んじて暴君の脅威をのぞこうと老いの一徹に決意し、

『鎌倉鎮圧』の祝賀にことよせて、将軍を東ノ洞院の自邸に招いた。

鎌倉といえば、永年の癌腫であった関東公方をついに討ち滅ぼし、義教将軍は得意絶頂のさなかにあった。

もてなしのために、酒宴に併行して座興の能数番が演じられ、丹波猿楽の梅若太夫が『鵜羽《うのは》』を舞いはじめたおりふし、

「馬が逃げたッ、お厩《うまや》の馬が逸《そ》れたぞう」

足軽、小者どもの絶叫がおこり、庭前を悍馬《かんば》が二、三十頭、絆《つな》をひきちぎってあばれ狂うさわぎが起こった。座敷は総立ちとなり、

「総門をしめろッ」

怒号する家士たちの声を合図のように、いきなり上段、御座ノ間のうしろの襖を蹴倒して甲冑武者がなだれ入り、将軍家を抑えつけたと見るや、たちまち首を打ち落としたという。

席上の紛乱はいうまでもない。死傷多数が出、陪観していた公卿・殿上人などは烏帽子《えぼし》を落とし、徒歩《かち》はだしのまま、築地を乗り越えて逃げ出す始末だった。

邸に放火して赤松一族は本国へ退去。播州木山城にたてこもったが、やがて幕軍の討伐をうけて、入道満祐は六十九歳を一期に自害して果てた。

義教将軍の跡は、長男の千也茶丸《ちゃちゃまる》どのが相続した。元服して義勝と名を改めた八歳の幼将軍を、管領細川右京太夫持之《もちゆき》どのをはじめ左右の臣が補佐して、ともかくも急場を収拾

したわけである。

生前、無数の怨嗟を買っていた前将軍だし、人心収攬《しゅうらん》の必要から、管領はまず、配流の憂目を見ていた人々をいっせいに許して、帰京せしめた。おびただしいその数の中に、兄もまじっていた。

「ご赦免だッ、棟梁が帰って来られるぞ」

一座は湧き立った。

「かならずもどってくるよ元仲」

言い残して出たひと言は、いまなお刻みつけられて、私の耳朶《じだ》から去っていない。

座をあげて、元重は伯父を迎えに行き、彼らに助けられて私も小浜まで同道した。めっきり身体は弱っていたが、兄との対面が、私は寸刻も待ちきれなかった。

出立のときとちがって、港はたいへんな賑わいだった。氏信夫婦はもとより各座の太夫たち、面打ち、鼓師、笛作りといった職人仲間、日ごろ兄の芸を愛惜してくれていた諸寺諸社、諸侯の使者までがつめかけ、たがいに祝着を述べ合う姿も見られた。

船影があらわれると、渚には抑えきれぬ歓声があがった。四、五段沖に投錨した親船から、手ばやく一艘の軽艇がおろされ、まっすぐ岸へ向かって漕ぎすすんで来た。兄はすこし肥えたようだった。法体のせいか白髪も目立たず、胴ノ間にすくッと腰をたてて、柔和な微笑を、遠くから渚へ送っていた。血色もよい。元重に助けられてよう立っている私のほうが、はるかに老耄《ろうもう》し、背もかがまってしまっていた。

小舟は力づよく、舳《へさき》を砂地に突っ込んだ。波打ちぎわに身がるく兄はおり立ち、その兄目がけて人が殺到した。口々の挨拶が入りみだれた。泣き声も多かった。いちいちそれらに会釈を返しながら、兄は大股に、私のほうへ歩み寄って来た。

わななく手を、私はさし出した。

「元仲、生きて会えたな」

兄は私の手をにぎった。あたたかく、しなやかな、しかも肉の厚い大きな掌《て》だった。幼児のころの情感が、なまなましく私の中によみがえった。藤若と呼ばれていたむかし、兄の手は華奢《きゃしゃ》で骨ぼそなくせに、打つ力には酷薄な凄味がこもってい、打擲されながら私は、恐怖と、やるせない快感とで、四肢のすみずみまで満たされたものだ。久しぶりに……じつに久しぶりに、その感覚が呼び醒まされ、私をまばゆい恍惚へ誘った。

大人たちをかきわけて、少年少女の群れが駆け寄って来た。元重の子、氏信の子、座員たちの子や孫どもであった。瑠璃の姿だけが無かったが、兄は気にもとめぬ様子で、幼な児たち一人一人に名や年をたずね、

「土産がないが……、これでかんにんしてくれるかな」

檀紙《だんし》につつんだ貝殻を取り出した。島ぐらしのつれづれに、拾い集めたものにちがいない。少しずつ、それを子供らに分け与えている姿には、年を超越した艶冶《えんや》な美しさがあふ

れてい、小旅行からでも帰ったような、しんそこからの安定があった。

（巨《おお》きい……）

と、しみじみ私は思った。

帰洛後、兄は三条堀河の旧邸に住み、私たち一家はその兄にかしずくかたちで一つ屋根の下に同居した。

虚弱なたちだったのだろう。義勝将軍は封をつぐとまもなく痢病《りびょう》にかかって薨《こう》じ、あらためて、九歳にしかならぬ弟ぎみが幕府のあるじとなった。この交替に乗じたものか、楠氏・越智氏の残党がふたたび挙兵――。一夜、皇居に乱入して三種の神器を強奪するという騒動がおこった。

幕兵が出動して神器を奪い返し、四十名にものぼる捕虜の首を、六条河原の草いきれの中で刎《は》ねたが、兄はもとより、私ももはや、こうした政界の動きに気を労さなくなっていた。

二人は小者に酒ふくべを担わせ、時おり打ちつれて、寺詣でなどに出かけだした。信仰ではなかった。

「兄さんのほとけは生涯を通じて能だった。私の仏は、しかし兄さんだよ」

言いさして、その言い回しの乳くささに、われながら私は照れた。

「いいのかい？　お前、それで……」

「いいとも！」

そして、子供じみたその、むきな肯定の仕方がさらに可笑しくなり、声をあげて私は笑った。兄も微笑した。

この兄へ、私が抱き通した長い片恋。いらだたしく、もどかしく、苦しかった一人きりの愛――。同じ道を歩み出しながら、力量的な距《へだた》りも、ついに万丈のものとなってしまったけれど、今、それらを一ッ気に跳び越え、たった一人の弟として兄の心に、私ははじめて、ぴったり寄り添え得た思いであった。

秋なかば……。

かるい風邪をひき、熱が去らぬまま兄は床につくようになったが、初冬のよく晴れた朝、枕もとの桔梗《ききょう》を活けかえに来たたかねに、

「そろそろ逝《ゆ》こうと思う。別れが言いたい。みなを呼んでおくれ」

と小さく命じた。ごく平静な眼の色だった。たかねのほうが哀れなほど狼狽し、ほとんど這《は》って私の居間へ来た。

「なに、兄さんが⁉」

私は走った。稽古場から元重が駆けつけ、座員たちが駆けつけた。病間に溢れ廊に溢れ、

庭にまでうずくまって彼らは息を呑んだ。

「元重」

と、兄は呼びかけた。

「！」

くい入るようにそそがれた甥の眸《め》へ、

「聞こえるか？」

兄はささやいた。

「正しい、力づよい一つの足音——。百年後の、五百年後の、千年後の未来へ向かって、能が、巨大な歩みを開始し出した足音だ。聞こえるか元重」

「聞こえますッ」

「私の身体は砕けても、破片は全国に飛散して、滅することのない光芒《こうぼう》をすでに放ちはじめている。その星雲の、おぬしは中心となれ。なにごとにも迷うな。けっして恐れるな。よいか」

「はいッ」

兄は眼を閉じた。思わずすがり寄って私は呼びかけた。

「兄さんッ」

「うん」

眼を閉じたまま兄はうなずき、手を出して、私の手を軽くにぎった。微笑がゆっくり頰にのぼり、くちびるがかすかに動いた。

「われに大力量あり、風吹かば、すなわち倒る」

つぶやくと、しんとして息が絶えた。

嘉吉三年十月八日――。

なんの苦痛もともなわない、朽木がしぜんと倒れるような臨終であった。

全集版あとがき

二十代のはじめ、私は生まれて初めて〝小説のごときもの〟を書き、図々しくサンデー毎日の懸賞小説に応募しました。若気《わかげ》の向こう見ず……。われながら呆れます。だが運よく、その処女作『申楽新記《さるがくしんき》』は歴史小説部門の佳作に選ばれました。題名が示す通り世阿弥のことを書いた内容です。でも選者のお一人だった海音寺潮五郎先生には、選後評で「世阿弥のような巨人の足跡を、わずか百枚の規定内で書こうとしたところに無理がある」といった意味のお叱りを頂き、恥じ入りました。

いわば『申楽新記』は、世阿弥のダイジェスト版みたいなものでしたし、どんな幼稚な書き方をしたのか、もはや今となっては知る手だてもありません。佳作はサンデー毎日誌上に載らず、応募原稿も返却されないのが原則でしたから、氏名発表のあとは用済みとなってそのまま廃棄されたのでしょう。戦後まもないころなのでコピーの手段もなく、原稿用紙さえガリ版で罫《けい》を引き、一枚一枚ザラ紙に刷ったお手製だったのです。

原稿の書き方もわからなかったので、既成の小説本を手本にして「会話は行を替えるのか。地の文に移ったら書き出しの行は一字分、字数をさげるのだな」などと、独り学びに学習するありさまでした。

　ではなぜ、そんなたどたどしい処女作の素材に、世阿弥みたいなむずかしい対象を選んだのかというと、それは私が、十代の終りごろから能に夢中になっていたためです。ながいこと能は有閑階級のお道楽、謡曲や仕舞は奥さまお嬢さまがたの習い事といった風潮がつづいていたのですが、世阿弥の自筆伝書類の大量発見が契機となって、それまで伝説的に扱われていたその存在じたいに、にわかに照明が当てられ、能は歴史学の研究対象としてさまざまな角度から学究たちに取り上げられはじめたのでした。すばらしい成果が幾つもの論文となって結実し、史学界がいわば〝燃えている〟ときに、ちょうど私は旧制専門学校国文科の生徒だったのです。熱心な先生にめぐまれ、ご指導を受けることができたのも仕合せだったといえるでしょう。

　だが当時、戦局は日本の敗れへ向けて急速に傾きつつありました。先生方は出征され、能楽関係の書物を扱う書店もつぎつぎに閉じられて、催能も少くなり、見に行くさいは、いつ何どき発令されるかわからない警報に備えてモンペにゲートル巻き、背に鉄カブトや防空頭巾、腰には防毒マスクまでくくりつけるという恰好《かっこう》で、それこそ「この能が一生の見納め」と覚悟しながら演者の一挙手一投足に、くいいるような視線を当てる状態でした。文字通り「一期一会」の観能だったのです。

まもなく空襲で、東京の能舞台はあらかた焼失……。やっと戦後の復興期を迎えたわけですけれど、この経緯からすれば、懸賞小説の素材に世阿弥を選ぶという身のほど知らずな思い立ちも、私の場合、自然な成り行きだったと申せます。歴史小説部門に応募するとなったとき、世阿弥以外の名は思い浮かばず、彼以上に意欲をそそられる対象は、あのときの私には無かったのですから……。

しかし前述のようにこの処女作は、佳作止まりのダイジェスト版で終り、幻のまま消え失せました。そして、それから約二十年後……。直木賞を受賞してしばらくあとに、『申楽新記』をもう一度、今度こそ心ゆくまで書き直してみようと私は思い立ったのです。それが『華の碑文』でした。

しかも、そんな私を弾ませたのが『上島文書』との出会いなのです。これは伊賀上野の郷土史家久保文雄氏によって発見・紹介された観世系図の異本ですが、江戸時代の写本ということで史学界からは今のところ、無視にひとしい扱いを受けています。

でも、この文書に準拠してみると、従来、謎とされてきた観世家の家系の問題が氷解します。私はおどろき、作家としての感興をはげしくそそられました。

中でも注目に値《あたい》するのは観阿弥の母、世阿弥には祖母に当る女性を「河内国玉櫛庄、橘入道正遠女」としている点です。楠氏は四姓のうち橘姓に属します。つまり彼女は楠正遠の娘ということになります。観世の家系にはなんと、楠氏の血が流入していたのでした。

南北両朝の対立・抗争の激しさ深刻さは、現代人の想像を絶しています。利害が絡《から》まり感情が絡まり、公家《くげ》・武家を問わず猜疑し合って、同族の間ですら背反ただならぬ混沌状態を現出……。両統合体以前はもちろん、合体後にまで尾を曳いて、将軍や管領の交替その他、事あるごとに政変の火種となり、つぎつぎに誘爆を引き起こすという不安定な世相をつくり出していました。

そんな政情下に楠氏の血を享《う》け、義満・義持・義教ら歴代の将軍に深くかかわりつつ生きた観世家の人々が、渦の埒外に超然としていられるわけはありません。観阿弥の不可解な死、北畠氏・越智氏ら南朝武族への元雅の接近、世阿弥の佐渡配流等々、これまで徹底的には解明できなかった事柄が、「楠の血」を鍵とすることによって解けてきます。

ついでに記しますと、著名人の歿年月日を列記した『常楽記』という史料がありますが、死の少し前まで駿河の浅間神社社頭で法楽《ほうらく》の能を演じ、『花伝書』の年来稽古条々にも、

「その日の猿楽、ことに花やかにて見物の上下、一同に褒美せしなり」

と書かれた観阿弥と、駿河領主の父今川心省入道とが二人ながら、同じ年同じ月同じ日に逝去している事実を、偶然と片づけてよいものでしょうか。今川氏は足利将軍家の門葉――。尊氏に従って南軍と戦った生粋の北朝武族です。隠居の身とはいえ歴戦の老将である心省入道が、楠氏の血を持つ猿楽者の、義満将軍の肩入れを、日ごろ不快がり、危険視していたとしても、当時の状況やその一徹な武将気質からすれば、当然といえるでしょう。

そこに思い及ばず、旅興行の途上、無防備に駿河に入った観世の一座……。慰労の宴を口実に今川館《やかた》の隠居所に招かれ、謀殺の刃《やいば》を浴びて観阿弥は死に、観阿弥側の抵抗によって老入道の側も落命――という図式が『常楽記』の記載によって裏付けられますが、ここでも体内に流れる「宿命の血」が、観阿弥に祟《たた》ったわけでした。かつて私は『世阿弥を紀行する』という著述の中で、

「……立証の積み重ねを度外視して、歴史の解明はあり得ない。まして門外漢のしろうとが、たんにミステリアスな興味だけで恐れげもなく、史学の分野に踏み込んでゆきつつある近ごろの風潮など、大いに批判さるべきだろう。しかし、上島文書の場合に限っていえば、そこに提示されている内容は、かなり注目すべきキーポイントを含んでいると見てよい」

と書きました。偽書の作成は、作り手に何らかの利益をもたらしてこそ意味があります。だが『上島文書』を偽作したからといってメリットなどありません。原本の傷《いた》みがひどいので新らしく書写したと素直《すなお》に考えてよいでしょうし、その原本も確かなものであったと推量できます。現代ならともかく、文化文政期の一好事家《こうずか》が、当時まだ、存在すら確認されていなかった世阿弥の自筆伝書類や『常楽記』『満済准后《まんぜいじゅごう》日記』など良質の一級史料を縦横に駆使して、偽書が作れるとは思えませんし、作る必然性もなかったのではありますまいか。

久保文雄氏は八十歳を越す老齢ながら、今なお伊賀上野に居住され、郷土ゆかりの藩祖藤堂高虎の、伝記編纂事業の一翼を担っておられます。ご健筆ご健勝を念じてやみません。

一九九七年三月

世阿弥を紀行する

1

大和の結崎は、世阿弥の生地——と言うより、その生家・観世家の、発祥地として知られている。

近鉄橿原線の『ゆうざき』駅に、連れもなくポツンとおり立ったのは、十年ぐらい前だろうか。幾本かの柱が、かんたんな屋根を支えていたにすぎないプラットホーム……。改札口と出札口に一人二人、駅員の姿が見えるだけの典型的な、私鉄郊外の駅舎だったし、ホームのすぐうしろにひろがる青田の水には、うす赤く夕焼けが燃えていた。最近の様相は、しかしガラリと変った。駅をとり巻く商店街と団地……。『面塚』まで人家が続いて、のどかな野川だった寺川も、ごみすて場同様になってしまった。

宮前橋が川にかかる。渡ると、土手の一方に、『面塚』の囲いがあらわれてくる。

古いものではない。有志の手で戦後、建立された石碑だが、何に由来するかは、寄り添って建つ『観世発祥の地』の碑面が代弁する。面は能の象徴なのである。護岸工事によって現在地に移動する以前は、「ここに在った」と教える碑まで、堤の斜面には建っていて、それら三基の石碑をかこう形に、石柱がささやかな空間を守っている。観世流の職分たちが寄進した石垣であることは、彫られた名前でわかる。

やっと、このあたりから田畑が見え出し、昔ながらの郊外風景を綴《つづ》りはじめるけれど、それもいつまで続くことか。さらに十年後には川はマンホールの下に追いやられ、家々のはざまに『面塚』も埋もれて、所在すら確認しにくくなるかもしれない。京阪のベッド・タウンに予想される致しかたない変貌であろう。

世阿弥元清《もときよ》の生涯には、疑問点や不明な部分がまだまだ、少なくない。出自、家系、生年についてすら、学界での定説が確立されているとは言いがたい。

自筆伝書のうち、永享四年作の『夢跡一帋《いっし》』の中で「至翁また私なく当道を相続して、いま七秩に至れり」とある一節から逆算し、一応、貞治二年の誕生ということになってはいるけれども、では、どこで生まれどこで育ったか、その問いにはだれも答えられない。『世子《せいし》六十以後申楽《さるがく》談儀』は、世阿弥自身の談話を次男の元能《もとよし》が筆録したものだけに、これも史料的価値の高い伝書の一つだが、戦前から注目されてきたのは次の個所だった。

伊賀の国服部《はっとり》の杉の木と云ふ人の子息、太田の中と申す人、養子にしてありしが京にて落胤腹に子を儲く。其の子を山田に美濃大夫と云ふ人、養してありしが、三人の子を儲く。宝生大夫嫡子、生一中、観世おとと、三人この人の流れなり。

難解なために、つねに論争の焦点となった文章ではあるけれど、ここではたんに、世阿弥の父なる観世（観阿弥清次《きよつぐ》）と、伊賀の国との結びつきに目をとめておこう。『申楽談儀』にはまた、面の秀作について語ったくだりに、「この座の翁《おきな》は弥勒《みろく》打ちなり。伊賀小波多《おばた》にて（観阿弥が）座を立て初められしとき、伊賀にて尋ね出し奉りし面なり」の一文もある。素直に信じれば、観阿弥がはじめて一座を組織したのも、伊賀の小波多だということになる。

伊賀と観阿弥の関係そのものにすら、否定説の出ている最近の学界だが、小波多なる地名を登場させたついでに、ぜひ私は、上島文書についても触れておきたい。これは伊賀上野に住む郷土史家・久保文雄氏によって発見、紹介された観世系図の異本である。

江戸期――文化文政年間の写筆ということで、今のところ史学者たちから無視にひとしい扱いを受けているこの文書を、あえて持ち出す気になったのは、偽作視するにはどうにも惜しく、ひっかかりもする重大な示唆を、幾ヵ所となく記述中に見出すからだし、世阿弥の生の軌跡の中で、従来ナゾとされていた諸問題までが、上島文書との照合によって氷解するおどろきに、作家的感興をそそられたからだった。

詳述する紙数はない。しかし上島文書に準拠すると、意味不明瞭なあの、『中楽談儀』の中の「服部の杉の木と云ふ人うんぬん」の文章までみるみる鮮明化してくる。

世阿弥の生母は、この文書によれば伊賀小馬多《おばた》の人・竹原大覚法師という者の娘らしい。生年は南朝年号の正平癸卯十八年となっている。北朝暦《れき》では貞治二年に当るから、『夢跡一帋』の記載とも符合するわけだ。

それより何より、私がはげしく惹《ひ》かれたのは、観阿弥の母、つまり世阿弥には祖母に当る女性が、上島文書に「河内の国玉櫛庄・橘入道正遠の女」と書かれている個所だった。

楠氏の血！

家系に混入したこの南朝方武族の血こそ、観世家のナゾを解く鍵だと私は思った。

地味な、科学的な立証の積み重ねを度外視して、歴史の解明はあり得ない。まして門外漢のしろうとが、たんにミステリアスな興味だけで恐れげもなく、史学の分野に踏み込んでゆきつつある近ごろの風潮など、大いに批判さるべきだろう。しかし、上島文書の場合に限っていえば、そこに提示されている内容には、かなり注目すべきキーポイントを含んでいると見てよい。

今のところまだ、仮説としても、フィクションの世界でなら、応用を許されるのではないか。――そう、考えた私は、世阿弥を主人公にして長編歴史小説を書いたさい、全面的に上島文書を取り入れてみた。すると、どうだろう。これまで紗をへだてて眺めるに似たもどかしさでしか、探ることができなかった閲歴の上での不可解なナゾが、つぎつぎに解けてゆきだしたではないか。

化政期の書写としても、もととなった原本が相当たしかなものであったらしいことは、この事実からも想像がつく。近代史学の洗礼を受けた現代ならいざ知らず、江戸時代の一好事家が『常楽記《じょうらくき》』や『満済准后《まんぜいじゅごう》日記』、あるいは当時、門外不出とされて、一般には流布どころか存在すら確認されていなかった世阿弥自筆の伝書類など、質の良い一級史料を縦横に駆使して、もし〝偽書〟を作り得たとしたら、それこそが奇怪な、一篇のミステリーだと評せよう。

この小文でも、だからわたしは、上島文書が暗示する〝宿命の血〟を、証明の鍵に用いながら、世阿弥の生きざまを紀行してゆきたいと思う。結崎はさしずめ、その出発点である。

2

伊賀の小波多で一座の基礎作りを終えた観阿弥は、大和へ進出……。結崎村に本拠を据えて、姓と座名を『結崎』と称したのだが、幼名であり通称でもあった〝観世〟のほうが通りがよく、人々は依然として彼を観世三郎清次、座の名を観世座と愛称したようだ。

後年、足利義満に見出され、同朋衆の一人に加えられたとき、ためらいなく『観阿弥』の三文字が選ばれたのも、通り名にちなんだものにちがいない。

結崎村に居を構えれば、奈良の興福寺の支配下に組み入れられるのは、そのころとすれば当然の成りゆきである。興福寺に隷属《れいぞく》する一座として、春日神社の神事に勤仕しながら、それのない日は座員をひきいて、諸国を巡業するのが観阿弥の日常だったと想像される。世阿弥やその弟・元次らが生まれたのも、結崎村でのことだったのではあるまいか。『申楽談儀』記載の、「定、魚《いお》（結）崎座之御事」を見てみると、一座の活動範囲は伊賀、伊勢、山城、近江、和泉、摂津、紀伊など近畿地方を主としている。これらの土地々々で観阿弥の芸は、圧倒的人気をかちえていた。

「衆人の愛敬《あいけい》を以って一座長久の寿福とする」

という観阿弥の信念に、それは照応する現象ではあったけれど、土民の喝采だけで満足したくないとする逸《はや》りも、彼の胸中には燃えさかっていたと見てよい。都に打って出て、洗練された貴顕の眼識、具眼の士の仮借ない批判に身をさらし、勝の判定を得てこそ、真実、芸の世界で勝利することではないかとの思いが、一方に疼きつづけてもいたのである。

猿楽の、勃興期だけに、各地に有力な座が妍《けん》を競い合っていた当時だった。当面のライバルは、同じ興福寺に所属する円満井《えまい》（のちの金春《こんぱる》）外山《とび》（のちの宝生）坂戸《さかど》（のちの金剛）の三座だし、近江にはこれまた天才・犬王のひきいる比叡《ひえ》座をはじめ六座、山城の宇治や伊勢、丹波にも、それぞれ盛名ある座が蟠居《ばんきょ》していた。このほか諸国を流れ歩いて、田舎の祭礼に興を添える手《て》猿楽の徒まで加えれば、総数はおびただしいものとなる。

まだ、ある。田楽の徒輩だ。彼らこそ真に恐るべき強敵であった。都が田楽の手中に落ちて、すでに久しい。それなのにいまだに猿楽者たちは、彼らの牙城に斬り込めずにいる。将軍家はもとより公家《くげ》や武将ら、権力の座に坐る貴紳たちは、田楽に熱中して猿楽には一顧もしない。

「なんとか彼らの目を、猿楽に向けることはできないか。田楽を逐《お》い落とし、取って代って都を席捲《せっけん》する手段はないものだろうか」

工夫に、工夫をかさねたあげく、観阿弥が完成させたのが、いわゆる『小歌節曲舞《ぶしくせまい》』である。

やや誇張して言うと、これはビートの効いたロックであった。それまで猿楽の音曲は、『小歌がかり』と称されて、メロディの美しさにもっぱら主眼を置いたものだったのに、観阿弥は思い切ってこの特色をセーヴし、当時、熱狂的に流行していた曲舞の手法とその軽快なリズム感を、猿楽の舞と曲の中に取り入れたのだ。おかげでスローテンポだった舞台が、目を洗われるほどにも新鮮な、リズミカルなものに変った。

ファイトだけで挑《いど》んでも、目ききの目はごまかせない。彼らをして、二の句をつがせないだけの芸境を確立することこそ、田楽の鉄壁陣を突き崩す捷径だと判断した観阿弥の意図は、さすがにピシッと的を射ている。

興行するごとに、旋風さながらな興奮に見物を巻きこみはじめた結崎座の評判が、都びとの耳に届かぬはずはなかった。醍醐寺での演能にまでこぎつけた直後、

「観世の能とやら、見てみようではないか」

芸能芸術のパトロンをもって任じ、また事実、それらの育成や保護に熱意を持つよき助言者、達眼の批評家でもあった足利三代将軍義満が、食指をうごかしたことで、洛東・今《いま》熊野における勧進猿楽は、ついに実現のはこびとなったのである。

応安七年、観阿弥は四十二歳――。世阿弥は、貞治二年の生まれとすれば数え十二歳の子方ざかりであった。その容姿の美と資質のきらめきに、新工夫の能の面白さにも増して、十七歳の青年将軍が魅了されたであろうことは想像にかたくない。

観阿弥はみとめられ、待望の洛中進出をなしとげて、将軍の同朋に加えられた。これをたんに、一観世座の栄光もしくは、大和猿楽四座の開運とのみ見るのはあやまりだろう。平安朝以来、中央での覇権をにぎりつづけて放さなかった田楽なる芸能が、その王座を新進の猿楽にゆずり渡して、消滅への下り坂をひと足、踏み出した日であり、逆に猿楽から見れば今熊野での演能こそ、こんにちわたしたちの手に輝かしい文化遺産として伝えられている能楽の、地歩確立の第一歩を記念する劃期的な事件であるはずなのだ。

世阿弥と義満の結びつき一つにしぼって見てさえ、日本芸能史上、エポックを劃する運命的な出遇いの場所なのに、いま、ほとんど今熊野のやしろになど関心を示す人はいない。ゴトゴトと、京都市中を走る市電・東山線に、『今熊野』の停留所があり、そこでおりると電車通りに面した町すじに、なんのへんてつもない平凡な社域がひろがっている。観光客とも、およそ無縁な町なかの、結婚式場のペンキ看板ばかり目につく小じんまりしたやしろ……。

仮舞台が造られ桟敷《さじき》が組まれ、華やかに観世の能が演じられた当初からすれば、おそらく見ちがえるばかり家並《やな》みに押されて、縮少してしまったにちがいない境内に、それでも枝を張り、根をふんばって佇《た》つ老樹は、影向《ようごう》の樟《くすのき》と呼ばれる神木である。永暦元年、後白河法皇が紀州の熊野権現をこの地に勧請《かんじょう》したさい、手ずから植えたと伝承されているけれども、社記の通りならこの樟のみは、観阿弥父子の成功の、ただ一人の目撃者ということになろう。

ひさしぶりに訪ねた日、しかし師走の風に梢がざわめくだけで、暮れがたの境内にはあいかわらず、人影ひとつ見えなかった。

3

「上花《じょうか》に上《のぼ》りても山を崩し、中上《ちゅうじょう》に上りても山を崩し、また下三位《げさんみ》にくだりて塵《ちり》にも交《まじ》はりしこと、ただ観阿ひとりのみなり」

と世阿弥は、父を回想した。いかにファン層が厚く、芸域がひろかったか、よくわかる言葉ではあるが、同時にこの評言が、いみじくも観阿弥の能力——というよりは意識の限界を示している点にも、私たちは注目したい。

巨峰としての父を追うこと。

父を吸収し、咀嚼《そしゃく》しぬくこと……。

少、青年期の全精力を、それに傾けつくしたであろう世阿弥が、つぎの課題に置いたのは父を超《こ》すこと、父に克《か》つことであった。

無限に近い問いと答えの、父こそは塊りであり、可能、不可能を、身をもって示してくれてもいた大先達であったのに、突如その父が地上から消えた。頓死したのである。

少年時代の世阿弥と義満とのあいだの、男色関係を否定する説もあるけれども、あながちに目くじら立てる必要はないのではあるまいか。容貌や技《わざ》、音声の美しさばかりでなく、藤若は怜悧な子であった。十二歳のとき、南都の法雲院で田楽の元老・喜阿弥の能を見た

感銘が『申楽談儀』に述べられているが、名人上手の域をぬけて、枯淡平明な、闌位《らんい》の芸境に遊戯《ゆうげ》していた当時の喜阿の印象を、

「苧《お》の附髪《つけがみ》に直面《ひためん》のままで〝昔は京洛の華やかなりし身なれども〟の一節を、何の技巧も用いずまっすぐに、さらさらと謡った面白さが、あとになればなるほど思い出される」

と語った洞察力に、その片鱗がうかがえよう。売り家と、唐様《からよう》で書かなかった三代目の強引さしぶとさを、為政者としてはとかく後世、非難されがちな半面、芸術には一隻眼を有し、すぐれたもの、美しきものへの傾倒には、ことに少児の純粋性を発揮しもした義満である。独占欲が昂じて、肉体ぐるみの占有に移行するのは、むしろ自然な帰結ではあるまいか。


それを裏づけるものとして日記『後愚昧記』永和四年六月七日の条で、内大臣・押小路公忠は、つぎのような慨歎をぶちまけている。

「今日、祇園御輿《ミコシ》迎ヘナリ。……大和猿楽ノ児童召シ加ヘラレ、大樹ノ桟敷ニ於テ見物ナリ。去ル頃ヨリ大樹コレヲ寵愛シ、席ヲ同ジウシ器（酒盃）ヲ伝フ。カクノ如キ散楽ノ者ハ乞食《コツジキ》ノ所行ナリ。而《シカ》ルニ賞翫《ショウガン》近仕ノ条、世以ッテ傾キ寄ルノ由。銭産ヲ出賜シ物ヲ此ノ児ニ与フル人ハ、大樹ノ所存ニ叶フ」


永和四年というと藤若は十六、義満は二十一歳だが、若気《わかげ》の傍若無人さとはいえ、このような人目を憚らぬ溺愛のしかたが、好結果を生むはずはなかった。

白眼は義満を避けて、観阿弥父子に集中した。そうは言っても、局《つぼね》・高橋《たかはし》のような遊女あがりの愛妾さえ側に置いて、平然としていた将軍である。公忠がおとしめて書いた通り、散楽の徒などしょせん、遊女にすら劣る乞食のたぐいとすれば、いかに君寵あつくても、歴々の武将や公卿たちが、ことさら問題視するほどの相手ではないはずなのだ。それなのに、観阿弥父子ばかりが室町御所内で、敵視を浴びなければならなかった理由はなにか？

ここに疑問を解く鍵としての、上島文書の存在がクローズアップされてくる。彼らの体内を流れる楠氏の血！　将軍の側近に侍することが、異常なまで危惧され、警戒された真因は、宿命として観世父子が負っていた〝血〟の重みにあったのではあるまいか。

南北両陣営の対立感情は、現代人には想像もつかぬ深刻なもので、明徳三年、義満三十五歳の冬に両統の合一は成ったものの、それだけに彼の初政時代には、事前工作めいたかけ引きが激化し、双方ともが疑心暗鬼に棘《とげ》立っていた。周旋の労をとった楠正儀《まさのり》の動きなどにも迷いや曖昧《あいまい》さが目立ち、北朝サイドの武将のなかには南朝と聞き楠氏と聞いただけで、拒否反応のアレルギーを起こしかねない風潮すら、みなぎっていたさなかなのである。こうした特異な社会背景をぬきにして、世阿弥の悲劇は考えられず、芸道の上での驚異的な飛躍もまた、考えられない。

悲劇とは、まずその、第一の波が観阿弥の死だが、まだまだ脂の乗りきった男ざかり芸ざかり、五十二歳の壮年で突如、亡くなったという事実は、何をものがたるものなのか。

ほんのわずか前まで「浅間《せんけん》の御前にて法楽つかまつり、その日の猿楽ことに花やかにて、見物の上下、一同に褒美せしなり」とさえ感銘させた健康体の持ちぬしが、場所もあろうに駿河で急死したのだ。

『常楽記』には、同年同月同日、今川五郎入道範国の死が書きとめられている。範国は駿河の領主。足利将軍家の錚々《そうそう》たる一門――。しかも生粋《きっすい》の北朝武族であり、尊氏のころからの対・南朝戦をたたかいぬいてきた一徹、歴戦の老武将だ。幕府の安泰をねがう宿老の一人としても、若い将軍の近状に苦りきり、楠氏の血を持つ猿楽者の近侍を、なみなみならず危険視していたであろうことは、その気質、立場からすれば容易に推量できる。獅子身中の虫、君側《くんそく》の奸《かん》、南朝側のスパイとすら観阿弥を誤解していたのではあるまいか。

その〝危険人物〟が、将軍の被護の手から出て、うかうか今川氏の支配地までくだってきた。みずから網にかかりにきたも同然なチャンスを、範国が千載一遇と見れば、一つの仮説は成立する。小説の中で私は、祭礼奉仕の興行の打ち上げ後、慰労を口実に今川氏の館に招かれた観阿弥が、五郎入道範国の住む隠居所の奥庭で、凶刃を浴びたと仮定してみた。計画は、累が息子たちに及ぶのを恐れた老入道の、胸一つで練られたものだから、凶行の実行者も範国自身である。観阿弥側の抵抗に遇って老人も、合い討ち同様の死をとげる。同月同日に逝去したつじつまを、ここで合せたわけだが、かろうじて脱出した座員の口から、惨劇を告げられた世阿弥が、討手の追撃におびえながら蒼惶と、旅宿を逃がれ出たであろうことは言うまでもない。元服し、三郎元清《もときよ》と名乗っていた彼は、このとき二十二歳……。芸道修行の道程に於けるもっとも苦しい時期に、最愛の肉親であり指導者でもあった父に先立たれてしまったのである。

駿河の浅間《せんげん》神社は、清雅なたたずまいを現在も、静岡市中・宮ガ崎の一角に見せている。賤機山《しずはたやま》のみどりを背にし、錆朱《さびしゅ》の瑞垣《みずがき》に囲まれた境内は帚目《ほうきめ》が立って、いつ訪れてもすがすがしい。極彩色の彫刻に飾られた楼門、廻廊……。檜皮《ひわだ》ぶき丹塗《にぬ》りの社殿もすべて、建物は江戸期の再建だが、桶狭間《おけはざま》で戦死した義元のころまで、連綿と守護・今川氏の尊崇を受け、徳川家の支配に代ってからも駿河一国の総社として、手あつく保護されてきた気《き》韻《いん》は、今なお失われていない。

4

「ただ指さして笑はるるともそれをば顧《かへり》みず、内にて、声の届かん調子にて宵、暁に声を使ひ、心中に願力《がんりき》を起こして一期《いちご》の堺《さかい》ここなりと、生涯かけて能を捨てぬよりほかは、稽古あるべからず」と教示されているのが『花伝書・年来稽古條々』の内の、十七、八より二十二、三歳までの修行者心得である。いきなり支柱を奪われ、呆然自失の底から必死に這いあがろうとあがいた世阿弥みずからの、おそらくは体験に根ざした忠告であろう。

子方時代の〝花〟はしぼみ、かといって三十代の安定にもほど遠い青年期は、背丈ばかりぶざまに伸びて、聞きぐるしく声変りまでする芸能人にとっての最大危機だ。中途半端なこの、むずかしい時期に、父の横死に遇ったショックは、しかし世阿弥に、一つの開眼をもたらしたと私は思う。権力に随従するかたちで伸びつつある芸能は、いったん政争の渦に巻き込まれると、激流に落ちた葩《はなびら》さながら脆《もろ》い。かしこい観阿弥は、それを知っていたからこそ、「衆人の愛敬をもって一座長久の寿福とする」との、雌伏時代のモットーを忘れず、一方に将軍はじめ貴紳の愛護を受けながら、いま一方ではどこまでも「下三位にくだりて塵に交わる」姿勢をつらぬき通そうとした。

しかしそんな観阿弥すら、血の宿命が招いた悲劇とはいえ、彼自身あずかり知らぬ政界の軋轢《あつれき》によって、たぐいまれなその芸までが、巻き添えの圧殺をこうむる危険から、身をかわすことができなかったのである。

今さらながら、この発見に愕然とし、憤《いきどお》りも恐れも悶えもしたであろう若き日の世阿弥の心情を、私は巨大な父・利休を理不尽な圧力によっていきなり奪い去られた千家の遺児たち——少庵や道安の混迷と、だぶらせて察せずにいられない。

世阿弥の場合、将来も同一の悲惨は予測し得るのだ。彼もまた、観阿弥と同じ〝血〟の所有者なのだし、子が生まれればその子らも、やはり同様の犠牲を強いられる運命にある。

「家が絶えることで、能までが亡びる……。そんなことがあってはならない」

死にもの狂いな模索の末に、つかんだ答は、演者個々の生かされ方はどうあれ、政治にも個人の運命にも影響されない次元にまで、能そのものを押しあげ、観世家以外の受けつぎ手でもよい、正しく間違いなく、それが伝承されつづけ得るシステムを、完成させることだった。

時代々々の嗜好と歩みを共にしつつ、能もまた歩みつづけるものではあるけれども、時代をすら抜きん出た不易不変の美にまで、能の質を磨きあげ洗いあげれば、社会がどう変り体制がどう変革しようとも、「真実、美しきものとは何か」を、感知し分ける人々には必ずアピールする。千年の歳月を生きつづけながら、白鳳期のすぐれた佛像群や平安朝、鎌倉期などの工芸美術品が、本ものを愛する人々の魂と、つねに深い感動をもって交流し合うように、時代を超え、政治を超えたところにまで高めきることで、はじめて能にも不滅の生命力が附与されるのではないか。――これが父の死を媒体として世阿弥が得た貴重な教訓であった。

大衆の愛を、一座長久の基盤に据えるという観阿弥の信念は、一見、真理に見えてじつは狭い。大衆ぐらい移り気なものはなく、その冷酷さ非情さは権力者のそれと、本質的にはまったく変らない。大衆の熱愛をいくら受けても、それはせいぜい一時代ひと盛りの寵児たるにすぎず、永遠不易の生命力とはかけ離れたものだ。信じられない愛を信じて、妥協の低さに安住するのを、大衆と共にある芸能の、使命のごとく錯覚してはならないと、開眼した瞬間、技術的にはともあれ意識の上で、世阿弥は大きく一歩、父の限界を踏み越えたと言えよう。かえってむしろ、不幸が彼をして、父なる巨峰を超克させたのである。

さいわい身近に、比叡座の犬王道阿弥という手本がいた。この人の芸は、俗耳俗眼にはストレートに理解できず、したがって人気の点では観阿弥に及ばなかったけれども、神品と評してよい高次元なもので、識者の支持が固かった。大衆の好み権力者の好み、ひと舞台ひと舞台の勝ち負けや人気にとらわれるあまり、場当りの工夫に憂き身をやつして、目を大向うの受けにのみ向けがちだった観阿弥の在り方から脱却してみると、ひたすらただ、おのれ一人の道を追いつめ、自己凝視のきびしさに澄んだ犬王の世界が、はっきり世阿弥にも見えてきたのだ。

「孤独なようでいて、それこそが、真に豊穣な手ごたえというものではあるまいか」

世阿弥が、この自覚のもとに新しい一歩を踏み出したとき、『能』はたんなる芸能から、芸術の域に昇華し、したがって二十世紀の今日まで脈々と、生き続け得たのである。

5

血みどろな鍛冶《たんや》と、感性の研磨にあけくれた二十代――。それも終って、三十から四十代に入ると、ようやく世阿弥の芸境は安定してきた。

応永元年三月、南都興福寺での官符衆徒《かんぷしゅと》主催の猿楽、同じく六年五月、一条竹ガ鼻で催された三日にわたる勧進興行など、名実ともに、斯界の重鎮となってゆきつつある過程が、記録の上からもたどれるし、『花伝書』はじめ能楽理論書の執筆にも、このころから手を染めはじめている。

同朋衆に列し、『世阿弥』の称号を用い出したのも、応永八年前後かららしい。

そしてもし、天覧能での主演といったことが、世俗的な栄誉の最たるものであるならば、応永十五年春、足利義満が後小松天皇を北山第《だい》に招待して、咲きみだれる桜の絢爛を背景に歓をつくした盛儀こそ、世阿弥の生涯での、栄光のピークと言えるのではなかろうか。

世阿弥を紀行するとすれば、シーズン中とシーズン・オフとを問わず、観光客でごった返す金閣へも、いちおう足を向けなければなるまい。戦後、放火に遇って焼失――。まもなく再建成ったあの、金色燦然たる建物は、正確には舎利殿《しゃりでん》と呼ばれて、北山第の殿楼の一つであった。

義満が北山の地に豪華な別荘を完成させたのは、おおよそ応永四、五年ごろと言われているけれど、舎利殿も創建当初は、背面にまで池をめぐらした泉殿ふうの建物であったらしい。うしろ岸には天鏡閣という二階建ての一殿があり、ここの上層と舎利殿・金閣の上層とを、水をまたぐかたちで渡り廊下がつないでいたという。

そこを歩く世阿弥。勾欄《こうらん》に倚《よ》って池を見おろす義満……。少し空想力をたくましくすれば、応永のイメージを瞼に描くのもさして困難ではないほど、昭和出来の金閣が美しいのはありがたい。

頂点まで登りつめれば、しかし峠路は下り坂に向う。その第一の現れは義満の死であった。子の義持に将軍職をゆずって、閑日月を楽しんではいたが、実権は隠退後も、にぎりつづけて放さなかった大御所である。能の美の理解者であり、経済面での大パトロンでもあった義満の逝去が、世阿弥に与えた打撃は大きかったし、何にも増して禍根として残ったのは、感情抑制のきかない独裁者の、偏愛の落とし子ともいうべき足利家内部のごたごたであった。

多くの子女のうち、義満は貴公子肌の、義嗣《よしつぐ》という息子を生前、特にいとしんでいたから、諸大名も義嗣を新御所さまと尊称し、当然、義持のあとをうけて、五代将軍位につく人と見、追従する者が多かった。

実子・義量《よしかず》に将軍職をゆずるつもりの義持にすれば、おもしろくない。父が亡くなるとたんに、彼は異母弟を冷遇しはじめた。義嗣もまた、憤懣《ふんまん》やるかたなく、南朝方の領袖・北畠氏、あるいは鎌倉の上杉禅秀などと気脈を通じ、ひそかに劃策するところがあったため、捕われて幽閉されたあげく、自殺という名目で処理されてしまったのである。

義満に目をかけられていれば、必然的にその愛児・義嗣の眷顧も、こうむることになる。世阿弥の凋落は、すでに約束されていたようなものだが、義嗣と南朝残党との結びつきにだぶらせて、ここでも忌避されたのは観世家に流れる楠氏の血だった。

義持はでも、まだよかった。観世の能を無視しただけだけれど、次の義教《よしのり》将軍になると憎悪は増幅され、積極的な迫害に転じたのだ。

それというのも、義教には義円と名乗って僧籍にあったころから、寵愛ただならない対象がいた。観世元重《もとしげ》——のちの音阿弥である。世阿弥の弟の子だから、甥《おい》にあたる。

この青年への、異常なまでの肩入れは、ライバルへの敵視につながった。世阿弥の妻の名は、法号・寿椿《じゅちん》としか推量できないが、子には元雅《もとまさ》、元能《もとよし》のほか、金春禅竹の室となった娘がい、わけて長男の元雅は『隅田川』『弱法師《よろぼし》』など、現行曲にのこる作品群からもわかるように、なかなかの偉材であったらしい。かえってそれゆえに、彼は義教将軍にうとまれ、醍醐寺清滝宮の楽頭職《がくとうしき》を元重に奪われたばかりか、父ともども、仙洞御所への出入りを禁止されるという不条理な仕打ちに遇わなければならなかったのである。

憤激して、元雅は京を出奔……。大和の越智氏のもとに、失意の身を寄せる。そしてまもなく、勢州安濃《あの》ノ津で三十八年の短い生を閉じるのだが、伊勢は北畠氏の領国だ。

越智氏も北畠氏も南朝方、しかも当時が、小倉宮の動乱さなかだったことを思えば、結局どこまでも、〝宿命の血〟から逃れられなかった一家であることが理解できる。世阿弥の佐渡配流は、その総決算にすぎない。

『金島書』に拠りつつ島をたどってみると、漁期は、イカ釣り舟の火が沖にまたたく大田の浦からはじまって笠借《かさかり》の峠路、登廊《とうろう》のたたずまいから牡丹の植込みまで、そっくり奈良の初瀬寺のミニチュアに造られた長谷の観音、新保川のほとりにのこる万幅寺跡、時鳥《ほととぎす》のくだりに描写された八幡宮、泉の、黒木の御所跡、山門堂宇いまもいかめしい禅刹・正法寺など、ともかくも在島時代の足跡を、視覚の上で捉えることができるのはうれしい。

島で歿したか、それとも許されて帰ったか、帰洛できたとすればいつのことか、どこに住んだか、佐渡以降の動静はいっさい、不明である。ただ、島から出した禅竹宛ての書状の、したしみ溢れる文面などから、最晩年は娘婿《むこ》の家に引き取られて、余生を平穏に過ごしたのではないかとの想像も成り立つ。

苛政が祟って義教は赤松満祐《みつすけ》に弑され、世阿弥の次男の元能は世を捨てて出家した。のち、還俗して兄・元雅の遺児を補導し、越智観世なる一家を立てたともいわれているけれども、観世宗家の命脈は、けっく音阿弥元重の系統によって引き継がれたことになる。

世阿弥にすれば、しかし恩愛の歎きとは別に、世間的な名利や執着から、すでにとっくに超脱した心境であったろう。玲瓏《れいろう》たる結晶体にまで、彼一代で純化しきった能の美は、伝承の方法さえ誤らなければ永劫の時空を、響きつづけ、生きつづけるに相違ないのだ。

巨木が倒れるに似た静かさで世阿弥が逝ったのは、嘉吉三年八月八日――。享年八十一歳であった。

(「太陽」一九七六年三月号)

解説

澤田瞳子

能楽とは孤独な芸能である。

一旦、演能が始まれば、舞台の上で何が起きようとも最後まで曲は続けられる。能の主役たるシテが倒れても、後見役が紋付き袴姿のまま、何もなかったかの如く代理を務める。囃子《はやし》方や地謡《じうたい》方についても同様で、一度始まった能が中断されることは決してない。そもそも普通の劇場の引幕にあたるものが能舞台には備え付けられていないのだから、中止という概念自体が存在せぬのである。

能楽師が入れ替わっても構わぬのだとすれば、そんな舞台の上で演じられるものは何か。それは個々人による舞や謡ではなく、彼らの身体を通じて表現される能の「美」そのものなのではあるまいか。だとすれば能舞台における主役は、人間ではない。能舞台の上で何が起ころうとも進められる美と対峙するために、人々は能を見ると言えるかもしれない。

本作の主人公たる世阿弥元清は、そんな能楽の大成者として歴史に名を刻む人物。観世《かんぜ》座初代太夫たる観阿弥を父に持ち、時の将軍・足利義満の寵愛を受け、「秘すれば花」の言葉で名高い『風姿花伝』を始めとする能楽論を多数残した世阿弥の事績は、一般にもある程度知られている。それだけに本書を手に取った読者は、この物語に描かれる世阿弥こと幼名・藤若、元服後は三郎元清と名乗る主人公の冷ややかなまでに寂しい人物像に、驚きを覚えるかもしれない。

人並み外れた美貌に生まれついた藤若は、父の率いる結崎《ゆうざき》座（後の観世座）の不遇の中で少年時代を過ごす。周囲から蔑まれ、幼心に深い傷を負った日々は、その後の彼の人生にも暗い影を落とし続ける。筆者・杉本苑子はそんな主人公を彼の弟たる竹若の目を通して描くことで、「人にいくら愛されても、愛し返すことをしない」――いや、それが出来ない藤若の孤独と、彼の周囲をむなしく巡り続けるばかりの人々の絶望をより鮮明に浮かび上がらせている。

藤若の孤独は極めて単純に解釈すれば、幼い頃に強いられた無残な稚児《ちご》勤めに起因すると言えよう。将軍・義満という素晴らしい庇護者を得、妻子や財力、名声を手にしてもなお周囲を拒絶し続ける藤若の歩みは凄絶ですらある。とはいえ藤若は決して、すべてに絶望しているわけではない。その証拠に、彼は能に対してのみ、執着という言葉すら易しいほどの思い入れを示す。

愛の不変を信じないが、美の永遠性は信じる。そう語る藤若にとって、孤独とは不易の美を手に入れるための戦いなのである。

晩年、息子を失い、自らも佐渡流罪を言い渡された藤若は、配流を中止させようとする竹若とその息子・元重のもとを訪れ、「私の甥であるより先に能の生命《いのち》の、おぬしは有力な担い手でなければならない」と告げる。

――打ちあけたところ、私はおぬしを好いていない。親の痴愚から言えば、おぬしは倅《せがれ》たちの仇《かたき》だ。しかし芸の継承者としては、私はかぎりなくおぬしを愛する。同時に、同じ意味で元雅と元能を、私は子としてはいつくしむが、後継者としては唾棄《だき》し、憎んでさえいるのだ。

すべての情を捨て、ただ能のみを守らんとする藤若は、人の形を取りつつも、もはやそれ自身が芸の神髄の域に達しているかにも映る。そしてそれが人でないとすれば、彼を巡る竹若やその妻・磯菜《いそな》、そして藤若の妻たる於寿々《おすず》の苦しみは、神前に額《ぬか》ずいてなお神意を乞う人の足掻きとも取り得る。

　ところで本作を語る上で避けて通れないのが、杉本が観阿弥の母を楠氏の女と設定し、観阿弥の巡業先での不慮の死も、南朝遺臣の血がもたらした不幸と描いている点である。観世・楠両氏を親類とする説は、昭和三十二年に三重県で発見された「上嶋家文書」に基づいたもの。同三十三年に連載が始まった吉川英治の『私本太平記』もこの史料に従い、観阿弥を正成《まさしげ》の甥に設定している。

「上嶋家文書」は発見当時、観阿弥・世阿弥のルーツを明らかにするセンセーショナルな文書として注目された。観世家と伊賀・服部氏が代々深いつながりがあると記されていたことから、観世家は忍者の家だったとの言説すら生んだ。

哲学者・梅原猛は『うつぼ舟Ⅱ　観阿弥と正成』において「上嶋家文書」を高く評価したが、能楽研究者・表章《おもてあきら》は結果として遺著となった『昭和の創作「伊賀観世系譜」』において、同文書には明治期の能楽書に現われる固有名詞が頻出する点、昭和期に学会に紹介された「四座《よざ》役者目録」を利用している点などを挙げ、これを近年捏造された偽文書と結論づけた。現在の能楽学界は、おおむねこの表説支持の立場にある。

ゆえに学術的な側面からすれば、本作は誤った史料に基づいていると言わざるを得ない。しかしこの作品は歴史書ではなく、歴史小説である。『華の碑文』を物語として虚心に読めば、南朝の血という要素は観世座を襲う悲運の劇的な一断面を成すと共に、物語全体を貫く大きな骨組みとしての役割をも兼ねている。また藤若・竹若の親類である楠氏の兄弟たちが、政局に翻弄される能役者の境遇を際立たせるのみならず、世の中の有為転変を物語る重要なキャラクターとして配されている点も注目すべきであろう。杉本は随想「世阿弥を紀行する」の中で「上嶋家文書」に触れ、「今のところまだ、仮説としても、フィクションの世界でなら、応用を許されるのではないか」と考えて物語を織り成したと語っている。本作における観世家と楠家のかかわりは瑕瑾《かきん》ではなく、むしろ歴史的要素をフィクションの軛《くびき》で捕らえ、物語の中に畳み込む杉本の手腕の力強さの表れともなっている。

ところで飛鳥・奈良時代を描いた『天智帝をめぐる七人』や『穢土荘厳《えどしょうごん》』から、近代を舞台とする『伯爵夫人の肖像』『冥府回廊』まで、杉本苑子が物語に成した時代は幅広い。しかのみならず杉本には本書のほかにも、能楽「蝉丸」を下敷きにした短編「逆髪」や元能役者・間部《まなべ》詮房《あきふさ》を重要なキャラクターとして配した『元禄歳時記』などの能をモチーフにした作品、江戸期の歌舞伎役者を描いた短編集『虚空を風が吹く』、謎の死を遂げた八代目団十郎を主人公とする『傾く滝』など、芸能に題を取った作品が多数存在する。

中でも『傾く滝』は、江戸中の人々を虜にした「江戸の華」の生涯を描き切った点や、他人を容易に寄せ付けぬ主人公の頑なさなど、本書とも共通する箇所が多い。しかしとりわけ私が注目したいのは、『傾く滝』であれば団十郎を愛する浪人・宮永直樹や二人の恋を守ろうとする団十郎の弟・重蔵、『華の碑文』であれば、「兄さんのほとけは生涯を通じて能だった。私の仏は、しかし兄さんだよ」と語る竹若やひたむきに父を慕う藤若の娘・万亀《まき》など、どちらも主人公の周囲に彼を見守る家族を配している点だ。そう思って顧みれば、大奥御中臈・絵島の部屋子兼養女・百合の視点から描かれた『絵島疑獄』、豊臣秀吉の姉・ともを語り手に豊臣一族の没落を捉えた『影の系譜』のように、杉本には各登場人物を肉親の眼差しから描く作品も多い。ただし『傾く滝』『華の碑文』においては、そんな親類たちの姿がかえって主人公の峻烈さを際立たせる効果を生んでいる点も注意せねばなるまい。

本書のクライマックスとも言える洛東・糺《ただす》河原の勧進能の場面において、竹若は佐渡への配流を控えた兄の舞う「杜若《かきつばた》」を見ながら、

――勝ったのは誰か？

と胸の中で叫ぶ。

誰も愛さず、命の不滅を信じず――だからこそ能の生命を永遠のものにせんとした藤若の孤独はどこまでも澄明で、それゆえに多くの人を虜にしてやまない。冷たくきびしく、うらやましくも寂しい、まさに一曲の能の如き物語である。

（さわだ・とうこ　小説家）

「華の碑文」
単行本　一九六四年一一月　講談社
文　庫　一九七七年八月　中公文庫
改版にあたり『杉本苑子全集　第二巻』（一九九七年四月
中央公論社）を参照しました。

中公文庫

華《はな》の碑文《ひぶん》
——世《ぜ》阿《あ》弥《み》元清《もときよ》

1977年8月10日　初版発行
2024年5月25日　改版発行

著　者　杉《すぎ》本《もと》 苑《その》子《こ》

発行者　安部 順一

発行所　中央公論新社
〒100-8152　東京都千代田区大手町1-7-1
電話　販売 03-5299-1730　編集 03-5299-1890
URL https://www.chuko.co.jp/

DTP　ハンズ・ミケ
印　刷　三晃印刷
製　本　小泉製本

Published by CHUOKORON-SHINSHA, INC.
Printed in Japan　ISBN978-4-12-207518-4 C1193

各書目の下段の数字はＩＳＢＮコードです。978－4－12が省略してあります。

中公文庫既刊より

す-3-6
檀林皇后私譜（上）　杉本苑子
闇に怨霊が跳梁し、陰謀渦巻く平安京に、美貌のゆえに一族の衆望を担って宮中に入り、権勢の暗闘の修羅に生きた皇后嘉智子の一生を描く歴史長篇。
201168-7

す-3-7
檀林皇后私譜（下）　杉本苑子
飢餓と疫病に呻吟する都、藤原氏内部の苛烈な権力争いの渦中に橘嘉智子は皇后位につく。藤原時代の開幕を彩る皇后の一生を鮮やかに描く。〈解説〉神谷次郎
201169-4

す-3-31
竹ノ御所鞠子　杉本苑子
鎌倉幕府二代将軍源頼家の子であるがために、非情な権力抗争の波に弄ばされた美しい姫鞠子。その数奇な運命を描く歴史長篇。〈解説〉末國善己
207139-1

す-3-32
散華　紫式部の生涯（上）　杉本苑子
藤原氏の一門ながら無欲恬淡な漢学者の娘として生まれた小市。人々の浮き沈みを見つめ、自らの生きる道を模索していく。紫式部の生の軌跡をたどる歴史大作。
207416-3

す-3-33
散華　紫式部の生涯（下）　杉本苑子
三年にも満たぬ結婚生活、華やかな宮仕えでも癒されぬ心の渇き。凄絶な権力抗争を見すえつつ『源氏物語』を完成させた30代から晩年を描く。〈解説〉山本淳子
207417-0

さ-74-1
夢も定かに　澤田瞳子
翔べ、平城京のワーキングガール！　聖武天皇の御世、後宮の同室に暮らす若子、笠女、春世の日常は恋と友情と政争に彩られ……。〈宮廷青春小説〉開幕！
206298-6

さ-74-2
落花　澤田瞳子
仁和寺僧・寛朝が東国で出会った、荒ぶる地の化身のようなもののふ。それはのちの謀反人・平将門だった。武士の世の胎動を描く傑作長篇！〈解説〉新井弘順
207153-7